A GAROTA DESAPARECIDA

LISA GARDNER

A GAROTA DESAPARECIDA

TRADUÇÃO DE Eric Novello

Título original: *Find Her*

EDITORA
Rejane Dias

ASSISTENTE EDITORIAL
Andresa Vidal Vilchenski

PREPARAÇÃO
Edison Veiga

REVISÃO
Samira Vilela

CAPA
Larissa Carvalho Mazzoni (sobre imagem de Alexander Sviridov/Shutterstock)

DIAGRAMAÇÃO
Larissa Carvalho Mazzoni

Dados Internacionais de Catalogação na Publicação (CIP)
(Câmara Brasileira do Livro, SP, Brasil)

Gardner, Lisa

A garota desaparecida / Lisa Gardner ; tradução de Eric Novello. -- 1. ed. -- Belo Horizonte : Editora Gutenberg, 2019.

Título original: Find Her

ISBN 978-85-8235-575-6

1. Ficção norte-americana I. Título.

19-23451 CDD-813

Índice para catálogo sistemático:
1. Ficção : Literatura norte-americana 813

Cibele Maria Dias - Bibliotecária - CRB-8/9427

A **GUTENBERG** É UMA EDITORA DO **GRUPO AUTÊNTICA** 

São Paulo
Av. Paulista, 2.073, Conjunto Nacional, Horsa I
23º andar . Conj. 2310-2312 .
Cerqueira César . 01311-940 São Paulo . SP
Tel.: (55 11) 3034 4468

Belo Horizonte
Rua Carlos Turner, 420
Silveira . 31140-520
Belo Horizonte . MG
Tel.: (55 31) 3465 4500

www.editoragutenberg.com.br

Para sobreviventes de todos os lugares.

CAPÍTULO 1

Essas são as coisas que eu não sabia:

Quando você acorda em uma caixa de madeira escura, diz a si mesma que isso não está acontecendo. Você tenta empurrar a tampa, claro. Nenhuma surpresa nisso. Você bate nas laterais com os punhos, golpeia o calcanhar contra o fundo. Embora machuque, bate com a cabeça, de novo e de novo. E você grita. Você grita, grita e grita. Vai sentir escorrer catarro do nariz. Lágrimas sairão dos olhos. Até seus gritos ficarem roucos e se tornarem soluços. Aí você vai ouvir sons estranhos, tristes e patéticos, e vai entender a caixa, chegando à conclusão de que ei, estou presa em uma caixa de madeira escura – quando perceber que esses sons vêm de você.

Caixas de pinho não têm superfícies totalmente lisas. Buracos para respiração, por exemplo, podem ser perfurados no improviso. Quando passa os dedos em torno deles, ao tentar cutucá-los com a ponta dos dedos, procurando desesperadamente por algo, você acaba com farpas. Tenta tirar as farpas de madeira com os dentes da melhor forma possível. E então você chupa o dedo machucado, lambe o sangue que está acumulando na ponta e faz mais daqueles sons de cachorrinho triste.

Você está sozinha na caixa. É assustador. É esmagador. Horrível. Principalmente porque você ainda não entende o quanto tem motivo para sentir medo.

Você vai se familiarizar bem com a caixa, essa segunda casa. Vai espremer os ombros contra ela para determinar sua largura. Vai percorrer a extensão dela com as mãos, tentando puxar os pés para perto. Não há espaço suficiente para dobrar os joelhos. Não há espaço suficiente para rolar. Ela tem exatamente o seu tamanho, como se tivesse sido feita para você. Seu próprio caixão de pinho, forçando a base das suas costas, machucando suas omoplatas, deixando a nuca dolorida.

Uma conveniência: jornais forrando o fundo. No início você não nota esse detalhe. Não entende até finalmente perceber. Até urinar em si mesma pela primeira vez, e aí passar dias deitada no meio dos próprios dejetos. Como um animal, você pensa. Só que a maioria dos animais é tratada melhor do que isso.

Sua boca ficará seca, seus lábios ressecados. Você vai começar a enfiar os dedos naqueles buracos de ar, dilacerando sua própria pele, só para ter algo para provar, engolir, chupar. Você vai se conhecer de um modo que nunca se conheceu antes. Quebrada. Primitiva. O fedor da sua própria urina. O sal do seu próprio sangue.

Mas você não sabe de nada ainda.

Quando finalmente ouvir passos, não vai acreditar. Dirá a si mesma que está delirando. Está sonhando. Está perdida, um desperdício patético de pele humana. Uma garota estúpida, muito estúpida, que devia ser mais esperta do que isso, e agora olhe só para você. Ainda assim, o som de um cadeado de metal balançando do outro lado da lateral do baú, a centímetros da sua orelha...

Talvez você chore novamente. Ou choraria se ainda tivesse alguma lágrima.

Quando vê pela primeira vez o rosto dele, do homem que fez isso com você, você sente alívio. Felicidade, até. Observa suas bochechas inchadas, seus olhos pequenos e reluzentes, seus dentes manchados de amarelo, e pensa, graças a Deus. Graças a Deus, graças a Deus, graças a Deus.

Ele deixa você sair da caixa. Levanta-a, na verdade, porque suas pernas não obedecem mais, e seus músculos perderam toda a força, e sua cabeça está tombada. Isso faz você dar uma risadinha. Cabeça tombada. Uma daquelas palavras que nunca fez muito sentido. Mas é essa a situação. Cabeças tombam. Sua cabeça está tombada.

Deus, o cheiro. Alho e fedor corporal, roupas não lavadas e cabelo sujo. É você? É ele? Você engasga, indefesa. E isso o faz rir. Enquanto ele mostra uma garrafa de água e descreve exatamente o que você precisará fazer para merecê-la. Ele é gordo. Velho. Nojento. Repulsivo. A barba desgrenhada, o cabelo seboso, as manchas de ketchup na frente da camisa xadrez barata.

Você devia ser boa demais para ele. Jovem, moderna, linda. O tipo de garota que poderia escolher quem quisesse em uma festa de faculdade. Você tem gingado. Tinha gingado?

Você chora por sua mãe. Caída como um amontoado amassado aos seus pés, implora para que ele a deixe ir. E então, finalmente, com as últimas das suas forças, você tira as roupas e deixa ele fazer o que quer. Você grita, mas sua garganta está seca demais para produzir som. Você vomita, mas seu estômago está vazio demais para despejar conteúdo.

Você sobrevive.

E mais tarde, quando ele finalmente oferece aquela garrafa de água, mas a derrama sobre a sua cabeça em vez de deixá-la beber, você levanta as mãos desesperadamente, tentando capturar o máximo de umidade que consegue. Você lambe as palmas das mãos, mastiga a água de seu cabelo oleoso e imundo, espera até ele estar distraído e, então, chupa aquela mancha de ketchup de sua camisa agora descartada.

De volta para a caixa. A caixa. A Caixa.

A tampa bate com força. O cadeado é fechado. O homem repulsivo caminha para longe, deixando você sozinha de novo. Nua. Machucada. Sangrando. Sabendo coisas que nunca quis saber.

"Mamãe", você sussurra.

Mas esse monstro é real. E ninguém pode fazer nada para salvá-la agora.

É isso o que você sabe:

Não tem muito o que fazer, dia após dia trancada em um baú do tamanho de um caixão. De fato, só tem uma coisa que vale a pena imaginar, perseguir, contemplar minuto após minuto, terrível, hora após hora. Um pensamento que a mantém seguindo adiante. Um foco que lhe dá força. Você encontrará esse foco. Você irá aperfeiçoá-lo. E então, se for minimamente parecida comigo, nunca o abandonará.

Vingança.

Mas cuidado com o que desejar, especialmente se for apenas uma garota estúpida trancada em um baú no formato de um caixão.

CAPÍTULO 2

ELA COMEÇOU COM UM MARTINI de romã. Pagou demais por ele, claro. Os bares de Boston eram muito caros, suco de romã estava muito na moda, mas era sexta-feira à noite. Mais uma semana em que tinha sobrevivido e, por Deus, ela merecia pelo menos um coquetel de frutas superfaturado.

Além disso, tinha um pouco de fé em si mesma. Era só soltar outro botão da blusa branca justa e puxar alguns grampos do cabelo loiro que caía até os ombros. Estava em boa forma, tinha 27 anos e uma bunda que chamava a atenção. Talvez pagasse pelo primeiro drinque, mas provavelmente não precisaria pagar pelo segundo.

Ela bebeu um gole. Refrescante. Adocicado. Picante. Saboreou-o em sua língua e, então, deixou a vodca deslizar garganta abaixo. Valeu cada centavo de suas quatorze pratas.

Por um momento, fechou os olhos. O bar desapareceu. O chão grudento, as luzes estroboscópicas, o assovio agudo da banda de abertura, ainda aquecendo. Ela estava em um vazio silêncio. Em um lugar que era só dela.

Quando abriu os olhos novamente, ele estava em pé ali.

Ele pagou para ela um segundo drinque. E então um terceiro, e até ofereceu um quarto. Mas, àquela altura, a vodca e as luzes da pista de dança estavam começando a se misturar de uma forma que não resultaria em uma boa manhã do dia seguinte. Além disso, ela não era idiota. Enquanto o *Sr. Nunca Vi Você Antes Por Aqui* enchia a cara dela de Martini, ele, ao contrário, tinha ficado só na cerveja.

Ela decidira, em algum ponto próximo do fim do Martini número dois, que ele era razoavelmente atraente. Musculoso, claramente um cara que malhava. Mas não tinha muito gosto para se vestir, usava uma calça social cáqui e uma camisa de botões azul listrada. *Ele está tentando parecer um jovem profissional*, ela imaginou, mas notou que as calças estavam se desfazendo na bainha e que a camisa estava desbotada de tanto ser lavada. Quando perguntou o que ele fazia, tentou ser charmoso. *Ah, um pouco disso, um pouco daquilo*, ele disse, entre uma piscadela e um sorriso de canto de boca. Mas seus olhos permaneceram inexpressivos, distantes até, e ela sentiu a primeira pontada de desconfiança.

Ele se recuperou rapidamente. Mandou vir o Martini número três. Não usava relógio, ela notou, enquanto ele tentava atrair a atenção do barman com uma nota de vinte – e falhando, já que outros clientes exibiam notas de cem. Não usava anel de casamento. Solteiro. Bom corpo. Talvez a noite acabasse sendo boa.

Ela sorriu, mas não era um olhar feliz. Algo passou pelo seu rosto, aquele vazio novamente, a percepção de que depois de todas aquelas horas, dias, semanas, ainda se sentia sozinha. Sempre se sentiria sozinha, mesmo no meio de uma multidão. Ainda bem que ele não se virou.

Ele finalmente fisgou a atenção do barman – camisa branca, gravata preta, o tipo de peitoral que levava a boas gorjetas – e conseguiu um novo drinque para ela.

Àquela altura, ela já estava pronta para o quarto Martini. Por que não? A bebida permitia que ela conversasse sobre um pouco disso, um pouco daquilo, com uma piscada e um sorriso que correspondiam ao brilho nos olhos. E quando o olhar dele parou na sua blusa, bem na altura daquele botão extra que ela talvez tivesse aberto alguns momentos antes, ela não recuou, deixando que ele encarasse o vislumbre rendado do seu sutiã rosa vibrante. Ela deixou que ele admirasse seus peitos.

Por que não? Sexta à noite. Fim da semana. Ela merecia isso.

* * *

Ele queria deixar o bar à meia-noite. Ela o fez esperar até o lugar fechar. A banda era surpreendentemente boa. Ela gostava do jeito que a música a fazia se sentir, como se o sangue ainda estivesse vivo, o coração ainda batendo no peito. Ele claramente estava desconfortável na pista de dança, mas não fazia diferença; ela tinha gingado suficiente para os dois.

A blusa branca justa estava agora amarrada embaixo dos seios, ao estilo Daisy Duke. A saia jeans preta mostrando a cintura se prendia a cada curva, as botas altas de couro acompanhavam cada batida do ritmo.

Depois de um tempo, ele nem se deu mais ao trabalho de dançar, só se movimentava sem sair do lugar, assistindo-a. Os braços dela balançavam acima da cabeça, levantando os seios. Sua cintura girava, abdômen exposto e duro, molhado de suor.

Ele tinha olhos castanhos, ela percebeu. Escuros. Inexpressivos. Observadores. Predatórios, ela pensou. Mas dessa vez, em vez de ficar assustada, ela sentiu um surto novo de adrenalina. O barman escultural também a encarava agora. Ela fez um tour na pista para ambos. Tendo aceitado aquele quarto Martini, sua boca agora parecia doce e roxa, e seus membros eram como gelo líquido.

Ela poderia dançar a noite inteira, tomar conta daquela pista, daquele bar, daquela cidade. Só que não era isso que o *Sr. Nunca Vi Você Antes Por Aqui* queria. Nenhum cara pagava três drinques superfaturados para uma garota só pelo privilégio de assisti-la dançar.

A banda encerrou seu show e começou a guardar os instrumentos. Ela sentiu agudamente a falta da música. Sentiu a saudade como uma dor na alma. Sem o baixo rítmico para impulsionar os pés e mascarar a dor, agora era só ela, o *Sr. Nunca Vi Você Antes Por Aqui* e a promessa de uma ressaca de matar.

Ele tinha sugerido que saíssem para pegar um pouco de ar fresco. Ela sentiu vontade de rir, de dizer que não fazia ideia do que ele estava falando. Em vez disso, seguiu-o até a rua lateral estreita, coberta de bitucas de cigarro descartadas. Ele perguntou se ela queria fumar. Ela disse que não. Ele pegou na mão dela e, então, a pressionou contra a lateral de uma caçamba de lixo pintada de azul, mão esquerda já apertando seu seio, fazendo uma concha em seu mamilo.

Seus olhos não eram mais inexpressivos, eram ferro derretido. Um predador que tinha encurralado a presa.

"Na sua casa ou na minha?", ele exigiu saber.

Ela não conseguiu se controlar. Começou a rir.

Foi aí que a noite realmente começou a piorar.

O *Sr. Nunca Vi Você Antes Por Aqui* realmente não gostou de ter alguém rindo dele. Atacou-a rapidamente, mão direita acertando com a palma aberta a lateral do rosto dela. A cabeça balançou para trás, colidindo com a caçamba de metal. Ela ouviu o estrondo. Registrou a dor. Mas, graças aos quatro Martini, tudo parecia distante, uma noite ruim que estava acontecendo com outra pessoa.

"Você gosta de provocar?", ele gritou, mão apertando o peito, rosto raivoso a apenas centímetros do dela.

De tão perto, ela podia sentir o hálito de cerveja na boca do homem, notar a teia de veias vermelhas em torno de seu nariz. Alguém que bebia escondido. Ela já deveria ter percebido aquilo. O tipo de pessoa que enchia a cara antes de ir para o bar porque era mais barato. O que significava que ele não estava lá pela bebida, mas sim para arranjar companhia. Encontrar uma garota como ela e levá-la para casa. Em outras palavras, era perfeito para ela.

Ela deveria dizer alguma coisa. Ou pisar com o calcanhar no peito do pé dele. Ou agarrar seu dedo mindinho – não a mão inteira, só o dedo mindinho – e torcê-lo para trás até encostar no punho.

Ele gritaria. Ele a soltaria. Ele olharia nos olhos dela e perceberia o erro que havia cometido. Porque as cidades grandes como Boston estavam cheias de caras como ele, mas também de garotas como ela.

Ela nunca teve uma oportunidade como essa.

Ele estava gritando. Ela estava sorrindo. Talvez até rindo. Com a cabeça latejando e o gosto de sangue salgando a boca. O *Sr. Nunca Vi Você Antes Por Aqui* parou de existir.

Ele estava lá, mas havia desaparecido. Substituído pelo barman que tinha um peitoral incrível e que agora exibia um olhar de muita preocupação no rosto.

"Você está bem?", ele perguntou. "Ele machucou você? Precisa de ajuda? Quer chamar a polícia?"

Ele ofereceu seu braço. Ela aceitou, passando por cima do corpo do *Sr. Nunca Vi Você Antes Por Aqui*, que estava derrubado de boca aberta no chão.

"Ele não deveria ter tocado em você daquele jeito", o barman a informou, sobriamente. Levando-a para longe dos curiosos que estavam se juntando. Conduzindo-a para mais fundo nas sombras, além do perímetro das luzes piscantes do bar.

"Está tudo bem. Eu vou cuidar de você agora."

Foi então que ela percebeu, pela primeira vez, que o barman estava segurando seu braço com mais força do que o necessário. E ele não queria soltá-la.

Ela tentou conversar para escapar. É o mais natural a se fazer, mesmo quando você sabe que não vai adiantar. *Ei, garotão, qual a pressa? Não podemos levar as coisas com mais calma? Ei, você está me machucando.* Mas é claro que ele não desacelerou, nem relaxou a pegada dolorosa acima do cotovelo.

Ele estava andando de forma estranha, mantendo-a colada ao seu lado como dois amantes dando um passeio bem rápido. Mas a cabeça dele estava abaixada e inclinada para a lateral. Mantinha o rosto nas sombras, ela percebeu. Para que ninguém pudesse vê-lo.

E então ela se deu conta. A linha da sua postura, o jeito como se mexia, ela já o tinha visto. Não seu rosto, não suas feições, mas os ombros curvados, a curva redonda do pescoço. Três ou quatro meses atrás, no verão, no noticiário noturno, quando uma aluna da Universidade de Boston saiu para beber e nunca mais voltou para casa. As estações locais tinham transmitido várias vezes a gravação de uma câmera de segurança da região, capturando os últimos momentos vistos da garota enquanto era arrastada por um homem desconhecido, cabeça entortada para não ser vista.

"Não", ela disse em um sussurro.

Ele nem registrou o protesto. Tinham chegado a um cruzamento. Sem hesitar, ele a puxou para a esquerda, por uma rua mais escura e estreita que cheirava a mijo, lixo e coisas obscuras das quais ninguém mais falava.

Ela pisou firme com os calcanhares, ficando sóbria rapidamente, fazendo o melhor para resistir. Mas, considerando que pesava cinquenta quilos, enquanto ele devia ter quase noventa, seus esforços mal faziam diferença. Ele a apertou com mais força contra seu corpo, braço direito passado em torno da cintura dela, e seguiu adiante.

"Pare!", tentou gritar.

Mas nenhum som saiu. Sua voz estava entalada na garganta. Ela estava sem fôlego, pulmões apertados demais para gritar. Em vez disso, saiu um gemido fraco, um som que ela tinha vergonha de admitir ser dela, mas sabia por experiência anterior que era.

"Eu tenho uma família", ela disse finalmente, arfando.

Ele não respondeu. Outra esquina, outra guinada. Ela já não fazia ideia de onde estavam, passando acelerados entre prédios altos de tijolos, escondidos das outras pessoas.

"Por favor... Pare...", ela disse com dificuldade. O braço dele estava pressionado forte demais sua cintura, machucando as costelas. Ela ia vomitar. Fez força para que acontecesse, assim talvez ele ficasse com nojo e se convencesse a largá-la.

Não deu certo. Ela convulsionou abruptamente, líquido roxo jorrando da boca, sujando seus pés e a lateral das calças dele. Ele fez uma careta, se afastou por reflexo, e então se recuperou rapidamente, puxando-a mais uma vez para a frente, arrastando-a pelo cotovelo.

"Vou ficar enjoada de novo", ela gemeu, pés enredados, finalmente desacelerando o ritmo dele.

"Bebeu demais." A voz dele estava cheia de desprezo.

"Você não entende. Você não sabe quem eu sou."

Ele parou apenas o suficiente para ajustar sua pegada no braço dela. "Não deveria ter ido ao bar sozinha."

"Mas estou sempre sozinha."

Ele não entendeu. Ou talvez não se importasse. Ele a encarou, olhar inexpressivo, rosto inexpressivo. Então seu braço avançou com toda força, e ele a socou no olho. O pescoço dela estalou para trás. Sua bochecha explodiu. Seus olhos se encheram de lágrimas.

Ela teve um pensamento. Fugaz. Tênue. Talvez o segredo para entender o universo. Mas então ele desapareceu.

E assim como o *Sr. Nunca Vi Você Antes Por Aqui*, ela parou de existir.

Sexta à noite. Final de uma semana cansativa. Ela merecia isso.

Ele a levou. A pé, de carro, ela não sabia. Mas, quando recuperou a consciência, não estava mais nas ruas cruéis de Boston, e sim escondida em algum lugar escuro e úmido. O chão embaixo dos pés descalços parecia frio. Concreto. Rachado e irregular. Um porão, ela pensou, ou talvez uma garagem.

Ela mal conseguia enxergar. Tinha luz entrando através de três pequenas janelas no alto de uma das paredes, mas não era a luz do dia, só uma névoa amarela difusa. Como se um poste de luz da rua estivesse do lado de fora daquelas janelas, permitindo um brilho ambiente.

Ela usou o facho de luz para definir várias coisas de uma vez só: suas mãos estavam atadas à frente com abraçadeiras de plástico; todas as roupas tinham sido tiradas; e no momento, pelo menos, estava sozinha.

O coração acelerou. A cabeça doía, a pele pinicando em um arrepio, e ela provavelmente sentiria falta desse relativo estado de segurança muito em breve. O tipo de cara que nocauteava sua companheira e removia cada peça de roupa dela não era o tipo de cara que a deixaria intocada por muito tempo. Ele provavelmente estava se preparando para o restante das festividades da noite, cantarolando para si mesmo, refletindo sobre os jogos com os quais se divertiria usando seu novo brinquedo, acreditando que era o cara mais fodão de toda a cidade.

Então, ela sorriu. Mas, mais uma vez, não tinha uma expressão feliz no rosto. Antes de mais nada, um levantamento da situação: porão ou garagem certamente significava lugar de depósito e, como diziam, o lixo de uma pessoa poderia ser o tesouro de outra.

Ele tinha sido estúpido por não prender seus tornozelos também. Não era tão experiente quanto pensava, nem tão esperto quanto estava prestes a desejar que fosse. Mas a verdade é que as pessoas viam o que queriam ver. Ela tinha sido enganada pelo peitoral daquele homem que, sem dúvida, achou que ela fosse uma loira fácil. No fim das contas, ambos teriam algumas surpresas pela frente naquela noite.

Ela encontrou uma pesada mesa de trabalho. Levantando os punhos presos, deslizou os dedos pela superfície de madeira, identificando um torno grosso de metal embutido em um dos cantos. Prosseguiu rapidamente, torcendo para encontrar ferramentas variadas. Mas não, ele não era tão burro assim, nem ela tinha tanta sorte. Nada de objetos afiados, alicates e martelos abandonados. O próximo passo foi fazer uma varredura do perímetro, quase tropeçando em uma lata de metal, e então esticando a mão rapidamente para segurá-la antes que caísse. Não fazia sentido alertá-lo sobre seu estado consciente antes do necessário. Tampa firme, nervos ainda abalados, ela se forçou a continuar.

A lata de metal continha um saco plástico cheio de lixo. Ela a deixou de lado por enquanto e percorreu as duas paredes remanescentes. Identificou uma coleção de garrafões de gasolina vazios, bem como dois galões de plástico. Com base no cheiro, um dos galões continha resquícios de líquido para limpar para-brisas, enquanto o outro continha anticongelante ou aditivo para radiador. Então ela provavelmente estava em uma garagem. Em Boston, isso certamente significava um espaço separado, o que daria mais privacidade ao barman.

Ela não perdeu muito tempo pensando no que poderia acontecer e por que um homem como ele precisaria de tal privacidade. Aliás, ela também se recusava a pensar sobre o fato de o chão estar grudento no canto do fundo, ou no cheiro que estava ficando quase impossível de ignorar. Um odor equivalente ao gosto de sangue na sua língua.

Ela pegou o galão de anticongelante e o levou para a mesa de trabalho de madeira. O primeiro erro dele. A primeira vitória dela.

Encontrou uma pá apoiada contra a parede. Com vigor renovado, posicionou suas abraçadeiras de plástico contra a lâmina e esfregou com força. Depois de um minuto ou dois, ela estava respirando com dificuldade, suor ardendo no olho inchado. Mas observando as abraçadeiras... Nada. A ponta da pá era cega demais, ou o plástico era resistente demais. Ela tentou mais um pouco e, então, obrigou-se a abandonar o esforço.

Abraçadeiras eram difíceis. Sinceramente, ela teria preferido algemas de metal. Pelo menos ele tinha feito a gentileza de prender suas mãos na frente, onde ainda conseguia usá-las consideravelmente bem, e não puxara a abraçadeira com tanta força a ponto de ela perder a sensibilidade na ponta dos dedos.

Ela podia mover os pés. Podia mover os braços. Podia parar completamente imóvel e sentir o vazio, bem ali. Escuro. Reconfortante. Silencioso.

Sozinha em uma sala abarrotada, ela pensou, e por um momento seu corpo balançou com um ritmo que só ela conseguia escutar. E então ficou séria novamente. Lixo. Tinha chegado a hora.

Ela rasgou o saco fino de plástico usando os dedos. O primeiro impacto foi o fedor. Comida podre, carne podre e algo ainda pior. Ela engasgou, sentiu lágrimas se acumularem nos olhos e forçou para baixo um mar de bile. Não era hora de ficar de frescura enquanto forçava os dedos dentro do lixo gosmento que podia sentir, mas não ver. Toalhas de papel, pilhas molhadas de sabe Deus o quê, embalagens descartáveis de comida, comida para viagem, de dentro da casa, ou comida que ele trouxe ali para compartilhar com sua presa, ou para mordiscar enquanto dava uma pausa do seu entretenimento. Na metade do saco, ela chegou a um novo grupo de cheiros, mais podre e orgânico dessa vez. Seus dedos se movimentaram mais rápido. Pétalas secas como papel. Caules verdes esponjosos. Flores. Um buquê descartado. Por que? Além de comida, ele presenteava seus brinquedos?

O mais provável, ela concluiu, é que tivesse sido o último truque para atrair uma vítima indefesa. Então, no instante seguinte, ela se deu conta: onde tem um buquê de flores barato...

Suas mãos presas aceleraram o trabalho, mergulhando na pilha de pestilências, vasculhando com determinação entre comida chinesa rançosa e molho de pato grudento, jogando para o lado copos de café vazios e cada vez mais carcaças de flores gosmentas. Plástico, ela buscava a sensação de um sachê fino de plástico. Pequeno, quadrado, com uma borda afiada...

Bang.

O som vinha diretamente detrás dela. O som de uma palma, um pé, batendo na porta de metal da garagem. Ela não conseguiu se controlar: congelou, nua, tremendo. Até os cotovelos no lixo. E escutou-o anunciar sua chegada mais uma vez.

Porque ele queria que ela soubesse que estava chegando. Queria ela tremendo, aterrorizada, encolhida abraçando as pernas, já temendo o pior. Era esse o tipo de homem que ele era.

Ela sorriu. E, dessa vez, havia uma expressão feliz no rosto. Porque agora, na mão direita, ela tinha conseguido: o sachê fino de fertilizante, generosamente incluído com a maioria dos buquês, e exatamente o que estava procurando.

Ela não havia mentido para ele antes. Ele não a conhecia. E esse tinha sido seu primeiro erro, mas agora seria o último.

Atrás dela, a porta da garagem começou sua subida trêmula. Ele fazendo o suspense render enquanto a puxava lentamente para cima.

Não havia mais tempo a perder. Não havia mais tempo para planejar. Ela segurou o sachê entre a palma das mãos e pegou o galão quase vazio de anticongelante. Movendo-se rapidamente pelo chão de concreto rachado até estar em pé sob a fileira de pequenas janelas no alto. A luz fraca fluindo acima dela, banhando o meio do espaço com um brilho fraco enquanto a mantinha nas sombras.

A porta da garagem. Um quarto do caminho para cima. Agora um terço. Metade.

Ela soltou o sachê. Pegou o galão de anticongelante primeiro, prendendo-o entre seus pés, e usou as duas mãos para pressionar a tampa de segurança para baixo, girando-a. A tampa de plástico caiu no chão, mas a barulheira da porta de metal balançando ocultou o som. Já estava dois terços aberta. Agora três quartos. O suficiente para um homem adulto passar.

Ela colocou o anticongelante ao lado e se forçou a gastar o tempo para sacudir o sachê, até os cristais se acumularem no fundo. Para aquilo funcionar, não podia se dar ao luxo de desperdiçar nada.

Ele entrou no espaço. O barman com o peitoral incrível já havia tirado a camisa. Músculos reluzindo na luz do luar. Um lindo espécime.

Ela deveria se sentir culpada pelo que faria agora, mas não se sentia. Deu um passo à frente, para dentro da faixa fraca de luz. Sua nudez claramente exposta. Seus punhos claramente presos.

Ele sorriu, mão direita já indo para a cintura dos jeans.

"Você não sabe quem eu sou", ela disse, com clareza.

Ele parou e a olhou confuso, como se ela o desafiasse com uma matemática complicada. E então... o barman se moveu na sua direção.

Ela rasgou o sachê plástico, deu três passos rápidos à frente e arremessou o conteúdo no rosto dele. Ele recuou, tossindo e piscando enquanto o fertilizante atingia seus olhos, nariz e boca.

"O que diabos..."

Ela pegou o galão aberto de anticongelante, agitou-o três vezes, e então...

Uma batida de coração suspensa no tempo. Ele olhou para ela. Realmente olhou para ela. E, naquele instante, finalmente se enxergaram. Não um barman sarado. Não uma loira estúpida. Mas um coração sombrio e uma alma perdida.

Ela arremessou o anticongelante direto na cara dele, encharcando sua pele exposta e os grânulos de permanganato de potássio que ainda estavam grudados.

Mais uma batida de coração. Os primeiros fiapos de fumaça do cabelo dele, das bochechas, dos cílios. O homem levou as mãos ao rosto.

Então a química básica fez seu trabalho, e a pele do barman irrompeu em chamas.

Ele gritou. Correu. Bateu na própria cabeça como se aquilo fosse fazer alguma diferença. Fez de tudo, exceto ficar parado: se jogou no chão e rolou, tomado pelo pânico.

Ela só ficou ali, imóvel. Sem mexer um músculo. Sem dizer uma palavra. Assistiu até ele finalmente desabar em um amontoado de ruínas queimadas. Então, outros sons chegaram. Vizinhos gritando no escuro, exigindo saber o que estava acontecendo. O som distante de sirenes, já que aparentemente alguém mais esperto já tinha ligado para a emergência.

A mulher finalmente deu um passo à frente. Inspecionou os restos de seu atacante, observou as espirais de fumaça subindo de sua pele, agora escurecida.

Sexta à noite, ela pensou. Ela merecia isso.

CAPÍTULO 3

"QUEM É ELA?"

"Não sei. O vizinho aqui, Kyle Petrakis, disse que a encontrou em pé ao lado do corpo. Sem nenhuma roupa, mãos atadas, rosto surrado."

"Ela fez tudo isso com as mãos atadas?" A detetive sargento D.D. Warren se ajoelhou, estudando os restos carbonizados da... vítima? Criminoso? O corpo estava curvado em uma posição quase fetal, mãos cerradas sobre o rosto jovem. Um gesto de proteção que, a julgar pelos padrões em sua cabeça, ombros e rosto, tinha sido tarde demais.

"Fogo químico", a terceira detetive disse. "Combine permanganato de potássio com anticongelante e *puft*."

D.D. ignorou a terceira detetive, levantando a cabeça para Phil.

"Então, o que sabemos?"

"A casa pertence a Allen e Joyce Goulding", seu ex-parceiro reportou. "Casal de terceira idade, atualmente na Flórida, fugindo do frio do inverno. Porém, eles deixaram para trás seu filho mais novo, Devon Goulding, 28 anos, que treina como fisiculturista de dia e trabalha como barman à noite."

"Esse é Devon?", D.D. perguntou, gesticulando em direção ao corpo.

"Hã, vamos ter que aguardar a verificação de digitais para confirmar."

D.D. fez uma careta, cometeu o erro de respirar profundamente, e fez uma careta ainda pior.

"Onde está a nossa vítima, que agora virou vilã?"

"Na traseira da viatura. Recusou cuidados médicos. Está esperando pelos federais, que ela chamou diretamente."

"Os federais?" D.D. levantou-se, tom seco na voz. "Como assim ela, pessoalmente, convidou os federais para a nossa festa? Quem diabos é essa garota?"

A detetive número três foi quem explicou:

"Ela ligou para a agência de Boston e pediu pelo Dr. Samuel Keynes. Aliás, tinha o número na ponta da língua. Você ainda chamaria isso de festa?", perguntou, em tom casual, a mais nova integrante da equipe de homicídio de Boston. "Ou seria mais um churrasco?"

D.D. girou no calcanhar, deixou o corpo e saiu da garagem. Em sua nova e aprimorada função de supervisora, ela podia se dar ao luxo de tais atos. Ou talvez fosse devido à sua atual categoria de trabalho restrito.

O fato de que foi a detetive número três quem ocupou a posição de D.D. em sua equipe antiga – uma função que D.D. não podia mais exercer devido a um ferimento recente – não era motivo para desprezar a oficial de 35 anos. Não, na verdade, D.D. se incomodava com o nome da mulher: Carol. Mais especificamente Carol Manley. Soava como uma vendedora de seguros, ou talvez uma daquelas mães suburbanas, mas definitivamente não uma policial. Nenhuma detetive que se levasse a sério se chamava Carol.

É claro, nenhum tipo de sargento sério da unidade de homicídios ficaria obcecado com o nome da nova detetive, nem seria tão superficial para considerá-lo motivo de desprezo. Talvez.

Um ano atrás, D.D. não se preocupava com mulheres chamadas Carol, nem com o futuro de sua equipe de três pessoas, nem mesmo com seu próprio cargo na unidade de homicídios da BPD. Ela vivia, comia e respirava investigações de assassinato – e era uma pessoa mais feliz por causa disso. Até a noite em que voltou para uma inspeção noturna da cena do crime e surpreendeu o assassino, que ainda estava lá à espreita. Depois de um breve confronto físico, ela caiu um lance de escadas e sofreu uma fratura no braço esquerdo, não podendo mais levantar uma arma ou sua criança pequena.

Durante os seis meses seguintes, D.D. precisou ficar de repouso em casa cuidando do corpo ferido, preocupando-se com o futuro e, ah sim, enlouquecendo. Mas *de forma lenta e segura*, conforme a fisioterapeuta Russ tinha prometido, o trabalho árduo começou a produzir resultados. Até que um dia ela conseguiu dar de ombros, e no dia seguinte se viu capaz, *de forma lenta e segura*, de levantar o braço.

Sua força ainda não tinha voltado completamente, nem sua capacidade de movimentação. Ela não conseguia, por exemplo, assumir a posição Weaver de duas mãos para atirar. Mas a dor parecia suportável, o ferimento estava melhorando e o estado geral de saúde era excelente. Pelo menos o suficiente para convencer as autoridades a permitir que ela voltasse sob regime de trabalho restrito. Isso significava que ela passava agora mais tempo supervisionando como sargento do que participando de investigações em campo como detetive. Ela disse a si mesma que conseguiria lidar com aquilo. Trabalho era trabalho, e de qualquer modo ela estava resolvendo crimes.

É claro que continuava a comparecer às sessões de terapia ocupacional três vezes por semana, usando um peso de mão em vez da arma, praticando, repetidas vezes, o movimento de abrir o coldre, e então sacar e atirar. Ela também passava algum tempo no campo de tiro usando apenas uma das mãos. Não era tão confiável, e não estava à altura dos padrões do departamento. Mas ela tinha que começar de algum lugar. Se não fizesse isso, Phil e Neil, dois dos melhores detetives da polícia, estariam para sempre carregando o peso de um novato.

A garagem dos Goulding era um espaço separado, para um único carro, construída nos fundos do terreno. Dando passos largos à frente, D.D. deixou a estrutura, cruzou o modesto jardim de trás e se dirigiu à rua. O sol tinha acabado de nascer. Um amanhecer cinza e gélido, meio anticlímax, considerando o nível atual de atividade: carros de patrulha enfileirados de ambos os lados da movimentada rua do bairro, bem como o veículo do legista e várias vans de mídia, maiores e mais impressionantes.

A equipe inicial fizera um trabalho admirável ao isolar o terreno. Os agentes tinham protegido tudo, desde a casa cinza colonial de dois andares até a dilapidada garagem de trás, estabelecendo, com uma fita amarela, um perímetro restrito que tornaria o trabalho de D.D. bem mais fácil. Vizinhos curiosos contidos à calçada do outro lado da rua? Correto. Repórteres ávidos mantidos a uns cinquenta metros do agente policial mais próximo? Correto. E para completar...

D.D. descobriu a mulher sentada na traseira da terceira viatura, ombros tremendo um pouco embaixo do cobertor azul da BPD, rosto olhando fixamente para frente. Uma detetive do distrito estava sentada do lado dela. A porta de trás do carro estava aberta, como se estivessem esperando algo ou alguém. Ambas estavam caladas.

"Margaret", disse D.D., reconhecendo a agente do outro lado do veículo. Assim, de perto, ela se deu conta do motivo para a porta do veículo ter sido deixada entreaberta. Na cena do crime, investigadores haviam marcado um saco de comida podre que fora puxado de uma lata de lixo e rasgado. Considerando o fedor de carne rançosa e leite azedo que emanava de sua pele, a mulher devia ter enfiado o braço até o cotovelo naquela merda, isso para não falar dos filetes de limo manchando suas bochechas e enlameando seu cabelo.

"D.D.", a detetive do distrito respondeu firmemente. "Ouvi dizer que você estava de volta. Parabéns."

"Obrigada." O olhar de D.D. continuou concentrado na mulher. A suposta assassina. A suposta vítima. A garota parecia nova, 20 e muitos anos seria o chute de D.D. Cabelos louros que desciam até o ombro e feições delicadas que provavelmente seriam consideradas atraentes, não fosse pela quantidade de machucados, respingos de sangue e manchas de podridão. A garota não olhou para ela, mantendo sua concentração na traseira do banco do motorista.

Apatia, D.D. notou. Uma expressão frequentemente vista em policiais de homicídio ou vítimas de abuso crônico.

De pé do lado de fora do carro de patrulha, D.D. se inclinou para baixo até ficar com seu rosto na mesma altura do rosto da mulher.

"Detetive sargento D.D. Warren", ela disse, se apresentando. "E você é?"

A garota finalmente virou a cabeça, encarou D.D e pareceu estudá-la, como se estivesse procurando alguma coisa. Então voltou a examinar a traseira do assento do motorista.

D.D. parou para pensar um pouco.

"Uma cena e tanto na garagem. Fogo químico, me disseram. Basicamente, você matou um homem queimando-o com algum tipo de conservante misturado com anticongelante. Aprendeu isso nos escoteiros?"

Nada.

"Deixe-me adivinhar. Devon parecia legal quando vocês se conheceram. Um cara bonitão, trabalhador. Você decidiu dar uma chance ao amor."

"Devon?", a mulher finalmente disse, o olhar ainda fixo à frente. Sua voz soava rouca, como se tivesse fumado demais. Ou gritado demais.

"Nome da vítima. Devon Goulding. O quê, você nunca parou para perguntar?"

Olhos azuis frios. Cinzas, D.D. pensou, quando a garota deu uma olhada.

"Não o conhecia", a jovem disse. "Nunca nos conhecemos."

"E ainda assim, aqui estamos."

"Ele é barman", a garota declarou, como se aquilo fosse significar algo para D.D. E então, fez sentido.

"Você saiu essa noite, foi ao bar onde Devon trabalhava, e foi assim que se conheceram."

"Não nos conhecemos", a garota insistiu. "Eu estava lá com outra pessoa. O barman... Ele nos seguiu até o lado de fora." Ela encarou D.D. novamente. "Ele já fez isso antes", ela disse com naturalidade. "Em agosto. Aquela garota que desapareceu, Stacey Summers. O jeito como ele me agarrou, escondendo a cabeça para ocultar o rosto enquanto me arrastava pelas ruas de trás... Ele corresponde ao homem no vídeo do sequestro. Eu faria uma boa busca na casa dele."

Stacey Summers era uma aluna da Universidade de Boston que tinha desaparecido em agosto. Jovem, bonita, loira, tinha o tipo de sorriso brilhante que rendia fotografias lindas, manchetes garantidas no país inteiro. E o caso chamou a atenção. Infelizmente, três meses depois, a polícia só tinha uma única imagem borrada de vídeo dela sendo arrastada de um bar local por um brutamontes oculto pelas sombras. Só isso. Sem testemunhas. Sem suspeitos. Sem pistas. A história acabou esfriando, mesmo que a atenção da mídia não tivesse passado.

"Você conhecia Stacey Summers?", D.D. perguntou.

A garota balançou a cabeça.

"Amiga da família? Colega de universidade? Alguém que você conheceu uma vez em um bar?"

"Não."

"Você é policial?"

"Não."

"FBI?"

Outra negativa com a cabeça.

"Então seu interesse no caso de Stacey Summers..."

"Eu li a notícia."

"Certo." D.D. inclinou a cabeça para o lado, estudando a mulher à sua frente. "Você conhece agentes federais", ela disse. "Amigo de família? Vizinho? Você o conhece bem o suficiente para discar o número de cabeça."

"Ele não é um amigo."

"Então quem é ele?"

Um sorriso fraco.

"Eu não sei. Você teria de perguntar a ele."

"Qual é o seu nome?", D.D. perguntou, endireitando-se. Seu ombro esquerdo estava começando a incomodá-la agora. Sem falar do peso daquela conversa na sua paciência.

"Ele não sabia meu nome", a garota disse. "O barman, esse Devon? Ele não se importava com quem eu era. E cheguei ao bar sozinha. Do ponto de vista dele, foi o que bastou para eu me tornar uma vítima."

"Você estava no bar sozinha? Bebeu sozinha?"

"Apenas o primeiro drinque. É assim que as coisas costumam funcionar."

"Quantos drinques você tomou?"

"Por quê? Se eu estivesse bêbada, vai dizer que eu mereci?"

"Não, porque se estivesse bêbada, não seria confiável como testemunha."

"Eu dancei com um cara a maior parte da noite. Outros nos viram. Podem corroborar."

D.D. franziu o cenho, ainda incomodada com as respostas da jovem, principalmente com o uso da palavra "corroborar", um termo geralmente utilizado por policiais, não civis.

"Nome do dançarino?"

"*Sr. Nunca Vi Você Antes Por Aqui?*", a garota murmurou. A detetive do distrito revirou os olhos.

Aparentemente, D.D. não tinha sido a primeira a fazer aquelas perguntas ou receber aquelas respostas.

"Ele pode *corroborar*?", D.D. perguntou, colocando ênfase no jargão.

"Presumindo que ele tenha recuperado a consciência."

"Querida..."

"Você deveria procurar na garagem. Tem sangue no canto de trás à esquerda. Deu para sentir o cheiro quando eu estava revirando o lixo, tentando encontrar uma arma."

"Foi então que descobriu o permanganato de potássio?"

"Foi ele que jogou fora o buquê, provavelmente depois de usá-lo para atrair alguma outra vítima. Não sou a primeira. Isso eu posso garantir. Ele estava confiante demais, preparado demais. Se essa é a casa dele, dê uma olhada no quarto. Ele terá troféus. Um predador como ele adora a emoção oculta de revisitar conquistas passadas."

D.D. a encarou. Em seus anos na área de homicídios, tinha entrevistado vítimas histéricas e lidado com vítimas em choque. Quando se tratava de crime, não havia um parâmetro de normalidade emocional. Ainda assim, nunca tinha encontrado uma vítima como aquela. As respostas da jovem eram bem fora da curva. Diabos, na verdade, passavam bem longe do conceito de sanidade.

"Você sabia o que Devon..."

"O barman."

"... o barman tinha feito com essas outras mulheres? Talvez uma amiga tenha contado algo a você. Sua própria experiência assustadora. Ou rumores de algo que possa ter acontecido com uma amiga de uma amiga."

"Não."

"Mas você suspeitava de alguma coisa?", D.D. continuou, a voz dura. "No mínimo você achava que ele estava envolvido no desaparecimento de outra garota, um caso que apareceu em todos os noticiários. E aí o quê? Você decidiu fazer justiça por conta própria, se transformar em algum tipo de heroína e aparecer nos jornais também?"

"Eu nunca tinha visto o barman até essa noite. Saí com um idiota diferente. Foi com esse outro que eu estava planejando algo." A garota deu de ombros, o olhar mais uma vez travado na traseira do banco de motorista. "A noite foi cheia de surpresas. Até para alguém como eu, essas coisas podem acontecer."

"Quem é *você*?"

E lá estava aquele sorriso novamente, aquele que não era bem um sorriso, e sim algo muito mais perturbador, passando pela expressão da garota.

"Eu não conhecia o barman. Eu já tinha lido sobre o caso de Stacey Summers, quem não leu? Mas nunca pensei... Digamos que não estava nos meus planos algum funcionário superforte de uma casa noturna me nocautear e me arrastar para usar de brinquedinho pessoal. Mas quando isso aconteceu... Eu tenho habilidades de sobrevivência. Conheço autodefesa. Utilizei os recursos que encontrei..."

"Você vasculhou o lixo dele."

"Você não faria isso?"

A garota a encarou. Dessa vez, foi D.D. quem desviou o olhar.

"Ele começou a guerra", a garota disse com clareza. "Eu simplesmente a terminei."

"E então chamou o FBI."

"Eu não tive escolha."

D.D. subitamente teve um palpite. Não era uma boa sensação. Ela estudou a vítima, uma garota de seus vinte e tantos anos claramente experiente com procedimentos policiais e defesa pessoal.

"E esse agente especial? Ele é seu pai?"

A garota finalmente a levou a sério e disse:

"Pior."

CAPÍTULO 4

No início, eu chorei. E isso, com o tempo, levou a um tipo de zumbido inconsciente. Fazer barulho só por fazer, porque é difícil ficar sozinha em uma caixa escura de madeira. Privação sensorial. O tipo de tortura usada para acabar com a determinação de assassinos cruéis e terroristas radicalizados. Porque funciona.

O pior era a dor. A superfície solidamente dura marcando o lugar macio atrás do meu crânio, forçando a parte de baixo das minhas costas, machucando meus calcanhares ossudos. Podia sentir a dor como fogo sobre a pele, até que meu sistema nervoso inteiro gritasse em fúria. Mas não havia nada que eu pudesse fazer. Nenhuma nova posição para adotar. Não existia uma curva aqui ou um canto ali para aliviar a pressão. Ficar presa, imobilizada, na verdade, de barriga para cima em uma prancha dura de pinho, minuto após minuto após minuto.

Acho que houve momentos, especialmente no começo, em que não estava sã.

Mas humanos são interessantes. Nossa capacidade de adaptação é realmente impressionante. Nossa fúria contra o próprio sofrimento. Nossa necessidade incansável de encontrar uma saída, de fazer alguma coisa, qualquer coisa, para seguir em frente com a vida.

Eu fiz a primeira melhoria nas minhas condições de vida por acidente. Em um surto de raiva contra a dor atrás do meu crânio, levantei a cabeça e bati com a testa contra a tampa de madeira. Talvez eu torcesse para conseguir desmaiar. Não teria me surpreendido.

O que consegui foi uma pontada na minha têmpora direita da frente, que aliviou, pelo menos temporariamente, a dor atrás da minha cabeça. Isso levou a mais descobertas. As costas doem? Bata com um joelho. O joelho dói? Chute com o dedão. O dedão dói? Bata com um dedo.

A dor é uma sinfonia. Uma canção de variadas intensidades e muitas, muitas notas. Eu aprendi a tocá-las. Não era mais uma vítima indefesa em um mar de sofrimento, mas um gênio insano da orquestra dirigindo a música da própria vida.

Sozinha, trancada em um compartimento de madeira do tamanho de um caixão, busquei cada minúsculo registro de desconforto e aprendi a dominá-los.

Fiz isso com levantamento de pernas e encolhimento de ombros e os exercícios de bíceps mais curtos do mundo.

Ele vinha. Ele mexia na tranca. Ele removia a tampa. Ele me puxava das profundezas e se regozijava em seus poderes divinos. E depois, uma pequena oferta de líquido, talvez até um resto de comida, jogando o proverbial osso para o cachorro. Ficava para assistir, rindo enquanto eu rasgava a asinha de frango seca e chupava avidamente a medula.

E então de volta para a caixa. Ele ia embora. Eu pertencia a mim mesma novamente.

Sozinha no escuro.

Mestre da minha própria dor.

Eu chorava. Eu me rebelava contra Deus. Eu implorava para que alguém, qualquer um, me salvasse.

Mas só no início.

Devagar, mas firme. Fraca, mas com mais clareza. Comecei a pensar, planejar, maquinar. De um jeito ou de outro, eu escaparia daquilo. Eu faria o que fosse necessário para sobreviver.

E então... Eu iria para casa.

CAPÍTULO 5

D.D. ENCONTROU NEIL NO QUARTO de trás do segundo andar da casa. O mais jovem membro da equipe de três pessoas, Neil era famoso por ter cabelos vermelhos espessos e rosto eternamente jovem. A maioria dos suspeitos o menosprezava, considerando-o um recruta novo, e D.D. e Phil sempre usaram isso a seu favor.

Ultimamente, Neil ostentava um pouco mais de pose. Nos últimos anos, D.D. e Phil o incentivaram a assumir mais responsabilidades, tomar a liderança. Isso provocava alguns conflitos, já que Neil ficava principalmente na base, supervisionando autópsias no necrotério. Mas D.D. preferia pensar que ela o havia treinado direito. Certamente, com ela de fora e Phil agora atuando como detetive líder da equipe, Neil poderia estar mandando na Carol, D.D. pensou. Era o mínimo que ele deveria fazer.

Neil olhou rapidamente para cima quando ela entrou. Ele estava ajoelhado no chão ao lado da cama de casal, segurando uma caixa de sapato que tinha puxado de debaixo do colchão. D.D. entrou um metro no espaço apertado e úmido e torceu o nariz. Tinha cheiro de lençóis não lavados, água-de-colônia barata e meias de academia. Em outras palavras, o lar de um homem solteiro.

"O quarto de Devon Goulding?", ela perguntou.

"Parece que sim."

"Desenvolvimento atrasado", ela resmungou.

Neil arqueou uma sobrancelha.

"Não podemos ser todos como Alex", ele observou.

Alex era o marido de D.D. Especialista em reconstituição criminal e instrutor na academia de polícia. D.D. o considerava um dos membros mais refinados da espécie, com gosto impecável para roupas, comida e, é claro, esposa. Ele também ficava uma graça com cereal pastoso grudado na bochecha, que é como terminava a maioria dos cafés da manhã com o filho de 4 anos do casal. Alex gostava até de lavar roupa. Devon Goulding, por outro lado...

"Achou alguma coisa?", D.D. disse, gesticulando em direção à caixa de sapato nas mãos de Neil. "Digamos, um esconderijo cheio de troféus das vítimas anteriores? De acordo com nossa *femme fatale*, que aparentemente nunca viu o Sr. Goulding antes dessa noite, ele certamente já fez esse tipo de coisa antes e talvez até seja o criminoso responsável pelo sequestro da aluna da Universidade de Boston que desapareceu em agosto."

Neil piscou.

"Você está falando do caso de Stacey Summers?"

"Foi o que ela disse."

"A mulher que incendiou Devon na sua própria garagem com suas mãos ainda amarradas?"

"Essa mesmo."

"Quem é ela mesmo?"

"Curiosamente, ela depôs mais sobre os supostos crimes de Devon do que sobre o seu. Mas está convencida de que ele era um predador em série, e definitivamente deveríamos procurar troféus."

"Ela parece familiar", Neil disse. "Mas não consigo lembrar de onde. Quando cheguei aqui e a vi... sabia que a conhecia de algum lugar."

"Quântico?", D.D. perguntou tentando ajudar, já que Neil tinha participado recentemente de um seminário de treinamento para detetives lá, e isso certamente explicaria o conhecimento da mulher a respeito de comportamento criminal.

Neil balançou a cabeça.

"Eu acho que não. Por outro lado..."

"Você já ouviu falar sobre esse negócio de fogo químico?", ela estava perguntando agora, já que Neil era o mais bem-treinado em ciências da sua equipe. Ex-equipe.

"Sim. Um desses truques de sobrevivência para quando você se perde no mato, esse tipo de coisa. Mas tenho que admitir que se acordasse preso em uma garagem com minhas mãos amarradas... Acho difícil que essa fosse a primeira coisa a se passar pela minha cabeça."

"Parece indicar habilidades de autodefesa mais elevadas do que a média."

"Mas tem uma coisa", Neil continuou, levantando-se. "Isso não deveria ter matado Goulding. Incapacitado, ferido, traumatizado, com certeza.

Mas queimaduras localizadas, calor relativamente baixo... Você ficaria surpresa do quanto o corpo humano consegue aguentar e ainda continuar funcionando. Eu já vi vítimas serem puxadas de destroços flamejantes com dois terços da sua pele tostada e, com tempo e tratamento suficientes, ainda sobreviverem."

D.D. estremeceu. Ela não gostava de queimaduras. Uma vez tinha sido enviada a uma unidade de queimaduras para interrogar um sobrevivente que estava tendo a pele morta literalmente raspada das costas. Pelos gritos do cara, ela assumiu que ele estivesse morrendo, mas foi informada de que o tratamento todo havia sido projetado para curá-lo. Não havia morfina suficiente no mundo, a enfermeira informara, tentando ajudá-la a entender, enquanto continuava a esfregar.

"Agora, é possível que Devon tenha inalado calor e fumaça para dentro da garganta", Neil dizia. "Talvez tenha queimado seu esôfago, que inchou e bloqueou as vias respiratórias. Mas o que a testemunha descreveu pareceu mais instantâneo. O que me faz pensar que talvez ele tenha entrado em choque e seu coração parou de bater."

"Certo", D.D. disse. Ela ainda não sabia onde Neil queria chegar com isso, mas ele havia trabalhado como técnico de emergência médica antes de virar policial. Era comum que ele percebesse coisas que nem ela nem Phil viam.

"É claro, o falecido é um homem jovem, obviamente em boa forma. Fisiculturista, aparentemente."

"Você conseguiu ver isso?", D.D. perguntou, incrédula, lembrando-se da massa empilhada de restos carbonizados.

"Você não?"

"Deixa pra lá."

"O que leva a outras considerações. Fisiculturistas são conhecidos por mexerem com esteroides anabolizantes, o que, por sua vez, pode levar a toda uma diversidade de sintomas, incluindo pressão alta e coração inchado."

"E testículos atrofiados", D.D. contribuiu. "Pressão alta é novidade para mim, mas sobre os testículos atrofiados eu tenho bastante certeza."

Neil revirou os olhos.

"Deixaremos o legista medir o tamanho dos testículos dele. Mas de acordo com isso aqui, nós dois provavelmente estamos corretos." Ele sacudiu a caixa de sapato e D.D. ouviu o barulho de frascos de vidro chacoalhando. "Devon Goulding certamente estava usando esteroides. Há quanto tempo, eu não sei dizer. Mas mesmo o uso no curto prazo teria impactado seu coração e contribuído para sua morte."

"E quanto à fúria de esteroides?", D.D. perguntou, refletindo sobre o assunto. "Eu sempre achei que fosse um surto descontrolado, mas será que isso poderia levá-lo a sequestrar uma garota num bar?"

"Eu não saberia informar", Neil disse, dando de ombros. "Em teoria, no longo prazo, abuso de esteroides leva a uma redução da libido, o que nos leva a questionar por que ele iria *querer* sequestrar uma garota em um bar."

"Se entregar aos seus impulsos mais sombrios era o único jeito de ficar interessado? A violência, seu último fetiche?"

Neil deu de ombros.

"Seu chute é tão bom quanto o meu. De acordo com essa caixa, acho que podemos assumir com segurança que Devon Goulding usava esteroides e que isso provavelmente foi um dos fatores de sua morte. Quanto a evidências de crimes anteriores, de outras vítimas, só existe um jeito de descobrir." Neil abaixou a caixa, deu um passo em direção à estreita cômoda apertada contra a parede e começou a puxar as gavetas.

D.D. o deixou fazer isso. Ela estava em trabalho restrito, afinal de contas. Neil poderia saquear o quarto. Ela cruzou o cômodo até a cama e inspecionou os conteúdos da caixa de sapato de Goulding. Além de diversos frascos de vidro com etiquetas coloridas, havia vários saquinhos de pílulas sem marcação, suplementos, hormônios e sabe lá o quê. Será que o abuso de esteroides foi o que levou à sequência de crimes de Goulding? A única sobrevivente tinha indicado que não o conhecia de modo algum, que estivera no bar com outro homem até Goulding derrubar o primeiro candidato e fugir com a garota. Certamente soava primitivo. Para D.D., também parecia impulsivo. Predadores em série costumavam perseguir suas vítimas, planejar o sequestro. Enquanto agarrar a garota do lado de fora de um bar...

"Ei", Neil disse, interrompendo seus pensamentos. Ele tinha desistido das gavetas e estava de joelhos novamente, tateando embaixo da cômoda com sua mão enluvada.

"Achou alguma coisa?"

"Talvez."

Ele precisou forçar para conseguir retirar um envelope amarelo simples preso no fundo da cômoda. Balançou-o e D.D. viu várias formas pequenas e retangulares se movendo contra o revestimento de papel.

Neil levou o envelope até a cama. A aba de cima não estava grudada com cola, mas sim com clipes metálicos. Ele puxou os clipes e fez as honras de abrir o envelope e derramar seu conteúdo na cama.

D.D. contou dois documentos do tamanho de cartões de crédito. Só que não eram cartões de crédito.

"Carteiras de motorista", Neil disse. "Duas mulheres. Kristy Kilker. Natalie Draga."

"Mas não Stacey Summers?"

"Nenhuma Stacey Summers. Por outro lado", Neil levantou uma das carteiras para mostrar uma única digital sangrenta, "acho que a escoteira mais perigosa do mundo talvez tenha um pouco de razão, afinal de contas".

Eles vasculharam o resto do quarto, D.D. começando com a cama, Neil continuando com a cômoda. Moveram-se de forma metódica e eficiente, parceiros de equipe que já tinham feito esse tipo de coisa antes. Mais tarde, os peritos criminais retornariam com pó para colher impressões digitais, luminol e fontes de luz especiais. Eles recuperariam digitais, fluidos corporais e, com alguma sorte, fios minúsculos de cabelo e fibras.

Por enquanto, D.D. e Neil procuravam o mais óbvio. Roupas femininas, joias, qualquer coisa que pudesse ser conectada com outras vítimas. Recibos e contas de bar que pudessem indicar outras áreas de caça. E, por que não, um diário de assassino. Você nunca sabe quando pode dar uma sorte dessas.

D.D. precisou da ajuda de Neil para levantar o colchão. Seu ombro já estava latejando, o braço esquerdo fraco demais para a tarefa. Neil não falou nada. Ele se aproximou. Juntos, o levantaram; então ele voltou ao seu canto e continuou sua busca.

Ela ficou grata pelo silêncio de seu parceiro… Ex-parceiro. Grata por ele não comentar sobre a camada de suor que já se acumulava em sua testa, sua clara falta de fôlego. Nem se esperava muito que supervisores processassem cenas do crime, D.D. lembrou a si mesma. Solicitar papelada sobre o assunto, rever todas as anotações, claro. Mas essa coisa de trabalho de campo… Não, ela devia estar segura e acomodada na sede, onde a incapacidade de carregar uma arma de fogo não seria um risco para ela e nem para os outros.

D.D. vasculhou cada centímetro quadrado sob o colchão e, então, começou a trabalhar na estrutura da cama. Mais tarde ela teria que colocar gelo no ombro, sob o olhar reprovador de Alex. Mas ela sabia quem ela era. Alex sabia disso. Neil sabia disso. Era só o departamento de polícia de Boston que ela planejava enganar.

"Achei alguma coisa." Ela conseguia sentir um calombo duro próximo ao canto superior, à direita da estrutura da cama. De perto, ela conseguia ver que a costura onde o material pesado das laterais da estrutura encontrava a capa fina estava esgarçada no topo. Ela cutucou com a ponta dos dedos enluvados, e lá estava, escondida em um ninho de molas. "Uma caixa. Espere aí. Porcaria escorregadia. E... consegui!"

Cuidadosamente, D.D. retirou a caixa de metal. Seu braço esquerdo inteiro tremia de fadiga. Mais pesos, ela pensou, vagamente. Mais pesos, mais fisioterapia, mais qualquer coisa para não se sentir tão fraca, para não *ser* tão fraca em público.

Mas mais uma vez, Neil não comentou nada. Ele só pegou o pequeno cofre de suas mãos trêmulas e o levou até a mesa de canto, onde havia mais luz.

O cofre parecia razoavelmente normal. Cor de bronze. Talvez uns quinze centímetros de largura por cinco de altura. Projetado para guardar algumas lembranças pessoais ou preciosas, pouco mais do que isso.

"Fotos", Neil disse.

"O quê?", perguntou D.D. se aproximando e tentando enxergar a pilha de imagens embaixo da luz da mesa.

"Uma mulher de cabelos negros. Várias e várias vezes." Neil folheou a pilha. Cada foto revelava a mesma pessoa. Caminhando em um parque, sentada com um copo de café, lendo um livro, rindo para alguém fora da imagem. A mulher parecia ter uns trinta e poucos e era muito bonita, de um estilo sombrio e sensual. "Ex-namorada, talvez?"

"Escondida em uma caixa dentro da estrutura da cama?" D.D. já estava balançando sua cabeça. "Eu acho que não. Parece ser alguém que você conhece? Stacey Summers? Espere, ela é loira e baixinha, enquanto essa garota..."

"Não é a Stacey Summers", Neil concordou. "E quanto à nossa vítima lá embaixo? Da última vez que a vi, estava coberta de lixo. Não me lembro da cor do cabelo."

"Também loiro, com olhos cinza-claros. Também não é essa mulher."

"D.D.", Neil disse, em voz baixa. Ele tinha chegado nas últimas fotos. Ambos congelaram. Era a mesma mulher. Só que ela não estava mais sorrindo ou rindo. Seus olhos escuros estavam arregalados, seu rosto pálido abalado. Ela encarava diretamente a câmera, e sua expressão...

Agora, era a mão de Neil que tremia um pouco. D.D. não disse nada.

Neil abaixou as fotos e, então, retornou com as duas carteiras que tinham encontrado embaixo da cômoda.

"Natalie Draga", ele disse, colocando a identidade ao lado da foto. Ambos olharam das fotos para a identidade oficial e concordaram lentamente. "31 anos, endereço em Chelsea."

"Mas não tem imagens da segunda vítima?"

"Não. Só da Natalie."

"Conexão pessoal", D.D. murmurou. "Ela significava algo para ele. Daí todas as imagens."

"Idolatrava-a de longe", Neil supôs.

"Ou talvez até fosse uma namorada. Só que terminou mal. Talvez ela o tenha rejeitado. E então ele a atacou."

"E a segunda vítima, Kristy? E a mulher lá embaixo?", Neil perguntou. Eles tinham revirado a caixa; não havia mais fotos.

"Talvez ele tenha gostado", D.D. teorizou em voz alta. "A primeira vez foi pessoal. A segunda e a terceira foram por diversão."

"Não tem como saber onde essas fotos foram tiradas", Neil disse. "O enquadramento está próximo demais, não tem fundo suficiente."

"Nossa sobrevivente diz que tem sangue na garagem."

"Eu consegui sentir o cheiro de algo", Neil concordou.

"Peça que os peritos criminais coletem amostras. E mande mais policiais uniformizados para o bar onde Devon Goulding trabalhava, com fotos de todas as três vítimas conhecidas. Vamos ver o quão perto de casa ele estava caçando. Pegue uma foto de Stacey Summers também. Veja se ela frequentava aquele bar."

"Ela foi vista pela última vez em um estabelecimento diferente, Birches, na rua Lexington."

"Eu sei. Mas talvez ela tenha passado um tempo no bar de Goulding também... Quantos psicopatas uma pobre garota pode encontrar?"

D.D. se endireitou, fazendo uma careta quando o movimento forçou seu ombro, juntando-se à dor crescente nas costas.

"Você deveria ir para casa", Neil disse. "É nosso trabalho lidar com isso, o seu é dizer como a gente deveria tê-lo feito melhor."

Mas D.D. não estava prestando atenção. Ela estava pensando na garagem, em Devon Goulding, na última vítima, que tinha virado o jogo para cima dele e, agora, estava sentada na traseira de uma viatura. Uma loira com conexões no FBI e conhecimentos suficientes para começar um fogo químico. Uma mulher que Neil achou ter reconhecido.

Ela deveria saber isso, pensou. Podia sentir algo mexendo no fundo da cabeça.

Sentiu um toque por trás. A detetive novata, Carol Manley, enfiou a cabeça para dentro do quarto:

"D.D., o agente que nossa vítima chamou no FBI. Ele chegou."

CAPÍTULO 6

MUITO TEMPO ATRÁS, eu poderia ter contado tudo sobre mim para você.

Poderia ter dito com certeza que meu nome é Florence Dane. Minha mãe, que sonhava alto para seus filhos, escolheu meu nome em homenagem a Florence Nightingale e o do meu irmão mais velho em homenagem a Charles Darwin.

Eu teria dito que o lugar mais feliz do mundo era a fazenda da minha mãe no centro do Maine. Montes de mirtilos no verão, hectares e mais hectares de batatas no outono. Eu cresci amando o cheiro de terra recém-arada. A sensação do solo sob a ponta dos meus dedos. O suspiro de contentamento da minha mãe no final do dia, quando observava tudo que tinha realizado e se sentia satisfeita.

Entre nossos vizinhos, havia diversas raposas, além de ursos e alces. Minha mãe não se importava com eles, mas acreditava firmemente que não se deve alimentar os animais selvagens. Deveríamos coexistir com a natureza, não a corromper. Minha mãe cresceu em uma comunidade, isto que hoje chamam de *cohousing*. Ela tinha muitas teorias sobre a vida, e nem todas faziam sentido para meu irmão e eu.

Pessoalmente, eu gostava mais das raposas. Passava horas sentada do lado de fora da toca delas, torcendo para um vislumbre dos filhotes. Raposas são brincalhonas, parecem uma mistura de filhote de gato com cachorro. Elas gostam de rebater bolas de golfe ou arremessar pequenos brinquedos no ar. Eu aprendi isso do jeito que crianças costumavam aprender coisas: ficando à toa no quintal com o sol na cara, tentando um pouco disso, um pouco daquilo. Levei para elas uma bola velha de borracha, um rato recheado com erva-de-gato e até um pequeno pato de borracha. As raposas adultas cheiravam as oferendas cautelosamente, enquanto os filhotes saíam correndo da toca e pulavam em cima dos novos brinquedos sem nenhuma hesitação. Às vezes, eu deixava uma cenoura ou duas para trás. Ou, se minha mãe estivesse particularmente ocupada e não estivesse prestando atenção, restos de cachorro-quente.

Eu só estava sendo uma boa vizinha, tentei explicar para minha mãe na primeira tarde em que ela me flagrou picotando queijo do lado de fora da abertura da toca. Ela não aceitou o argumento: "Toda criatura precisa aprender a sobreviver sozinha. Incentivar a dependência não ajuda ninguém, Flora".

Mas mais tarde, depois de uma tempestade de neve particularmente forte no início de novembro, peguei-a levando restos do jantar para a mesma toca. Ela não falou nada, e eu também não. Tornou-se nosso segredo compartilhado, porque naquela época não conseguíamos imaginar algo mais escandaloso do que domesticar raposas selvagens.

Então, depois de tantos anos, aqui está algo que poderia ter contado a você sobre mim: eu adoro raposas. Ou pelo menos costumava adorá-las. Esse não é o tipo de coisa que é fácil tirar de alguém. Mas eu não fico mais sentada observando-as, nem levo brinquedos ou contrabandeio guloseimas. 472 dias depois... eu tento encontrar paz na floresta. Certamente prefiro os espaços bem abertos a pequenos espaços fechados.

Mas alguns pedaços de mim, alguns sentimentos... simplesmente não são mais assim. Eu posso fazer as coisas que costumava fazer, visitar os mesmos lugares, ver as mesmas pessoas. Mas não sinto mais as mesmas coisas. Às vezes, não tenho certeza se sinto coisa alguma.

Abril é meu mês favorito. Tenho praticamente certeza de que isso ainda é verdade. A fazenda veio com uma estufa velha e raquítica. Como ela sobrevivia a cada inverno longo e tempestuoso, nós nunca entendíamos. Mas no final de abril, quando a neve finalmente derretia, nos arrastávamos pela lama e forçávamos a porta torta a abrir, a estrutura inteira rangendo em protesto. Darwin liderava a investida, o único homem e autointitulado protetor da família.

Em seguida vinha minha mãe, com um carrinho de mão cheio de sacolas de barro e terra adubada. Eu seguia na retaguarda, levando bandejas de plástico e, é claro, pacotes de sementes.

Meu irmão, Darwin, fazia tudo com pressa. Arremessava punhados de solo, enfiava as sementes. Mesmo naquela época ele era impaciente, desejando estar em qualquer outro lugar que não aquele. Minha mãe tinha escolhido um bom nome. Darwin nos amava, mas desde pequeno nós podíamos perceber que ficar em casa não era muito a sua praia. As matas cerradas cantavam para nós, mas o mundo inteiro cantava para ele. Então ele trabalhava ao nosso lado, rápido e eficiente, mas sua mente estava em outro lugar. Minha mãe o observava e suspirava. Ele é uma alma jovem, ela dizia, com coração mole.

Ela se preocupava com ele, mas nunca comigo. Eu era a filha feliz. Pelo menos era o que diziam as histórias.

Meu irmão retornou da universidade assim que ouviu falar sobre meu desaparecimento. No início, ele ficou com minha mãe como uma âncora. Então, quando o primeiro cartão-postal chegou e ficou claro que eu tinha sido sequestrada, meu irmão, o aventureiro, se tornou um guerreiro. Facebook e Twitter eram seus campos de batalha. Ele planejou campanhas inteiras para convocar completos estranhos a ajudar a me encontrar. E ele me trouxe à vida, personalizou sua irmãzinha para as massas, com fotos do meu primeiro aniversário, eu na fazenda e, sim, eu sentada em uma colina com filhotes de raposa. Só que essas fotos não eram realmente para as massas. Eram para meu sequestrador, para fazê-lo me enxergar como uma garotinha, irmã, filha. Meu irmão assumiu como sua missão me humanizar para ajudar a salvar minha vida.

Acho que foi por isso que ele levou o maior baque quando eu voltei para casa e não era mais a jovem de todas aquelas fotos. Eu não sorria. Eu não ria. Eu não ia brincar na lama ou procurar as raposas. Veja, meu sequestrador também tinha uma missão, que era remover todos os fiapos de humanidade de mim. Me esvaziar, me quebrar, me transformar em um absoluto nada.

Você acha que vai lutar, ou pelo menos aguentar. Você promete a si mesma que será forte o suficiente. Mas 472 dias depois…

Meu irmão teve que deixar a fazenda depois que eu voltei. Ele precisou se afastar da irmã que eu não era mais. Eu o vi partir e fiquei, em partes, aliviada por isso. Menos um par de olhos para me observar em todo os lugares que eu ia. Menos uma pessoa para ficar assustada com a nova Flora Dane, definitivamente não melhorada.

Muito tempo atrás, eu teria ficado triste com a partida do meu irmão. Teria dito a ele que o amava, que sentiria sua falta, que gostaria de revê-lo em breve.

Muito tempo atrás, eu teria dito a você que amava minha mãe. Que ela era minha melhor amiga no mundo inteiro e que, embora fosse interessante ir para a universidade, eu ainda gostava de passar os finais de semana em casa.

Muito tempo atrás, eu era esse tipo de garota. Gostava de lugares abertos, de me divertir, era feliz.

Agora tem coisas sobre mim que ainda não posso dizer a você.

Tem coisas que ainda preciso aprender no caminho.

O sol já nasceu. Sentada na traseira da viatura, lençol amarrado com força em torno dos meus ombros, lixo secando no meu rosto, sinto o céu clareando ao meu redor. Não olho para cima. Não olho em volta. Não preciso ver para saber o que está acontecendo.

À minha esquerda, dentro da casa de quem pretendeu ser meu capturador, os peritos criminais estão varrendo cada centímetro. Um punhado de detetives também está passando pela estrutura, cômodo por cômodo, catalogando cada dispositivo eletrônico, vistoriando pilhas de correspondência, verificando cuidadosamente o quarto do barman.

Eu não tinha mentido antes. Não sou policial ou agente do FBI. Eu nunca conheci a garota que desapareceu três meses atrás, Stacey Summers. Como o restante de Boston, ou do país, na verdade, eu simplesmente acompanhei seu caso nos noticiários.

Mas, por outro lado... eu a conheço. Eu reconheço o sorriso brilhante de suas fotos de veterana de faculdade, com seus cabelos loiros e olhos azuis redondos. Eu reconheço sua exuberância em todas as fotos de líder de torcida de colégio, pompons vermelhos socando o ar. E então o vídeo nefasto: imagens de câmera de segurança de uma pequena garota loira sendo sequestrada à força por um brutamontes. De manhã, ao meio-dia, à noite. Nunca era uma hora ruim para produtores de notícias passarem a imagem sensacionalista de uma ex-líder de torcida bêbada de 19 anos sendo arrastada por um beco escuro.

Eu li todas as notícias sobre o sequestro dela. Observei, sentada e hipnotizada, a participação de seus pais em um show matutino na televisão, embora, em teoria, eu tivesse decidido não assistir mais a esse tipo de coisa. Eu vi seu pai, o tipo forte executivo, lutar para se recompor, enquanto a mãe, uma mulher mais velha, mas ainda bonita, segurava firme na mão do marido, implorando pelo retorno seguro da filha.

A linda, feliz e efervescente Stacey Summers. Que, de acordo com seus pais, jamais faria mal a uma mosca.

Eu me pergunto que coisas ela não costumava saber. Que lições ela já foi forçada a aprender.

A verdade é que conheço Stacey Summers. Eu não quero. Não era minha intenção. Mas eu conheço Stacey Summers. Não é necessário um PhD em psicologia para entender que toda vez que vejo sua foto, ou leio uma reportagem, eu estou, na verdade, olhando para mim mesma.

Ninguém ligou para minha mãe nas primeiras 24 horas após meu desaparecimento. Ninguém sabia que eu tinha sumido. Em vez disso, ela recebeu uma mensagem confusa, quatro dias após o início das férias de verão, da minha colega de quarto da universidade: "A Flora está com você? Por que ela não nos contou que estava indo mais cedo para casa?"

É claro que minha mãe não fazia ideia do que Stella estava falando. Aparentemente levaram uns bons vinte minutos para esclarecer que eu não estava na Flórida com Stella, nem magicamente de volta ao Maine na fazenda de minha mãe, e nem tinha retornado milagrosamente para o meu quarto no dormitório da universidade. Na verdade, ninguém me via há dias.

Minha mãe não é do tipo que costuma entrar em pânico. Ela desligou o telefone e começou os procedimentos básicos. Entrou em contato com meu irmão mais velho. Verificou sua caixa de e-mails. Deu uma olhada em minha página no Facebook. Seu coração começou a acelerar um pouco. As mãos começaram a tremer.

Ela dirigiu até a delegacia. Mais tarde, me disse que sentiu ser importante falar com alguém pessoalmente. Mas mesmo relatar suas preocupações foi confuso. Minha mãe mora no Maine, mas eu tinha aulas em Boston, e teoricamente desapareci durante as férias de verão na Flórida. O policial do Maine foi simpático o suficiente. Ele ouviu o que minha mãe tinha a dizer, pareceu concordar que eu não era o tipo de garota que fugiria, embora, considerando as circunstâncias, eles não podiam eliminar a possibilidade de uma desventura bêbada. Ele então a incentivou a dar início ao processo submetendo um relatório oficial de pessoa desaparecida, enviado por fax para o departamento de polícia local da Flórida.

E aí... nada.

O sol nasceu; o sol se pôs. Meus amigos da universidade falaram com a polícia na Flórida. Depois, voltaram ao campus em Boston e continuaram a assistir às aulas. Enquanto isso, minha mãe se sentava ao lado de um telefone que não tocava.

E então...

Um cartão-postal entregue pelo correio. Minha caligrafia, mas as palavras de outra pessoa. Subitamente, eu não era mais uma aluna universitária desaparecida. Eu era uma vítima suspeita de sequestro que tinha sido arrastada entre estados. Do dia para a noite, meu caso se tornou uma notícia quentíssima, e o mundo da minha família explodiu com ele.

Como mãe, minha mãe me disse mais tarde, você gosta de pensar que teria algum controle sobre o caso de sequestro da sua filha desaparecida. Mas não é assim que funciona. A primeira coisa que a polícia estabeleceu é que ela *não* podia ligar para eles; eles ligariam para ela. De fato, minha mãe nem chegou a conhecer muitos dos agentes do FBI que estavam trabalhando no meu caso até a primeira coletiva de imprensa.

Em vez disso, ela conheceu seus novos melhores amigos: os defensores de vítimas. Dado o nome, você poderia cometer o erro de pensar que eles trabalhavam para ela, a vítima. Não. Defensores de vítimas trabalham para a polícia ou para o escritório do promotor. Depende da jurisdição. Minha mãe lidou com seis deles durante o tempo do meu sequestro. Locais, estaduais, federais. Eles se revezavam. Porque especialmente naquelas primeiras semanas, membros da família nunca são deixados sozinhos.

Os defensores disseram a ela que tudo aquilo era para o seu próprio bem. E quando eles começaram a atender seu celular, que tocava incessantemente, ela agradeceu. Quando eles colocaram uma placa no quintal da frente avisando a mídia de que ali era propriedade privada e que ninguém poderia invadir, ela ficou grata. E quando milagrosamente ofereceram mais uma refeição, enquanto habilmente a conduziam para um quarto de hotel para que tivesse pelo menos uma noite de sono, ela se perguntou como poderia sobreviver àquela provação sem eles.

Mas minha mãe não é estúpida.

Não levou muito tempo para ela perceber que os defensores de vítimas estavam sempre fazendo perguntas. Sobre a vida das crianças e os interesses amorosos delas. Sobre sua vida e seus interesses amorosos. E, ei, agora que ela conseguiu comer alguma coisa, por que não conversar com os detetives um pouco? No início, ela achava que isso era para que os detetives pudessem atualizá-la sobre o que estavam fazendo, para ajudar a me encontrar, mas, mais tarde, ela entendeu que era para os detetives poderem interrogá-la mais a fundo. E, ah sim, essa manhã seu defensor de vítimas gentil e solidário a levaria em casa para coletar possíveis informações – telefones, tablets, diários pessoais. Na manhã seguinte, seu defensor de vítima mencionaria algo como "ei, vamos fazer um teste de polígrafo", meio que no mesmo tom que suas amigas um dia usaram para convidá-la para ir à manicure.

Eu desapareci na Flórida. E a vida da minha mãe se tornou um drama investigativo de destaque, governado o tempo todo por babás. Nós duas, imagino, aprendemos lições de sobrevivência. E nós duas sabemos coisas que preferiríamos ficar sem saber.

Por exemplo, eu sei que um defensor de vítimas aparecerá na porta de Stacey Summers essa manhã. Provavelmente alguém que acompanha seu caso mais de perto. Talvez, como eu, seus pais realmente deem valor ao seu defensor, forjando um relacionamento. Ou talvez, como minha mãe, eles meramente tolerem o relacionamento, mais uma invasão em uma vida que certamente não pode mais ser somente deles.

O defensor levará uma foto de Devon Goulding, o falecido que me atacou e que quase certamente é um reincidente. O defensor perguntará se reconhece esse homem, se tem alguma chance de Stacey um dia tê-lo conhecido. Os Summers imediatamente serão ousados o suficiente, malucos o suficiente, para fazer algumas perguntas também: é esse o homem? É esse o cara que levou nossa filha? O que aconteceu com Stacey? Onde ela está? Quando poderemos vê-la?

O defensor não dirá nada. E, finalmente, os Summers sucumbirão ao silêncio atônito, cada migalha de informação apenas levando a mais perguntas. Eles não poderão interrogar Devon Goulding. A culpa disso é minha. Mas um desfecho, a descoberta real da sua filha...

Eu olho de relance para a casa novamente. Espero que esses detetives consigam encontrar as respostas que não tive a chance de procurar, como a origem do sangue no canto da garagem. E será que foi Devon quem levou a linda e saltitante Stacey Summers? O que ele fez com ela depois? Porque eu sei que assisti ao vídeo do sequestro de Stacey mais do que deveria. Sei que durmo em um quarto com as paredes repletas de histórias de pessoas desaparecidas que nunca voltaram para casa. Sei que, quando saí naquela noite, estava procurando coisas que não deveria.

Muito tempo atrás, eu poderia ter contado tudo sobre mim para você. Raposas. Primavera.

Família.

Agora...

Espero que Stacey Summers seja mais forte do que eu.

Eu gostaria de dormir. Encostar a cabeça no banco de trás da viatura e sonhar com os dias do passado em que precisava pensar na universidade ou na atração das férias de verão, a promessa de praia ensolarada na Flórida.

Antes de estar sempre e permanentemente sozinha.

Um clamor renovado percorre a rua. Eu senti uma mudança e certo agito na multidão acomodando uma nova chegada oficial à cena do crime. Não precisei levantar a cabeça para saber quem era. Eu chamei e, portanto, ele veio. Porque assim são as coisas entre nós. Minha mãe tinha suas babás, mas, para mim, o relacionamento sempre foi algo mais.

Um minuto passa. Dois. Três.

E então ele está ali, de pé do lado de fora da porta aberta do carro, perfeitamente vestido como sempre, com seu casaco transpassado apertado forte contra o frio.

"Ah, Flora." O especialista em vítimas do FBI Samuel Keynes suspira profundamente.

"O que você fez?"

CAPÍTULO 7

QUANDO D.D. DESCEU AS ESCADAS e deixou a residência dos Goulding para trás, seu celular já havia tocado três vezes – e ela havia sido interrompida duas vezes. Uma sequência de boas notícias, más notícias, uma dor de cabeça crescente por causa de um caso que rapidamente evoluía e uma noite longa mal dormida.

De acordo com o subcomissário de homicídio, também conhecido como seu chefe, ela tinha ordens estritas para terminar de arrumar as coisas ali e dar o fora imediatamente, antes que os detetives exaustos inevitavelmente deixassem algo escapar para a mídia sedenta e essa coisa toda explodisse na cara deles. D.D. não discordava. Rapidez e eficiência nunca são um plano ruim quando se está em uma investigação de homicídio. Infelizmente, ela tinha a sensação de que eles não teriam essa sorte.

D.D. finalmente deixou a entrada da casa para trás. Um bramido veio dos repórteres reunidos ao longo do caminho. Quem ouvisse o som acharia que um superzagueiro estava entrando em campo, ela pensou secamente, e não apenas uma sargento de polícia exausta aparecendo em público. Instintivamente, levantou a mão. Não por necessidade de bloquear a saraivada de flashes naquela manhã clara e ensolarada de novembro. Só não queria incentivar mais perguntas gritadas.

Ela foi direto para onde tinha visto pela última vez sua vítima, agora vingadora, sentada direitinho na parte de trás de uma viatura, e como imaginava... D.D. se aproximou.

Um homem negro, alto e elegante estava em pé do lado da viatura. Não, um homem negro, alto e magnífico. Maçãs do rosto perfeitamente esculpidas. Cabeça lisa raspada decorada por um cavanhaque impecavelmente arrumado. Olhos escuros emoldurados por cílios inacreditavelmente longos. O homem vestia um casaco preto transpassado de lã, modelo favorito de executivos de negócios e agentes do FBI. Só que, de perto, D.D. não estava certa se era mesmo lã.

Talvez algo mais parecido com caxemira, combinando com o cachecol de seda vermelho escuro. O que, naquele momento, fez total sentido para ela. Um homem tão bonito, com um rosto tão inteligente e um olhar tão direto, é claro que ele vestia um casaco que custava mil dólares. E o carro, que não era o fornecido pelo departamento, provavelmente era um Bentley.

Ela percebeu, tarde demais, que o encarava levemente boquiaberta. Fechou a boca com força, apertou seus ombros doídos e, que diabos, fingiu ser profissional. Ele estendeu a mão enquanto ela se aproximava.

"Dr. Samuel Keynes. Especialista em vítimas. FBI."

"Aham."

Ela retribuiu o aperto de mão. Uma pegada firme. Naturalmente.

"E você é?" Ele esperou pacientemente pela resposta. Olhos escuros profundos, como chocolate derretido. Claramente a observando como se ela fosse uma lunática.

"Detetive sargento D.D. Warren", conseguiu falar. "Supervisora. Homicídios. Esse homicídio. Espere um instante." Ela franziu a testa, recuperando a compostura. "Especialista em vítimas. Não nos conhecemos antes? As bombas da maratona de Boston...?"

"Eu ajudei várias famílias, sim."

D.D. assentiu. Estava se lembrando agora. O departamento de polícia de Boston tinha auxiliado a investigação do FBI no caso das bombas da Maratona de Boston de abril de 2013. D.D. tinha cuidado pessoalmente de diversas entrevistas, considerando a quantidade de testemunhas que tinham para questionar. Nas reuniões da força-tarefa, tinha visto Dr. Keynes, bem como diversos outros especialistas em vítimas, embora naquele momento houvesse coisas demais acontecendo para fazer apresentações. Estavam todos ocupados o bastante lidando com o horror das bombas, um caso ativo e extremamente complexo.

"Você conhece nossa suspeita?", ela perguntou, gesticulando na direção da sua vítima/suspeita, que continuava sentada e calada na traseira da viatura.

"Flora?", ele disse de modo gentil.

A garota finalmente levantou a cabeça. O machucado tinha começado a escurecer em torno do seu olho, deixando a pele em um tom roxo escuro, enquanto o dorso do nariz aparentava um vermelho raivoso.

A onda de adrenalina tinha deixado seu sistema, D.D. observou. E, agora, ela estava colapsando.

"Talvez o melhor seja contar a ela", a mulher disse. Sentada no banco de trás da viatura, enrolada no lençol azul da polícia, ela deu de ombros, ainda sem fazer contato direto olho no olho. "Vindo de você, talvez ela acredite. Enquanto qualquer coisa que eu diga..."

"Poderá ser usada contra você em um tribunal?", D.D. ofereceu, para ajudar.

A garota cravou um olhar afiado nela.

"Exatamente."

"Detetive sargento Warren", Dr. Keynes começou a falar.

"D.D."

"D.D., podemos dar uma caminhada? Em algum lugar mais calmo?" Ele não precisou mencionar especificamente os repórteres. A balbúrdia já havia acalmado, o que tornava o ambiente ainda mais propício para a mídia bisbilhotar.

D.D. pareceu refletir por um instante, e então indicou com a cabeça a residência dos Goulding. Estava cheia de peritos criminais, mas nenhum jornalista – e isso era o mais próximo de privacidade que conseguiriam.

Ela foi na frente, Dr. Keynes seguindo atrás.

"Belo casaco", ela disse. "Caxemira?"

"Sim."

"Cachecol de seda?"

"Sim."

"Devo dizer que o departamento de polícia de Boston não é tão generoso. Por outro lado, eu não tenho *Doutora* na frente do meu nome."

"Meu avô engraxava sapatos", Dr. Keynes disse, suavemente. "Meu pai, por outro lado, é um cirurgião cardiotorácico. Formou-se em Harvard."

"E você está dando continuidade à ascensão social de sua família... no FBI?" D.D. olhou para ele, incrédula.

Eles chegaram à porta da frente. Dr. Keynes manteve a porta aberta para ela, toque de cavalheirismo pouco necessário em uma cena de crime.

"Eu gosto do meu trabalho. E tenho a felicidade de estar em um ponto da minha vida no qual posso me dar ao luxo de fazer o que gosto."

"Estou começando a ver o que você e minha suspeita têm em comum. Ambos fazem um excelente trabalho de nunca responder minhas perguntas." A porta da frente da casa dos Goulding dava para um saguão modesto, com uma escadaria à frente. Considerando que o acabamento de madeira da sala e os pilares da escada estavam sendo espanados em busca de impressões digitais por um par de peritos criminais, D.D. virou à esquerda, afastando-se do caos. Ela e o bom doutor chegaram a uma sala de estar frontal que ostentava um sofá, uma mesa de centro com uma pilha de revistas de artesanato e uma cesta cheia de novelos. Alguém, provavelmente a Sra. Goulding, devia gostar de tricô. Havia alguma coisa naquele pequeno detalhe que incomodou D.D. Como você, que é uma mulher conhecida por seus lenços costurados à mão, se torna mãe de um suspeito de estupro?

D.D. parou à frente da mesa de centro. Parecia-lhe muito invasivo sentar, então ficou em pé. Dr. Keynes fez o mesmo. Ar abafado. Estava muito mais quente naquela sala pequena do que lá fora. Dr. Keynes desabotoou seu casaco, soltou seu cachecol. Por baixo, vestia um terno escuro. Padrão governamental, ela pensou – só que, mais uma vez, corte e tecido eram muito mais finos do que algo vestido por agentes convencionais.

"Dr. Keynes", ela começou a dizer, e então parou por um instante para ver se ele emendava se apresentando pelo primeiro nome. Ele não deu essa liberdade. "Eu não trabalhei com muitos defensores de vítimas", D.D. continuou, finalmente. "Mas minha memória me diz que, no FBI, você não é a mesma coisa que um agente. Sua função é...?"

"Eu sou um especialista em vítimas. Eu respondo ao EAV: Escritório de Assistência a Vítimas."

"E você é um doutor."

"Psicólogo."

"Especialização?"

"Trauma. Trabalho principalmente com vítimas de casos de sequestro, de raptos de crianças a executivos petroleiros sequestrados na Nigéria."

D.D. o estudou. "Eu não acho que... Flora? Seja uma executiva de petróleo."

"Florence Dane", ele completou, e então a encarou esperando alguma coisa.

O nome soava familiar. A julgar pelo olhar no rosto dele, deveria. Além disso, o comentário anterior de Neil, de que reconhecia o rosto da mulher de algum lugar... D.D. finalmente se lembrou.

"Sete anos atrás. Ela era uma estudante universitária. UMass. Partiu para férias de verão em Palm Beach e desapareceu. O FBI lidou com a investigação..." Ela teve que parar para pensar. "Por causa dos cartões-postais, certo? A mãe começou a receber cartões-postais, teoricamente escritos por sua filha, mas todos de estados diferentes. A mãe foi para a televisão, deu entrevistas em várias coletivas de imprensa, sempre tentando entrar em contato com o sequestrador."

"Houve mais do que cartões-postais. Ele enviou e-mails, até alguns vídeos. Provocando a mãe, atormentando-a. Isso parecia ser tão gratificante para ele quanto o próprio sequestro."

D.D. franziu a testa.

"Florence Dane ficou desaparecida por muito tempo."

"472 dias."

"Meu Deus." D.D. piscou, em inesperada reação. Pouquíssimas vítimas eram encontradas vivas depois de tanto tempo. E aquelas que eram... "Motorista de caminhão de grande porte?", ela perguntou. "O criminoso viajava por causa do trabalho, era caminhoneiro, algo assim?"

"Sim. Jacob Ness. Ele construiu uma caixa na parte de trás da sua cabine, e assim mantinha sua vítima consigo o tempo todo. É provável que Flora não tenha sido a primeira."

"Ele está morto; é essa minha lembrança. Vocês receberam algum tipo de pista. A SWAT invadiu. Florence sobreviveu. Jacob Ness, não."

Dr. Keynes não disse nada. Uma atitude bem federal, D.D. pensou. Ela não tinha perguntado, então ele não respondeu.

"Está bem", ela disse rispidamente. "Minha suspeita, Flora, é sua vítima, Florence. Em algum ponto do passado ela foi sequestrada por um psicopata insano, e agora... o quê? Ela os persegue em bares?"

"Só Flora pode responder essa pergunta."

"Mas não respondeu. Até agora, tudo que consegui extrair dela são teorias sobre os crimes de Devon Goulding, não seus próprios."

"O barman? Aquele que alegadamente a atacou?"

"A vítima", D.D. corrigiu. "Um homem que já foi saudável, agora reduzido a um massacre torrado em sua própria garagem devido ao conhecimento sobre fogo químico de sua garota."

Dr. Keynes a estudou, postura relaxada, mãos nos bolsos do casaco ridiculamente caro. "Tenho certeza de que você já fez algumas perguntas."

"Um par de detetives reviu as imagens da câmera de segurança do bar. Eles puderam *corroborar* que Devon Goulding trabalhou ontem à noite. De acordo com a filmagem em vídeo e relatos de testemunhas oculares, Flora também estava presente, embora tenha passado a maior parte da noite dançando com outro cara, Mark Zeilan. Curiosamente, o Sr. Zeilan preencheu um boletim de ocorrência pouco depois das três da manhã, alegando que um barman da Tonic o agrediu fisicamente do lado de fora do estabelecimento."

"O que também é consistente com as declarações de Flora", Dr. Keynes observou.

"Uma câmera de vídeo de um caixa automático a um quarteirão de distância gravou o que parece ser Devon levando Flora para longe pelo braço. Quanto a ser voluntário ou não... me disseram que dá para interpretar das duas formas."

"Pulando para a cena aqui..."

"Por favor. Pode pular para a garagem dos Goulding."

"A equipe de resgate encontrou Flora nua, mãos atadas à frente do corpo."

"Você parece estar bem-informado sobre os detalhes."

Ele ignorou esse comentário e prosseguiu:

"Pulsos amarrados não parecem indicar algo voluntário."

"Me desculpe, mas nós vivemos em um mundo de *Cinquenta tons de cinza*, então não posso partir dessa premissa. Me diga uma coisa, Dr. Keynes. Você foi o especialista em vítimas de Flora ou é o terapeuta dela?"

"Sou especialista em vítimas", Dr. Keynes declarou abertamente. "Não um terapeuta."

"Mas ela ligou para você. Não para a mãe dela, nem para um advogado. Ela ligou para *você*. Por quê?"

"Você teria que fazer essa pergunta à Flora."

"Vocês têm um relacionamento", D.D. disse.

"Não."

"Hã, sim. No meio de uma crise, ela ligou para você. E aposto que essa não é a primeira vez."

Dr. Keynes apertou os lábios. Um homem tão elegante, D.D. pensou novamente. Charmoso, rico, bem-sucedido. As cruzes que ele tinha que carregar. Ainda assim, havia alguma coisa nele. Uma seriedade. Uma tristeza? Ela não conseguia identificar o que exatamente. Mas havia um tom mais sombrio oculto na sua atitude, algo que não permitia que ela o odiasse.

"Você deveria fazer mais perguntas para Flora", ele disse, por fim. "Ela prefere sinceridade. Uma abordagem direta. Acho que descobrirá... que ela se sente sozinha, sargento. Suas experiências, o que ela passou. Ela é uma jovem muito única, muito forte. Mas também muito isolada. Poucas pessoas sobreviveram ao que ela sobreviveu."

"O que significa que, em um momento de crise", D.D. murmurou, "ela se volta para a única pessoa que acha que a entende. E este alguém não é sua família. É você".

"Você deveria fazer mais perguntas a ela", ele repetiu. "E não descarte suas respostas. Desde que retornou, cinco anos atrás, Flora se especializou em comportamento criminoso."

"É verdade?"

"Se ela acredita que esse barman pegou outras garotas, não ficaria surpreso se descobrisse que isso é verdade."

"Você está trabalhando com a família de Stacey Summers?", D.D. perguntou, abruptamente.

Keynes sacudiu a cabeça; se ficou surpreso com essa mudança repentina de assunto, não demonstrou.

"Uma colega minha, Pam Mason, foi alocada para esse caso."

"Flora já falou com você sobre o desaparecimento de Stacey? Acompanhou nos noticiários?"

"Ao contrário do que você parece acreditar, Flora e eu não conversamos regularmente."

"Só quando ela está sob custódia da polícia?", D.D. alfinetou.

"A julgar pelos hematomas, ela parece estar falando a verdade sobre ter sido sequestrada por Devon Goulding", Dr. Keynes disse em tom neutro. "O que significa que quaisquer passos que tenha tomado para se defender..."

"Por que ela não aceita assistência médica? Se é tão inocente assim, por que não deixa que um médico especialista conduza um exame oficial de corpo de delito, *corroborando* sua história?"

"Vítimas de estupro e outros crimes violentos frequentemente têm aversão a contato físico."

"É mesmo? Isso explica por que Flora Dane apareceu em um bar, virou vários Martinis, e foi dançar com um completo estranho?"

"Não sou o inimigo aqui, detetive sargento Warren. Estou só buscando oferecer algumas ideias que possam levar a uma resolução mais rápida da situação."

"A situação da sua vítima se colocando no caminho do perigo para fazer o quê? Enganar um predador? Virar heroína? Buscar vingança pelo que um dia lhe aconteceu?" Dr. Keynes não disse nada. De repente, D.D. perdeu a paciência. "Quer uma resolução rápida? Faça um favor para nós dois e vá direto ao ponto. Quantas vezes Flora já fez isso antes? Quantos telefonemas no meio da noite você recebeu? Talvez seja mais fácil me contar logo, porque você sabe que posso conseguir essa informação."

"Quatro."

"Quatro?" D.D. estava incrédula – ela não esperava por essa resposta. "Flora Dane *matou* quatro vezes antes? O que diabos...?"

"Não matou", Dr. Keynes interviu, voz firme. "É a primeira vez com esse nível de autodefesa."

"Como assim? Os outros foram só queimaduras superficiais? Tostou eles um pouco com isqueiro em vez de provocar um incêndio químico completo?"

"Flora já foi agredida antes. Se você ler os relatórios, descobrirá que ela respondeu com níveis apropriados de força e não foi acusada de nada."

"Ela é uma justiceira. Sua garota, sua vítima..."

"Flora Dane é uma sobrevivente."

"Flora Dane é uma maluca. Ela sai para esses bares procurando encrenca, e está encontrando."

Dr. Keynes permaneceu calado. Inteligente, D.D. pensou, porque, nesse ponto, realmente: o que faltava dizer?

"Eu vou investigar isso", ela disse claramente. O cômodo era pequeno. Sua voz ecoava. "Talvez, caso a caso, você possa ignorar o comportamento de Flora, mas e o padrão geral? Com todo respeito, Dr. Keynes, o comportamento de Flora Dane é uma ameaça para ela e para os outros."

"Permita-me ser igualmente claro, detetive sargento Warren. De acordo com Flora, ela não conhecia o barman Devon Goulding antes dessa noite. Ela não tinha planejado conhecê-lo, nem participou de qualquer atividade que pudesse justificar que ele a arrastasse perto de um bar e a amarrasse nua em sua garagem. Quanto ao que aconteceu depois disso, tenha muito cuidado ao culpar a vítima. Flora não me liga para tirá-la de apuros; ela nunca precisou disso. O que ela precisa é de uma carona para casa."

D.D. o encarou.

"Ah sim. Ela ligou para você, um agente do FBI..."

"Um especialista em vítimas."

"...para pegar uma carona para casa."

"É mais do que isso."

"Você quer dizer, e digo isto pelo próprio fato de você estar aqui, interferir no trabalho da polícia?"

"Não, é mais na linha de que, já que estou levando-a para casa, posso interferir no trabalho de sua mãe."

CAPÍTULO 8

Eu sonhei com batatas fritas. Gordura quente e dourada. Decadência incrustrada de sal. Lambê-las, esmagá-las, enfiá-las na boca. Queria dezenas. Sacos. Caixas. Mergulhadas em ketchup. Lambuzadas de maionese. Cobertas de molho.

E um hambúrguer com queijo derretendo em um pão branco e macio como uma almofada, com pilhas de tomate, cebola e picles. Eu morderia com vontade, engolindo, os dentes cravando, sentindo gordura e carboidratos explodirem na língua. Eu sonhava com comida. Enquanto meu estômago roncava, os músculos ficavam tensos e eu gemia de dor. Então eu acordei. E senti o cheiro. Aqui, no quarto. A glória completa do fast-food. X-burgers. Batatas fritas. McNuggets de frango. Eu também conseguia ouvir o farfalhar das embalagens de comida, o estalo de um canudo atravessando a tampa de plástico. Acho que gemi de novo. Não existe orgulho quando se está passando fome. Só desespero. Passos. Chegando mais perto. Dessa vez, rezei para que andasse mais rápido, chegasse mais depressa. Que inserisse a chave na tranca, que a girasse para abrir. Por favor. Por favorzinho.

O que quer que ele quisesse, eu faria. O que quer que ele precisasse.

Batatas fritas. O cheiro das batatas fritas.

Quando ele levantou a tampa, tive que piscar para me proteger da inundação de luz.

Feixes estreitos passando por buracos do tamanho de um dedo formavam uma onda de branco brilhante. Meus olhos lacrimejavam. Talvez em resposta à investida repentina de estímulos visuais, mas principalmente devido ao cheiro. O cheiro incrível, intoxicante.

Memórias. Turvas. Humanizadoras. Correndo pelos irrigadores de água com pernas curtas e gorduchas, rindo com a alegria das crianças enquanto tentava capturar gotículas de spray na minha língua. E então uma voz, distante, mas familiar.

"Cansada, querida? Vamos pegar um milkshake…"

Pula um par de anos. Memória fresca: mãos com manchas de idade, tremendo desajeitadas enquanto depositam a bandeja marrom de plástico. "Ketchup? Não. A melhor coisa para colocar nas fritas é maionese. Agora, veja bem..."

Por um instante, tenho 4 anos, ou 6, ou 8, ou 10. Sou uma criança, garota, mulher. Sou eu. Com um passado e um presente. Com família e amigos. Com pessoas que me amam.

E então ele falou, e eu desapareci novamente. Havia apenas a comida, e eu faria qualquer coisa por ela.

Ele precisou me ajudar a sair da caixa. Eu fazia o meu melhor para me exercitar ao máximo no espaço apertado, mas o tempo tinha se esticado e nem sempre eu me lembrava do que deveria fazer ou se já tinha feito. Eu dormia bastante. Dormia e dormia e dormia. Então não precisava mais doer tanto assim.

Quando finalmente me levantei para ficar em pé, minhas pernas tremiam incontrolavelmente. Eu me agachei por reflexo, como se esperasse um golpe, mas não podia culpar minha postura curva na caixa. Eu estava sempre deitada reto na caixa.

"Você está com fome?", ele perguntou.

Não respondi; não tinha certeza se devia respondê-lo. Além disso, meu estômago roncava alto demais para palavras.

Ele riu. Estava de bom humor. Animado, até. Eu me dei conta de que estava me endireitando. Ele estava mais limpo essa noite, notei. Cabelo molhado, como se tivesse tomado banho recentemente. Estava equilibrado, olhar sóbrio, o que nem sempre era o caso. Eu olhei além dele, para a mesa dobrável cinza e surrada. Comida. Sacos e sacos. McDonalds. Kentucky Fried Chicken. Burger King. Sanduíches do Subway. Um banquete de fast-food.

Está se entregando a seus impulsos, percebi. Comida, não drogas dessa vez. Mas por quê? E quanto a mim?

"Está com fome?", perguntou novamente.

Eu ainda não sabia o que dizer. Em vez disso, gemi.

Ele riu generosamente. O quarto era seu reino. Eu entendia isso. Eu era sua propriedade e ele podia se regozijar com o poder. Além daquelas paredes, sem dúvida ele era um Perdedor, com P maiúsculo. Homens o desrespeitavam. Mulheres riam dele. Daí sua necessidade de ter o quarto, o baú, a vítima indefesa. E agora, o exercício de terror.

Eu me movi, hesitante. Já tinha aprendido que sua permissão era de suma importância.

Tudo que ele dava, também podia tirar, então eu tinha que prosseguir com cautela. Como ele não protestou, não esticou a mão para me parar, eu cruzei a distância até a mesa forrada de comida. Então fiquei parada, cabeça abaixada, mãos entrelaçadas humildemente à minha frente. Esperei, embora fosse a espera mais dolorosa pela qual já tivesse passado. Cada músculo tremendo, estômago apertado com força insuportável.

"O que você quer?", ele perguntou.

Franzi a testa, sua pergunta me confundindo. Não sabia o que queria. Tinha sido treinada nas últimas semanas para não ser ninguém, para não querer nada. Era essa minha função. Agora, estava assustada. Porque o cheiro era intoxicante, arrasador. Podia sentir meu autocontrole caindo por terra, e não podia me dar ao luxo de errar.

Pior do que passar fome é estar em pé cercada de comida e não conseguir comer.

"Você deveria comer", ele disse, por fim. Cutucou meu braço ossudo, apertou uma costela protuberante. "Está ficando magra demais. Você está parecendo um lixo, sabia?"

Pegou o saco mais próximo de mim. Abriu, acenou com ele sob meu nariz. Batatas fritas do McDonalds. Quentes, douradas e salgadas.

Podia ouvir meu avô novamente.

"Escuta, garota, a melhor coisa para colocar nas batatas é maionese."

Eu me perguntei se ele estava aqui para finalmente me levar embora. Só que não queria mais ir embora com meu avô. Queria ficar no quarto miserável com aquele homem terrível e suas batatas fritas gordurosas e incríveis. Por favor, por favor, por favor, me deixa comer só uma batata frita… Eu faria qualquer coisa, seria qualquer pessoa…

O homem estava desenrolando o topo do saco. Ele enfiou a mão lá dentro. Então ele levantou uma embalagem vermelha com um único M dourado. Batatas fritas se soltaram. Caíram no chão, no tapete felpudo imundo. Eu as observei caírem, dedos fechando e abrindo, meu corpo todo tenso.

Ele ia comê-las. Ele ia ficar em pé na minha frente e comer cada quitute perfeito e salgado. Rindo, vangloriando-se, contente. E eu não teria outra escolha além de matá-lo. Eu perderia o controle, eu atacaria, e ele iria… ele iria… Ele me passou a embalagem.

"Aqui. Sério. Porra, coloque um pouco de carne nesses seus ossos."

Eu peguei as fritas. Ambas as mãos agarrando a caixa vermelha. Não estava mais quente. As batatas estavam mornas, gordura começando a cristalizar. Não importava. Arremessei metade do conteúdo na boca, engolindo o mais rápido que conseguia. Comida, comida, comida. Precisava de comida, tinha que conseguir comida. Deus, ó Deus, ó Deus.

Ele começou a rir. Não olhei, mantive a atenção concentrada na sacola. Eu precisava comer. Eu tinha que comer. Meu estômago, meu corpo, cada célula gritava por sustento.

A boca estava seca demais, as batatas amassadas, espessas demais. Tentei engolir, mas só consegui engasgar até meus olhos lacrimejarem. Eu ia vomitar, pensei, só que não podia vomitar; não podia me dar ao luxo de desperdiçar tantas calorias. Tentei forçar a comida para baixo, uma massa gigante de batatas fritas. Meus olhos lacrimejavam, a garganta apertando dolorosamente. Meu estômago convulsionou em protesto...

Ele colocou a mão no meu braço.

Olhei para ele, atormentada. Era o que ia acontecer: ele ia tirar as batatas amassadas direto da minha boca. Esticar um dedo e puxar a única comida que tive em dias. E isso seria o fim. Ele me devolveria ao meu baú em formato de caixão, e eu morreria lá.

"Devagar", ele ordenou. "Pegue um pouco de água. Vá com calma. Senão você vai vomitar."

Ele me passou uma garrafa de água. Bebi pequenos goles, pouco a pouco, desfazendo a massa de comida, engolindo-a. Quando finalmente estiquei a mão para o segundo punhado de fritas, ele tirou a caixa de mim. Dessa vez, ele separou cada batata frita em cima da mesa dobrável encardida. Uma por uma, eu as peguei. Uma por uma, sob seu olhar atento, eu mastiguei, engoli, mastiguei novamente. Quando as batatas acabaram, ele abriu o frango frito e me passou uma coxinha.

Comemos juntos. Eu ajoelhada no chão, ele sentado em uma cadeira. Mas juntos, ingerindo pacote depois de pacote de comida. Fiquei cheia mais rápido do que queria. Eu vomitei, meu estômago protestando a própria comida pela qual ansiava tanto. Ele não gritou. Só ordenou que eu lavasse o rosto, e então me passou um refrigerante.

Ele dormiu no sofá enquanto eu ainda teimava em comer lentamente um sanduíche de peru. Quando não aguentava mais, quando nem vomitar conseguia aliviar a dor do estômago sobrecarregado, me encolhi no chão, próxima aos pés dele, e cochilei também. Mais tarde, quando acordei, ele estava olhando para mim do alto.

"Garota", disse, "você cheira a fast-food *e xixi".*

Depois de um tempo, ele dobrou os braços, fechou os olhos.

"Amanhã", grunhiu. "Amanhã você vai tomar um banho."

E eu fiquei total e completamente grata.

CAPÍTULO 9

A DETETIVE LOIRA NÃO QUER me deixar ir embora. Ela ameaça conseguir um mandado para me submeter a um exame de lesões corporais. Mas eu insisto: estou dizendo a verdade. Um exame só ajudaria a *corroborar* minha versão de ter sido atacada por Devon Goulding. Eu acho que a palavra *corroborar* ficou meio entalada nela.

Ninguém vai tocar em mim. Nenhum médico. Nenhuma enfermeira. Nem mesmo um veterinário.

Quando deixo isso claro, meu não absoluto, ela finalmente parece captar a mensagem. Enquanto me analisa por bastante tempo, com atenção, concorda com um meio-termo: fotos dos machucados no meu rosto.

Entendo o que a detetive quer. Entendo o que todos eles querem. Hoje em dia, não é suficiente dizer que você foi agredida. É preciso provar. O tamanho deste machucado no meu rosto, por exemplo, corresponde ao tamanho do punho do agressor. O ferimento de dois centímetros e meio no alto da minha face esquerda corresponde à borda afiada do grande anel utilizado pelo autor do crime.

Quanto ao restante, sou clara: não há necessidade de exame de estupro. Devon Goulding pode culpar o conteúdo de seu próprio lixo por me ajudar a evitar tal desprazer.

Eu temia pela vida. Acordei dolorida, surrada, as roupas todas arrancadas, punhos presos. Eu temia pela vida. Eu temia pela vida. Eu temia pela vida. Você gostaria de uma declaração oficial? Eu temia pela vida.

Dr. Keynes e eu não conversamos no caminho até seu carro. Sinceramente, tudo já tinha sido dito.

Quando recuperei a consciência cinco anos atrás, Samuel foi a primeira pessoa que vi. Ele estava dormindo na cadeira ao lado da minha cama no hospital. Vestia terno cinza-carvão, jaqueta desabotoada, gravata vermelha torta. Perna esquerda cruzada sobre a direita. Os luxuosos sapatos pretos brilhavam forte de tão lustrados. Eu os observei por um longo tempo, hipnotizada. Sapatos luxuosos. Sapatos luxuosos de couro envernizados para homens. Quase não consegui absorver o conceito.

Mais tarde, discutimos sobre isso. Uma de nossas tantas conversas nos dias em que eu conseguia conversar com ele, e apenas com ele. Algo tão simples quanto sapatos luxuosos podia ser realmente impressionante. Fiquei acordada por uma boa hora antes de falar alguma coisa, antes de alertar alguém sobre meu retorno recente à terra dos vivos. Simplesmente permaneci deitada lá, encarando os sapatos de um homem.

Um símbolo de civilização, decidimos finalmente. Símbolo de beleza, cultura e cuidados. Em outras palavras, os sapatos dele representavam tudo aquilo que eu tinha perdido. Tudo que pensei que nunca mais veria.

O cérebro consegue simplificar pensamentos complexos em um símbolo único e simples. Um meio de processar problemas, Samuel me diria. No início, era difícil demais colocar em palavras tudo que eu tinha perdido, tudo que temia, tudo que passei. Então, em vez disso, me fixei em um par de sapatos luxuosos altamente polidos.

"Você ligou para ela", eu disse, de volta ao presente. Não era uma pergunta. Havíamos passado por isso antes.

"Você sabia que eu faria isso."

Samuel dirige com as duas mãos. Ambas estão relaxadas, dedos longos e elegantes ao volante. É um homem inacreditavelmente bonito. Perturbador, até. No início, eu tinha menos consideração por ele por conta desse aspecto. Como você pode levar alguém a sério, ainda mais se for um médico, quando ele parece ter saído de uma propaganda da Calvin Klein?

Com o passar do tempo, passei a entendê-lo melhor. Todos carregamos fardos, mesmo alguém tão bonito quanto Samuel. Mas ele nunca se veste de um jeito mais simples, nem age de qualquer maneira que possa desviar o foco de sua perfeição física. Ao contrário, nunca o vi vestindo roupas que não fossem impecavelmente personalizadas, cabelo que não estivesse precisamente raspado – certamente naqueles barbeiros que cobram 100 dólares – e unhas perfeitamente bem-cuidadas. Mesmo fora do trabalho, ele sempre parecia pronto para estampar páginas da GQ.

Acho que é seu próprio parâmetro. Eu me visto como uma garota descolada e vulgar, esperando o próximo babaca morder a isca. Samuel se apresenta como apenas mais um rostinho bonito. Então, espera até você subestimá-lo, porque é quando ele tem você nas mãos – e ele sabe disso. O carro combina com todo o resto. SUV Acura, completamente preto.

Assentos de couro imaculados, carpete recém-aspirado. Estou surpresa por ele não ter colocado uma toalha antes de permitir que eu me sentasse. Eu posso ser imune ao cheiro de lixo, mas ele não é.

Talvez esteja planejando remover o assento depois e queimá-lo. Quando se trata de Samuel, nada me surpreenderia.

"Se você encontrou um sobrevivente", ele me disse naquele dia no hospital, "então você conhece um sobrevivente".

Samuel e eu temos isso em comum: somos ambos sobreviventes.

"Alguma chance de ela ter ficado no Maine?", pergunto, forçando a voz para soar leve. Desvio os olhos de Samuel para olhar pela janela do carro. A luz do sol ainda me choca. Todos esses anos depois, as manhãs seguem surpreendentes.

"O que você acha?"

Acho que ele não só ligou para minha mãe, como ela está agora esperando em meu apartamento. Penso que prefiro voltar para a cena do crime, enfrentar a detetive loira novamente.

"O que você está fazendo?", Samuel pergunta. Eu sorrio; não consigo evitar. E mantenho meu rosto virado. Samuel, de todas as pessoas, me conhece bem demais. É por isso que fico ligando para ele. Para me lembrar que, em algum lugar, alguém sabe quem eu sou, mesmo que eu nem sempre consiga me lembrar.

Quando acordei naquele dia no hospital, em Atlanta, minha mãe e meu irmão ainda estavam a caminho do Aeroporto Internacional Logan de Boston. Considerando que eu não tinha amigos nem família na região, foi Samuel quem ficou no quarto como acompanhante. Assim que os agentes do FBI começaram a fazer todas as perguntas, contudo... eu não consegui. Eu não conseguia falar; eu não conseguia me lembrar do que eles queriam que eu me lembrasse; eu realmente, de verdade, não conseguia reviver o que eles pareciam acreditar que eu deveria recordar a qualquer momento. Em vez disso, me enrolei em posição fetal e desliguei. Eles tentaram gentileza, impaciência e, então, simplesmente insistência aberta. Não importava.

Eu não falava. Eu não conseguia.

Finalmente foram embora, após ordens do médico para que me deixassem descansar. Só Samuel ficou. Sentou-se. Cruzou a perna esquerda sobre a direita. E foi isso. Ele nunca disse nada. Eu fechei os olhos e dormi. Ou tentei.

O quarto espiralava para longe. Outras imagens o substituíram. Luz e escuridão. Gritos e risos. Sensação de xampu no cabelo. Cheiro de amônia. O jeito como sangue encharca carpete barato. Vi coisas que não queria ver. Descobri muitas coisas que não queria saber. E tive minha primeira conclusão verdadeira sobre como funciona o processo de vitimização.

Não há como desfazer o ocorrido. Não tem botão de rebobinar, não tem jeito de apagar ou voltar atrás. As coisas que aconteceram são você. E você são elas.

Você pode até escapar, mas não conseguirá fugir. É assim que funciona. Foi quando tomei a decisão. Eu contaria minha história uma vez, e apenas uma vez. Para Samuel. E então estaria tudo terminado. Eu falaria, ele escutaria, e aí eu nunca trataria disso novamente. De sua parte, Samuel queria ter a certeza de que eu havia entendido: ele era um agente da polícia.

Isso significa que tudo e qualquer coisa que eu contasse a ele seria reportado ao agente especial encarregado. Samuel não era meu terapeuta, não tínhamos confidencialidade médico-paciente. Mas, a partir do momento que eu entendesse isso, ele escutaria qualquer coisa que eu quisesse ou precisasse dizer.

Então eu falei. As palavras correndo para fora, fluindo. Uma longa e terrível inundação. Falei por horas. Enfermeiras vieram, verificaram os sinais vitais, ajustaram monitores e saíram de fininho. Agentes sombrios apareceram à porta e foram prontamente dispensados. Eu não sei. Eu não conseguia aguentar o quarto, o equipamento, a interrupção constante de corpos. Mantive meu corpo reto, mãos ao lado, olhar fixo nas lâmpadas acima. E falei, falei e falei. Primeiro, um sussurro. E então mais alto, mais constante. E então... talvez tenha terminado com um grito.

Para ser sincera, não me lembro muito bem. Foi meio que uma experiência fora do próprio corpo. Todo o horror que eu precisava tirar de dentro de mim – e o único jeito de conseguir extirpá-lo era falar, falar e falar.

Quando finalmente terminei, noite alta já, meio da madrugada, Samuel cambaleou até ficar em pé. Seu rosto estava coberto por uma camada de suor. Ele não parecia mais tão bonito. Sua respiração era irregular, parecia alguém que tinha acabado de terminar uma corrida longa e difícil.

Samuel foi ao banheiro. Eu o ouvi vomitar. Mas, quando ele voltou, a reluzente cabeça raspada estava polida, as feições, mais uma vez, serenas.

Ele pegou minha mão. Segurou-a. E eu dormi. Por horas e horas, talvez até um dia inteiro. Finalmente dormi. Quando acordei, minha mãe e meu irmão estavam lá. E o verdadeiro trabalho de voltar à terra dos vivos começou.

Mantive a promessa feita naquele dia. Nunca mais contaria a história. Nem para os detetives, nem para o promotor raivoso, nem para a minha própria mãe. Samuel deve ter entregado um relatório; era seu trabalho, afinal. Eu nunca lhe perguntei.

Eu nunca li. Disse tudo que tinha para dizer, tudo que conseguia dizer. Uma vez – e estava feito. O lado bom era que meu sequestrador, Jacob Ness, estava morto. Logo, ninguém poderia refutar a versão. Minha história é a história. Tanto Samuel quanto eu sabemos disso.

"Por que você saiu ontem à noite?", Samuel me pergunta. Ele desacelera o carro. Estamos chegando perto do meu apartamento em Arlington.

"Sou uma jovem solteira. Pessoas da minha idade costumam sair à noite."

"Sozinha em um bar?"

"A banda era excelente."

Ele me olhou.

"Eu não menti à polícia", disse. "O barman foi uma surpresa tão grande para mim quanto para todos os outros. Se eu não estivesse lá..."

Samuel faz uma breve pausa. Terapeutas adoram um joguinho de suspense.

"Você matou um homem."

"Por favor. Aquele Goulding teria atacado outra pessoa. E essa garota estaria morta agora. Eu salvei uma vida ontem à noite."

"E salvar essa garota abstrata tem valor?"

"Claro!"

"E quanto à sua própria vida? Ela não tem valor?"

Reviro meus olhos. Abri caminho para ele dizer o que disse e nós dois temos consciência disso. "Você não pode interpretar isso como uma exibição de intelecto superior", eu o informo. "Considere um instinto."

Ele ignora o sarcasmo. Continua mais incisivo:

"Acredito que sua mãe argumentaria que, dada a escolha entre se preocupar com você e se preocupar com uma estranha, ela iria preferir saber que você está segura."

Diante disso, não tenho nada a responder. Ou talvez tenha coisas demais. Que diferença faz? Eu poderia ficar em casa todas as noites pelo resto da vida e minha mãe ainda não estaria feliz. De fato, talvez ela estivesse melhor se eu finalmente saísse e acabasse morta. Acabar com a espera de uma vez. Porque, como minha mãe diria, existem coisas piores do que ter a filha sequestrada. Por exemplo, recuperá-la e perceber que a perdeu mesmo assim.

"Você não deveria ter ligado para ela", eu digo.

"Mas você sabia que eu faria isso."

"Eu sei cuidar de mim mesma."

"Pergunto para Devon Goulding?"

"Eu fiz o que tinha que fazer!"

"Não", Samuel retruca, tão abrupto quanto eu. "Você preparou o terreno para aquilo que queria. Existe uma diferença."

Eu caio em silêncio novamente. Chegamos ao prédio de pedra marrom de três andares que abriga meu apartamento de um quarto. Samuel segue até a entrada – apenas para o carro, não estaciona. Ele não vai ficar, está apenas me deixando.

"A polícia local vai investigar você agora", diz em voz baixa.

"Não. Isso foi só provocação. A loira não tinha um criminoso de verdade para prender, então naturalmente pensou em mim. Mas, estou dizendo, quando terminarem de vasculhar aquela casa, encontrarão evidências de outras vítimas. Aí terão trabalho de verdade para fazer e eu serei deixada de lado. Serei só uma curiosa nota de rodapé no arquivo do caso."

Samuel olha para mim. Ele tem olhos escuros profundos, emoldurados por cílios grossos. Imagino que mulheres se apaixonem por ele diariamente, mergulhando naqueles olhos, fantasiando que Samuel poderia encará-las de forma tão apaixonada quanto elas o fazem. É muito esforço desperdiçado. É muito para um homem que nunca faz nada além de trabalhar.

"Você sobreviveu", ele me diz, "fazendo o que precisava fazer. Adaptando-se. Essa é a natureza da sobrevivência, Flora, e você sabe disso".

Não digo nada.

"Você é forte e isso a ajudou. Mas essa característica não precisa defini-la. Você é uma jovem com a vida inteira à frente. Não confunda o que teve que fazer para sobreviver com quem você é."

"Uma mulher que enfrenta estupradores?"

"É assim que você se vê?"

Ele está esperando. Quer uma definição melhor, uma visão mais profunda de mim mesma. Sou uma justiceira? Uma aberração autodestrutiva?

Ou uma entusiasta da autodefesa? Talvez eu seja tudo isso. Talvez eu não seja nada disso. Talvez eu seja uma garota que há muito tempo achava que o mundo era um lugar brilhante e feliz. E que agora... sou uma garota que desapareceu anos atrás. E ficou longe de casa e de si mesma por tempo demais.

"Minha mãe está esperando", eu digo.

E ele sorri, porque Samuel, de todas as pessoas, é quem entende exatamente o que quero dizer.

"Me desculpe pelo seu banco", digo, saindo do carro.

"Não se preocupe, vou retirá-lo e incinerá-lo."

Minha vez de sorrir.

"Você está trabalhando com a família de Stacey Summers?", pergunto, de repente.

Ele balança a cabeça negativamente.

"E você?", rebate, com a voz serena.

"Você sabe que não é meu estilo."

"Mas você está acompanhando o caso."

"Não estão todos?"

Samuel flexiona as mãos no volante.

"Você acha que foi ele?", me pergunta, bruscamente. "Você acha que o homem que acaba de matar é a mesma pessoa que sequestrou Stacey Summers em agosto?"

"Prefiro pensar que sim."

"Para que você possa se sentir melhor sobre o que fez."

"Não. Pelo contrário, na verdade. Se foi ele quem atacou Stacey... ele está morto agora. Não será muito capaz de levar a polícia até o corpo da vítima. Seria melhor, na verdade, se não fosse ele. Pelo menos para a família dela."

"Então por que está perguntando sobre Stacey Summers?"

Abro a boca. Fecho a boca. Tem coisas que não posso dizer, nem mesmo para Samuel. Olho rapidamente para cima, meu olhar busca a janela mais alta da casa de pedras marrons. Vejo a silhueta de minha mãe esperando por mim.

"Obrigada, Samuel", eu digo. Fecho a porta. Ele recua da entrada. É quando meu trabalho de verdade começa.

CAPÍTULO 10

O SUBCOMISSÁRIO DE HOMICÍDIOS Cal Horgan, também conhecido como o chefe de D.D., estava em pé à porta de sua sala.

"Ouvi dizer que você descobriu alguma coisa", ele disse.

"Ainda estamos trabalhando na cena, mas sim, aparentemente... o falecido Devon Goulding, bem, há uma boa possibilidade de ele ser um predador em série. Recuperamos duas carteiras de motorista e identificamos um esconderijo de fotos que parece indicar outras vítimas."

"Stacey Summers?", Horgan perguntou imediatamente – a universitária desaparecida ocupava a cabeça da maioria dos policiais.

Tanto pelo vídeo terrível do sequestro quanto pela natureza do caso, o desaparecimento de Summers tinha sido classificado automaticamente com o status "bola vermelha", código que indicava prioridade máxima. Embora D.D. não fosse a investigadora chefe, ela havia passado a primeira semana do sumiço da garota conduzindo entrevistas e analisando relatórios com os demais colegas. Sua maior contribuição: passou vários dias interrogando o namorado da universitária.

Tudo que conseguiu com isso foi despertar horror no jovem. Embora Patrick Vaughn e Stacey tivessem namorado por apenas alguns meses, ele estava claramente apaixonado. Não se mantinha impassível. Stacey era uma garota tão doce. O par perfeito. Atenciosa, solícita, o tipo de menina que nunca sonharia sair correndo ou fazer algo para ferir sua família.

Se ela desaparecera, a única possibilidade era ter acontecido o pior.

Havia dias em que era bom ser uma policial. Quando você conseguia intimidar algum mané de quinta categoria e fazê-lo confessar o crime cometido. Mas havia outros dias em que você fazia um universitário bonzinho de 19 anos chorar.

D.D. não gostou nada daquele dia de trabalho. Honestamente, ela não havia gostado de nada relacionado ao caso Stacey Summers. Eles tinham evidência de a garota ter ido a um bar local, onde iria se encontrar com meia dúzia de amigas. Depois de duas cervejas, provavelmente um pouco tonta, já que não costumava beber muito, a moça teria pedido licença para ir ao banheiro.

A pista seguinte veio da câmera de segurança de uma loja local, que tinha gravado o vídeo de uma loira baixinha sendo levada embora à força por um homem forte com o rosto escondido. Depois disso, mais nada.

Nem uma única testemunha ocular. Nenhum registro de câmera. Em uma cidade densamente povoada por pessoas intrometidas e câmeras observadoras, Stacey Summers, de cinquenta quilos, simplesmente deixou de existir.

"Me disseram que esse Devon Goulding era um cara grandalhão", Horgan estava dizendo, de volta ao presente. "Bombado. Esculpido por esteroides. Parece com o nosso cara da câmera."

"O tamanho está certo", D.D. concordou. "O método... A vítima da noite passada, ele a pegou pelo braço e a arrastou. De acordo com ela, a postura de Goulding e o jeito como ele desviou o olhar das câmeras, a lembrou do vídeo do sequestro de Summers."

"Então temos uma pista?", Horgan pressionou, meio impaciente, meio esperançoso. D.D. entendia a dor do chefe. O departamento de polícia de Boston era uma organização constantemente pressionada para encontrar a bonitinha e animadinha Stacey Summers, que nunca faria mal a uma mosca. Horgan, como subcomissário de homicídios, estava se sentindo pessoalmente responsável. Bem-vindo à cadeia de comando.

"Não estou convencida disso."

"Por que não?"

"Assumindo que as duas carteiras que recuperamos sejam de vítimas anteriores, não há nada que o conecte a Stacey Summers. Também encontramos fotos que coincidem com uma das mulheres das carteiras, Natalie Draga. Mas, de novo, nenhuma evidência de Stacey Summers."

"Mas você tem pelo menos duas vítimas potenciais?"

"Natalie Draga e Kristy Kilker. De acordo com a Sra. Kilker, atualmente sua filha está estudando na Itália."

Horgan arqueou a sobrancelha.

"Estamos trabalhando na corroboração disso agora", ela assegurou. "O mesmo para Natalie Draga. Sua carteira de motorista é do Alabama. Estamos tentando localizar sua família lá."

"Então você não sabe se essas duas mulheres estão desaparecidas ou não."

"Não, senhor."

"Mas você sabe que ele atacou a terceira garota, a que o queimou."

"Você quer dizer a que o matou?"

Horgan deu de ombros. Aparentemente um acusado de estupro morto não o perturbava muito. D.D. sabia de muita gente na polícia que concordaria.

"Eu tenho algumas preocupações sobre essa 'nova vítima', Florence Dane."

Horgan franziu o cenho. D.D. o observou fazer a ginástica mental de volta até a faísca inicial de reconhecimento do nome, e então:

"Você está de brincadeira. *Florence Dane?* A garota de Boston que foi sequestrada na Flórida? Mantida em cativeiro por mais de um ano? Aquela Florence Dane?"

"Parece que desde seu retorno à sociedade, ela fez do estudo de comportamentos criminais uma espécie de hobby. O ataque da noite passada é a quarta incidência de 'autodefesa' nos últimos três anos."

Horgan fechou os olhos.

"Isso não vai terminar bem. Algo assim... a família de Goulding poderia argumentar que ela criou uma armadilha para ele. E então, em vez de anunciarmos felizes que há um criminoso a menos em Boston, além de possivelmente fecharmos dois casos de pessoas desaparecidas, vamos ter que investigar um estuprador como vítima?"

"Exatamente."

"O que você tem para corroborar a versão dos eventos de Florence Dane?"

"Machucados no rosto de Flora. Relatos da vizinhança, testemunhas oculares contando que ela foi descoberta nua e presa na garagem de Goulding. Relatos de frequentadores do bar onde Devon trabalhava, confirmando que Flora nem havia conversado com ele na noite anterior – estava passando tempo com outro desqualificado, que acabou levando um soco na cara, soco este desferido pelo próprio Devon."

"Ótimo. Parece promissor."

D.D. deu de ombros e fez uma careta. Seu ombro doía de forma lancinante, então retomou a postura ideal.

"Eu não gosto disso", ela disse, sem rodeios. "O padrão geral de comportamento... os atos samaritanos de Flora Dane vão nos causar problemas. Especialmente se, no fim das contas, não tiver acontecido nada com aquelas outras garotas, se for só o testemunho de Flora sobre a 'verdadeira natureza' de Devon Goulding e suas ações ontem à noite. Os Goulding poderiam argumentar que ela posou de isca para seu filho. Que, dado seu trauma passado, ela vê criminosos violentos em tudo quanto é lugar – e resolveu fazer justiça com as próprias mãos."

"Essa não é a trama de um filme do Hitchcock?"

"Episódio de *Além da imaginação*. Escuta, quatro incidentes de autodefesa é mais do que azar; é um padrão de mau comportamento. E considerando que o último episódio terminou com a morte de um homem, você poderia argumentar que esse comportamento está passando dos limites."

"E o que isso significa?"

D.D. encarou seu superior.

"Significa que deveríamos acusá-la!"

"De quê?"

"Conduta imprudente. Por que não? Ela desencadeou a série de eventos que levou à morte de Goulding. Ela deveria ser responsabilizada."

"Vejo que sua atual categoria de trabalho restrito não a deixou molenga."

"Cal, não é função dela policiar o mundo. É o nosso trabalho. Sabemos o que estamos fazendo. Ela, por outro lado, é uma ameaça para si mesma e para os outros. Sem falar que, ontem à noite, ela potencialmente estragou pelo menos duas outras investigações."

"Como assim?"

"Ela matou Devon Goulding. Isso significa que, se ele fez alguma coisa com Natalie Draga e/ou Kristy Kilker, ficaremos sem respostas. Onde estão seus corpos? O que aconteceu com elas? Eu perguntaria a ele, mas, ah sim, ele está morto. Ou seja: o que diabos temos para levar de volta às famílias? Aqui está a carteira de motorista da sua filha, espero que seja suficiente... Francamente, de todas as pessoas, Flora Dane deveria saber como isso é importante."

"Vai dizer isso a ela?", Horgan perguntou, com serenidade.

"Estou esperando até ter mais informações sobre as duas mulheres. Então vou mencionar o assunto."

"Você com certeza vai interrogá-la novamente."

"Na minha cabeça, essa festa está só começando."

"D.D..." O chefe hesitou. "Eu sei que você se orgulha de ser firme em suas opiniões. É uma das coisas que garante que trabalhar com você nunca seja entediante. Mas Flora Dane... Talvez você queira dar uma olhada no arquivo do caso. Há bons motivos para ela ver criminosos em tudo que é lugar. E ela certamente passou mais de um ano tendo aulas avançadas sobre comportamento criminal."

"Assim você está parecendo o terapeuta dela. Desculpe, seu defensor de vítima. Sério, a garota basicamente tem o próprio agente do FBI na coleira. Nunca vi nada parecido."

"Tudo bem. Há muitas perguntas a serem respondidas. Mas, antes de mais nada, se não se importa: vá para casa, D.D., tome um banho. O que é esse cheiro, afinal?"

"Churrasco de gente. Ou talvez lixo podre."

O chefe sacudiu a cabeça.

"Vá cuidar de si mesma. Teremos que fazer uma coletiva de imprensa ainda a tempo dos telejornais noturnos. Por enquanto, apoie-se nas coisas simples. Procure informações sobre Natalie Draga e Kristy Kilker, ou qualquer outra pessoa que possa ter conhecido Devon Goulding. Não faça nenhuma menção a Stacey Summers. Nenhuma menção a Florence Dane."

D.D. revirou os olhos para ele.

"Quem é que quer o impossível?"

Horgan sorriu rapidamente e, então, desapareceu corredor adentro, deixando-a com pilhas de papelada e com o fedor da cena do crime ainda impregnado em seu cabelo. Ela foi para casa. Como era sábado, Alex estaria com Jack, o filho de 4 anos. D.D. os encontrou esparramados na sala de estar, em meio a um jogo intenso de Candy Land. Jack estava menos interessado em ganhar o jogo do que em pegar diversas cartas de personagem. Jolly era seu favorito – e, em certa ocasião, ele já havia escondido a carta, carregando a grande jujuba azul no bolso ou na manga.

Alex levantou o olho do tabuleiro. Ofereceu a ela um sorriso de boas-vindas, mesmo percebendo o cheiro no ar.

Jack, por outro lado, veio voando do chão e se jogou no meio de suas pernas.

"Mamãe, mamãe, mamãe!"

Sem dúvida, ela nunca se cansaria disso. D.D. afagou o cabelo castanho do filho com a mão direita, já que o braço esquerdo tinha ficado ainda mais duro no trajeto de carro para casa. Ela o segurava de maneira protetora do seu lado, e como imaginava...

"O que você fez?", Alex perguntou.

"Noite longa", informou. Jack ainda a abraçava. D.D. o abraçou de volta.

Alex não era burro.

"Papelada não exige noites longas. Papelada geralmente pode ser revista na manhã seguinte."

"Caso importante", ela resmungou. "Criminoso encontrado… incapacitado… em sua própria garagem. Conexão com outras vítimas."

"Inca-o-quê?", Jack perguntou.

"Incapacitado. Significa que ele não pode mais jogar Candy Land."

"Eu tenho Jolly", Jack anunciou, e, para comprovar o que dizia, tirou a carta de jujuba da manga do moletom.

"Ei", Alex reclamou. "Estive procurando isso aí."

"Na-na-ni-na-não. Você gosta da Vovó Noz. Todo mundo sabe disso."

"Vovó Noz faz você andar mais no tabuleiro do que grandes jujubas azuis", Alex murmurou. "E dizer que eu quero a Princesa Cobertura soa esquisito."

"Eu voltei para casa só para me arrumar e comer", D.D. anunciou, desculpando-se. Os ombros de Jack caíram, mas ele não protestou abertamente. Pelo menos não ainda. O menino não tinha ficado feliz quando ela voltou a trabalhar depois de passar tanto tempo em casa por causa da lesão. Ele era uma criança, e crianças gostam de ter os pais por perto. Mas também havia boas notícias: depois de trabalhar por bastante tempo, ela conseguia períodos decentes de folga... Mesmo assim, parecia que nas últimas semanas ela tivera mais picos de atividade no trabalho do que descanso, e Jack estava tendo dificuldades de lidar com as longas ausências. Diabos, ainda era preciso se ajustar às exigências do trabalho em tempo integral também.

"Vi o noticiário esta manhã", Alex comentou. "Imaginei que você pudesse estar ocupada. Uma das reportagens já estava especulando que você teria uma pista nova sobre o caso de Stacey Summers."

"Como assim? Como eles... Por que eles...? Ah, deixa pra lá. Como se a imprensa tivesse que estar bem-informada para anunciar suas opiniões. Mas não, nenhuma conexão com aquele caso. Pelo menos não por enquanto."

Alex sorriu. Um sorriso que enrugava os cantos dos olhos profundamente azuis. Ele era um cara bonito, ela pensou, não pela primeira vez. Cabelo grisalho, feições proeminentes. E era dela. Todo dela. Quem imaginaria que uma detetive viciada em trabalho teria tanta sorte?

D.D. conseguiu arrancar Jack de suas pernas com a promessa de, mais tarde, fazer um queijo quente. Só assim ela ganhou tempo suficiente para o banho e, depois, para vestir o terno feminino Ann Taylor azul escuro, seu favorito, a escolha certa para coletivas de imprensa.

Na cozinha, serviu dois copos de suco de laranja e, então, começou a cortar a barra de cheddar. Sentiu outra pontada no ombro, não conseguiu esconder completamente a careta.

"Você passou dos limites", Alex disse, chegando por trás dela.

"Só preciso de um pouco de gelo."

"Ou um pouco de descanso, uma boa noite de sono, um pouco menos de estresse."

"Blá, blá, blá."

"Phil está preocupado. Disse que você ficou na cena a maior parte da noite. Isso não é exatamente o que se espera de alguém em regime restrito de trabalho."

"Phil parece uma donzela. E se preocupa mais comigo do que minha própria mãe."

"Crimes acontecem", Alex disse. Ele já estava abrindo a porta do freezer e pegando o pacote de gelo favorito dela, moldado perfeitamente no formato do ombro. "E eles vão continuar a acontecer, quer esteja você trabalhando ou não."

"Especialmente se depender da Flora Dane", D.D. resmungou.

"Quem?"

"O cara que encontramos", ela começou e parou, olhando em volta na cozinha, procurando sinais de Jack, que provavelmente estava na sala empilhando pecinhas de Lego.

Confirmando que estavam sozinhos, D.D. continuou:

"O cara que encontramos morto começou a noite sequestrando Flora Dane, que, aparentemente, está familiarizada com sequestros. Ela virou o jogo para cima dele. Matou-o queimado com suprimentos que encontrou no lixo."

"Sério?"

"Eu não gosto disso. É a quarta vez que ela se coloca em situação perigosa desde seu retorno, cinco anos atrás. O que acontece agora? Ela enfrenta a máfia russa inteira?"

"Antes ela do que eu", Alex comentou. "Você acha que ela é uma justiceira?"

"Você não? Indo atrás de criminosos várias e várias vezes?"

"Diz a mulher em categoria restrita de trabalho, mas que está prestes a voltar ao serviço."

"Sou viciada em trabalho." D.D. colocou para esquentar o primeiro sanduíche de queijo quente.

"Qual é a desculpa dela?"

Alex revirou os olhos.

"Sente-se, coloque o gelo no ombro. Eu consigo virar um sanduíche."

Ela se sentou, colocou o gelo no ombro e relaxou. Pelo menos tanto quanto uma mulher como ela conseguia. Então, Jack chegou para uma nova rodada de abraços melosos de criança e uma nova vistoria de cartões de personagens de Candy Land escondidos.

Vida normal. Vida real. Sua vida.

E então, exatamente como seu marido previa e respeitava, ela voltou ao trabalho.

CAPÍTULO 11

A PRIMEIRA COISA QUE PERCEBO ao subir os três lances de escada até meu minúsculo apartamento de um só quarto é o cheiro de muffins recém-saídos do forno. Minha mãe. Quando está sob estresse, ela cozinha. Biscoitos, brownies, pão, granola caseira, broinhas. Soube que, durante meu sequestro, todos os vizinhos, para não falar dos especialistas em vítimas, engordaram uns sete quilos.

Ela tinha a chave de casa. Três chaves, na verdade, já que gosto de ter essa quantidade de trancas. Quando abriu a porta da frente, entretanto, a deixou destrancada. Tudo o que preciso fazer é empurrá-la. Sei que minha mãe não faz essas coisas com o intuito de me irritar. Mesmo assim, já consigo sentir meus ombros mais tensos. A conversa que está por vir não é algo pela qual anseio. Provavelmente, nem ela. Daí os muffins.

Encontro-a na cozinha, inclinada sobre o forno, checando o ponto do que está assando. A polícia ainda não devolveu minhas roupas depois das desventuras da noite. Será que as localizaram? Não faço ideia. Se encontraram, os itens serão preservados como evidência. A detetive arranjou para mim uma calça de moletom grande e um suéter com capuz azul marinho da polícia de Boston, provavelmente peças de roupa extras guardadas no porta-malas da viatura de algum agente. São enormes. Preciso segurar a cintura elástica do moletom enquanto ando. Meus pés continuam descalços, o que significa que não faço tanto barulho perambulando pelo piso de madeira dura.

Escolhi esse apartamento por diversos motivos. Por ser no terceiro andar, é mais difícil que um intruso chegue até ele. Em segundo lugar, esses prédios antigos, de pedras marrons, são famosos por seu pé-direito alto, enfeites circulares e janelas salientes.

Minha casa é pequena, mas se inunda com a luz que entra pelas antigas janelas. E, com seu piso de carvalho e lindo acabamento em madeira, é charmosa. Tem goteira? Claro. O piso de linóleo na cozinha está descascando por culpa de uma decisão equivocada do dono na hora da reforma? Certamente. Um chuveiro que só esquenta depois de três ou quatro pancadas estratégicas? Bem, uma garota como eu não pode se dar ao luxo de ter tudo.

Entretanto, eu gosto dos defeitos do meu apartamento. Ele tem cicatrizes, assim como eu. Pertencemos um ao outro. Sem falar que o casal de velhinhos de quem sou locatária conhece minha história e só cobra de mim uma fração do preço normal. Como recusei as ofertas de produzir livros e vender direitos para o cinema, pagar um aluguel reduzido é o mais próximo de uma regalia pós-sequestro que eu consegui.

Considerando que nunca voltei para a faculdade e ainda não tenho ideia do que vou fazer do resto da minha vida, o dinheiro é curto. Nos últimos meses, tenho trabalhado em uma pizzaria popular entre universitários e famílias do bairro. Ganho um salário miserável, com gorjetas apenas um pouco melhores. Mas o trabalho não exige pensar muito. E eu gosto disso.

É essa a vida que planejava levar aos 27 anos? Não. Mas quando deixei a fazenda da minha mãe para fazer faculdade na cidade grande, o que eu sabia? Meu Deus, eu me matriculei para estudar francês principalmente porque gostava da ideia de ir a Paris. Talvez tivesse virado professora. Ou voltado ao Maine e estabelecido um sítio só meu, com criação de cabras. Venderia leite de cabra, queijo de cabra, talvez até loções de leite de cabra ou sabonetes de leite de cabra. Tudo com rótulo em francês. Naquela época, eu era feliz o suficiente e ingênua o suficiente para ter esse tipo de sonho. Mas os sonhos de todo mundo mudam, não só os sonhos de garotas que acabam sendo sequestradas por 472 dias.

Pelo menos não tenho que lidar com crianças. Porque isso acontece também. Mantidas em cativeiro por tanto tempo, as mulheres podem acabar grávidas e com bebês. Jacob, contudo, foi firme quanto a isso. Uma vez por mês, ele me forçava a engolir alguma poção caseira horrível que jurava que evitaria uma gravidez.

Tinha gosto de verniz e me dava cólicas estomacais imediatas e excruciantes. A enfermeira que fez meu exame inicial ficou curiosa sobre a mistura. Em sua opinião, na verdade, foi o emagrecimento extremo e a total falta de gordura corporal que provavelmente evitaram uma gravidez. Na realidade, nem menstruação eu tive durante a maior parte do período de cativeiro. Eu estava magra demais para isso.

Ajudo minha mãe a se endireitar em frente ao forno, segurando um recipiente de muffins com luva térmica. Ela se vira, me vê e imediatamente congela. Seu olhar absorve o moletom grande demais, que obviamente não é meu, e vai direto para o lixo encrustado na minha bochecha, no meu cabelo.

Não me diz nada. Vejo seu peito inflar, em um esforço consciente de puxar ar. E então a lenta expiração enquanto ela, sem dúvida, conta até dez. Perguntando-se mais uma vez como sobreviver a uma filha como eu.

No pescoço, carrega um colar com um único pingente prateado. Uma raposa delicada, perfeitamente esculpida.

Ela a comprou depois que eu desapareci, quando o FBI a preparou para sua primeira coletiva de imprensa e a obrigou a descartar as vestimentas habituais – calças largas de ioga e umas batas feitas à mão, estampadas com motivos floridos, bem ao estilo daqueles anciões tribais afegãos. Ela não podia mais ser a fazendeira boêmia que planta batatas orgânicas no Maine. Tinha que parecer uma Mãe, com M maiúsculo. Uma figura maternal instantaneamente reconhecível e empática, que apelaria para os sentimentos mais gentis do meu sequestrador, assumindo que ele tivesse algum.

Então a fizeram vestir calça jeans e uma camiseta branca com botões. Provavelmente o traje mais simples que ela já tinha usado na vida. Nos pés, sapatos de verdade em vez de suas habituais sandálias Birkenstock.

Eu não assisti àquela primeira coletiva de imprensa. Nem a segunda. Acho que consegui ver a terceira, quando as coisas realmente estavam esquentando. Vislumbrá-la... minha mãe, na TV, de pé em frente aos microfones, acompanhada por agentes do FBI de terno, vestindo uma camisa de botões azul-clara, jeans...

Minha mãe, mas não era minha mãe. Um momento improvável em uma vida que já tinha feito uma curva completa e horrivelmente surreal. Eu teria desligado a TV, desperdiçado meu raro privilégio para evitar ver essa mãe-que-não-era-a-minha-mãe.

Mas eu vi o amuleto de raposa aninhado na curva do pescoço dela. Não ouvi suas palavras naquele dia, mas me ajoelhei no chão daquele quarto de hotel barato e posicionei meu dedo contra o amuleto em torno de seu pescoço. Meu dedo tão grande, sua forma tão reduzida na TV pequena, que a ponta do dedo indicador quase obliterava a maior parte de sua cabeça.

Talvez eu tenha chorado. Realmente não consigo me lembrar. Naquele ponto, eu já tinha desaparecido fazia meses. Não sei se ainda tinha lágrimas.

Tentei encostar nela, essa mãe-que-não-era-a-minha-mãe. Por um momento, eu era uma criança novamente, correndo selvagem pela fazenda, jogando bolas de golfe aos filhotes de raposa e rindo enquanto elas brincavam na grama alta.

Minha mãe coloca a assadeira com os muffins no topo do forno. As mãos dela estão tremendo um pouco.

"Você está com fome?", ela pergunta, a voz quase normal. Sua fazenda fica a três horas e meia ao norte de Boston. Assumindo que Samuel tenha lhe telefonado um minuto depois de eu ter entrado em contato com ele, ela entrou na caminhonete imediatamente e dirigiu desde o raiar do dia.

"Eu deveria tomar um banho", me ouço dizer.

"É claro. Leve quanto tempo precisar."

Não parece haver mais nada a dizer. Saio andando, ainda segurando o elástico do moletom. Quatro pancadas no encanamento velho e a água estava fervendo. Livrei-me do moletom folgado. Dei um passo para debaixo do esguicho forte. E deixei a água me escaldar.

Por um momento, quase consegui senti-lo novamente. O cheiro de pele humana recém-tostada. Como um churrasco de porco. Então o momento passa, e eu fecho meus olhos. O vácuo me preenche, sou grata pelo vazio. Estar sozinha em um lugar cheio de gente. O único momento em que me sinto segura hoje em dia.

* * *

Depois do sequestro, quando retornei à terra dos vivos, uma das primeiras tarefas de Samuel foi desenvolver meu plano de apoio pós-cativeiro. Basicamente, ele conduziu uma avaliação das minhas habilidades para processar o que aconteceu, ao mesmo tempo em que trabalhava com especialistas em vítimas que tinham ajudado minha família a entender o nível da rede de assistência já estabelecida.

Embora Samuel seja especialista em estresse pós-traumático, ele me disse que não é fã do termo. Em sua opinião, a expressão é frequentemente aplicada de forma generalizada, como modelo único excessivamente abrangente. Ele já trabalhou com dezenas e dezenas de sobreviventes ao longo dos anos e, embora todos nós tenhamos passado por traumas, apenas alguns realmente poderiam ser qualificados como sofrendo do distúrbio.

De fato, ele pediu explicitamente para minha mãe não assumir isso, nem para fazer de um possível trauma uma razão para desculpas em meu nome. Sobreviventes conseguem aguentar porque aprendem a se adaptar. Adaptação é um jeito de processar. Processar é força.

Minha mãe, meu irmão e eu não deveríamos esperar que eu me tornasse frágil, muito menos incentivar ativamente uma postura de dependência. Em vez disso, deveriam todos se concentrar em reforçar minha resiliência natural, que foi o que me fez sobreviver à provação.

Quanto a mim, o maior erro que sobreviventes podem cometer, de acordo com Samuel, é ficar repensando suas ações agora que estão seguros. Então, nada de ficar me perguntando por que fui ao bar naquela noite. Ou por que não lutei mais. Ou como não escapei na primeira vez que Jacob deixou a cabine do caminhão destrancada. Não importa que Jacob tivesse estacionado o veículo no meio do nada e estivesse de pé bem ao lado, mijando na vala de drenagem.

Passado é passado. Não importa que erros eu pudesse ter ou não cometido. O que importa é que eu sobrevivi.

Samuel estava certo sobre as armadilhas de ficar repensando coisas. Sofria mais com a ansiedade terrível sobre o que poderia ter sido e o que deveria ter feito do que com pesadelos protagonizados por Jacob.

A primeira vez em que me matriculei em um curso de autodefesa foi para tentar ajudar a aliviar esse estresse, para me sentir mais confortável. Ironicamente, minha mãe apoiou a ideia, até participou comigo da primeira aula. Samuel tinha aprovado também. Reforçar uma sensação de força pessoal, excelente.

Foi lá pela quarta ou quinta aula, com meu interesse crescente em tiro ao alvo, que minha mãe ficou preocupada. Eu estava morando na casa dela e a ouvi discutindo com Samuel durante um dos contatos para tentar avaliar como nós estávamos.

Samuel não é terapeuta, e certamente não é meu terapeuta. Ele tinha, contudo, recomendado terapia para mim – ou acompanhamento terapêutico, como gostava de chamar. Eu tinha resistido a todas as tentativas nesse sentido. Sessões privadas, por definição, envolveriam eu ter de contar minha história. E estava decidida: tinha contado a história uma vez, como prometido. Nunca mais.

Ironicamente, foi minha mãe quem acatou o conselho de Samuel. Enquanto eu fazia aulas de direção tática, ela passou a se reunir com o pastor local uma vez por semana.

Outra conclusão à qual todos os sobreviventes precisam chegar: o sequestro não fez apenas de mim uma vítima, mas também minha família inteira.

Minha mãe, que, depois do terceiro cartão-postal, praticamente desistiu da fazenda e voltou todos os seus esforços para tentar convencer um sequestrador depravado, na esperança desesperada de ver a filha novamente. Meu irmão, que deixou a universidade primeiro para responder perguntas intermináveis da polícia, e depois porque, em suas próprias palavras, como ele poderia se concentrar sabendo que eu estava lá fora, em algum lugar, precisando dele?

Grandes crimes são como câncer. Eles tomam o controle, exigindo recursos totais da família inteira. Meu irmão se tornou especialista em mídia social, construindo uma página no Facebook, operando feeds de Twitter. E, na verdade, tentando gerenciar a imprensa que acampava no quintal por semanas a fio, especialmente depois que Jacob mandava um novo cartão-postal, oferecendo uma nova isca.

Minha mãe passava seus dias na companhia de defensores de vítimas, bem como de outros pais de filhos desaparecidos. Eles ofereciam auxílio e orientação. Ela tentava se informar rapidamente sobre o trabalho da polícia, comportamento criminal, gestão de mídia. Aprendeu a criar mensagens para coletivas estratégicas de imprensa, ao mesmo tempo em que ia a noticiários matutinos e a programas de canais a cabo noturnos. Escreveu respostas à mão para centenas, depois milhares de cartas – escritas por totais desconhecidos, gente desejando que eu voltasse em segurança. Ela teve que aguentar outras mensagens, posts de Facebook, dizendo que uma adolescente obviamente imoral como eu tinha recebido exatamente o que merecia.

Na teoria, existem alguns recursos financeiros disponíveis para vítimas de crimes. Os especialistas trabalhavam de forma diligente, produzindo papelada que possivelmente permitiria à minha mãe coletar alguns milhares aqui, ou se candidatar a um subsídio ali. Mas minha mãe diz que não teve nem tempo nem foco mental para pensar nisso. Não, ter a filha sequestrada é um processo bem empobrecedor. Meu pecado de sair à noite para beber nas férias de verão se tornou uma punição para toda a família.

Em nosso caso, a comunidade se juntou para apoiar. Vizinhos apareceram e trabalharam na fazenda no tempo livre. Começaram a cuidar das sementes, a semear as plantações. E, mais tarde, conforme a provação continuava a se arrastar, lidaram com a colheita de outono. A igreja organizou bazares para levantar fundos. Comerciantes locais enviaram cheques de ajuda. Restaurantes forneceram comida.

Minha mãe nunca vai deixar a fazenda. Provavelmente não teria deixado, de qualquer modo. A terra – seu lugar, sua comunidade – é seu conforto, sua âncora. Estava à disposição quando mais precisou. Sem isso, não sei o que ela teria feito. Minha mãe tem seu lugar no mundo. Meu irmão e eu permanecemos à deriva.

Darwin foi embora. Um ano depois do meu retorno, quando eu não conseguia sorrir magicamente quando queria. Quando as panquecas que um dia amei eram agora um cheiro que não conseguia suportar. Ele não aguentou. O protetor da família teve um colapso, um pequeno incidente envolvendo dirigir rápido demais sem acender os faróis. Minha mãe percebeu que todo o amor e atenção que eu não queria, deveria ser voltado para ele.

Depois de muitas discussões intensas, ela o mandou para a Europa. Providenciou passaporte, bilhete de trem, mochila e o despachou com um beijo e um abraço. Vá em frente, meu jovem, encontre-se e tudo mais.

Darwin não manda cartões-postais. Sabe que não é uma boa ideia. Mas de tempos em tempos recebemos um telefonema. Ele está em Londres agora, e gosta bastante. Está pensando em se matricular na London School of Economics. Certamente é inteligente o suficiente, e teria algumas ideias bem interessantes para abordar na dissertação de admissão na universidade.

Mais do que qualquer outra coisa no mundo, gostaria que meu irmão tivesse um final feliz. Queria que ele se apaixonasse, conseguisse um ótimo emprego, construísse sua vida. Só então meu erro deixaria de ser sua punição.

O que é engraçado, porque acho que ele diria o mesmo sobre mim.

Eu já tinha tomado banho por tempo suficiente. Me ensaboado. Passado xampu. Condicionador. Feito tudo. Mas não me sentia limpa. Cheiro de carne humana queimada. Não parecia carne de porco, e sim rosbife.

Salvei uma vida, lembro a mim mesma enquanto espanco a torneira antiga para desligá-la. Outra garota está segura por minha causa. Outro animal está fora das ruas. O sol saiu. Meu apartamento cheira a muffins de mirtilo. Esse é um dos momentos em que eu deveria parar e agradecer pelo dia. Penso em Jacob. Não quero. Mas simplesmente não consigo evitar.

Lembro de Jacob Ness, o homem que me levou, me quebrou e, então, me reconstruiu – por 472 dias.

E, no fundo da minha cabeça, ele está rindo de mim.

Minha mãe já limpou a cozinha. Se eu tivesse demorado mais para aparecer vestida e limpa, é quase certeza de que ela teria desmontado e lavado as cortinas laterais com padrões franceses que ela comprou e instalou no ano passado. Minha mãe é fazendeira principalmente porque precisa permanecer ocupada. É uma dessas pessoas que precisam de longas listas de tarefas para dar significado à vida.

Hoje ela está vestida dela mesma. Calças de ioga pretas largas nas pernas com um padrão moderninho na bainha inferior, e uma blusa *wrap* soltinha de algodão cem por cento orgânico, de um verde da cor da espuma do mar. Por cima, jogou uma camisa masculina de flanela cinza, sem botões. No Maine, estaria combinando com o ambiente. Em Boston, não exatamente. Cerca de seis meses depois que eu voltei, ela encaixotou todas as roupas que os especialistas em vítimas a ajudaram a comprar para as coletivas de imprensa. Juntas, levamos tudo para o brechó que funciona no porão da igreja. As moças ficaram felizes em receber peças de alta qualidade e pouco uso.

Chamamos isso de Liberação. Uma campanha contínua para recuperar nossas vidas. Minha mãe doou roupas que nunca foram realmente sua cara. Eu pintei meu quarto de infância de amarelo-manteiga e resolvi apreciar mais a beleza cotidiana.

Digamos que minha mãe está se saindo melhor do que eu. Ela empilhou os muffins em um prato no meio do móvel expansível, que serve tanto como ilha de preparação de cozinha quanto como uma mesa de jantar individual. Também encheu dois copos de suco de laranja e cortou frutas frescas. Quando paro para pensar que minha geladeira tinha somente garrafas de água e pacotes de comida velha para viagem, concluo que ela deve ter ido à loja da esquina enquanto eu tomava banho.

O que, é claro, me compele a virar e ir verificar as trancas da porta da frente. Eu fecho as trancas. Quando volto para ela, sei que minha expressão é de desaprovação, mas não consigo evitar.

"Muffin?", ela pergunta alegremente, apontando para o prato. Pego um. De repente, estou faminta. Como dois muffins, e então devoro metade da tigela de frutas. Minha mãe não diz nada, mas começa a mordiscar a própria comida. Ela provavelmente comeu horas atrás. Esperando por mim. Preocupando-se comigo.

Agora, está se esforçando para parecer serena.

"Samuel disse que você matou um homem", ela disse, enfim, o jogo de espera obviamente terminado.

Peguei meu prato e o levei até a minúscula pia.

"Autodefesa. Não serei acusada de nada."

"Você acha que é isso o que me assusta?"

Ela está em pé bem ao meu lado e, apesar dos seus esforços de exercícios de respiração profunda, posso ver que está agitada.

Isso me machuca. De verdade. Não sei mais como ser sua garotinha. Não sei como voltar o relógio e desfazer o que aconteceu. Não consigo sentir o que não consigo sentir. Não posso ser o que não posso ser. Mas dói, esse olhar no rosto dela, essa preocupação em seus olhos. Me mata saber que a pessoa que sou agora machuca a mãe que nunca fez nada além de me amar.

"Não planejei o que aconteceu", eu me ouvi dizendo. "Mas estava preparada. E eu lidei com a situação. Esse cara, ele machucou outras garotas, mãe. Mas não vai mais fazer isso. Esse é o fim da linha para ele."

"Não me importo com outras garotas", ela diz. "Eu me importo com você."

Então ela me abraça, com força e intensidade. Do jeito que eu sei que sempre me abraçou. E me forço a ficar ali. Não recuar, não ficar dura. Lembrar a mim mesma de que esses são os braços da minha mãe. O cabelo cheira a memórias do cabelo da minha mãe. É a mulher que me colocou para dormir à noite, leu histórias para mim, me ofereceu leite quente quando eu não conseguia dormir, fez torrada de canela quando eu estava doente. Um milhão de minúsculos momentos. Mas tudo está distante agora. Isso é o que eu não posso contar a ela, nunca posso explicar completamente. As memórias não parecem minhas. Tudo isso, tudo o que já aconteceu, parece algo que aconteceu com outra pessoa, vídeos caseiros da vida de outra pessoa.

Jacob Ness queria uma companheira completamente obediente. Então ele me quebrou, fisicamente, emocionalmente, espiritualmente. Quando passei a não ser nada, só um monte de barro humano cru e indefeso, acabou me remodelando para ser exatamente do jeito que ele me queria. Tornou-se meu mundo, meu centro, minha estrela-guia.

E então... aquele último dia. Os últimos instantes. A história que contei uma vez e nunca repetirei. Ele se foi agora. Eu estou perdida. Para sempre desamarrada. Até o abraço de minha mãe parece o conforto de uma estranha.

Meu próprio irmão fugiu da pessoa que me tornei. Mas minha mãe é mais teimosa.

"Você pode voltar para casa", ela diz agora, um velho argumento. Incentiva a dependência. Ela sabe disso, e por isso complementa:

"Só para uma visita. Alguns dias. Poderíamos passar um final de semana só nós duas."

"Eu estou bem."

"Saindo sozinha para um bar sexta-feira à noite?"

"Eu sei me cuidar. Não é esse o ponto?"

Ela recua. Nunca consegue conversar comigo quando estou com esse humor. E ela sabe disso. Mais uma vez a preocupação em seu rosto, que sinto como um soco no peito.

"Flora."

"Sei que você não gosta das minhas escolhas", me ouço dizer, "mas sou eu que faço minhas escolhas".

No mundo da minha mãe, este é um argumento vencedor. E ela sabe disso. Eu a observo inspirar profundamente. Soltar o ar lentamente.

"Se você não vai voltar esse final de semana", ela diz, "então me diga quando".

Aceito seu meio-termo. Escolhemos uma data, daqui a duas semanas. Preciso descansar agora, digo a ela, ressaltando que sua presença é bem-vinda. Mas ela sacode a cabeça. Um apartamento na cidade não é lugar para uma fazendeira do Maine. Minha mãe se prepara para partir, dirigir de volta outras três horas e meia. Uma viagem de ida e volta de sete horas para passar uma hora com a filha.

Isso é algo que mães fazem, ela diz para mim enquanto a assisto virar e descer a escada. Depois que ela desaparece do meu campo de visão, fecho a porta da frente. Checo as trancas. Volto-me ao apartamento ensolarado, charmoso e cheio de cicatrizes de guerra.

Faço exatamente o que disse à minha mãe que faria: vou para a cama e durmo. Nem sempre é assim, normalmente o sono me vem meio intermitente. Mas agora, renovada depois do último abate… durmo como os mortos.

Quando acordo, o sol se pôs, meu quarto está escuro e sei imediatamente que não estou sozinha. Posso sentir a brisa em meu rosto, o sussurro abafado de passos cuidadosos de um intruso. Bem do lado de fora da porta aberta do banheiro. Uma sombra, escura e ameaçadora. Abro minha boca para dizer: quem está aí?

Claro que já sei. O mundo é cheio de monstros. Preciso me mover, saltar para fora da cama, assumir a defensiva. Em vez disso, cometo o equívoco de inspirar. Então, tudo que ouço é o som distante de risadas, logo antes de o mundo ficar escuro de novo.

CAPÍTULO 12

A parte mais difícil de ser mantida em cativeiro? Os palpites certamente são: fome, punição, degradação. Talvez a sede insuportável. Ou a dor persistente de uma caixa de pinho pressionada contra as omoplatas, achatando a nuca. Ou ainda o momento em que você percebe que não sabe mais há quanto tempo desapareceu. Minutos, horas, dias se tornaram um borrão e você não se lembra agora… Faz uma semana, duas, três?

Ainda é primavera ou já é verão? E quanto à Páscoa? Será que a Páscoa aconteceu enquanto você esteve fora? O brunch anual na casa da sua mãe? Seu irmão comeu o ovo de chocolate?

Você tenta se agarrar a esses pensamentos porque eles são a conexão com um mundo maior, um fragmento de realidade na qual você ainda é uma pessoa real com uma vida real.

Mas a verdade é que esses momentos são difíceis de se lembrar, então inevitavelmente você abre mão deles. Pensa menos e menos em casa e na pessoa que você costumava ser, a pessoa que nunca será novamente. Você simplesmente é.

Você fica entediada. E esse é o fardo mais difícil de carregar. Não existe conversa amigável ou bate-papo civilizado. Não há lugares para ir. Pessoas para ver. Não existe TV para entretê-la com tagarelices tolas, nem mesmo rádio para envolvê-la com uma música que gruda na cabeça, muito menos um smartphone para atraí-la com uma nova e interessante mensagem de texto. Você existe em um vazio desprovido de sensações, onde cantarola só para ter algo para ouvir. Alterna contar de dois em dois, três em três e de cinco em cinco só para a mente ter algo a fazer.

Você rói a ponta dos dedos só para conseguir sentir algo. Mesmo isso só consegue matar uma hora ou duas por dia. Você dorme. Demais. Não era a intenção. Você entende que provavelmente não deveria; seria melhor permanecer alerta. Mas você está cansada, fraca e entediada. Ah, tão entediada! Dormir se torna a única coisa que resta.

Contei histórias para mim mesma. Livros infantis que lembrava da época da escola. Histórias da bíblia. No início, as sussurrava em voz alta.

Mas, com a boca tão seca e desidratada, as palavras entalavam na garganta. Então, depois de um tempo, passava as histórias como filmes na cabeça. Não fantasias de meu salvamento, nem imagens da minha família e amigos – isso doeria demais. Só fábulas, lendas, contos de fada. Qualquer coisa com final feliz que ajudasse a passar o tempo. O mais importante era que as histórias me colocavam de volta para dormir. Então eu cochilava, acordava e dormia. Ficava cada vez mais desorientada, até que, finalmente, ouvia passos descendo as escadas com força. Uma porta rangendo para abrir. O chacoalhar do cadeado, tão lindamente próximo de meus ouvidos.

E então, finalmente, a tampa de madeira seria levantada. Ele apareceria e eu viveria novamente, salva do tédio pelo próprio homem que havia me colocado lá.

"Conte sobre seu pai", exigiu-me um dia. Ele descansava no sofá, roupas de baixo sujas, alternando tragos no cigarro e longos goles de cerveja.

Eu me sentava pelada no chão, onde ele me deixava ficar cada vez mais tempo depois de nossas variadas sessões. É claro, a caixa de pinho permanecia plenamente à vista. Eu de vez em quando dava uma olhada discreta nela, como se estivesse contemplando uma máscara assustadora ou uma serpente preparando o bote. O objeto de meu terror abjeto. E ainda assim, desse ponto de vista, nada mais do que um caixão barato de madeira.

Não respondi imediatamente. Eu estava concentrada demais entrelaçando os dedos pelo carpete marrom sujo que, no fim das contas, não tinha só um tom de marrom-cocô, mas vários.

Ele chutou meu ombro, exigindo atenção.

"Me conte sobre seu pai."

"Por quê?"

"Porra, como assim 'por quê'? Eu perguntei. Você responde." Outro chute, agora na lateral da cabeça. Suas unhas amarelas grossas eram longas e irregulares; uma delas cortou minha bochecha.

Não desviei. A essa altura, sabia que seria inútil. Em vez disso, mantive o olhar fixo no carpete. Tantos fios individuais tecidos em um só padrão de cores. Quem teria imaginado isso? Perguntei-me se era difícil fazer um carpete. Perguntei-me se eu conseguiria puxar fios suficientes para me enforcar com eles.

"Eu não me lembro dele", disse, finalmente.

"Quando ele morreu?"

"Eu era um bebê."

"O que aconteceu?"

"Um acidente. Seu caminhão tombou."

"Qual era o nome dele?"

Cravei as unhas mais fundo no carpete manchado. Podia sentir pó, poeira e pequenas pedras. As fibras eram curtas, curtas demais, na verdade, para servir como ferramenta de morte. Pena. Ainda assim, não conseguia parar de encostar nele. Em termos de entretenimento, o carpete marrom sujo era o máximo que o quarto oferecia.

Ainda não sabia onde estava. Um porão, pensei, porque as únicas janelas eram montadas bem alto, e sempre soava como se alguém estivesse descendo uma escada um pouco antes da porta se abrir com tudo.

Achava que na Flórida não houvesse porões. Ou, pelo menos, não muitos. Isso significava que eu não estava mais na Flórida? O Maine tinha porões. Talvez ele tivesse me trazido de volta ao Maine. Estava na mesma rua da minha mãe? Se conseguisse reunir forças, energia e boa sorte, poderia subir rastejando uma daquelas janelas altas, conseguiria caminhar de volta à fazenda de minha mãe. E, fácil assim, eu estaria em casa novamente.

Ele me chutou de novo.

"Você tem um pai?", eu perguntei.

"É claro."

"Você se lembra do nome dele?"

"Não. Fiquei ocupado demais chamando-o de 'merda' e não pude aprender seu nome de verdade. Mas ele era caminhoneiro, assim como eu."

"Você é caminhoneiro?" Não consegui evitar; levantei a cabeça maravilhada, essa descoberta de uma informação pessoal finalmente arrancando minha atenção do chão imundo.

Ele notou a expressão em meu rosto e riu.

"Porra, o que você achava que eu fazia no tempo livre? Tenho que trabalhar. Ninhos de amor não são gratuitos."

"Ainda estamos na Flórida?", perguntei. "Ainda são férias de verão?"

Ele só riu novamente, deu outro gole de cerveja.

"Vou partir em breve", ele disse em tom casual. "Um trabalho grande dessa vez. Talvez fique fora por até uma semana."

O olhar que ele me deu era calculista. Mas eu não pensei nisso. Estava ocupada demais sentindo o sangue sumir do meu rosto. Uma semana? Sete dias inteiros? Sozinha na caixa? Meu cérebro desligou. As pontas sangrentas dos meus dedos afundaram dolorosamente no carpete. Uma semana?

"Molly", ele disse. Ele não estava mais fumando. O cigarro aceso estava pendurado nos seus dedos enquanto ele me encarava.

"O quê?"

"Seu nome é Molly. Qual é o seu nome?"

Abri minha boca. Fechei minha boca. Eu sinceramente não entendia. Todos os músculos e ossos no meu corpo doíam. Eu queria escapar da dor indo dormir. Só que não podia dormir. Porque ele estava ali, e eu estava fora da caixa, e o carpete continha meia dúzia de tons de marrom-bosta, e isso era o mais próximo de uma experiência que eu ia ter. Melhor do que filmes, videogames ou mensagens de texto. A sensação do carpete encardido na ponta dos dedos. Um parque de diversões e tanto.

"Qual é o seu nome?", ele comandou novamente.

"Hã. Molly?"

"Não assim. É uma resposta, não uma pergunta. Vamos lá, qual é a porcaria do seu nome?"

"Molly", eu disse com mais convicção, começando a entender. Então ele queria me chamar de Molly. Tanto faz. Molly, francamente, não era exatamente a pior coisa que tinha acontecido comigo.

"Agora, qual é o nome do seu pai?"

Eu parei por um instante. E por apenas um segundo... é domingo de tarde. Estou toda arrumada. De pé na frente do túmulo do meu pai, segurando a mão da minha mãe enquanto ela chora silenciosamente, meu irmão firme, de pé ao seu lado.

"Ele amava vocês, crianças", minha mãe está dizendo, dedos apertando os meus com força. "Ele estaria tão orgulhoso..."

Simples assim, eu não conseguia dizer o nome. Podia imaginá-lo entalhado na placa de granito negro, mas não conseguia ceder a informação. Meu pai era apenas uma lenda, um mito que um dia minha mãe me contou. Mas ele era meu, e me restava tão pouco.

O homem me chutou novamente, na nuca. Eu sussurrei: "Edgar".

Em resposta, ele me chutou com ainda mais força, dessa vez pegando no meu ouvido.

"Mentirosa."

"Eu não estou..."

"Idiota de merda." Ele acenou com o cigarro para mim. Nervosa, observei a ponta acesa. Sabia o que ela podia fazer. "O nome do seu pai. Estou falando sério!"

"Edgar", murmurei novamente.

"Mentirosa de merda!", ele rugiu, descendo do sofá. "Nome, nome, nome, me diga a porra de um nome!"

"Molly, Molly, Molly", eu tentei.

Ele me deu uma porrada dos dois lados da cabeça enquanto eu tentava me esconder, meu rosto contra o carpete. Pensei, freneticamente, insanamente, que deveria puxar alguns desses fios marrons. Segurá-los entre os dedos e torcer. Eu poderia enfiá-los atrás das orelhas, levá-los comigo para a caixa. Ah, as horas de entretenimento que eu teria.

"Me diga a porra do nome dele!", o homem ainda gritava comigo. "Última chance, garota! Ou eu saio por aquela porta e você nunca mais me verá. Diabos, você nunca mais verá ninguém. Você já era, não entende? Você é apenas mais uma garota bêbada estúpida que desapareceu nas férias de verão. Acha que alguém sabe quem você é? Acha que alguém se importa?"

Minha mãe, eu pensei. Mas não disse nada. Guardei para mim. Assim como o nome do meu pai e o rosto do meu irmão.

"Vou enfiar você de volta naquela caixa", ele ameaçava. "Vou trancar a tampa e esse será o fim. Você morrerá lá embaixo. Apodrecerá. Será apenas outro fedor neste quarto. E ninguém jamais saberá. Sua família nunca verá você novamente. Nem mesmo para identificar seu corpo."

Eu estava chorando. Ele me bateu com mais força, mas não era a surra que me quebrava. Era o pensamento de ele me trancar no baú e então ir embora. De morrer sozinha no baú em forma de caixão. Igual ao meu pai, apodrecendo embaixo da terra. Quando garotinha, eu costumava pensar que meu pai conseguia ver tudo. Como Papai Noel, ou Deus, imagino. Meu pai não era um pai de verdade, mas sim um fantasma onisciente, e eu o procuraria na luz do sol que passava pelas árvores, nas sombras da mata densa.

"Papai", eu sussurrava. E sempre, sempre, sempre sabia que ele estava lá. Porque, de acordo com minha mãe, meu pai sempre tinha amado a floresta. Onde eu não conseguia encontrá-lo era na quietude de um baú em forma de caixão.

"Ernesto", eu murmurei.

Mas agora o homem estava ocupado demais me surrando enfurecidamente, não podia escutar. Eu me encolhi com mais força contra o carpete marrom sujo.

"Edgar", eu gritei, de repente. "Evan. Ernesto. Eli. Earl." Eu os inventei num ritmo rápido e frenético. Mais um jogo para passar o tempo. Nomes que começam com E. Gritando os nomes de novo e de novo. Porque o carpete

marrom-bosta era composto de muitos fios, e eu também, e não podia me dar ao luxo de abrir mão de mais nada. Tinha sobrado muito pouco de mim, e o nome do meu pai era parte disso. Uma placa de granito altamente polida no chão. Uma memória pequena, mas preciosa.

Chegou um ponto em que o homem se cansou. Ele parou de bater e chutar, caindo no chão. Deitou-se a meu lado, respiração ofegante pelo esforço. Permanecemos lado a lado em silêncio.

"Pena mesmo", ele disse, rapidamente.

Eu não respondi.

"Digo, considerando como eu estava planejando ser todo gentil e tal. Diabos, eu ia levar você comigo."

Não consegui evitar. Eu me remexi, mudando ligeiramente de posição no chão imundo.

"Uma semana no caminhão. Talvez não seja para qualquer um. Quero dizer, eu certamente teria que levar a caixa, sendo seu primeiro passeio, afinal. Mas ainda assim. Você estaria na estrada. Talvez pudesse deixar você sair à noite. Sabe, ao contrário de sete dias trancada sozinha aqui. Talvez até oito, nove, dez dias. Uma entrega demora quanto tempo precisa demorar. O trabalho precisa ser feito direito."

"Água?" Eu não consegui evitar. Sete dias sozinha já era aterrorizante o suficiente, mas, talvez, dez dias sem água? Eu nunca prestei atenção suficiente às aulas de ciência, mas estava razoavelmente certa de que ninguém conseguiria sobreviver tanto tempo.

"Ainda mais motivo para se juntar a mim na estrada", ele me informou. "Ainda mais motivo para me dizer um nome."

Levantei a cabeça, finalmente. Olhei fixamente para ele. O rosto de linhas duras. As bochechas com barba por fazer, os dentes tortos e manchados de tabaco. Ele era feio e horrível. Ele era poderoso e divino, mais do que um pai fantasma na floresta.

Soube então, assim como ele sem dúvida sempre soube, o que eu ia dizer em seguida.

"Everett. Everett Robert Dane."

O homem sorriu para mim.

"Foi tão difícil assim?", ele perguntou.

Eu não disse nada. Ele se levantou do chão, começou a procurar alguma coisa na mesa de centro.

"Então. Hora de escrever uma cartinha. Afinal, já que você vai fugir comigo, não acha que pelo menos deveria contar para a sua mãe?"

CAPÍTULO 13

A MANHÃ DE DOMINGO DE D.D. começou com um telefonema. Entrando no escritório (sem descanso para os trabalhadores, ainda mais para uma supervisora de homicídio que acabou de pegar um caso importante), ela tentava equilibrar o café em uma das mãos e a bolsa de couro de alça transversal na outra. Mal largou a caneca térmica a tempo de pegar o telefone.

"Detetive sargento D. D. Warren."

"É verdade? Aquele homem pegou minha filha? Você já sabe o que aconteceu com ela? Pelo amor de Deus, por que estamos descobrindo tudo isso pelos jornais? Que monstros sem sentimentos são vocês?"

D.D. parou por um momento. Não reconheceu a voz, mas podia deduzir, pelo nível de angústia, que provavelmente estava falando com o pai de Stacey Summers. Considerando a surra que o departamento de polícia de Boston levara nos noticiários de ontem – rumores de que o suspeito pelo sequestro da aluna universitária tinha sido encontrado morto, polícia de Boston se recusando a discutir as circunstâncias –, ela não ficaria surpresa. Ainda assim...

"Senhor? Com quem eu falo?"

"Colin Summers. Quem diabos você pensou que fosse?"

"Sinto muito, mas preciso fazer essa pergunta. Como tenho certeza de que o senhor já aprendeu a essa altura, a imprensa não se priva de recorrer a truques para obter informações privilegiadas."

Um suspiro de raiva do outro lado do telefone, o som de um homem se esforçando ao máximo para recuperar o controle. D.D. usou o momento para largar sua bolsa, depois puxou a cadeira e se sentou à mesa.

"É verdade?", Colin Summers sussurrou por fim.

"Nesse momento, não temos nenhuma evidência indicando que Devon Goulding esteja envolvido no desaparecimento de sua filha."

"Pare. Isso é conversa fiada de policial. Estamos falando da minha filha. Me diga a verdade, por favor."

"Senhor, eu fui pessoalmente à cena do crime. Passamos quase 24 horas vasculhando a casa dos Goulding. Estou dizendo a verdade: não encontramos nada que o ligue à sua filha."

"Mas o noticiário... Eles disseram que era um sujeito grande. Disseram que batia com a imagem no vídeo..."

"Essa parte é verdade."

"E que ele era barman. A conexão poderia ser essa. Stacey foi vista pela última vez no Birches, no centro. Talvez ele tenha trabalhado lá.".

"Nós verificamos. Devon Goulding não tem histórico de vínculo empregatício no Birches."

"Mas e se Stacey o encontrou no bar onde ele trabalhou? Talvez ele a tenha visto lá. E ele... gostou dela. É assim que essas coisas acontecem às vezes, não é? Ele deu uma olhada nela e ela virou seu alvo."

D.D. hesitou. Falar com membros de uma família em luto era a parte que menos gostava do trabalho. Era tentador responder a todas as perguntas. Acalmar e explicar. Mas a verdade é que sua obrigação principal não era com Colin Summers ou sua esposa, e sim com Stacey. Trabalhar em um caso envolvia tanto proteger detalhes importantes quanto descobrir novos detalhes. Ela não podia se arriscar a contar ao Sr. Summers tudo que eles sabiam sobre Devon Goulding. Havia um longo histórico de ocasiões em que o pai em luto compartilhava informações valiosas com a esposa ou o melhor amigo, que inevitavelmente as dividia com outra pessoa, depois outra, até que, quando a polícia se dava conta, tudo que eles não podiam permitir que fosse divulgado sobre a investigação em andamento tinha virado combustível para o noticiário da noite.

A maioria dos membros de uma família diriam a você que fariam de tudo para ajudar a encontrar a pessoa amada. Mas o que um investigador realmente precisa deles é apenas autocontrole.

"Stacey chegou a frequentar o bar Tonic?", D.D. perguntou.

"Não sei. Ela não era muito de beber ou de festejar, mas gostava de socializar", ele contou. "Se as amigas queriam sair, ela ia junto."

D.D. assentiu. Aquilo batia com o que haviam estabelecido até então. Ontem à tarde, Phil tinha visitado pessoalmente o Tonic, local de trabalho de Devon Goulding, com uma foto de Stacey Summers. Vários barmen a reconheceram pela cobertura do caso, mas ninguém se lembrava dela no estabelecimento. É claro, isso não significava que Devon Goulding não tivesse cruzado com ela em um momento diferente ou em um bar diferente. Boston oferecia uma ampla variedade de ambientes, sobretudo para universitários. As opções eram infinitas.

Sem falar que, considerando o sequestro de Flora Dane por Goulding, ficava claro que ele tinha uma queda por loiras.

"Você conhece Florence Dane?", ela perguntou, de repente.

Houve um instante de silêncio do outro lado da linha. Silêncio que definitivamente demorou demais.

"Por que a pergunta?", Colin Summers falou, finalmente.

"Ela esteve na sua casa? Ela se encontrou com você?"

"Nós nos encontramos com a mãe dela."

"O quê?"

"Quando a filha dela desapareceu... Havia um programa. Do Centro Nacional de Crianças Desaparecidas e Exploradas. Um outro pai, alguém que já tinha estado lá, nos ligou oferecendo apoio. Rosa Dane foi indicada como nossa orientadora. Ela ligou nas primeiras 24 horas, e então ficou no telefone com a minha esposa enquanto ela chorava."

"Vocês se viram pessoalmente?"

"Ela veio em casa algumas vezes. Tem sido muito útil, sargento. Depois do que ela passou... é alguém que entende. Ela ouve e ajuda. O que é mais do que podemos dizer do restante de vocês."

D.D. estremeceu com a amargura do homem e lembrou-se de que não era nada pessoal. A família queria respostas. Eles queriam a filha de volta. Mas até o momento os detetives, na melhor das hipóteses, só podiam fornecer mais perguntas – e, na pior, novas suspeitas.

"E a filha dela, Florence?", D.D. pressionou novamente.

"Tenho conhecimento do caso dela", disse Colin Summers – o que, na verdade, não respondia nada.

"Ela acompanhou a mãe em uma das visitas?", D.D. lançou.

"Não."

"Entrou em contato por telefone, e-mail, Facebook? O senhor a conhece, não é mesmo, Sr. Summers? Você falou com ela pessoalmente sobre a sua filha."

"Não."

Mas D.D. não acreditava mais nele. Havia algo ali. Algo que ele ainda não queria contar. E então...

"Foi ela que o matou?", Colin Summers perguntou.

"Quem?"

“Flora. Ela matou o barman, o suspeito de sequestro? É por isso que está me fazendo todas essas perguntas?”

D.D. não disse nada. Até o momento, eles haviam conseguido manter o nome de Florence Dane fora dos noticiários. Principalmente por não haver nenhuma acusação formal feita contra ela, o que significava que não havia nenhuma informação para repórteres insaciáveis descobrirem.

“Por que o senhor assumiria isso, Sr. Summers?”

“Vocês, investigadores, têm suas fontes de informações. As famílias das vítimas têm as delas. E já que vocês não gostam de dividir as coisas conosco...”

“Estamos todos do mesmo lado, Sr. Summers. Estamos fazendo de tudo para trazer sua filha de volta.”

“Então por que ela não está em casa?”

Um clique no ouvido enquanto Colin Summers desligava, claramente ficando com a última palavra. D.D. segurou o telefone mais um pouco, sentindo o peso da raiva. De fato, três meses depois, por que eles não haviam encontrado Stacey Summers? E o que será que Flora Dane sabia sobre o sequestro da universitária que o resto deles aparentemente não sabia?

8h30 da manhã, D.D. tinha um monte de relatórios para processar e aprovar. As alegrias da gestão, o ônus do trabalho em regime restrito. Como detetive de campo, ela sempre resmungou sobre a necessidade de colocar tudo em seu devido lugar. Contudo, os relatórios eram importantes. A papelada criava os blocos de construção de um caso judicial, e não fazia sentido identificar criminosos e fazer prisões se você não conseguisse trancafiar os desgraçados.

A papelada importava. Sentar ali naquela mesa importava.

Por outro lado, fazer perguntas certas também importava.

O que foi que o Dr. Keynes disse ontem? Que Flora preferia uma abordagem honesta e direta.

D.D. se levantou, pegou a bolsa transversal, a caneca térmica e saiu pela porta.

O endereço registrado de Florence Dane era no terceiro andar do prédio mais velho da rua, levemente desgastado, sem elevador. A essa hora da manhã de um domingo, a casa e a rua pareciam quietas. D.D. passou pela porta externa destrancada e entrou na área interna, revestida com uma dúzia de caixas de correio metálicas. Algumas estavam etiquetadas com nomes. A de Flora não estava, fornecia somente suas iniciais: F.D. Outra decisão consciente de segurança de uma mulher que claramente levava a sério sua própria proteção.

A porta da área interna estava trancada, mas, como costumava acontecer em áreas trafegadas com frequência, ela não tinha sido fechada direito. Flora definitivamente não teria aprovado a capacidade de D.D. de empurrar a porta e ir entrando.

Ela poderia ter se anunciado. Seria a atitude educada, mas qual a graça? Em vez disso, D.D. espiou a escada à sua frente e, determinada, tomou a decisão de subir os três andares até o apartamento de Florence. É claro, ela não havia contado com o fato de sua respiração ficar tão pesada – talvez fosse hora de cortar o tempo gasto no tratamento pós-traumático e fazer algum exercício cardiorrespiratório no lugar –, nem esperava chegar à porta de Flora e encontrar uma fresta aberta.

D.D. hesitou, já sentindo os pelos da nuca arrepiarem. À primeira vista, não havia necessidade de alarde. A porta parecia inteira, sem arranhões nas fechaduras, como se tivessem sido forçadas, nenhum batente quebrado. Mesmo assim...

Ela bateu com força. A porta se escancarou.

"Flora Dane? Aqui é a detetive sargento D.D. Warren."

Nenhuma resposta.

D.D. deu o primeiro passo adiante, levando a mão instintivamente para a arma lateral antes de se lembrar de que nem estava autorizada a carregá-la.

"Flora? Está em casa? Florence Dane?"

Nada. Nenhum som de passos, água correndo ou crepitar de portas internas. D.D. deu outro passo para dentro, encontrando uma cozinha à frente, uma pequena sala de estar à esquerda e outra porta aberta que permitia um vislumbre de um cômodo além daquele.

As luzes estavam apagadas. É verdade que a luz do dia passava através da grande borda de janelas salientes, mas o céu estava oculto e a escuridão ainda encobria os cantos do apartamento, dando ao lugar um aspecto negligenciado. Mais do que isso, o apartamento passava a *impressão* de estar vazio. Por algum motivo, a porta da frente havia ficado aberta, mas Florence não estava mais lá.

Aquilo não fazia o menor sentido. Uma mulher que transformou o estudo de comportamento criminal em obsessão, deixando seu apartamento no centro de Boston desprotegido? Jamais. Alguma coisa não batia. Mas o quê?

Devagar, mantendo as costas viradas para a parede, D.D. começou a busca. No fim, não havia muito para ver. A cozinha parecia imaculada, a modesta área social intocada. Ela usou o pé para empurrar a porta do banheiro, vendo a pia, o vaso sanitário e o chuveiro, que só dava para usar de pé. Nada.

Por fim, um quarto de solteiro. Mais uma vez usando seu pé para abrir mais a porta, tomando cuidado para não tocar em nada. Viu uma cama dupla, cobertas puxadas para trás – e parecia óbvio que tinham sido recentemente usadas por alguém que dormira ali. Perto dela havia um criado-mudo com uma luminária e um iPhone carregando. Aquilo a fez parar. Porque nos dias de hoje, quem saía de casa, mesmo para um passeio breve, sem levar o celular?

Em seguida, D.D. viu uma mesa velha e frágil, com um laptop Mac de ponta. Por fim, analisou a atração principal do quarto. Artigos de jornal. Fotografias. Dezenas deles cobrindo as quatro paredes. Ela só precisou de um instante para deduzir o tema. Casos de pessoas desaparecidas. Cada um deles. Trinta, quarenta, cinquenta pessoas, homens e mulheres, que haviam saído de casa um dia e nunca mais foram vistas. Incluindo Stacey Summers, o artigo do *Boston Globe* anunciando seu desaparecimento colocado em um lugar de honra bem ao lado da cama.

Definitivamente, Flora vinha acompanhando o caso. E agora? D.D. deu uma volta no local, absorvendo o fardo completo da obsessão de uma sobrevivente. De repente, ela teve um pressentimento muito ruim sobre aquilo.

CAPÍTULO 14

QUANDO PEQUENA, EU TINHA dificuldade para dormir. Passava os dias correndo livremente pelos campos da fazenda da família e pelos bosques sombrios do Maine. Ainda assim, mesmo que minha mãe sempre me mandasse sair para "gastar energia", a noite chegava e eu deitava na cama com o cérebro em parafusos e as pernas inquietas.

Minha mãe desenvolveu um ritual elaborado para me colocar para dormir, em um esforço para me ajudar a desacelerar. Primeiro, colocava as duas mãos no alto da minha cabeça, afagando gentilmente os cabelos e dizendo: "Esta é a cabeça da Flora". Depois, descia os dedos, traçando o contorno das sobrancelhas, as curvas dos ouvidos, as linhas da mandíbula. "Estes são os olhos, a bochecha, os ouvidos e o rosto da Flora. Este é o rosto da Flora."

Em seguida, apertava meus dois ombros com firmeza, mas sem exagerar. "Estes são os ombros da Flora."

Mais apertões em ambos os cotovelos, punhos, os cinco dedos de cada mão. Compressão, eu aprendi mais tarde. Minha mãe estava praticando uma terapia básica usada com frequência em crianças hiperativas. Basicamente um abraço de urso, articulação após articulação, enquanto ela apertava minhas costelas, pressionava os encaixes de meus quadris, depois terminava com os joelhos, tornozelos e pés.

"Estas são as pernas da Flora, estes são os joelhos da Flora, estes são os tornozelos da Flora. Estes são os pés da Flora. E agora, é hora de todas as partes da Flora IREM DORMIR."

Quando pequena, eu ria no fim. E, claro, implorava para ela fazer tudo de novo. Às vezes, ela recomeçava. Mas, na maioria das vezes, eu ganhava um apertão na bochecha, talvez uma bagunçada afetuosa de cabelo. Então minha mãe se levantava e saía. Era uma mãe solteira ocupada com muitas tarefas para fazer.

Quando eu fiz 10 anos, 11, 12, o ritual foi sofrendo uma morte natural. Outra etapa da infância passou. Às vezes, quando eu adoecia ou me sentia triste, minha mãe tornava a fazê-lo. Em versão mais rápida e mais curta, mas tão reconfortante quanto.

Quando entrei no ensino médio, minha mãe me provocou dizendo que havia chegado minha vez de colocá-la na cama. Por ser alguém que começava regularmente o dia às 5h da manhã, ela certamente não costumava ficar acordada muito depois das 9 ou 10 horas. Às vezes, porque queria tirar sarro ou porque estava sentindo sua falta, eu aparecia e repetia nosso ritual em grande estilo. Estes são os cabelos da mamãe, estes são os olhos da mamãe. Meu Deus, o que aconteceu com o rosto da mamãe?

Quando meu irmão estava em casa, às vezes se juntava a nós. Caramba, estas realmente são as mãos da mamãe?

Em pouco tempo, nós três estávamos amontoados, nos acabando em uma crise de riso, minha mãe por baixo balançando a cabeça. Momentos de família. O tipo de coisa que em algum lugar do coração você sabe que é especial e, ainda assim, não consegue dar o devido valor.

Quando fui encontrada, minha mãe correu ao hospital de Atlanta. Naquela primeira noite, ela tocou meus cabelos. Traçou a linha da minha testa. Seguiu a curva das orelhas. "Este é o rosto da Flora", ela sussurrou.

Não olhei para ela. Mantive os olhos abertos, encarando o teto. Eu não tive coragem de dizer a ela que suas mãos pareciam lixa passando em minha pele. E que, longe de ficar calma, eu desejava desesperadamente, do fundo do meu ser, que ela simplesmente parasse.

No entanto, nas semanas e meses que se seguiram, durante as noites difíceis em que eu acordava gritando de novo e de novo, com meu irmão apenas prostrado ao lado da porta, minha mãe ocupava seu lugar na beirada da cama. Mais uma vez, ela traçava minhas bochechas, apertava meus ombros, pressionava as articulações dos meus cotovelos, punhos, de todos os cinco dedos de cada mão.

Devagar, mas com confiança, minha paciente mãe me ajudava a encontrar meu sono outra vez.

Estou dormindo agora.

Mas isso é ruim, errado.

Preciso acordar. Tenho uma sensação de urgência, pavor. Um pesadelo. Estou tendo um sonho ruim e preciso acordar agora. Gritar, berrar, me debater. Então meus olhos irão se abrir. Vou descobrir que estou de volta à minha cama. Minha mãe estará ao meu lado, esfregando minhas têmporas mesmo enquanto eu recuo. Estou me movendo. Eu não devia estar me movendo.

Acorde, Flora. Acorde!

Eu tento. Desejo que as pálpebras subam. Ordeno que braços e pernas ganhem vida.

Nada acontece. Não consigo me mexer, não consigo enxergar. Não consigo encontrar o caminho de volta para a segurança do meu apartamento trancado ou da minha cama de infância.

Uma névoa. Eu a sinto fria nas bochechas. Inalo instintivamente, torcendo o nariz ao sentir o cheiro.

E então...

Estou correndo para o escuro. Minha mãe desaparece de vista, e mesmo que seu toque pareça uma lixa, mesmo que seja eu a afastá-la constantemente, continuo desejando poder chamá-la de volta.

Preciso contar uma coisa para ela.

Preciso dizer que sinto muito.

Acorde, Flora. Acorde!

Mas não consigo.

Estou me movendo.

Eu não devia estar me movendo.

Estou em apuros.

CAPÍTULO 15

O CELULAR DE FLORA era protegido por senha. Nenhuma surpresa nisso. Em vez dele, D.D. usou seu próprio celular para ligar. Escritório de campo do FBI de Boston. Solicitando o Dr. Samuel Keynes. Levou três minutos para o operador levá-la a sério o suficiente para descobrir onde um funcionário federal estava em pleno domingo. Mais alguns minutos para Keynes ligar de volta. A partir daí, porém, o restante foi questão de segundos.

Sim, ele havia levado Flora de volta ao apartamento dela no sábado. E não, ela nunca deixaria seu apartamento destrancado. Ele iria para lá agora mesmo.

Aquilo não surpreendeu D.D. nem um pouco. Ela não sabia muito sobre especialistas em vítimas e suas interações com as pessoas sob sua responsabilidade, mas já havia percebido que Keynes e Flora tinham um relacionamento atipicamente próximo.

D.D. tinha acabado de fazer uma vistoria visual da parte de fora do apartamento, além de inspecionar a saída de incêndio, quando Keynes chegou.

Keynes vestia o mesmo casaco de caxemira com abotoadura dupla na altura do joelho do dia anterior. Como ele conseguira lavá-lo e secá-lo tão rápido, ela nunca saberia, mas a peça não continha o menor sinal de churrasco humano ou lixo rançoso. Talvez ele simplesmente tivesse eliminado o cheiro com a força do pensamento. Andando até o prédio agora, com ombros retos e olhar focado, ele tinha aquela aura sobre ele: o tipo de cara que poderia dominar o mundo com sua mera presença.

Ele também parecia soturno.

"Quando você chegou?", perguntou.

"Trinta minutos atrás. Você chegou a entrar quando deixou Flora aqui ontem?"

"Não. A mãe dela estava aqui. Vi sua caminhonete estacionada na rua. Flora subiu a escada para vê-la."

"Flora falou com você desde então? Por celular, texto, post no Facebook?"

Ele balançou a cabeça, negativamente. "Algum sinal de arrombamento?" Ele subiu a escada, já a caminho da unidade do terceiro piso.

"Negativo. A saída de incêndio também parece limpa, mas veja só: aquela porta estava destrancada. Os parafusos foram tirados. A mesma coisa com todas as janelas. Todas elas continuam fechadas, mas não estão seguras."

"Parece uma mensagem." Ele franzia a testa.

"Exatamente o que pensei. Mas dela ou sobre ela?"

Ao subir, Keynes entrou direto no apartamento, claramente familiarizado com a planta. Olhou em volta rapidamente, depois disse:

"A mãe dela com certeza esteve aqui."

"Por que acha isso?"

"Rosa faxina quando está estressada. A cozinha é o território dela."

"E Florence?"

"Mais relaxada em seus padrões de limpeza, com propensão à desordem."

"Então você a deixou aqui ontem. Ela subiu a escada para encontrar a mãe. E depois o quê?"

Keynes tirou o celular do bolso do casaco. Digitou um número enquanto andava pelo espaço cinzento.

"Rosa. Dr. Keynes. Como está? Estou bem, obrigado por perguntar. Você passou um tempo com a Flora ontem, não passou? Pensei ter visto sua caminhonete estacionada na rua. Exatamente. Entendo. Eu sei. Seu comportamento parece estar piorando. Sim, graças a Deus, ela estava bem. Ela ficar na fazenda é uma discussão antiga, Rosa. Você sabe que não posso intervir, não que isso fosse fazer alguma diferença para Florence, de qualquer maneira. Você falou com ela de novo na noite passada? Talvez antes da hora de dormir? Você ligou, mas ela não atendeu. Obrigado. Farei o possível para me encontrar com ela hoje. Mas é claro. Foi um prazer falar com você novamente. Tchau."

Keynes guardou o celular no bolso e franziu a testa novamente.

"A mãe de Florence saiu daqui um pouco depois de uma hora ontem. Ela não teve notícias de Flora desde então."

"Isso é incomum?"

"Não necessariamente. Mas o apartamento destrancado é." Ele entrou no quarto, olhou para as paredes cobertas, mas não pareceu surpreso pela série de artigos. Em vez disso, foi até o celular.

"Protegido por senha", ele observou. "Então não tem como verificar as mensagens imediatamente. É possível que ela tenha saído para encontrar alguém."

"E deixado a porta da frente aberta?"

"Nenhum sinal de entrada forçada ou de luta. Considerando o treinamento de Flora, se alguém tivesse tentado agarrá-la, ela não teria cedido sem lutar."

"A menos que tenha sido emboscada. Talvez enquanto dormia." D.D. apontou para a cama, que mostrava os únicos sinais de alteração do lugar inteiro.

"Mas como o agressor conseguiria entrar? Flora definitivamente teria verificado as fechaduras antes de ir para a cama."

D.D. suspirou. Essa também era a peça do quebra-cabeça na qual ela continuava esbarrando. Ela tinha conhecido Florence Dane há apenas um dia, mas já sabia o bastante sobre como a garota estava longe de ser ingênua.

"Vamos verificar com os donos do apartamento", Keynes decidiu. "Talvez eles tenham ouvido alguma coisa."

Tratava-se de um casal mais velho, Mary e James Reichter, proprietários da residência há 52 anos. Moravam no primeiro andar. Reconheceram Keynes de outras visitas e cumprimentaram D.D. com sorrisos tão brilhantes que ela sentiu que deveria ter levado um presente de boas-vindas.

Ela e Keynes declinaram educadamente da oferta de café, mas ainda assim foram guiados para a sala da frente. Depararam-se com uma poltrona antiga de dois lugares e decoração original em carvalho que fez D.D. salivar.

Ela sentou discretamente na beirada do sofá delicado, deixando Keynes tomar a iniciativa das perguntas – pois ele parecia conhecer o casal.

Foi preciso falar em voz alta, quase gritando, para entender se os Reichter tinham visto Flora voltar no dia anterior, cerca de meio-dia. A mãe dela já havia chegado nesse horário, aparecendo de novo depois do almoço com alguns muffins de mirtilo para compartilhar. Muffins muito, muito bons. Rosa era uma padeira requintada.

Ah sim, Flora. Não, eles não se lembravam de tê-la visto novamente. Mas estavam assistindo aos programas de TV nos fundos. Então, ela poderia ter saído. Possivelmente. Tinha alguma coisa errada? Alguma coisa que eles deveriam saber?

Keynes escolheu as palavras com cuidado. Ele tinha um jeito delicado de lidar com o casal, D.D. notou. Com mais jeito de vizinho do que de agente e, ao mesmo tempo, mantendo-se reservado o suficiente para que eles se esforçassem para responder às perguntas.

Eles tinham visto mais alguém entrar no prédio ontem? Algum estranho, alguém que eles não reconheceram?

Não.

E quanto a sons ou tumultos? Alguma perturbação no meio da noite?

Não, senhor. Seriam acordados por algo assim. Não andavam dormindo muito bem ultimamente.

E tinham visto Flora com novos amigos ou conhecidos recentemente? Ouviram alguma pergunta sobre o apartamento dela?

Bem, tirando o inspetor predial...

D.D. e Keynes se inclinaram para frente e se entreolharam.

"Inspetor predial?", D.D. falou.

"Ontem. Ou anteontem. O tempo fica meio confuso às vezes", James começou, olhando para a esposa.

"Foi na terça-feira", a esposa emendou. "O inspetor veio terça. Disse que nosso imóvel estava atrasado para a inspeção. Todas as unidades privadas de aluguel precisam ser inspecionadas pela cidade a cada cinco anos, você sabe. Pensando bem acho que faz mais tempo desde que alguém nos visitou. Acho que realmente perdemos a noção do tempo!"

"Você mostrou a ele o prédio inteiro? Todas as unidades?", Keynes perguntou.

"James mostrou a parte de fora para ele, a saída de incêndio. Mas dentro das unidades, bem, subir e descer escadas na nossa idade..." Mary sorriu meio que se desculpando. "Demos a ele as chaves dos apartamentos. E pedimos, por favor, que ele batesse primeiro para alertar os locatários. Ele não se delongou demais. Fez o que tinha que fazer, depois desceu para nos dizer que tudo parecia dentro dos conformes. Receberemos o certificado atualizado em breve.

"Espera", D.D. interveio. "Vocês têm chaves de todos os apartamentos? Até do apartamento da Flora Dane?"

James pareceu insultado com o tom.

"É claro. Esta ainda é a nossa casa. Temos direito a ter acesso. Além disso, por questões de manutenção ou, Deus me livre, algo como um incêndio. Nossos locatários são muito ocupados. Fica mais fácil se nós simplesmente pudermos entrar, fazer o que precisa ser feito quando necessário. Nunca tivemos nenhuma reclamação ou problema, nem mesmo de Flora. Nós respeitamos a privacidade dela, é claro. Nós compreendemos."

O jeito como ele pronunciou a última palavra foi esclarecedor. Significava que eles conheciam a história de Flora, que estavam familiarizados com o motivo de ela sentir que precisava de segurança extra.

"Flora estava em casa para a inspeção do prédio?", D.D. perguntou.

"Não sei, querida", Mary respondeu.

"Você contou a ela sobre a inspeção? Mencionou isso quando a viu novamente?"

"Não. Acho que não nos esbarramos desde que isso aconteceu."

"Qual era a aparência do inspetor predial?", Keynes perguntou.

"Ah, era um jovem de boa aparência. Vestido um pouco casual demais pro meu gosto – calças cáqui, uma camisa social azul, mas ninguém mais usa terno. Ele tinha uma identificação. Não sou ingênua, sabe. Eu pedi para ele me mostrar."

"E quanto ao tamanho?", D.D. falou mais calmamente. "Era um sujeito grande? Pequeno? Jovem, velho?"

"Ah, ele parecia bastante um funcionário público. Barbeado. Cabelo escuro curto. E grande. Forte. Como um bombeiro. Parecia um jovem muito capaz." Mary abriu um sorriso largo.

Um homem grande. Um homem forte. Que havia recebido as chaves do apartamento de Flora das mãos de seus proprietários bem-intencionados. D.D. examinou Keynes. Pela expressão em seu rosto, dava para dizer que ele havia acabado de ligar os mesmos pontos que ela. Por exemplo, nem as melhores fechaduras do mundo oferecem proteção contra um homem com uma chave. Flora tinha orgulho de seu preparo. E, ainda assim, se suas suspeitas estivessem corretas, seu agressor estivera um passo à frente.

Keynes se levantou, esticando a mão num cumprimento ao sair.

No hall de entrada, telefone na mão, D.D. levou apenas alguns minutos para confirmar o que tanto ela como Keynes já sabiam: o departamento de serviços de inspeção de Boston não havia enviado ninguém para o prédio nos últimos dias, nem tinham nada agendado tão cedo. O disfarce de inspetor predial tinha sido um estratagema, um meio muito eficaz de conseguir acesso às chaves de Flora para fazer uma cópia.

"Vou ligar para os peritos de cena do crime", D.D. disse calmamente.

Eles subiram novamente para esperar, em silêncio.

CAPÍTULO 16

ESTOU ACORDADA.

Minha cabeça se projeta para cima, os olhos se abrem, mas fico imediatamente desorientada pelo fato de não poder ver. Escuro. Espesso e impenetrável. Sinto um senso de urgência. Lutar ou fugir. Preciso lutar. Só que...

Não consigo enxergar absolutamente nada. Não faço ideia do que há para cima, para baixo, à esquerda, à direita. Arregalo os olhos, como se isso fosse fazer alguma diferença.

Então percebo.

Estou em um quarto. Esparramada sobre um colchão vazio, vestindo um tipo de camisola de seda. Meus braços estão despidos e há braceletes metálicos frios em torno dos meus punhos. Algemas. Fui algemada, braços para frente, mãos na altura da cintura. Além disso, as algemas parecem estar presas a algum tipo de guia, talvez uma corda, talvez uma corrente. Só preciso dar uma leve puxada com os punhos para sentir a resistência correspondente. Não estou só de mãos atadas, estou presa ao teto. Ou a um ponto alto na parede.

E quanto ao escuro... Pisco os olhos. Nada. Tento de novo. Nada ainda. Os olhos estão abertos. Não tenho venda em volta da cabeça. É o próprio quarto. Sem janelas e provavelmente pintado de preto absoluto, de maneira que nem um único raio de luz consiga penetrar sua escuridão.

Pergunto-me se estou no subsolo e, apesar das minhas melhores intenções, meu coração acelera, a respiração vai ficando entrecortada. Não no subsolo. Não enterrada, por favor, por favor, por favor.

Por um momento, outras imagens vêm a mim. Cenas do passado, outra vida, outro pesadelo. Quero gritar, berrar, implorar. Bater os punhos contra paredes de madeira, chutar desesperadamente com os calcanhares.

Deitada no colchão, tremendo incontrolavelmente, cravo os dentes no lábio inferior, depois me recomponho com a dor. Não haverá pânico. Não vou implorar. Nada assim.

Leva algumas respirações. O gosto de meu próprio sangue na língua. Mordida após mordida, sinto o coração se acalmar novamente no peito. Em seguida, fecho os olhos, porque, seja lógico ou não, isso torna o escuro mais suportável.

Devagar, ela vem a mim. A última lembrança: acordar em meu próprio quarto, a sombra sinistra na porta, então uma névoa no ar.

Clorofórmio, imagino. Ou algum tipo de sedativo aerossol. Fui drogada e depois...

Uma sensação de movimento. Eu queria acordar, mas não podia.

Fui trazida para cá. Onde quer que isso seja.

Imediatamente, fico assustada. Não por mim. Em vez disso, vejo o rosto da minha mãe. A mãe que assou muffins para mim e me abraçou com força, depois me implorou para cuidar melhor de mim mesma. Ela me ama tanto. E agora eu fui embora, e quebrei seu coração outra vez.

Porque já tenho bastante certeza de que quem atravessou três fechaduras para entrar em meu apartamento altamente protegido – sem falar nesse aposento preparado, com algemas acorrentadas – é mais do que um criminoso comum. Isso não sou eu contra aquele perdedor arrogante que eu queimei até a morte em sua própria garagem, ou mesmo os atos amadores que o precederam. Isso é... algo pior. Algo além.

Algo para temer.

Desejo, só por um momento, ter tido coragem o suficiente para dizer ao Dr. Keynes tudo que aconteceu cinco anos atrás. Mas há segredos que todos os sobreviventes guardam. Provavelmente, estou prestes a pagar pelo meu.

Do mesmo jeito que aconteceu com Stacey Summers.

* * *

Caio no sono. Não quero, mas não consigo me aguentar. O resíduo das drogas, talvez até o hábito adquirido anos atrás quando eu passava períodos de horas, dias, semanas sem ter nada melhor para fazer. Lutar ou fugir, só que algemada em um colchão vazio, eu não posso fazer nenhum dos dois. Então dormir se torna uma espécie de fuga, uma suspensão temporária do sistema límbico sobrecarregado, que não consegue descobrir o que fazer além disso. Tanta adrenalina, estresse e medo sem nenhum lugar para ir, nada para fazer além de esperar.

Esperar, esperar, esperar.

Desejando que os olhos possam se acostumar a enxergar no escuro. Desejando alguma espécie de alívio no implacável negrume da escuridão. Depois de um tempo, eu desisto da visão e passo a me concentrar no tato. Movendo-me em testes, passo meus dedos pelo colchão. Identifico o tamanho, padrão de solteiro. Sinto a costura das bordas, percebo um leve cheiro de mofo. Ele é fino embaixo de mim. Muito provavelmente velho e esfarrapado. Talvez até largado em uma esquina, depois recolhido pelo sequestrador apenas para esse propósito.

Não é particularmente confortável, macio ou aconchegante. Mas gosto do colchão. É uma fonte de fios e enchimento, talvez até bobinas de arame. É uma ferramenta, vou usá-la.

Em seguida, exploro a roupa que veste meu corpo. Fui para a cama com uma camiseta velha e boxers masculinas de flanela. Agora visto algum tipo de camisola curta de cetim. Enfeite de renda em volta do decote e da bainha inferior.

Ele havia mudado minhas roupas. Enquanto eu estava inconsciente, havia tirado minha roupa confortável de dormir e substituído por uma versão mais feminina... mais sexy? Fico tentada a me sentir insultada e violada pelo.ato, mas estou realmente confusa.

A maioria dos predadores sexuais sádicos mantém suas vítimas nuas – seja pelo acesso facilitado, seja por maior humilhação, escolha sua explicação. Eles também podem vestir suas presas relutantes com várias roupas S&M ou apetrechos que se encaixam em suas fantasias masoquistas. Mas isto, uma camisola de seda, indicava outra coisa. É... cuidadoso de uma forma que já tenho a sensação de que não vou gostar.

Jacob raramente me dava uma camisola bonita ou algo além de roupas práticas. Eu era sua propriedade, e quem gasta esforço extra em sua mesa de centro?

Esse homem, o predador mais recente, é uma anomalia. Repito a palavra na minha cabeça. Tento sentir isso com força. Uma anomalia, um mutante, uma aberração. Algo menos que humano. Nada que valha a pena se preocupar.

Mas estou mentindo para mim mesma. Porque já posso sentir as algemas de metal cortando a pele. E quando dou uma puxada nos punhos para deixar os braços mais confortáveis, fico terrivelmente ciente do som de uma corrente se desenrolando acima de mim.

Chega. Eu me sento. Balanço as pernas sobre a borda do colchão no chão. Lembro a mim mesma que isso já é mais liberdade do que tive com Jacob. Uau, um quarto inteiro à minha disposição. Talvez eu fique inebriada de tanta alegria.

O escuro ainda é infinito, opressivo. Mal consigo distinguir a sombra mais leve dos meus braços nus ao fazer a primeira tentativa de dar um passo adiante. Um passo, dois, três, quatro. A sala é maior do que eu esperava, já que ainda não encontrei uma parede. Então meus pés batem em algo sólido. Um som ruidoso, como quando um pote de plástico cai no chão.

Abaixo-me e exploro com meus dedos, embora já saiba o que encontrei. Um balde de plástico. A latrina preferida de sequestradores e sádicos de toda parte. Mas é claro.

Atrás do balde eu descubro uma parede. *Drywall*. Isso me surpreende. Por alguma razão eu esperava um bloco de cimento, ou talvez um painel de madeira barata. Mas não. A parede é lisa e está vazia. *Drywall*, como em um quarto de verdade em uma casa de verdade. O que também explicaria a maciez do carpete fino sob os pés descalços.

Se realmente estou em uma casa...

Paro, esforçando-me para escutar alguma coisa. Tentando ter uma noção do tráfego do lado de fora, ou talvez do som distante de passos ecoando sobre minha cabeça. De início, não ouço nada. Isolamento acústico, para combinar com a tinta escurecedora. Mas então, bem fraco, de forma constante, o som chega a mim.

Uma respiração. Inspira. Expira. Inspira. Expira.

Tem alguém além de mim no quarto. Não estou sozinha.

Recuo. Não consigo me conter. Então, por instinto, agarro o balde plástico vazio e o grudo no meu peito. Como o quê? Um martelo ou um escudo?

Não estou mais raciocinando. Eu quero. Mas, apesar de toda experiência, treinamento e bravata, meus batimentos aceleraram novamente e estou com as pernas tremendo sem controle.

Enquanto do outro lado do quarto, talvez a um metro e meio, dois metros de mim...

Respirando.

Inspira. Expira. Inspira. Expira.

Ele está aqui, me observando. Esperando que eu entre em pânico, enlouqueça, implore por misericórdia? Ou só aproveitando o show?

De repente, estou com raiva. Não importa o que ele faz ou pensa que pode fazer comigo. Comparado com Jacob Ness, o Sr. Camisola de Seda,

Sr. Respiração Pesada, não é nada além de um espetáculo secundário de carnaval. Uma aberração.

Só porque ele entrou no meu apartamento de tranca tripla, me emboscou com drogas e me sequestrou para algum porão escurecido... Recuso-me a sentir medo dele.

Em vez disso, fico pensando na primeira visita a Samuel, um dia depois de sair do hospital:

"Você se lembra do que fez para sobreviver, Flora? Cada rebelião, cada submissão, cada mentira, cada adaptação?"

Meu próprio movimento lento de cabeça assentindo.

"Ótimo. Não se esqueça. Não duvide de si. Aceite. Pode não parecer assim nesse momento, mas você é forte, Flora. Você sobreviveu. Não deixe ninguém tirar isso de você. Não tire isso de si mesma. Você é uma garota resistente. 472 dias depois, você se salvou. Com base nisso, você nunca mais precisa se sentir assustada."

Desço o balde. Concentro-me no som daquela respiração uniforme. Lentamente, mas segura de meus atos, eu a combino com minha própria respiração até inspirar enquanto ele inspira, depois expirar enquanto ele expira. Inspira. Expira. Inspira. Expira. Uma respiração pela outra, perfeitamente sincronizadas.

E eu já entendo, nesta batalha introdutória de vontades, que a pessoa que fala primeiro perde.

Ele irá se mover. Tenho certeza disso. Ninguém faz esse esforço todo só para observar. Então fixo meu olhar na direção da sua respiração, olhando tão firme e desafiadoramente quanto consigo. Venha, aberração. Mostre para mim o que você tem.

Inspira. Expira. Inspira. Expira. Nunca ouvi uma respiração tão uniforme. Sem a menor aceleração da excitação, ou o ritmo perdido da surpresa. Só inspirando, expirando, inspirando, expirando. Como se ele realmente não se importasse com o fato de eu estar de pé olhando diretamente para ele.

Como se ele realmente estivesse tanto assim no controle.

Com todo o tempo do mundo...

Minha própria respiração falha. Não era a intenção. Odeio dar essa satisfação a ele. Mas o ritmo constante e uniforme está chegando a mim. Ninguém respira com tanta uniformidade. Ninguém, nessa situação, pode manter tamanha calma.

Então, de repente... uma realização evidente. Um medo que me estremece lentamente.

Não, eu não quero. Por favor, não...

Não posso evitar. Agora que pensei nisso, preciso ter certeza. Ando para frente. Um passo, dois, três, quatro.

Bato nele primeiro com o pé. Paro. Congelo no lugar e concentro minha audição novamente.

Respiração. Muito mais perto agora, mas tão firme quanto antes. Inspira. Expira. Inspira. Expira.

Estendo os braços. Ordeno-me a ser forte. Lembro que já passei pelo pior, que posso lidar com qualquer coisa.

Ainda assim, quando meus dedos encontram a primeira borda de madeira do baú em forma de caixão...

Vem de dentro dele o som contínuo da respiração de seu ocupante. Inspira. Expira. Inspira. Expira. Dormindo, porque o que mais há para se fazer quando se está preso dentro de um caixão escuro de madeira? Fecho meus olhos. Não ajuda. Ainda posso ouvir a respiração. Minha companheira de sequestro, sua primeira vítima. Inspira. Expira. Inspira. Expira.

Oh, não. Oh, não. Oh, não. Oh, não.

"Não estou com medo", sussurro.

Mas, na minha mente, posso ver Jacob. E ele está rindo novamente.

CAPÍTULO 17

A DETETIVE NOVATA CAROL MANLEY foi a primeira a chegar ao apartamento de Flora. Mas, se pareceu surpresa ao descobrir que a supervisora já estava no local, disfarçou bem. Phil e Neil vieram logo depois, e foi aí que a festa começou para valer.

Os detetives distritais foram designados para investigações na vizinhança e para entrevistar moradores em busca de possíveis testemunhas das recentes idas e vindas de Flora Dane, enquanto um desenhista de retrato falado seria enviado para conversar com os proprietários. Carol se ofereceu para pegar o vídeo de segurança da loja da esquina, além de examinar câmeras de controle de tráfego em busca de algum sinal de Flora. Porém, considerando a quantidade de filmagem, eles precisariam definir melhor o horário do desaparecimento de Flora para serem mais eficientes.

Phil fez as honras de examinar o computador dela, enquanto Neil ligou para a operadora de celular da garota e para empresas de cartões de crédito. Infelizmente, o navegador de Flora não mostrava nenhuma atividade nas últimas 36 horas, um pouco antes de ela sair para a malfadada aventura com o barman predador. O celular registrava apenas uma ligação de sua mãe na noite anterior, e havia uma semana que o cartão de crédito não era usado. Prudente da parte dela, mas nada útil em momentos assim.

D.D. rondou o pequeno apartamento, sentindo-se irrequieta. Keynes estava enfiado em um canto, celular pressionado no ouvido. Ele concordou em avisar a mãe dela, um trabalho que D.D. não invejava.

Como a maioria das grandes cidades, Boston tinha olhos eletrônicos em toda parte. De câmeras em comércios a câmeras de tráfego, passando por câmeras de caixas eletrônicos, cada rua, cada esquina, produzia possíveis oportunidades de vigilância. Na teoria, isso devia produzir um monte de informações para os investigadores. Só que era exatamente este o problema. Havia material demais, e boa parte com resolução de baixa qualidade. O que significava que a filmagem de segurança funcionava melhor se usada retroativamente. Primeiro era preciso formular o que você acha que há para ver e o horário mais provável de ter acontecido para, então, ir procurar por isso.

E o que de fato aconteceu nesse apartamento altamente protegido? Ontem, no fim da manhã, Dr. Keynes deixou Flora do lado de fora do prédio. Sua mãe já estava lá em cima, havia preparado muffins. Ela os entregou para a filha, conversaram brevemente. Então, mãe, sobre a noite passada... Como iniciar uma conversa assim? E o que Rosa Dane sabia sobre as escapadas da filha tarde da noite?

D.D. permaneceu na cozinha. Imaginou-se como a mãe, cozinhando muffins. Visualizou Flora entrando pela porta, vestida com um moletom de segunda mão do departamento de polícia de Boston e coberta de lixo. Ela se lembrou do cheiro da cena do crime impregnado em sua própria pele. Então, com um movimento sutil de cabeça, seguiu para o banheiro.

Como esperado, havia uma toalha de banho ainda molhada pendurada atrás da porta. Ela tirou a tampa do cesto de roupas de vime colocado no canto e imediatamente enrugou o nariz diante do fedor. Moletom do departamento de polícia de Boston fedendo a lixo. Conferido.

Então se limpar estivera entre as prioridades de Flora ao voltar para casa. E depois?

A garota estava acordada há 24 horas naquela altura. Ela deveria estar cansada e com fome. De acordo com declarações de testemunhas, estivera bebendo no bar, não comendo.

D.D. era tendenciosa no assunto, mas tendo que escolher entre comer e dormir, ela sempre escolheria comer. Especialmente considerando que a mãe de Flora estivera esperando por ela na cozinha, com o cheiro de muffins caseiros flutuando no ar.

Seguindo esse instinto, D.D. voltou para a cozinha. Dessa vez, descobriu a bolsa térmica do tamanho de um galão enfiada no canto com seis muffins de mirtilo dentro. Os restos, ela supôs. E eles ainda pareciam deliciosos.

Em seguida verificou a geladeira, onde descobriu uma garrafa nova de suco de laranja e uma tigela de frutas recém-cortadas. As pontas dos pedaços de maçã começavam a escurecer, então dava para supor que também eram do lanche de ontem com a mãe.

E quanto a outros conteúdos... Ela tirou alguns recipientes para viagem, experimentou dar uma cheirada neles, recuou. Pelo que podia notar, Flora tinha uma única refeição comestível em toda a cozinha: a comida fornecida pela mãe. O que significava isso?

“Ela não chegou a jantar”, D.D. falou em voz alta.

“O que foi?”, Dr. Keynes apareceu atrás dela. Ele ainda vestia seu casaco, agora desabotoado. Como ele não suava, dado os limites abafados do espaço apertado, ela nunca saberia.

“Ontem. Flora voltou para casa, tomou um banho, comeu com a mãe um café da manhã tardio, um almoço mais cedo...”

“Um brunch?”

“Isso. Muffins e fruta. Brunch. Mas foi só isso. Quer dizer, a menos que ela tenha saído. O que, considerando a ausência de uso do cartão de crédito, sem falar em seu estado mental...”

“Ela deveria ter descansado. Exaustão pós-adrenalina.”

“Certo. Mas ela comeu com a mãe, o quê, uma ou duas da tarde?”

“Rosa confirmou que ela saiu logo depois de uma hora.”

“Então é mais provável que tenha deitado para uma soneca. Muito cedo para ir para a cama, dormir para valer.”

Keynes ergueu um ombro.

“Considerando as janelas grandes, a luminosidade geral do espaço, imagino que ela iria para o seu quarto descansar.”

“Você quer dizer o santuário de vítimas de sequestro?”

Ele deu de ombros de um jeito elegante, novamente. Virou-se e foi para o quarto de Flora. D.D. seguiu logo atrás.

Como o restante do apartamento, o cômodo era pequeno. Os artigos de jornal espalhados pelas paredes eram a atração principal. Tirando eles, havia apenas o criado-mudo modesto e a cama bagunçada, que definitivamente deixava a impressão de alguém ter se deitado nela.

D.D. empurrou o corpo largo de Keynes, que quase ocupava todo o espaço apertado, para chegar à cama. Ela se inclinou sobre o travesseiro fino, experimentou cheirá-lo. Quando olhou para cima novamente, viu que Keynes a estudava.

“Procurando sinais de clorofórmio”, ela explicou. “Ele tem um cheiro característico, que demora um pouco para passar. Pode haver traços no travesseiro. Ou talvez seja apenas a minha imaginação.”

“Ele precisaria dominá-la rapidamente”, Keynes disse. “Do contrário, como Flora era uma pessoa treinada... Onde estão os sinais de luta?”

O argumento era bom. O apartamento parecia relativamente intocado, uma das coisas mais perturbadoras na situação. E, de fato, sabendo do que Flora era capaz...

"Ele já tinha feito uma cópia da chave para as fechaduras. É possível que já estivesse do lado de dentro, esperando-a."

"Improvável. Rosa ficou aqui várias horas antes de Flora voltar para casa. Quando Rosa fica ansiosa, além de cozinhar, ela começa a faxinar."

"E se estivesse ocupando a cabeça por aqui, arrumando esse pequeno espaço", D.D. completou, "onde um invasor poderia se esconder sem ser visto?"

"Exatamente."

D.D. assentiu, seguindo o raciocínio lógico.

"Muito bem. Então, primeiro, Rosa chega ao apartamento. Vai entrando, faz suas coisas. Mais tarde você deixa Flora. Mãe e filha se encontram, conversam sobre...?"

Ela olhou Keynes, na expectativa. Mas ele se recusou a morder a isca. Pelo que parecia, ou ele não sabia o que Rosa tinha dito para a filha – o que D.D. não acreditou nem por um minuto – ou ele não sentia que isso fosse relevante para a investigação.

"A mãe vai embora logo depois de uma hora. Sabemos que Flora *não* ligou para ninguém, *não* usou o computador nem os cartões de crédito. O que nos deixa com o quê?"

"Ela tirou uma soneca."

D.D. gostava dessa hipótese. Em sua experiência, sem dúvida, a inconsciência era a única coisa que mantinha uma pessoa jovem afastada de seus apetrechos eletrônicos.

"Quando ela acordou", disse D.D., olhando para a cama desarrumada, "ele estava aqui. Já no quarto. Já de pé sobre ela."

"Porque foi aqui que ele usou clorofórmio nela", Keynes disse.

"Sim. E ela não voltou a comer. Digo, acordada a noite toda, depois voltando para muffins e frutas... Admito que eu me sentiria faminta ao acordar."

"Me disseram que você é uma mulher que curte um buffet liberado."

"Pesquisando sobre mim, Senhor Psicólogo? Bem, falaram a verdade."

Keynes ignorou o sarcasmo, mantendo-se concentrado no assunto em questão. "Ele já tinha feito a chave. O que significa que poderia entrar no apartamento a qualquer momento."

D.D. balançou a cabeça. "Ele não iria atrás dela durante o dia. Sério, o tipo de sujeito que se dá ao trabalho de copiar uma chave é o tipo de sujeito que faz uma pesquisa prévia. Considerando o histórico criminal de Flora..."

"Isso não está nos registros públicos."

"Ele faria uma pesquisa mais a fundo. Aquele disfarce todo, posando de inspetor predial? Era um sujeito paciente. Deve ter tomado as devidas precauções para sequestrar um alvo de alto risco como Flora. Sem falar que esse é um prédio de três andares sem elevador. Se ela resistisse, outros moradores viriam para a escada descobrir o que estava acontecendo."

D.D. parou, considerando. "Ele precisa que o prédio esteja escuro", ela reiterou. "Se não, ficaria muito exposto. Pense comigo. Ele não pode usar uma escada de incêndio capenga sem chamar atenção, o que significa que teve que usar a escada principal, assim como nós."

"O prédio tem câmeras?"

"Um prédio que era uma casa residencial? Não temos tanta sorte. Mas considere suas opções. Ele sabe que pode entrar no apartamento. Está planejando emboscar Flora, deixá-la inconsciente. Precisa carregá-la fora depois disso. Carregar um corpo inconsciente por três lances de escada é algo que chama atenção. Então ele escolhe um horário depois de escurecer. Quando muitos moradores não estariam entrando nem saindo."

"Ele observou o apartamento. Conhecia as rotinas."

"Consistente com alguém paciente o bastante para conseguir um molho de chaves num golpe."

"Ele também vinha vigiando Flora. Conhecendo suas rotinas", Keynes emendou.

D.D. concordou. Ela voltou para a sala principal e foi até uma das janelas frontais. Afastou as cortinas translúcidas que Flora parecia preferir – aquele tipo de opção meio transparente que oferecia alguma privacidade, ao mesmo tempo em que ainda permitia a entrada de muita luz – e olhou para a rua. "Devíamos investigar pontos estratégicos", murmurou. "Talvez até um novo inquilino nos arredores. Se nossa teoria estiver correta, o suspeito teria que estar na área há algum tempo para aprender tudo o que precisava."

"Permissão para estacionamento", Keynes comentou.

D.D. tinha notado isso antes. Estacionamentos nessas ruas eram restritos a moradores locais, que tinham que provar que viviam ali para obter uma permissão. Quem estacionasse sem ela corria o risco de ser multado. Mais uma coisa para um detetive averiguar, porque o suspeito definitivamente teria estacionado por perto para conseguir escapar com uma mulher inconsciente. O que significava que, se ele não tivesse a permissão adequada, poderiam encontrar evidências de uma multa de estacionamento.

"Flora tem carro?", D.D. perguntou, já que era possível que o sequestrador tivesse roubado o próprio veículo de Flora para transportá-la.

"Não."

"Certo. Então estamos falando do início da noite. Não tão tarde para que Flora tivesse acordado e jantado, mas não tão cedo para que ainda houvesse luz do dia. Digamos, umas 17h30, 18h."

"Parece um horário de bastante trânsito", Keynes observou. "Arriscaria dar de cara com outros moradores indo e vindo do trabalho."

"A menos que seja assim que ele aja". D.D. parou, a ideia ganhando força. "Engenharia social. É a especialidade dele, não é? Ele finge ser um inspetor predial para conseguir uma chave. Talvez também tenha se disfarçado ontem. Namorado? Motorista de táxi?"

"Acompanhando uma mulher inconsciente para fora de seu apartamento?" Keynes ergueu uma sobrancelha.

"Técnico de emergência médica. Auxiliar de atendimento em domicílio." Ela olhou rapidamente para ele. "Policial? Uma profissão que poderia explicar facilmente a situação, assumindo que ele fosse notado. Então simplesmente atuaria de acordo com o disfarce para seguir adiante. Desceria direto pela escada, com sua companheira bêbada, doente ou tonta. Em uma vizinhança com um tráfego intenso como essa, simplesmente fingir que você faz parte é metade do caminho."

Keynes se convenceu.

"É melhor os agentes conversarem com vizinhos que estavam pela rua ontem perto do anoitecer. Ver se alguém notou um sujeito grandão em particular que parecia estar ajudando uma mulher debilitada. Talvez um profissional de algum tipo que tenha chamado atenção."

"Um sujeito particularmente grande, assim como o sequestrador de Stacey Summers." D.D. olhou para ele. "Você sabia que a mãe de Flora é orientadora dos pais da Stacey?"

"Rosa mencionou."

"Flora também parece ter se interessado pelo caso."

"Como você pode ver pelas paredes do quarto dela, Flora se interessa por um monte de casos."

"Mas ela estava procurando o sequestrador da Stacey Summers especificamente. O jeito que ela falou na cena do crime ontem... Era ele que ela esperava descobrir no bar. E, imediatamente, ela fez uma conexão entre o caso e seu próprio agressor."

"Sabe por que ela faz isso?", Keynes perguntou calmamente. "Por que Flora continua a se colocar em situações perigosas?"

D.D. deu de ombros. "Pela adrenalina. Estresse pós-traumático. Alguma síndrome de Deus que a faz gostar de celebrar sua própria força depois de mais de 400 dias se sentindo impotente."

"Não sei", disse Keynes, o que a surpreendeu. "Duvido que Flora saiba por que está fazendo o que faz. Ou que possa ao menos identificar um gatilho específico. Ela me lembra um soldado que volta para casa depois de cumprir o alistamento, apenas para se alistar de novo e de novo. No fim das contas, a vida parece estranha demais, enquanto ela sabe que a guerra continua, que ela tem irmãos lá fora que continuam lutando..."

"É disso que se trata aqueles artigos?", D.D. perguntou. "Companheiros de guerra? Pessoas desaparecidas que ela não pode deixar para trás?"

"Talvez."

"Você acha que existe uma conexão entre o desaparecimento de Flora e o sequestro de Stacey Summers?"

Keynes hesitou mais do que respondeu. D.D. esperou um pouco antes de insistir, deixando a cortina cair e afastando-se da janela.

"Você acha, não é?"

"A primeira coisa em que pensei quando a dona do apartamento de Flora, Sra. Reichter, descreveu o 'inspetor predial' foi no vídeo do sequestro de Stacey Summers. Sem falar que, três meses depois, não há pistas, nenhuma declaração adicional de testemunha, nenhuma informação nova no caso. Você precisa admitir, só um tipo específico de criminoso consegue fazer algo assim."

"Você quer dizer, como o tipo de pessoa que daria uma de inspetor predial para fazer uma cópia de um molho de chaves?"

"A ideia me passou pela cabeça. Além disso, a porta da frente do apartamento de Flora ter sido deixada aberta, as janelas destrancadas... Para mim parece que, seja lá quem for o responsável por isso, ele está se exibindo. Se vangloriando, até. O que faz sentido se essa não for a primeira vez que ele faz algo e se safa."

D.D. ergueu uma sobrancelha. Ela não sabia exatamente o que fazer com as suspeitas de Keynes. Mesmo que ele estivesse numa pista certa, considerando o pouco que sabiam sobre o desaparecimento de Stacey

Summers, ligar o caso de Flora ao dela dificilmente os ajudaria. O que eles precisavam era de um retrato falado detalhado fornecido pelos velhinhos proprietários do primeiro andar. E de meia dúzia de declarações de testemunhas refazendo o caminho do criminoso pela vizinhança, além de uma multa de trânsito emitida ao veículo pessoal do malfeitor. Se isso não fosse possível...

D.D. se virou para a janela novamente.

"Será que entendemos tudo errado? Será que Flora não foi sequestrada e simplesmente sucumbiu ao estresse das últimas 24 horas e fugiu?"

"Não."

"Porque ela não deixaria o celular para trás, nem seu computador e essas coisas todas."

"Não, porque ela não faria isso com a mãe."

D.D. suspirou novamente. Tudo nesse caso já dava dor de cabeça, e ela tinha a sensação de que as coisas só iriam piorar.

"Preciso falar com Rosa. Tanto sobre a filha quanto sobre o envolvimento com a família Summers."

"Posso dar uma sugestão?"

D.D. fitou Keynes.

"Por favor."

"Não acho que você deva interrogar Rosa agora. Se alguém sabe alguma coisa sobre a dinâmica da família e seus avanços recentes é Pam Mason, advogada de acompanhamento dos Summers. Se quer informações, fale com ela primeiro."

CAPÍTULO 18

VOCÊ GOSTARIA DE SABER COMO EVITAR o terror humilhante?

Como lutar contra os arrepios noturnos, o medo do bicho-papão debaixo da cama? Como dormir como um anjo? Ou caminhar por becos escuros com passos velozes? Quer saber como é ser eu?

Primeiro, encontre o vazio. É um lugar que todo mundo tem bem no fundo de si. Aquele lugar onde ninguém pode tocar. Conheço especialistas que dizem que alguns o encontram por meio de meditação ou de retiros zen, ou ainda buscando continuamente a plenitude mental. Vamos apenas dizer que eu descobri o vazio em circunstâncias diferentes.

Mas todo mundo o tem. Um lugar onde você permanece em silêncio. Um lugar que lhe permite permanecer intocado mesmo em uma sala lotada. Um lugar onde você está completamente, totalmente, simplesmente, terrivelmente sozinho.

Quando você chega lá, ninguém pode machucar você. E como ninguém pode machucar você, você nunca mais precisa ter medo.

É a escuridão que me afeta. Continuo pensando que meus olhos irão se ajustar. Que a escuridão diminuirá. Mas não. O breu abissal permanece absoluto. Ergo minhas mãos algemadas várias vezes para testar; ainda não consigo vê-las.

Fui abandonada em uma terra de som e tato. Então, faço bom uso dos dois.

Não entendo o motivo da corrente presa, conectada às algemas dos punhos. Pelo que sei, eu consigo andar pelo aposento inteiro, então ela mal está limitando meu acesso. Está ali para me impedir de sair correndo por uma porta aberta de repente? Correr na direção da luz? Não sei, por isso me forço a tirar isso da cabeça. Não vale a pena me preocupar com motivos ainda. Só com coisas tangíveis.

Exploro o cômodo. Nove passos dão conta da largura, de um lado a outro. Doze passos longos fornecem o comprimento. Parece haver três itens comigo: um colchão de solteiro, colocado direto no chão, coberto por uma simples capa de algodão; um balde plástico padrão sem alça; e o baú em forma de caixão.

Continuo ouvindo a respiração. Lenta e contínua. Inspirando e expirando. Inspirando e expirando. Aquilo se torna o barulho de fundo dos meus esforços. Como o som de ondas no oceano, o ritmo dos batimentos do meu coração. Já o odeio.

Janelas. Três delas. Com a ponta dos meus dedos, posso distinguir a moldura. Duas em uma parede, ambas de tamanho modesto. Simples, acho que você pode chamar assim. Arquitetura clássica da Nova Inglaterra. A janela maior fica na parede na frente delas. Com o dobro de largura e de altura, suas dimensões lembram mais um espelho. Quando passo meus dedos por ela, sinto um vidro frio. Em contraste, as janelas menores têm textura e aspereza, como se estivessem pintadas ou cobertas de alguma outra forma. Tento raspar a camada com as unhas, mas nem consigo fazer uma ranhura. Então não é pintura residencial, mas algo mais industrial como tinta em pó ou esmalte. Essas janelas devem dar para fora, daí estarem espessamente cobertas. Daí minha falta de luz.

Quanto à superfície de vidro maior e não pintada na frente delas...

Acho que é uma parede interna. O que não faz sentido para uma janela fixa tão grande. A menos, é claro, que não seja uma janela. Um daqueles espelhos de observação? É o que estou pensando. Não dá para ter certeza, claro, mas por que construir um cenário tão elaborado para os seus brinquedos se não puder assistir às festividades que acontecem do lado de dentro?

Tenho certeza de que é só uma questão de tempo para as luzes se acenderem. Cegantes, desorientadoras. E o UNSUB (pergunte ao Samuel, esse é o jargão do FBI para um suspeito não identificado) aproveitará o caos para dar uma olhada em suas prisioneiras.

Talvez ele esteja inclusive observando agora. Óculos militares de visão noturna, tudo é possível.

Você precisa entender: se existem coisas doentias demais para sequer pensarmos a respeito, é exatamente com elas que eles estarão fantasiando. Os caras maus por aí... Negação não vai ajudar. O silêncio não te salvará.

Melhor enfrentar de vez. Entender o inimigo. Aceitar as depravações. E então encontrar o vazio e seguir em frente.

Respiração. Ainda implacavelmente uniforme. Inspira. Expira. Inspira. Expira.

Como ela pode continuar dormindo? Como pode não me ouvir andando confusa no escuro, tropeçando no colchão, batendo com o dedo do pé contra uma parede aqui, uma caixa ali?

Não consigo pensar no baú em forma de caixão. Não consigo considerar as possibilidades, seus conteúdos. Se faço isso, perco o vazio. Porque sou boa sozinha. Entendo estar sozinha. Pretendo *ser* sempre, eternamente, sozinha.

Então a caixa. A droga da metidinha a Darth Vader não faz parte da equação. Uma adição totalmente indesejável a meu plano.

Ela está drogada? É a única coisa que faz sentido para mim. Qual seria a outra explicação para um estado de inconsciência que dure tanto? É claro, não tenho certeza da duração desse tanto. Adormeci no início da tarde. Acordei com um invasor em meu apartamento depois de anoitecer. E agora?

Odeio o maldito escuro. Ele é desorientador.

Concentro meus pensamentos. Vasculho o quarto. Usando visão e som, que pode ser mais útil do que você pensa.

Acima da janela maior – o espelho de observação? –, identifico um objeto fixado na parede. Menor, macio e espumoso ao toque, fica à esquerda do espelho de vidro liso. Um alto-falante, imagino. Ele observa e, eventualmente, irá falar. Pedidos, insultos, seja o que for.

Mas, mais cedo ou mais tarde, irá se apresentar. E quando fizer isso, tudo girará em torno de suas ordens.

Respirando. Inspira. Expira. Inspira. Expira.

Eu devia usar isso. Deslizar para o vazio, transformá-lo em parte da minha separação. É como me concentrar no vento das árvores, ou utilizar a batida de um sino. Não posso lutar contra a respiração. Não posso mudá-la. Não posso bloqueá-la. Sendo assim, irei usá-la. Irei uni-la à minha.

Odeio a maldita respiração.

Paro de pé sobre o caixão. Tateio a forma, notando a aspereza das bordas. Um trabalho grosseiro. Seria bom dizer que reconheço a autoria, mas caixas baratas de pinho são muito comuns. Nunca descobri se Jacob construía as próprias ou se comprava em algum lugar. Nunca fiz a pergunta antes, e certamente não posso perguntar agora.

Ela está morrendo. Sei disso, me ajoelhando sobre a caixa. Porque é isso que acontece a garotas presas em baús em forma de caixão. Fisicamente, mentalmente, existe uma diferença?

Essa garota, seja lá o que fez dela quem ela é, está escorrendo, vazando na madeira, no chão, na sala pintada de preto. Pedaço por pedaço. Centímetro por centímetro. Logo, o Maléfico Sequestrador abrirá a tampa e ela fará o que ele quiser, dirá o que ele quiser, porque isso não importará mais. A pessoa que ela foi já terá ido embora. Só a casca permanecerá.

Garota Robô. Pronta para programação.

O tipo de autômato pronto para entregar o nome do seu próprio pai amado.

Odeio a garota na caixa. Enquanto isso me vejo lenta, mas claramente destroçando minhas próprias unhas, hábito este vencido há quatro anos.

Fecho as mãos em punho. Sinto a pressão das unhas afundando nas palmas. E me faço ir para o vazio mais uma vez.

Enquanto ela continua a respirar. Inspira. Expira. Inspira. Expira.

Cadeado. De um tipo bem comum. É o que prende a tampa.

Eu me demoro um momento, traçando a trava de metal. Mais uma vez, estou em um porão imundo, manchado de comida, embebido de sexo, estudando a própria caixa pelo lado de fora. A sensação de *déjà vu* me desconcerta, faz com que tudo isso pareça muito pessoal. Mais provável que o Maléfico Sequestrador estivesse procurando por mim do que eu procurando por ele.

De volta ao vazio, de volta ao vazio, de volta ao vazio. Não sinto nada. Analiso tudo.

Sua respiração. Inspira. Expira. Inspira. Expira.

Stacey Summers? Seria possível? Será que finalmente a encontrei?

De repente, o vazio se vai. Sinto somente pânico. Eu a odeio, odeio essa garota, Stacey Summers, seja lá quem for, não importa! Ela não devia estar ali. Eu deixei essa maldita caixa para trás. Negociei com o diabo, barganhei minha alma; fiz o que, de acordo com Samuel, sobreviventes fazem para chegar ao dia seguinte.

Então como alguma garota ousa ser aprisionada novamente em uma caixa? Como ousa arruinar isso para mim?

Inspira. Expira. Inspira. Expira. Respirando. Respirando. Respirando.

E simples assim, me movendo antes sequer de saber que me moveria, eu junto as mãos em um punho e bato com elas contra o topo da caixa. De novo. E de novo e de novo.

Acorde, acorde, acorde.

Acorde, porra!

Respirando. Inspira. Expira. Inspira. Expira.

Mas que droga é essa? Quem consegue dormir assim? Só podem ser drogas. A única resposta.

Bato de novo. Não posso evitar. Estou furiosa com ela, comigo, com ele? Não sei mais. A caixa, eu penso. Estou furiosa com a maldita caixa. Ela precisa sair daqui. Preciso que ela vá embora.

Percebo que estou sacudindo tudo. Ela é barata o suficiente, oscilante o suficiente, para se mover sob minhas investidas furiosas.

Enquanto ela respira. Inspira. Expira. Inspira. Expira.

Eu soco a caixa. O tremor correspondente me dá outra ideia. Sob circunstâncias diferentes, eu arrombaria o cadeado. Mas por ter sido sequestrada do conforto da minha própria cama, não tenho as ferramentas que teria comigo normalmente: dois clipes plásticos pretos, muito pequenos e de aparência inofensiva, que são na verdade chaves mestras. Mas talvez eu não precise deles. A caixa treme e sacode sempre que eu bato nela. Ela é definitivamente barata.

Bato na caixa com nova determinação. Sacudo-a de um lado para o outro, sentindo o topo afrouxar, os encaixes cederem. Até que, com um grito horrível, eu a jogo de lado, rolo-a por todo o caminho, uma volta completa de 360°. Quando volta para a posição correta, balançando sob a ponta de meus dedos, posso sentir que a tampa está entreaberta.

Respirando. Inspira. Expira. Inspira. Expira.

Como isso é possível? Pego a tampa, torço-a ainda mais, até que ela fique pendurada na lingueta de metal. Tome isso, Dr. Hora do Amadorismo.

Respirando. Inspira. Expira. Inspira. Expira.

Não consigo enxergar. A escuridão domina. A escuridão destrói. Então, enfio minhas mãos lá dentro, totalmente preparada para agarrar a ocupante do fundo e puxá-la para a salvação.

Só que…

Nada. Não há corpo, não há calor nem massa sólida. Encontro o vazio, vazio, vazio. E ainda assim, continuo a ouvi-la.

Respirando. Inspira. Expira. Inspira. Expira. Eternamente uniforme.

O ritmo da batida do meu coração.

Vasculho o caixão inteiro. Com os punhos atados, meus dedos se agitando como asas de borboleta. Vazio, vazio, vazio. Até que, finalmente, em sua base...

Um pequeno gravador. Preso com fita no fundo da urna. Aparentemente tocando de novo e de novo: Respirando. Inspira. Expira. Inspira. Expira.

E naquele instante, tenho certeza de que a respiração é minha. Gravada previamente enquanto eu estava inconsciente. Assim como o caixão é meu.

Não há segunda vítima.

Só eu.

Sempre eu.

Olho para a janela de espelho. Não posso vê-lo no escuro, mas consigo *senti-lo* na minha frente. Sei que ele está lá. Observando. Esperando. Aproveitando o show.

Então eu sorrio. Ergo os punhos. Levando o dedo do meio para ele. Então me levanto de cima do caixão demolido. Vou para o colchão de solteiro.

Embora meu coração esteja batendo disparado e meu pulso esteja acelerado de forma incontrolável, embora eu entenda agora que não se trata de um simples sequestro, que esse homem parece saber coisas que ele não deveria saber, que eu tenho ainda menos controle do que pensava ter, que não sou apenas outra vítima, mas talvez a vítima pretendida, me obrigo a deitar e virar as costas para ele.

Encontrar o vazio. Viver no vazio.

No vazio, ninguém pode machucar você. E se ninguém pode machucar você, você nunca mais precisa ter medo.

Se eu pudesse voltar no tempo, se eu pudesse fazer uma coisa, eu dirigiria até a fazenda da minha mãe. Eu me sentaria na frente dela. Comeria muffins caseiros, aceitaria um chá aquecido no sol. E a deixaria me amar.

Só que, como passei tanto tempo em um vazio absoluto, não sei mais como sentir.

CAPÍTULO 19

Uma vez que a decisão de me levar com ele em sua viagem de caminhão foi tomada, "Everett" entrou em modo de treinamento total. Ele adotou o nome do meu pai, enquanto eu seria chamada de Molly. Ele me adestrou. Meu nome, seu nome, me fez assinar outro cartão-postal para minha mãe. Escrevi o que ele disse, assinei o que ele queria. Pensei que minha letra parecia estranha, de outra pessoa. Talvez fosse essa a caligrafia de garotas chamadas Molly.

Quando terminei, o falso Everett me entregou jeans azuis grosseiros e uma camiseta branca tamanho grande com os dizeres "Flórida, o estado da luz do sol". Também me deu calcinha e sutiã, mas o sutiã era muitos números acima do meu e parecia algo que só uma avó usaria. Quando o ergui, questionando-o, ele simplesmente deu de ombros e o derrubou no chão.

Ordenou que eu fosse tomar banho – para poder ficar perto, frisou. Notei que ele também havia tomado banho recentemente, estava com os cabelos penteados e vestia uma de suas camisetas menos manchadas.

Ele me observou no banheiro enquanto eu ensaboei rapidamente a pele encrustada de sujeira, esfreguei os cabelos compridos e embaraçados. Continuou me olhando enquanto eu escolhia desajeitadamente uma das roupas baratas e de tamanho maior que o meu, fazendo o melhor possível para vesti-las sobre a pele ainda molhada. As mãos tremiam. Mantive o olhar no carpete encardido, certa de que a qualquer momento ele jogaria as roupas para longe, me derrubaria no chão e...

Mas ele não fez isso. No máximo, parecia irritado com minha falta de jeito.

Quando finalmente passei a camiseta sobre os cabelos pingando, ele tirou uma escova do bolso de trás e me penteou sem piedade. Próxima coisa a sair de seu bolso traseiro: tesouras.

Eu me encolhi. Em resposta, ele riu.

"Seu cabelo está uma zona", disse, seu modo de puxar conversa.

Eu queria dizer a ele que é claro que está uma zona. Nenhum cabelo, e com certeza não os meus cabelos louros finos, foi feito para ser lavado com uma barra rachada de sabonete velho para as mãos. Meus cachos estavam acostumados ao cuidado suave de xampus à base de óleo de chá e condicionadores com aroma cítrico. Depois, havia a máscara capilar semanal de condicionamento profundo para adicionar volume, e as luzes mensais para brilho.

Algum tempo atrás, fui uma adolescente. Com níveis de exigência. E cabelos loiros compridos, brilhosos e incríveis inspirados na Califórnia.

Agora...

Mantenho o olhar para baixo, sentindo a rigidez do meu novo jeans enquanto ele segura com força o primeiro chumaço de cabelo. E então vai com tudo.

Três cortes. Foi tudo que precisou. Três grandes chumaços. Três cortes decisivos. Os pedaços de cabelo molhado choveram sobre o carpete.

"Droga", disse ele. "Acho que deixei pior. Bem, é para isso que servem chapéus."

Eu não disse nada. Em um passe de mágica eu havia me tornado Molly, e nós dois sabíamos disso.

Mas ainda não tinha terminado. Ele forçou que eu me virasse, cobrindo meus olhos com uma tira preta de tecido – cheirava como uma camiseta antiga mofada –, depois a prendeu atrás da minha cabeça, bloqueando minha visão.

Nunca pude me ver saindo da prisão, no porão. O melhor que podia fazer era rastrear as superfícies onde pisava com os pés descalços enquanto ele me empurrava pelo carpete sujo até a porta distante. Um estalo quando ela abriu e, então, como eu havia suspeitado, degraus levando para cima.

Ele me empurrava na frente. Tropecei uma, duas, três vezes. Ele me bateu na parte de trás da cabeça com força suficiente para me fazer estremecer. E encontrei meu equilíbrio.

No alto, uma pausa rápida enquanto ele passava por mim para abrir outra porta. Depois uma mudança no revestimento do chão de carpete comercial barato para linóleo cinza descascado. Será que essa era a casa dele? Eu me perguntei isso enquanto ele me empurrava adiante para o que, eu assumi, devia ser uma cozinha. Tinha o mesmo cheiro que o resto dele: repugnante.

Tropecei nos pés novamente. Tentando desacelerar as coisas, ou honestamente descoordenada? Não sabia mais. Havia concordado com minha nova identidade. Havia preferido falar o nome do meu pai em vez de ser deixada sozinha lá embaixo naquele lugar horrível. E mesmo assim...

É engraçado como o jeito de sentir medo pode mudar, mesmo quando você está cercado do pior do pior.

Ar fresco. De repente, pude senti-lo. Tropeçando pela cozinha, passando por outra porta, havíamos saído da casa. Para o mundo exterior. Jardim da frente? Dos fundos? Quem sabia, quem se importava? Estava em pé do lado de fora *com o vento no meu rosto. E, por um segundo, não pude evitar. Afundei meus calcanhares descalços. Ergui meu rosto.*

Mundo exterior. Ar fresco, o farfalhar das árvores. Depois de tanto, tanto tempo. (Quanto tempo?) Muito, muito tempo.

O falso Everett parou. Deu-me um momento. Usei-o para olhar direto para cima, sobre o topo da minha venda, e então eu pude vê-las. Árvores balançando sobre mim. Espessas e escuras contra o céu fracamente iluminado. Bosques, floresta, liberdade. Talvez eu realmente estivesse a poucos quilômetros da fazenda da minha mãe.

"Georgia", disse Everett, como se lesse minha mente. "Encontrei esse lugar anos atrás, meu próprio pequeno esconderijo na montanha. É claro, o velhote que era dono dela morreu, e agora os filhos imprestáveis a querem de volta. Então, temos que sair daqui. A vida na estrada é mais divertida, de qualquer maneira."

Árvores, eu estava pensando. Floresta, bosques, como na fazenda da minha mãe.

E então eu não podia ver mais, porque havia lágrimas demais cobrindo meus olhos.

* * *

Com a venda, eu não podia ver o caminho contornando a casa até o seu carro grande. Ele teve que me ajudar a subir, desajeitada, no amplo degrau lateral, depois agarrar meu braço enquanto eu tropeçava sobre o banco do motorista. Nunca havia pisado em um semitrailer antes. Não sabia nada sobre eles. Caminhões de caçamba larga eram apenas algo que tinha visto nas estradas, carregando bens de um lado para o outro. Definitivamente, eu havia gastado mais tempo e atenção com meus cabelos.

Agora, o falso Everett falava com orgulho sobre sua cabine-quarto de teto elevado, sua casa longe de casa. Vinha completa com um beliche superior, cafeteira e, é claro, tocador portátil de DVD para o lazer. Ele me arrastou pela cadeira-capitão do motorista enquanto falava. Eu podia sentir o tapete embaixo dos meus pés descalços. Mais grosso e mais agradável que o do porão. O cheiro era melhor também. Ainda poluído pelo odor persistente de comida gordurosa, mas com uma sobrecamada de aroma de pinho fresco. Como se pelo menos o caminhão tivesse sido limpo recentemente. Ele merecia todo esse cuidado.

Quando ouvi o guincho de uma tranca se abrindo, não entendi de início. Então, o falso Everett me empurrou e eu fui arremessada para frente, como se caísse um degrau ou dois. Antes que eu pudesse me recuperar, sua mão estava apertando meu ombro, me forçando para baixo.

Tarde demais, percebi que estava de pé sobre uma superfície rígida de madeira. O cheiro de pinho...

E, de repente, eu estava de volta ao baú em forma de caixão, totalmente vestida dessa vez, com uma venda nos meus olhos.

"Qual o seu nome?", perguntou, acima de mim.

"Molly", sussurrei, desanimada demais, derrotada demais para algo além disso.

"O meu?"

"Everett."

"Quem sou eu?"

"Quem você quiser ser."

"Sou seu tio. Tio Everett. De onde você é?"

"Flórida?", chutei.

"Com esse sotaque? Difícil. Diremos que sua mãe criou você no norte, mas que agora você está ficando comigo."

Não disse nada. Ele conseguiria o que quisesse; sempre era assim. Por que me importar? Talvez eu realmente fosse Molly agora, porque certamente a garota que eu tinha sido...

"Quando estiver carregando e descarregando, você fica na caixa", ele declarou.

Não respondi, me sentindo mais confusa que rebelde. Trancada em uma caixa com uma venda, por que isso importava?

Ele puxou bruscamente uma mecha mal cortada do meu cabelo. Demorei a assentir, só para mostrar que prestava atenção.

"Paradas em postos ou para dormir, você fica na caixa."

Assenti novamente.

"Nos outros momentos..." Ele se distraiu, pareceu hesitar. "Seja boa. Jogue o jogo direito e talvez eu deixe você sair um pouco para me fazer companhia."

Eu franzi a testa, sem entender. Ele estava dizendo que eu poderia me juntar a ele na cabine? Quer dizer, sentar no banco do passageiro? Como se eu fosse uma pessoa de verdade?

"Você sentará no chão", ele esclareceu. "Ninguém pode ver você. Talvez eu tire a venda, talvez não. Mas você estará fora da caixa. Assumindo que será uma boa menina, claro. Faça exatamente o que eu disser."

Ele parou, aguardando minha reação. Então eu entendi. Estava deixando o porão, realmente indo embora. Como minha punição ou recompensa, eu passaria todo meu tempo, 24 horas por dia, 7 dias por semana, com esse homem. Esse homem cruel, obsceno e terrível, no castelo que era um veículo de grande porte, onde ele governava a estrada, com sua escrava sexual particular acorrentada ao lado.

Naquele instante, entendi mais uma coisa: ele estava fazendo isso em vez de me matar.

Algo que ele havia prometido fazer tantas vezes antes, logo antes de explicar como rolaria meu corpo no canal mais próximo e deixaria os crocodilos garantirem que minha mãe nunca mais me visse novamente.

Everett não ia me matar. Em vez disso, me manteria com ele.

Eu me perguntei, no fundo da minha mente, se isso significava que ele havia passado a gostar de mim de alguma forma.

E me perguntei, no fundo da minha mente, se isso significava que eu devia gostar dele também.

Everett cravou a palma da mão no meu rosto e forçou minha cabeça para dentro da caixa. Assumi a posição, mente agitada, enquanto a tampa descia. O cadeado chacoalhou. O momento de liberdade terminou. Eu me tornei novamente uma garota num baú em forma de caixão.

Só que agora... eu era uma garota em movimento.

Ele gostava de falar enquanto dirigia seu grande caminhão. Reclamar, na verdade. Do preço do combustível, do babaca no Honda Civic que tinha mandado ele se ferrar. Dos imbecis da doca de carga carente de funcionários que haviam lhe custado duas malditas horas, e agora ele nem poderia parar para almoçar.

Nos bons e velhos tempos, ele resmungava, um caminhoneiro inteligente podia falsificar a carteira de motorista e seguir em frente. Não mais. Agora tudo era eletrônico, com controle federal para todo lado. O Grande Irmão. Sempre observando.

Bem-vinda à vida de um motorista de caminhão de grande porte, ele me dizia. Trabalhando para babacas enquanto dirige por um país inteiro de babacas.

No começo, toda vez que o motor do caminhão ligava, eu me encolhia. Toda vez que o caminhão se sacudia em uma estrada esburacada, eu ficava com os olhos esbugalhados de náusea. Depois de tanto tempo sozinha no porão, o cheiro de diesel, o rugido dos pistões, o zunido violento da besta, tudo isso era quase demais para suportar.

Da mesma forma, assim como na experiência com o tédio esmagador do porão, aprendi a me adaptar. Relaxei os ombros e os deixei levar pelos sacolejos. Absorvi o grunhido e o zumbido implacáveis. E, pouco a pouco, comecei a discernir as nuances das diferentes superfícies rodoviárias, a velocidade harmoniosa da rodovia, o esforço profundo das subidas lentas.

A vida na estrada. Onde, de acordo com os resmungos incessantes do falso Everett, ele tinha permissão de dirigir de onze a quatorze horas antes de tirar um descanso obrigatório de dez horas. Então, independentemente do horário real do relógio – por exemplo, 23h ou 2h ou 4h – ele voltava a dirigir.

E, mantendo sua palavra, longe das áreas de carga e descarga, das paradas de descanso e do atropelo da civilização, ele encostava o caminhão e me deixava sair. Eu podia fazer xixi agachada atrás de arbustos em vez de presa na minha própria sujeira. Eu podia comer McMuffins de ovo no café da manhã, sanduíches do Subway no almoço e frango frito no jantar.

"Lado ruim do trabalho", Everett diria, passando mais um saco de fast-food *enquanto acariciava conscientemente a grotesca ondulação de sua barriga.*

Depois do jantar vinham, inevitavelmente, outras demandas. Ele havia dirigido o dia inteiro. É claro que precisava se aliviar de algum jeito. E tinha o ninho de amor todo preparado.

Era melhor estar fora do porão? Valia a pena estar na estrada? Ali, de tempos em tempos, a venda era retirada e eu via o mundo zumbindo em um borrão de verde, azul e cinza.

Veículos correndo lado a lado. Tantos outros motoristas. Um país inteiro cheio de babacas, como Everett gostava de dizer.

E, mesmo assim, nenhum deles jamais me viu.

Everett falava um bocado. Reclamava, na maior parte do tempo. Às vezes, de vez em quando, até chorava dormindo.

Foi como finalmente descobri sobre Lindy.

CAPÍTULO 20

D.D. GOSTAVA DE ESTAR PREPARADA. Por isso, antes de ir com Keynes se encontrar com a especialista em vítimas Pam Mason no escritório de campo de Boston do FBI, ela tomou uma atitude prática: pesquisou a mulher no Google. De acordo com sua biografia profissional, Pam Manson tinha doutorado em psicologia forense pela Faculdade John Jay de Justiça Criminal. Havia trabalhado com gerenciamento de crise em um abrigo importante de mulheres em Detroit – um baita batismo de fogo, D.D. pensou – antes de entrar para o FBI. Havia transitado pela agência nos últimos quinze anos, incluindo um período em Miami, especializando-se em tráfico de pessoas e, mais tarde, indo para um cargo com a equipe especializada em crimes contra americanos no exterior. A especialista em vítimas era conhecida por seu trabalho em um grande caso de sequestro no México, no qual o executivo do ramo petrolífero voltou vivo, e por uma situação na Guatemala, na qual três jovens missionários americanos não sobreviveram.

Em outras palavras, o histórico de trabalho da mulher era tão impressionante quanto a milhagem de viagem que ela acumulara. D.D. se perguntou o que ela pensava da vida em Boston, sem levar em consideração o trabalho atual com a família Summers.

Keynes providenciou o encontro em seu escritório na sede do FBI, no centro de Boston. O local não surpreendeu D.D., já que agentes federais gostavam de ter a vantagem de jogar em casa. Apesar de que D.D. nunca entenderia por que alguém consideraria como vantagem aquela estrutura enorme de concreto, um dos prédios mais feios de Boston em sua humilde opinião. E, comparado com o prédio Hoover em Washington...

Não dá para dizer que o governo federal era conhecido pelo seu bom gosto arquitetônico.

D.D. pensou se valia a pena levar Phil à reunião. Claro, ele tinha trabalho para fazer com sua própria equipe e sua própria parceira detetive, *Carol*, mas o FBI valoriza aparências. Considerando que ela estava se encontrando com dois funcionários federais, parecia lógico, até justo, que houvesse dois representantes do departamento local de polícia para tal.

Mas antes mesmo de considerar a hipótese, D.D. já a descartou. Precisamente porque cheirava a política e ela odiava essa porcaria. Ela tinha ligado para Keynes do apartamento de Florence Dance não porque ele era um grande agente federal, mas porque sabia que ele estava associado à vítima. Ela planejava manter tal abordagem. Ao que tudo indicava, o desaparecimento de Flora era um caso do departamento de polícia de Boston, por isso o envolvimento dela como agente de supervisão. Entrevistar o Dr. Keynes e a especialista em vítimas Pam Mason era trabalho seu. E ela lidaria com isso.

D.D. ficou agradavelmente surpresa por encontrar Keynes esperando por ela na portaria da sede do FBI. Como era domingo, e agentes federais se orgulhavam de contar com banco de horas, ao contrário da rotina diária e semanal incansável dos detetives urbanos, o prédio estava silencioso. D.D. ainda precisava apresentar as credenciais e assinar um monte de papéis, mas, infelizmente, não precisava registrar a arma que ela não estava mais qualificada a portar. Após garantir seu passe de visitante, Keynes a acompanhou até os elevadores e os dois entraram.

Ele não era de jogar conversa fora. Nada de papo do tipo "como estava o estacionamento, você achou os escritórios bons, o que você acha do clima". Em vez disso, permaneceu quieto, mãos cruzadas à frente enquanto os andares passavam.

Keynes havia dispensado seu casaco preto pesado. Era a primeira vez que D.D. o via sem ele. Para um domingo, Keynes preferiu um terno cinza-carvão costurado impecavelmente, com um leve toque de textura no tecido. D.D. se perguntou se ele tinha um armário cheio de ternos, um mais elegante do que o outro. Aliás, quanto tempo e dinheiro ele gastava com o guarda-roupa?

Ela vestia uma jaqueta de couro caramelo. A sua favorita, que ela usava até chegarem os dias mais frios e escuros do inverno. Agora, notava o quanto o couro parecia brilhante e desgastado nos punhos. Ah, sim, e havia uma mancha de suco de maçã embaixo, no lado direito. Que ótimo.

O elevador parou. Quando as portas se abriram, Keynes indicou que ela saísse primeiro, fazendo as honras. De acordo com a pesquisa de D.D., o FBI tinha mais de 120 especialistas em vítimas e quatro gerentes. Dr. Keynes, como um dos chefes pomposos, tinha direito ao próprio escritório completo, com uma mesa de cerejeira imponente, além de um conjunto de prateleiras e uma área de estar menor de um lado.

Na mesa havia um computador que parecia de ponta, um porta-canetas de couro cheio de coisas indispensáveis e um cubo mágico com as cores misturadas. D.D. não se aguentou. Seus olhos foram imediatamente para o fenômeno dos anos 1980 – e ela já estava se coçando para resolvê-lo.

"Você pode, se quiser, sabe", disse Keynes, seguindo seu olhar.

Ela manteve as mãos abaixadas junto ao corpo. "Quem o bagunçou?"

"Fui eu."

"Para resolver mais tarde? Ou como um teste para nossa reuniãozinha?"

"Sargento, você lê informação demais em um brinquedo ordinário."

Ela o olhou, ponderando.

"Você é um especialista comportamental. É claro que estou desconfiada."

Ele sorriu. Aquilo fez bem para sua aparência, amenizando a severidade de seu couro cabeludo perfeitamente raspado e das esculpidas maçãs do rosto. Por um momento, ele quase pareceu humano.

"Gosto de brincar com o cubo. Me ajuda a pensar. Pelo que descobrimos no apartamento da Flora... Tenho muito o que pensar."

"Gosto de quebra-cabeças", D.D. se pegou dizendo. "Estudar padrões intrincados que à primeira vista aparecem como um todo gracioso e multialinhado, e que de fato possuem muitos níveis separados se movendo em ritmo preciso."

Uma batida na porta atrás deles. D.D. e Keynes se viraram e viram uma mulher de pé na porta. Pam Mason, D.D presumiu.

À primeira vista, era mais velha do que D.D. pensara. Cabelos loiros claros penteados em uma massa curta de cachos, lembrando um estilo que fora popular mais ou menos na mesma época do cubo mágico. Apesar de ser domingo, ela seguia o exemplo de vestimenta profissional de Keynes, embora com resultados menos elegantes. Usava um terno cáqui anos 1990, corte reto com ombreiras, e uma blusa de seda creme abotoada desde o pescoço e que terminava em algum tipo de pregueado de seda.

A especialista em vítimas parecia ter a altura de D.D., mas, com o corte do paletó, ficava significativamente mais larga. Também era uma mulher com uma missão. Entrou no escritório, ao mesmo tempo enfiando uma pasta-arquivo embaixo do braço e esticando a mão.

"Detetive sargento D.D. Warren? Pam Mason, especialista em vítimas. Me disseram que tem algumas perguntas sobre a família Summers."

A mulher apertou com firmeza a mão de D.D., sacudiu-a duas vezes, virou-se para Keynes com outro aperto vigoroso de mão e foi direto para a área de estar, pronta para trabalhar. Era preciso admitir: D.D. não se importava com o terno da mulher, mas admirava seu estilo.

Anfitrião atencioso, Keynes ofereceu café. Ambas concordaram imediatamente, e ele despareceu em busca da bebida favorita de todo investigador.

"Dr. Keynes me informou sobre a situação", declarou Pam bruscamente.

"Certo." D.D. tirou a jaqueta de couro, seus movimentos desajeitados por causa da rigidez do ombro esquerdo. Sentou-se. "Tenho certeza de que entende que estamos operando discretamente no momento, por conta do desaparecimento de Florence Dane. Se a imprensa descobrir algo sobre isso..."

"Você se refere à mesma imprensa que crucificou o departamento de polícia de Boston no jornal da noite?"

"Ainda bem que foi em um domingo", D.D. comentou, já que as notícias do fim de semana costumavam ter audiência menor do que os telejornais noturnos durante a semana.

Pam Mason arqueou uma sobrancelha, mas manteve o restante dos pensamentos para si. Cruzou as mãos, colocou-as sobre a mesinha. "Como posso ajudar?"

Keynes reapareceu. Trazia duas canecas de café quente para elas, nada para ele. O homem era tão super-humano que não precisava nem de cafeína? Fazia sentido.

"Entendo que Rosa Dane está atuando como orientadora da família Summers."

Pam Mason assentiu.

"Fico imaginando se..." D.D. precisava organizar os pensamentos, incerta do quanto queria falar. Incerto do quanto precisava falar. "Gostaria de entender mais sobre o caso de Stacey Summers. Da perspectiva da família. O pai, Colin, me ligou hoje de manhã. Quando mencionei o nome de Flora, já foi afirmando que ela estava envolvida no que aconteceu a Devon Goulding. Como nunca liberamos esse detalhe para a imprensa..."

"Ele sabe coisas."

"Exatamente. Além disso, Flora adquiriu um interesse pessoal pelo desaparecimento de Stacey Summers, e agora parece ter ela mesma desaparecido..."

Outra sobrancelha arqueada. Agora era a vez de Pam organizar seus pensamentos. Ela tomou um gole de café.

"Estou assumindo que você conhece os detalhes do sequestro de Stacey", ela disse, "já que o departamento de polícia de Boston está lidando com o caso".

"Sei que temos o vídeo de sequestro mais assistido do mundo e, ainda assim, nenhuma pista real."

"Acha que ela está viva?", Pam perguntou de repente, o que não era a pergunta que D.D. esperava.

Entre todas as pessoas, ela se pegou olhando para Keynes, que estava sentado com seus dedos compridos e elegantes unidos à sua frente.

"Como é mesmo que se diz?", D.D. respondeu finalmente. "Torça pelo melhor, mas se prepare para o pior? Espero que Stacey esteja viva. Mas se pensarmos nas estatísticas de casos de pessoas desaparecidas..."

Pam concordou. Ela com certeza conhecia a importância das primeiras 24 horas tão bem quanto qualquer um deles.

"Acho que a pergunta é", D.D. disse, "a família acredita? Ou talvez...", ela pensou um pouco, "será que Rosa Dane, como mentora deles, acredita?"

"A família quer acreditar", Pam respondeu. "A maioria das famílias quer. Mas conforme os dias vão passando sem nenhum sinal da filha... Eles estão sob um tremendo estresse, ambos sentindo a dor do desaparecimento de suas filhas e a agonia do próprio desamparo."

"Como estão lidando?"

"Curiosamente, é a mãe, Pauline, quem provavelmente está se saindo melhor, embora eu tenha certeza de que Colin discordaria. Até onde sabemos, o casamento deles é sólido. Papéis tradicionais da Nova Inglaterra. Ele é um banqueiro de investimentos viciado em trabalho, ela criou a filha, cuida da casa e está envolvida na comunidade. Igreja, escola local de ensino médio, várias ações de caridade, essas coisas. Stacey é filha única; Pauline sofreu vários abortos antes de dar à luz, o que torna Stacey um bebê milagroso."

D.D. estremeceu. Ela não podia imaginar esse tipo de dedo na ferida, já ter perdido vários bebês e então, dezenove anos depois, ter a única sobrevivente, sem dúvida a menina dos olhos dos pais...

"Stacey é descrita como gentil, vibrante, feliz, atlética", D.D. disse. "Mãe ou pai?"

"Definitivamente puxou a mãe. São muito próximas, o tipo de mãe e filha que frequentemente são confundidas com irmãs. Foi muito difícil para Pauline saber da notícia do desaparecimento de Stacey. Nunca a descreveria como fraca, mas ela é uma dessas mulheres com o coração à flor da pele, o que torna sua dor transparente."

"Rede de apoio?", D.D. perguntou.

"Boa. Além dos laços da igreja, eles têm uma rede próxima de amigos na vizinhança, outras famílias da escola de Stacey, esse tipo de coisa. No começo, receberam montes de comida, ofertas de assistência, etc., etc. Uma de minhas primeiras ações, na verdade, foi mandar todo mundo embora, dado o estado mental delicado de Pauline."

"Estado mental delicado?"

"O choque inicial definitivamente sobrecarregou Pauline. Ela desmoronou. Mas, sendo justa, ela deixou sua rede de apoio ajudá-la a se recompor."

"A rede próxima de senhoras da igreja, mães amigas, as próprias irmãs, elas dão força. Colin, por outro lado, me preocupa mais. Ele é o próprio macho alfa. Durante a maior parte de sua vida, não houve problema que ele não pudesse resolver. Agora acontece isso. As bases fundamentais de seu mundo foram balançadas. Pauline deixa a dor transparecer, o que permite que outras pessoas ajudem a carregar o fardo. Colin a internaliza, simplesmente."

"Ele estava bem... bravo... quando falou comigo no telefone."

A especialista em vítimas compreendeu.

"E o papel de Rosa Dane nisso tudo?"

"Ela é a mediadora entre os dois. É empática e otimista o suficiente para Pauline – a recuperação segura da filha de Rosa mais de um ano depois é vista como exemplo de sucesso –, mas também é tática, que é o que Colin deseja. Rosa lida bem com a imprensa e sabe como utilizar as redes sociais, algo fundamental nos dias de hoje."

"Aposto que o investigador chefe adora isso", D.D. murmurou.

Pam Mason deu de ombros. Todos os detetives querem controlar suas próprias investigações. E todas as famílias querem se envolver.

"Stacey era próxima da família?", D.D. perguntou.

"Muito."

"Algum motivo para ter suspeitas na área familiar?"

"Não. Passei três meses com os Summers. Eles realmente chegam o mais próximo possível de uma família de comercial de margarina. E, sinceramente, não digo isso por dizer. Na minha linha de trabalho, passo mais tempo descobrindo podres do que enquadrando fotos de famílias felizes."

"Então Pauline está se apoiando na família e nos amigos para superar isso, enquanto Colin alimenta a raiva e incomoda os investigadores locais. Ele voltou a trabalhar?"

"Sim. Em horário limitado, mas eu recomendei o seu retorno. Ficar em casa não é bom para ele. Trabalhar é como ele lida com as coisas."

D.D. sabia como era, considerando suas próprias predileções.

"A esposa está com raiva disso?"

"Não. Como um monte de esposas que ficam em casa, ela está acostumada a ter aquele espaço como seu domínio. A aparição repentina do marido 24 horas por dia, 7 dias por semana, criou tensão no funcionamento do casamento, mais do que ajudou. Parte do meu trabalho é ajudar uma família a entender que quanto mais ela se desvia de sua rotina estabelecida durante o tempo de crise, mais o estresse de todo mundo aumenta. Normalidade também é uma excelente estratégia para lidar com isso."

"Rosa Dane concorda com isso?"

A especialista em vítimas hesitou.

"Rosa é uma orientadora rara. Ela ouve Pauline. Ela fala com Colin. Fiquei impressionada. De modo geral, o programa do Centro Nacional para Crianças Desaparecidas e Exploradas..." Pam Mason pigarreou.

"Nunca trabalhei com uma orientadora familiar", D.D. confessou.

"O programa tem a melhor das intenções: deixa os pais que já passaram pelo pior oferecerem assistência às famílias que acabaram de entrar em crise. Sei que orientadores voluntários recebem algum treinamento para a função, mas no fim das contas eles são leigos, não especialistas. Só tiveram uma experiência. Enquanto para alguém como eu..." Pam olhou para Keynes. "Para alguém como nós, não existe isso de uma única resposta à crise. Nosso trabalho é avaliar a família e identificar a abordagem correta para aquela situação específica, enquanto os orientadores voluntários inevitavelmente agem a partir da experiência do próprio trauma. Seja qual for o conselho que oferecem, as sugestões que possuem, tudo tem mais a ver com quem eles são e com o que eles passaram do que com a família que supostamente estariam aconselhando. Para mim, eles são mais inclinados a tentar e resolver tudo que percebem como algo que saiu errado em seu próprio caso do que a ajudar a nova família a passar pelas próprias experiências. Já Rosa, por outro lado..." Pam franziu a testa. "Ela é a orientadora rara que parece ser capaz de distinguir entre o desaparecimento de sua filha e o que os Summers estão passando agora." "Com que frequência ela se encontra com eles?"

"Pessoalmente? Não muito. Rosa vive três ou quatro horas de viagem para o norte, e como nas primeiras quatro semanas o circo da imprensa acampou na calçada dos Summers..."

"Ela fala com eles pelo telefone."

"Boa parte das vezes. É difícil dizer a frequência exata. O telefone dos Summers toca um bocado."

"Mas você já a encontrou, obviamente."

"Duas vezes. Da primeira vez, ela passou o dia principalmente com Pauline, segurando a mão dela em silêncio." Pam parou, avaliou D.D. atentamente por um segundo. "Isso é raro, sabe? Simplesmente *estar* com alguém. Sou a especialista e não chego aos pés dela nisso."

"Você tem um trabalho a fazer", D.D. retrucou. "É diferente."

A especialista em vítimas deu de ombros.

"A segunda visita foi na marca de cinco semanas. Pauline estava saindo do pior de seu pânico. Rosa teve mais uma reunião de estratégia com ambos os Summers. Falaram sobre perguntas que eles poderiam fazer, seus direitos, recursos disponíveis para eles. Colin queria saber especificamente sobre estratégias de imprensa, sobre como fazer um apelo pessoal para o retorno seguro da filha, esse tipo de coisa."

"Já vi alguns desses no noticiário", D.D. concordou.

"A orientação de Rosa foi excelente. A maioria das coisas nós já tínhamos dito, mas entendo que elas soam melhor vindo de alguém que passou pelo mesmo que eles. A coisa mais importante que ela repetiu, e que eu gostei, foi que isso é uma maratona, não uma corrida. Se eles realmente querer ajudar a filha, então precisam encontrar um jeito de parar de viver cada minuto esperando o telefone tocar e se ajustar para o longo prazo. Armar um sistema para família e amigos os visitarem que seja útil e não os sobrecarregue. Voltar a trabalhar, retomar os padrões de rotina diária da vida. Ignorar a imprensa, a menos que falem com eles nos seus próprios termos."

"E o conselho dela para lidar com os detetives do caso?", D.D. perguntou, porque devia haver um conselho sobre as relações com os investigadores. Toda família tinha problemas com as relações com um investigador.

"Os detetives não são amigos nem aliados. Eles trabalham para o Estado. Se os Summers realmente querem saber o que está acontecendo, devem contratar um próprio detetive particular."

D.D. arregalou os olhos. "E eles contrataram?"

"Colin falou sobre entrevistar candidatos."

"Que adorável. Mais gente envolvida. Aposto que o agente encarregado vai amar isso."

Pam apenas deu de ombros. "Se eu acho que um investigador particular vai magicamente fazer alguma diferença para encontrar Stacey? Não. Se eu acho que isso ajuda Colin a se sentir mais no controle da situação e, portanto, alivia parte do seu estresse no curto prazo? Sem dúvida. O problema, e Rosa Dane foi certeira: isso é uma maratona, não uma corrida, o que significa que cedo ou tarde a falta de progresso do investigador particular será um golpe tão duro quanto o resto."

"Então quando eles conheceram Flora?", D.D. arriscou.

"A filha de Rosa? Não conheceram, até onde eu saiba."

"Rosa discutiu a experiência de sua filha?"

"Sim."

"Então eles têm conhecimento do caso dela. Faz sentido que quisessem encontrar pessoalmente com ela, não acha? A prova ambulante de que uma jovem pode desaparecer de um bar e ainda assim, um dia, ser encontrada?"

"Talvez. Mas eu nunca vi Flora na casa."

D.D. franziu a testa. "Ela estava acompanhando o caso dos Summers. De perto." Encarou Keynes, que não negou.

Mais uma vez, Pam deu de ombros.

"Ela poderia ter falado com eles pelo telefone?", D.D. perguntou.

"Possivelmente. Eles nunca mencionaram isso, mas Colin, especialmente, não é muito de compartilhar as coisas. Por que tem tanta certeza de que eles tiveram contato com ela?"

"Por causa do Colin, quando ele me ligou hoje de manhã. Ele perguntou diretamente se foi Flora quem matou Devon Goulding, e isso foi um salto e tanto na conversa. Além disso, quando o pressionei sobre Flora, ele se tornou imediatamente evasivo. Eu poderia jurar que ele a conhece, só pelo que não estava disposto a dizer."

"Eu nunca a vi na casa", Pam comentou, em voz alta. "E Pauline nunca me disse nada, mas pode ser que Flora tenha encontrado Colin no escritório dele."

"Por que se encontrar com ele e não com Pauline? Falar com o pai, mas não com a mãe?", D.D. perguntou.

"Talvez eu saiba a resposta", Keynes falou, de repente. Ele estava relaxado, apoiado na própria cadeira, dedos cruzados sobre a mesa.

"Diga, por favor", D.D. pediu.

Ele se virou para a amiga especialista em vítimas.

"De acordo com a avaliação da dinâmica da família, Pauline, a mãe, funciona como o coração, é o epicentro emocional da família."

"Exato."

"Enquanto o pai, Colin, é o cérebro e o músculo. Está concentrado em planejamentos, em estratégias, tudo que for preciso para garantir o retorno em segurança da filha."

"O macho alfa", Pam concordou.

"Flora não está interessada em emoções. Não se sente confortável com elas. Planejamentos, por outro lado, fazer as coisas acontecerem..."

Naquele momento, D.D. entendeu e soube exatamente onde Keynes queria chegar.

"Colin Summers não contratou um investigador particular para encontrar a filha", disse ela.

Keynes balançou a cabeça. "Não. Ele provavelmente contratou Flora."

CAPÍTULO 21

VOCÊ SENTE DOR NESTE MOMENTO? As articulações doem, os dedos queimam? Seu crânio lateja? Não? Então você está bem.

Está sentindo sede neste instante? Dobrada, com pontadas de dor, lambendo a própria pele só para sentir algum gosto? Não? Então você está bem.

Está congelando agora? Ou talvez sentindo muito calor, com suor escorrendo pelo rosto? Sentindo um calor sufocante ou um frio de rachar os ossos? Ainda não? Então você não tem nada do que reclamar.

Está se sentindo solitário? Apavorado, assustado ou sobrecarregado pelo escuro? Está pensando que se ele for embora agora e nunca mais voltar, não haveria nada que você pudesse fazer? Você ficaria preso. Você morreria aqui, sozinho. E sua mãe nunca saberia, nem chegaria a enterrar seu corpo. Do jeito que ele ameaçou, prometeu, várias e várias vezes.

Não? Então você está bem. Preste atenção. Acredite em mim. Confie em mim. Eu sei do que estou falando. Estou confortável. Não sinto dor, fome, frio, calor nem medo. Não preciso de nada. Não quero nada. Estou bem. Trancada sozinha no escuro, estou perfeitamente bem.

* * *

Quando acordo novamente, fico imediatamente consciente de uma mudança no quarto. Comida. Cheiro de frango assado que flutua em minha direção através do breu denso. Cheiro de algo quente e apetitoso. Purê de batatas, molho de carne, tempero? Talvez os três? Meu estômago ronca na hora e, apesar das minhas boas intenções, começo a salivar.

Ainda não consigo ver. Continuo sozinha em um mar de escuridão. Nem mesmo um fiapo de luz para iluminar a moldura de uma entrada. Mas o cheiro é forte e fresco. Definitivamente há comida em algum lugar deste quarto.

Eu me sento com cuidado, tateando com as pontas dos dedos. Tudo que não quero é derrubar um prato de comida e desperdiçar essa oferta inesperada. Ainda não tenho noção de tempo ou ritmo nesta câmara de privação sensorial. Um prato de frango significa que é hora do jantar? Do dia em que fui sequestrada ou depois disso?

Isso significa que terei direito a comida, casa e roupa lavada, como dizem? Ou será que esse é mais um experimento sendo conduzido pelo Maléfico Sequestrador? Primeiro, explorar minha reação a um caixão barato de pinho. Agora, testemunhar o animal no zoológico na hora da refeição.

Será que ele leu o arquivo do meu caso? Vai ver ele é um dos viciados em casos criminais que acompanhou minha história na imprensa. Um fã do tipo que lê sobre uma garota que foi sequestrada e mantida em uma caixa de pinho e, em vez de ficar horrorizado que algo assim possa acontecer... isso irrompe algo dentro dele. Liberta uma fantasia sombria profunda que ele nunca nem sequer soube que tinha.

Caras assim existem. Depois que voltei para casa, recebi cartas de vários deles, excitados com os detalhes sórdidos do meu cativeiro. Cheguei a receber proposta de casamento.

Porque Jacob Ness não é o único mostro lá fora, e porque, sim, eles se interessam pelo trabalho um do outro.

Lembro a mim mesma que ainda não estou interessada nos motivos, só em coisas tangíveis. E o cheiro de frango podia ser uma promessa de mais do que apenas comida. Que tal um prato de cerâmica? Ou, ainda melhor, uma faca?

Saio lentamente do colchão, me ajoelho, enquanto minha corrente presa chacoalha atrás de mim. Arrastar-me no chão me aborrece. Tenho quase certeza de que ele deve observar através do espelho, usando óculos de visão noturna para enxergar na escuridão. Porque, mais uma vez, qual seria o sentido de se dar a todo esse trabalho e não aproveitar o espetáculo? O mais provável é que ele tenha esperado até eu apagar, então teria aberto a porta que ainda não encontrei, deixado a comida, depois saído a tempo de curtir o show. Odeio a ideia de alguma pessoa, uma aberração sem rosto e sem nome, ficar me observando rastejar. Mas tropeçar no jantar oferecido seria pior, por isso eu sigo adiante, mãos algemadas à frente, corrente tilintando atrás de mim enquanto avanço centímetro por centímetro.

O cheiro está vindo do lado oposto do quarto, onde havia a caixa de pinho. Percorro com cuidado na escuridão, sentindo o percurso com os dedos trêmulos. É claro que acerto a quina da caixa de pinho com o ombro esquerdo. Paro, volto, sinto as bordas.

Ele a reconstruiu. Filho da puta. Eu havia destruído esta coisa, deixando-a em dezenas de pedaços. Por que não? Mas ela está novamente intacta agora.

Eu xingo, estou tentada a encerrar minha busca pelo frango assado para destruir a caixa por puro despeito. Mas me forço a parar e pensar.

Por que reconstruir a caixa? Jogos mentais? Porque mesmo agora, em algum lugar fora da janela de observação, ele está sorrindo para si mesmo, me vendo explorar um caixão barato de pinho com a ponta dos dedos. Ele quer uma resposta, é provável que esteja se inclinando para a frente ansioso por minha cara de medo. Foda-se. De jeito nenhum lhe darei tal satisfação.

Muito bem, então quando ele reconstruiu a caixa? Obviamente, se tivesse entrado no quarto, mesmo enquanto eu dormia, e trabalhado nela, eu teria escutado. E como eu destrocei todas as várias placas de madeira...

Ele deve tê-la removido. Catado os pedaços, retirado-os. Então, recolocou-a depois de reconstruí-la – ou comprou uma segunda caixa?

Isso me faz franzir a testa. Mantenho as costas para o espelho de observação, me sentindo inquieta de repente. Não sei qual pensamento me perturba mais: que meu sequestrador possa entrar e sair do aposento várias vezes sem me despertar, ou que ele possa ter um estoque ilimitado de caixões baratos de pinho.

Toco a borda rendada da camisola de cetim. Novamente, o nível de preparo indicado por suas ações. Um predador acima do criminoso comum. Um homem que fez o dever de casa.

Ele me conhece. Tenho quase certeza disso. Um dos homens que me escreveu uma carta nos últimos cinco anos? Um dos muitos predadores que leu todos os detalhes devassos do meu cativeiro e pensou uau, e se eu pudesse conseguir uma garota dessas para mim?

Minhas mãos estão tremendo. Com os punhos atados, posso sentir os dedos tremendo uns contra os outros. E odeio a sensação de fraqueza. Pior, meu desejo instintivo de começar a cutucar o próprio dedão. Encontrar uma borda machucada. Arrancar a unha. Usar a dor para me manter sã. Do mesmo jeito que fiz há tantos minutos, horas, dias – quando fui presa na caixa.

Comida. Posso sentir o cheiro tão perto que me perturba. Preciso de foco. Estou definitivamente faminta e, considerando que não sei quando poderei comer novamente...

O Maléfico Sequestrador pode ter lido tudo a meu respeito. O Maléfico Sequestrador pode achar que me conhece.

Mas essa era a antiga Flora, não a que passou os últimos cinco anos estudando, treinando, se preparando. Eu sou a Flora 2.0 agora.

Uma mulher com promessas a cumprir.

Jantar. A promessa da sustância. Não irei desperdiçá-la só por causa de uma caixa estúpida de pinho, alguma recriação destorcida do passado, ou por causa da percepção desconcertante de que alguém provavelmente está me observando.

Hora de comer.

Passo pela caixa, avançando aos poucos com meus punhos atados roçando no chão. Exploro o espaço entre a caixa e a parede em busca do frango assado. Não encontro nada.

Dou a volta completa na caixa, continuo pelo resto do quarto. Nada.

Finalmente, sento sobre os calcanhares perto do colchão sem lençol, novamente de costas para a janela do observador, e contemplo a situação.

Cheiro é difícil de rastrear. Pode estar vindo de outro cômodo, imagino. Ou, pior, ele está canalizando-o de alguma forma. Talvez pela grade perto do espelho. Significa que talvez não haja nenhuma comida. Essa coisa toda não passa de algum experimento científico ruim, onde estou no papel do rato no labirinto.

Mas o cheiro é tão forte, tão próximo.

Calor. Percebo agora. Não estou só sentindo cheiro de frango, juro que posso senti-lo. Vapor flutuando no ar. Sinto o calor com mais força, o cheiro com mais agudez. Sobre a caixa de pinho.

Arrio os ombros. Na mesma hora, entendo o que ele fez. Filho da puta!

Volto para a – segunda? – caixa reconstruída. Encontro buracos imperfeitos perfurados na tampa, é claro. (Será que eu devia esfregar a ponta dos meus dedos nas bordas irregulares? Rasgar minha própria carne, enfiar uma lasca de madeira na suavidade da minha pele, depois chupar meu próprio sangue? Como nos bons e velhos tempos. É isso que ele quer de mim?)

Mantenho os punhos cerrados com força enquanto me aproximo mais e cheiro o primeiro buraco. Frango, sem dúvida. E, sim, além de cheirá-lo, consigo senti-lo. Um traço de calor e odor ondulando de dentro da caixa.

Filho da puta.

Encontro o cadeado com facilidade. É claro que ele está trancado, por que não estaria? Se você estiver torturando alguém com a promessa olfativa de um jantar, é claro que vai deixar a comida trancada. Quer dizer, qual seria a graça de deixar a tampa aberta?

Estou com fome agora? Sim. Estou com sede agora? Sim.

Mas estou sentindo dor? Estou apavorada, deprimida, acabada, com calor demais, com frio demais, sobrecarregada demais? Não. Então estou bem. Posso solucionar o problema.

Opção um, me afastar. Ou, sendo eu, mais provável dar meia volta, levantar o dedo do meio para ele mais uma vez, depois reassumir minha posição no colchão. As desvantagens incluem continuar com fome, mas talvez haja mais do que comida. E quanto a utensílios, pratos ou, diabos, um copo de plástico? Recursos, ferramentas potenciais. A caixa é tipo um pacote de suprimentos. E estando completamente sozinha no escuro, não posso me dar ao luxo de desistir de seu conteúdo.

Ou seja, tenho que abrir a caixa. Fiz isso uma vez, destruindo-a com meus punhos atados. Estava consideravelmente irritada e, francamente, tentando chacoalhar a ocupante. Uma abordagem que não tenho tanta certeza se garantirá grandes resultados para meu jantar potencial.

Eu poderia arrombar o cadeado. O colchão tem molas, molas são bobinas de metal... Exigiria algum trabalho, mas não tenho dúvidas de minha capacidade de conseguir algo assim.

O problema é que ele também não teria dúvida de minhas habilidades.

Eu quero isso? Me entregar tanto tão cedo? Para alguém cujos motivos ainda não entendo e que aparentemente pode entrar e sair desse quarto sem me acordar?

Meu dedão direito, lentamente, mas firmemente procurando a unha do meu dedão esquerdo...

Quem será esse sujeito? Que diabos ele quer de mim?

Por que essa camisola de cetim terrível e medonha? E a caixa?

Baixo a cabeça. Por um momento, não me sinto cem por cento. Odeio estar aqui, odeio esse homem e me odeio porque fiz isso comigo mesma. Cinco anos atrás, eu fugi, mas na verdade nunca escapei. Jacob pode muito bem estar de pé no escuro, rindo até não poder mais.

Meu próprio irmão fugindo da pessoa que me tornei. E minha mãe... minha pobre mãe resignada, que abriu mão de tanto, somente para um dia perceber que a filha que tanto amava nunca mais voltará para casa.

Ela só tem a casca.

O cheiro está começando a diminuir. O frango, que estava chiando de quente, está começando a esfriar. E isso, mais do que qualquer coisa, me faz agir novamente.

Você sabe quem eu sou? Sou uma garota que já gostou de brincar com raposas selvagens.

Sou a garota que sobreviveu 472 dias entrando e saindo de um caixão barato de pinho.

Sou a garota que vai escapar desta com vida.

Fecho os dedos em punho. Ergo as mãos atadas e desço-as como um martelo contra o painel lateral da caixa. Ele chacoalha com a força de meu golpe. Então faço isso de novo e de novo. Batendo nas laterais, transformando meu próprio corpo em marreta e empunhando-o com força plena.

Ralo as juntas dos dedos. A pele se abre, enquanto as bordas ásperas da caixa grudam e destroem. Isso não me para.

Muito tempo atrás, aprendi a separar mente e corpo, emoção e dor. Uso muito bem essas lições enquanto mostro para a caixa quem manda.

Quando a lateral finalmente afunda, ouço um barulho de estalo. Gosto dele. Não posso ver o que estou fazendo, então me satisfaço ao ouvir o gemido da madeira. Agora eu vou devagar, abrindo meu caminho pelas lascas de madeira até conseguir firmar os dedos na borda da tampa caída, levantá-la e retirá-la. O cadeado metálico tilinta, ainda intacto, mas completamente inútil agora que a outra metade da tampa foi arrancada da base do caixão.

Boa sorte reconstruindo essa aqui, eu penso, e apesar de mim, estou curiosa sobre qual será o seu destino. Mas primeiro, para o vencedor, as batatas.

Leva um minuto até eu encontrá-la. Prato de isopor, minha primeira decepção. Garrafa plástica, contudo, então talvez haja água. Nenhum utensílio. Procuro e procuro e procuro. Nada. Mas o prato... No escuro, cutuco o conteúdo com meu dedo. Frango semicozido, cubos de batatas e o que parecer ser algum tipo de vegetal carnudo.

Para comer com as mãos. Está bom para mim.

Viro na direção do espelho de observação. Olho diretamente para ele, faço o possível para ver através dele enquanto pego a coxa assada e mando ver. Meus dedos estão engordurados. A corrente chacoalha para baixo dos braceletes de metal circundando meus punhos, esfregando na minha coxa nua. Minha camisola de cetim subiu, mas não me mexo para arrumá-la.

Ele quer que eu seja refinada? Por isso a nova roupa de dormir? Bem, não é o que ele vai ter. Essa sou eu, prática, metódica, eficiente enquanto experimento os conteúdos do prato.

O frango não está nada mau. Nem as batatas, ou o que descubro serem feijões verdes. Não que eu esteja preocupada com o gosto. Eu mastigo pelo sustento, porque agora não estou com fome. E após vários goles cuidadosos de água, menos ainda com sede.

Estou bem. Estou mais que bem. Estou sozinha no escuro e estou perfeitamente bem.

Mais tarde, de costas para a janela do observador, abaixada para proteger meu corpo do seu campo de visão, dobro o prato de isopor em volta dos punhos e o uso como um escudo caseiro enquanto bato as mãos contra a lateral estilhaçada do caixão. Meus esforços são recompensados enquanto quebro duas, três, quatro lascas de pinho. Agora só preciso de um lugar para escondê-las. No escuro, no quarto escuro, onde não consigo ver nada, mas ele consegue ver tudo.

Eu escondo os estilhaços finos nas minhas palmas e, depois, seguro a garrafa de água dois terços ainda cheia. Deixo-o pensar que estou tentando escondê-la enquanto me arrasto de volta para meu colchão, garrafa plástica grudada no peito.

Deito de costas para o espelho. Depois, me movendo devagar, uso a lasca mais comprida e afiada de madeira para abrir a borda reforçada do colchão. Só preciso de um corte pequeno, atravessar um centímetro já serve. Então posso deslizar a primeira lasca de madeira para dentro dele, depois a segunda e a terceira.

Pinho é uma madeira macia. Duvido que os fragmentos serão terrivelmente eficazes como armas. Por outro lado, se acertar uma lasca no olho...

Recursos. O que eu tenho que ele nem sabe que deve levar embora.

Curvo meus joelhos para cima e em volta da garrafa de água.

Penso, enquanto volto a pegar no sono, que não estou com fome, não estou com sede. Não estou com frio, não estou com calor. Não estou com dor nem me sinto exausta ou apavorada.

Sou uma garota pronta para lutar.

CAPÍTULO 22

NO MUNDO DE UM DETETIVE EXISTE uma verdadeira praga social – e não são mestres do crime, afinal superpredadores são raros. É a imprensa.

Domingo à tarde, D.D. definitivamente precisava interrogar Colin Summers. O ideal seria no conforto de seu próprio lar, já que quanto menos ele se sentisse ameaçado, maior a probabilidade de que falasse. Contudo, considerando os vários rumores alimentados pela mídia de que Devon Goulding era o mesmo homem que havia sequestrado Stacey Summers... D.D. não precisava dirigir até a residência dos Summers para saber que aquilo estaria uma zona de guerra com furgões de TVs ilegalmente estacionados, fotógrafos determinados e repórteres raivosos.

A chegada de uma detetive sargento de Boston, conhecida por seu trabalho passado em vários casos importantes, só colocaria lenha na fogueira. Mesmo enviar Pam Mason, a especialista em vítimas da família, cutucaria o vespeiro.

Então, domingo à tarde, D.D., Keynes e Pam Mason se sentaram no escritório de Keynes e, em vez de procurar ativamente por Florence Dane, pensaram em maneiras de enganar a mídia para chegarem a Colin Summers sem serem notados. Outra rodada de café para concluir o trabalho, Keynes optando por água.

D.D. não confiava nele. Alguém que conseguia parecer tão alerta e envolvido sem pelo menos uma xícara de café?

Foi de Pam o plano vencedor. Ela ligaria para Colin. Pediria que ele fosse ao escritório para se encontrar com ela. Ele entenderia imediatamente que ela tinha algo a dizer longe dos olhos curiosos da imprensa. E embora as vans de reportagem pudessem segui-lo até o prédio de seu escritório, no centro, eles ficariam fora da área do prédio, já que se tratava de propriedade particular. Colin poderia pegar o elevador até o escritório no décimo primeiro andar, que deveria estar relativamente tranquilo em um domingo à tarde.

D.D. e Pam o encontrariam lá. Keynes permaneceria atrás, já que três contra um poderia parecer muito ameaçador para o tipo de perguntas que eles precisavam fazer.

Keynes não argumentou, só concordou com a cabeça. D.D. se perguntou o que seria necessário para conseguir irritar o especialista sênior. Talvez seja esse o ponto. Em sua linha trabalho, a essa altura da carreira, ele realmente já deve ter visto de tudo.

Pam fez a ligação. D.D. só podia ouvir o que ela dizia, mas ficou claro que Colin já estava mordendo a isca, querendo saber quem, o quê, por quê, quando e como. Mas Pam, manipuladora experiente, manteve a voz calma e o pedido simples. Encontre-me no seu escritório. Encontre-me no seu escritório. Encontre-me no seu escritório.

Uma hora ou outra, Colin deve ter desistido de forçar a barra para obter suas respostas e concordado em encontrar com ela no próprio escritório. Às 15h.

A hora de espera deu a D.D. tempo para falar com sua equipe. Keynes deixou um escritório vazio à disposição dela, que rapidamente ligou para Phil, colocando-o a par do plano.

"Então você quer que eu me encontre com Colin Summers às 15h?", ele perguntou.

"Não." Ela franziu a testa. "Eu faço isso."

Pausa. "Posso fazer uma pergunta?"

"Talvez."

"Que parte do seu trabalho é restrito, quer dizer, já que você *está* em regime de trabalho restrito?"

"Não estou portando arma", ela o informou, de maneira breve. "Por quê? Acha que preciso de uma para interrogar um banqueiro de investimentos?"

"Não. Acho que você precisa confiar em sua equipe. Deixe-nos trabalhar enquanto você nos manda para lá e para cá. Sério, qual o problema nisso?"

"Não tenho tempo para essa conversa", ela o informou.

"A conversa em que eu estou certo e você sabe disso?"

Ela resmungou. Seu antigo companheiro de equipe não riu. "D.D., nós nos preocupamos com você. Você acaba de voltar de uma lesão grave sofrida no trabalho por ter agido sozinha, sem notificar a mim ou ao Neil, para avaliar uma cena do crime. Será que o padrão não está claro? E você não entende o quanto isso nos machuca? Não, não. Corrigindo. O quanto isso nos irrita? Nós éramos seus parceiros, e você nem nos deu a chance de dar apoio tático a você."

Aquilo fez D.D. pensar. Primeiro porque Phil, pai de quatro filhos, nunca xingava. Segundo porque o Phil calmo, amável, sempre compreensivo, definitivamente soava com raiva.

"Essa não era a intenção."

"Essa nunca é a intenção. Esse é o problema. Você pensa em si mesma..."

"Eu penso no meu caso!"

"Que possui uma equipe inteira trabalhando nele! Exatamente o meu argumento."

D.D. não sabia o que dizer. Phil a estava repreendendo. Phil nunca a repreendia. Essa era a função dela.

"Então... o que você quer perguntar a Colin Summers?", ela rebateu calmamente. Mas D.D. não queria que Phil interrogasse o pai de Stacey Summers. Ela queria fazer isso. Encontrar o homem e julgar como ele respondia a cada linha do interrogatório. Era de sua natureza querer agir e ver por si mesma. Não porque não confiava na equipe – simplesmente porque ela era assim.

Pergunte ao Alex.

"Não posso", disse Phil.

"Não pode?"

"Eu consegui uma pista sobre Kristy Kilker, cuja carteira de motorista encontramos no quarto de Devon Goulding."

"A que supostamente estaria estudando na Itália?"

"Sim, eu investiguei um pouco. De acordo com a universidade, Kristy nunca se inscreveu em um programa para estudar fora. Então, ou ela mentiu para a mãe ou a mãe está mentindo para nós. Agentes de patrulha estão pegando a mãe agora e trazendo-a para interrogatório."

"Mantenha-me informada. Alguma notícia de Natalie Draga?"

"Sim, sua avó em Mobile nos deu notícias. Natalie foi para Boston ano passado. Ligou para casa algumas vezes, mas a família não tinha mais notícias faz um tempo. O máximo que ela se lembrava é que Natalie tinha arrumado um emprego de garçonete em um bar. Mas não soa como se ela e a neta fossem lá muito próximas, de modo que a avó Draga ou não sabe ou não se importa com detalhes como onde Natalie morava, possíveis colegas de quarto, amigos."

"Qual bar?"

"A avó não sabia. Mas graças às suas ordens experientes de comando como sargento em regime restrito de trabalho", Phil pronunciou as palavras secamente, "alguns detetives distritais visitaram o empregador de Devon Goulding ontem à tarde no..."

"Tonic."

"Sim. Eles mostraram fotos de Natalie Draga e Kristy Kilker. O gerente do bar identificou Natalie Draga como ex-funcionária, mas disse que não a vê há meses. Draga saiu um dia e nunca mais voltou."

"E Kristy Kilker?", questionou D.D., perguntando-se se eles poderiam ter sorte a ponto de ligar as duas mulheres tão rapidamente a Devon Goulding.

"Não tivemos essa sorte, mas Carol foi para o Tonic agora copiar os talões de pagamento de Natalie", disse Phil. "Cada vez mais..."

"Parece que Devon Goulding tem conexões diretas com pelo menos Natalie Draga. Trabalhando no mesmo bar e tal."

"Carol descobrirá os detalhes", Phil garantiu a ela.

D.D. tentou parar sua bufada automática. Ela só teve um sucesso mediano.

"Pare com isso", Phil disse imediatamente. "Por que você é tão dura com ela? Carol Manley é uma detetive perfeitamente capaz, com excelente currículo. Sem falar que ela tem um golden retriever chamado Harley. Como você pode não gostar de uma mulher com um cachorro chamado Harley?"

D.D. não respondeu. Seus sentimentos em relação à nova detetive eram irracionais e ela sabia disso.

"Carol não estava vendo as gravações de vídeo de todas as câmeras que cercam o apartamento de Florence Dane?", ela perguntou.

"Os agentes estão executando esses mandados agora. Quando tiverem os vídeos, ela começará a analisá-los. Mas no meio tempo..."

D.D. não tinha como discordar. Levava mais tempo para juntar gravações de segurança do que se imagina.

"Precisamos encontrar Flora", ela murmurou.

"Então, já que você é a chefe, que tal solicitar mais mão de obra? Porque entre o trabalho envolvendo Devon Goulding de ontem e esse agora dessa manhã... estamos no limite. Sabe, tão no limite que mesmo a senhora chefe do trabalho e em regime restrito se sente na obrigação de atuar em campo."

"Touché."

"Não que seja meu papel dizer isso a você."

Phil soou chateado novamente. D.D. hesitou. Perguntou-se se havia coisas ali que ela continuava sem perceber. Deus sabe que ela nunca considerou que Phil e Neil pudessem estar levando seu acidente para um lado tão pessoal. Sem falar que ela tinha um jeito mandão natural mesmo antes de a jovem detetive ser indicada como supervisora antes de Phil, que tinha mais tempo de serviço.

Apesar de ela sempre ter sido a detetive chefe em sua equipe de três homens...

"Phil...", ela começou.

"Só um minuto. Certo. Sra. Kilker acabou de chegar. Chegou a hora de fazer valer meu salário. Boa sorte com Colin Summers."

"Boa sorte você também."

"Vai voltar para casa depois?"

Gíria policial para voltar para a sede. "Claro. Depois eu vou para casa."

"Vejo você lá."

Phil desligou. D.D. permaneceu ali mais um tempo, perguntando-se novamente se estava deixando algo passar e, se ela era uma excelente detetive, por que os homens em sua vida permaneciam tamanho mistério para ela.

Colin Summers trabalhava para um grande banco de investimentos no setor financeiro de Boston, adjacente ao Faneuil Hall. Do escritório do FBI no centro, foi mais fácil para Pam e D.D. caminhar até o majestoso edifício de granito rosa do que se digladiar com turistas de fora do estado dirigindo irremediavelmente perdidos em ruas cada vez mais estreitas.

O casaco de couro favorito de D.D. não era completamente adequado para protegê-la do frio do fim do outono, mas ela encolheu os ombros e aguentou firme. Pam, ela notou, tinha trocado o paletó e a blusa de seda por um suéter de lã e um cachecol dourado. Ainda elegante, mas mais acessível do que no visual todo abotoado de antes. Em outras palavras, uma estratégia decente quando se ia encurralar um pai raivoso para saber o quão longe ele havia chegado para recuperar sua filha desaparecida.

Como muitos escritórios corporativos em Boston, o prédio bancário tinha segurança na entrada, mesmo aos domingos. Pam fez as honras pelas duas, mostrando a identificação e declarando que tinham uma reunião às 15h com Colin Summers. O jovem guarda privado sufocou um bocejo – elas sem dúvida interromperam seu tempo produtivo assistindo a vídeos do YouTube pelo celular –, depois fez a ligação. Colin já devia estar lá para confirmar o encontro, já que elas puderam entrar imediatamente.

"Vou assumir a liderança", Pam disse bruscamente enquanto subiam no elevador.

D.D. não contestou. Pam tinha um relacionamento estabelecido com o interrogado, e apesar do que Phil podia pensar, D.D. não era tão maníaca por controle. Talvez.

Chegaram à recepção do décimo primeiro andar. Um conjunto de portas de vidro à esquerda, um segundo conjunto à direita. Ambos pareciam escuros e protegidos. Pam virou à esquerda e, logicamente, um homem apareceu do outro lado da porta, o rosto magro já uma máscara sombria enquanto abria a porta para elas.

D.D. nunca havia conhecido Colin Summers pessoalmente. Só falado com ele pelo telefone, além de vê-lo na televisão, implorando para que a filha voltasse em segurança para casa. Ele também devia tê-la reconhecido das várias coletivas de imprensa, porque disse imediatamente:

"Eu sabia! Eu sabia! Se *ela* está aqui..." Ele apontou um dedo para D.D. "Então a morte daquele maldito do Goulding tinha algo a ver com minha filha. Você a encontrou? Tem alguma notícia? Onde ela está? Cadê a Stacey!?"

"Colin", disse Pam, não de um modo reconfortante, o que surpreendeu D.D., mas de um jeito firme. "Nós não encontramos Stacey. Acredite em mim, se fosse esse o caso eu estaria sentada com você e a sua esposa neste momento."

Colin franziu o cenho irritado, mas concordou. Pelo visto, aquilo fazia sentido para ele.

"Temos, contudo, uma nova linha de investigação que pode nos ajudar a encontrá-la. Então, por favor, podemos começar?"

Pam apontou para as portas de vidro que Colin tinha aberto ruidosamente, mas ele ainda bloqueava a passagem com o corpo. De má vontade, o homem deu licença. Pam olhou para D.D. e as duas entraram.

Elas passaram por uma área estreita da recepção, pontuada por uma parede impressionante de ardósia cinza. Moderna e sofisticada, tudo condizente com um importante banco digital. Colin seguiu para a direita, deslizando a identificação de funcionário enquanto passavam por outro conjunto de portas protegidas. Em seguida, eles entraram no hall principal, um vasto espaço aberto com cubículos no meio e uma fileira de salas com visão para a face direita.

A maioria dos cubículos estava vazia, como era de se esperar em um domingo. O espaço aceso apenas pela metade. Mas D.D. podia ouvir o som repetitivo de digitação a distância, além de um murmúrio baixo de uma voz ao telefone. Jovens profissionais em ascensão, ela imaginou, ainda lutando para se destacar acumulando horas extras.

Hoje vice-presidente da empresa, Colin já tinha feito sua parte. Ele as conduziu ao notável escritório lateral, e D.D. se impressionou. Uma mesa imensa de cerejeira. Uma cadeira executiva enorme revestida de couro preto. Uma vista incrível da cidade. Claro, ele dava para uma rua estreita que passava entre dois outros arranha-céus, mas ainda assim... Dava para ver os paralelepípedos do Faneuil Hall ao longe, movimentados com turistas de olhos arregalados e cidadãos locais famintos aproveitando o fim de semana.

D.D. tirou os olhos das janelas e espiou os diplomas em molduras douradas pendurados na parede adjacente. Pam Mason não tinha mentido: parecia não haver problema que o intelecto avançado e o sucesso financeiro de Colin não pudessem resolver.

Com exceção, é claro, do desaparecimento da filha.

Colin já havia se sentado atrás da enorme mesa. Em circunstâncias normais, D.D. pensou, ele seria considerado alguém de boa aparência. Cabelos loiros curtos cor de areia, olhos azuis intensos, elegante, figura atlética. O tipo de sujeito que segue a filosofia do trabalhe duro, divirta-se muito.

Sua boca, contudo, era muito dura e fina. Não cruel, mas sombria. E o rosto, após uma análise mais próxima, estava afundado. Um viciado em trabalho sob uma carga de estresse maior que a habitual. Um homem assistindo impotente ao despedaçar da família.

Ele não ofereceu água nem café. Apenas se sentou, fazendo da mesa um escudo óbvio diante de si, enquanto encarava D.D. e esperava que ela se pronunciasse.

Pam pegou uma das cadeiras da área de estar e arrastou-a. Perfeitamente calma e inabalável, gesticulou para que D.D. se sentasse. Em seguida, trouxe uma segunda cadeira para si mesma.

Cumprindo o prometido, D.D. esperou Pam assumir a liderança. O que definitivamente foi a abordagem correta, considerando o jeito duro que Colin a olhava, como se já considerasse a sargento uma inimiga.

"Como vai Pauline?", Pam perguntou após um momento. Ela aproveitou para se acomodar em sua cadeira e ficar confortável. Em contraste com os traços sombrios de Colin, parecia relaxada, envolvida; como se estivesse encontrando velhos amigos para um brunch.

"Como você acha?", Colin disparou, olhos chamuscando. "Especialmente depois de... ontem."

"Você conhecia Devon Goulding, Colin? Chegou a frequentar o bar Tonic, reconheceu sua foto do noticiário..."

"Você quer dizer além de ele casar perfeitamente com a descrição do cara que sequestrou minha filha?"

"Detetive sargento D.D. Warren", Pam se virou para ela de repente, "você pode por favor dizer ao Sr. Summers o que encontrou na casa de Devon Goulding?"

D.D. se sobressaltou. Ela não tinha intenção de ceder esse tipo de informação. Mas Colin já estava se inclinando para frente, o rosto quase febril. Ele não iria recuar, ela percebeu. Ele acreditava que elas sabiam de algo e estavam mantendo-o intencionalmente na ignorância. Enquanto fosse esse o caso, não conseguiriam arrancar nada dele – e a entrevista não iria a lugar nenhum. D.D tinha concordado em deixar a especialista em vítimas na liderança, então Pam Mason tomou a decisão executiva: às vezes você precisa ceder para vencer. Elas cederiam essa informação a Colin Summers. E torceriam para ele retribuir o favor.

"Encontramos fotos", D.D. relatou, "pertencentes a uma jovem que ele claramente estava perseguindo. Também encontramos carteiras de motorista escondidas em seu quarto. Ainda não encontramos nenhuma das duas mulheres dessas carteiras".

Colin soltou a respiração em um assovio. Apesar de já estar claramente esperando esse tipo de notícia, ainda assim foi um baque.

"Acreditamos que Devon Goulding era um predador. Acreditamos na possibilidade de essas duas jovens serem vítimas dele, das carteiras de motorista serem troféus de algum tipo."

"Ele as matou", disse Colin.

"Não sabemos. Temos detetives procurando as duas mulheres. Mas até agora..."

"Vocês não conseguiram encontrá-las."

"Nós não as encontramos."

"Ele as matou", repetiu Colin.

"Nos dê mais 48 horas", disse D.D., pensando no trabalho sendo feito por sua excelente equipe, "e é provável que possamos responder isso".

"Agora, diga a ele o que você não encontrou", Pam interveio firmemente.

D.D. manteve os olhos em Colin Summers, que ainda se inclinava para frente, ombros rígidos.

"Não encontramos nenhum sinal de Stacey. Nenhuma foto. Nenhuma carteira de motorista. Nenhuma mecha de cabelo, nenhum rastro de tecido."

Colin não se recostou. Não relaxou. Ele apenas continuou a olhar para ela como se não conseguisse absorver as informações.

"Sr. Summers, eu contei a verdade a você. Acreditamos que Devon Goulding era um estuprador, talvez até um assassino. Mas até o momento, não temos nenhum motivo para acreditar que ele seja o homem que pegou sua filha. Na verdade, considerando seu hábito de manter troféus, as fotos, as carteiras de motorista, é provável que não seja ele."

"Mas vocês estão aqui."

"Colin", Pam interveio, "é hora de você nos dizer o que sabe sobre Goulding. Por que suspeitava dele no caso de sua filha?"

"O quê? Como eu o conheceria? Só ouvi falar dele no noticiário, assim como todo mundo." Ele olhou para D.D. com raiva novamente.

"Mesmo? E o que Flora tinha a dizer sobre ele?"

Colin recuou. Baixou os olhos. De repente, recostou-se na cadeira. Assim colocava alguma distância entre ele e elas, D.D. pensou.

"Colin, eu sei que quer respostas." Pam falou outra vez. "Eu sei que ama sua filha. Sei que faria qualquer coisa para tê-la de volta."

"Você contratou um investigador particular para ajudar a encontrar Stacey?", D.D. perguntou.

Colin não respondeu. Ele não parecia mais estar com raiva de D.D., mas resoluto. Um pai que tentava impedir seu coração de quebrar.

"Sr. Summers, posso conseguir uma ordem judicial para seus registros telefônicos", D.D. prosseguiu, "e para as imagens das câmeras de segurança desse prédio. Essas ações consumirão recursos que a polícia de Boston poderia, de outra forma, gastar dando continuidade à busca pela sua filha, mas se eu tiver que..."

"Eu conheço Rosa Dane", ele admitiu de repente. "Ela é nossa mentora. Contei isso a você."

"Ela compartilhou sua história com você, correto? Faz parte da função dela. Contar a você o que ela passou e, ainda mais importante, que mesmo após ficar sequestrada por quase um ano, uma filha pode voltar para casa."

Colin assentiu.

"Rosa é honesta. Ela contou sobre os conflitos de Flora, não contou? Sobre como você pode ter um final feliz e mesmo assim não viver feliz para sempre. Sobre como a própria filha dela passou os últimos cinco anos obcecada com comportamento criminal e autodefesa para tentar se sentir segura novamente."

Colin não disse nada.

"E isso fez você pensar. A polícia não foi capaz de ajudá-lo. Pelo visto, você não ficou satisfeito com nenhum investigador particular que entrevistou..."

Ele franziu o cenho para Pam, claramente irritado de a especialista em vítimas ter revelado tanto.

"Então, e quanto a Flora Dane? E quanto a uma garota que passou por isso de fato e sobreviveu? Que se tornou uma espécie de especialista em rapto e sequestro? Por que não falar com ela?"

Ele mordeu o lábio inferior.

"Você se encontrou com ela aqui", Pam falou. "Neste escritório. O único lugar onde você tem alguma privacidade. E você não gostaria que Pauline soubesse, porque isso a deixaria chateada. E você não queria que eu soubesse, porque eu não aprovaria. Então você contatou Flora e marcou um encontro com ela aqui. Lembre-se, Colin, podemos conseguir as imagens das câmeras de segurança."

"Está bem. Eu me encontrei com Flora neste escritório, mas nós apenas conversamos. Depois de tudo que Rosa disse, fiquei curioso, quis conhecer Flora pessoalmente. Uma sobrevivente, me entende? Alguém que conseguiu sobreviver a isso de fato. E quanto a Flora, ficou óbvio que ela estava acompanhando o caso de Stacey. Ela tinha suas próprias perguntas para fazer."

"Quando você se encontrou com ela?", D.D. perguntou.

"Não sei. Três semanas atrás?"

"Quero saber o dia. Segunda, terça, o terceiro sábado de outubro? Seja específico."

Colin fechou a cara, mas após um momento, pegou o celular e consultou a agenda. "Terça, segunda semana de outubro, às 15h. Melhor assim?"

"Conversaram por quanto tempo?"

"Uma hora. Uma hora e meia, talvez."

"Ela tinha teorias sobre o sequestro de Stacey?", Pam interveio.

Colin deu de ombros. "Nada novo, só o de sempre. O que sabemos sobre as atividades online dela. Quem eram os amigos com quem ela saiu àquela noite, se bebia muito, se sabia se cuidar. Ela queria saber sobre os recursos de Stacey. Quer dizer, minha filha é atlética. As pessoas nem sempre levam isso a sério, mas ser líder de torcida é um esporte intenso. Flora disse que isso seria um ponto positivo para minha filha. Depois, ela quis saber se Stacey tinha algum conhecimento de autodefesa, se sabia karatê, carregava um bastão, qualquer coisa do tipo. Não tinha. E quanto à resistência mental. Como minha filha funcionava sob pressão. Eu... Eu não consegui responder de fato. Talvez Pauline pudesse. Mas meu trabalho, minha vida inteira, foi manter minha filha longe desse tipo de estresse. Cuidar dela. Mantê-la em segurança."

A voz de Colin Summers falhou. Ele desviou o olhar. Nem Pam nem D.D. falaram mais nada. Após um momento, ele se recompôs. "Eu disse que Stacey é esperta. Se ela pudesse descobrir um jeito de fugir, fugiria. Mas Stacey também é meiga. Não digo isso simplesmente como pai. Desde mais nova, ela sempre foi tão... simpática. Pessoas totalmente estranhas gravitam em volta dela. E ela gravita em torno deles. Ela é uma dessas pessoas que vê o melhor em todo mundo. Flora disse... Flora disse que isso poderia ajudá-la. Ela disse que o sujeito que a sequestrou costumava falar o tempo todo que iria matá-la. Ela ouvia. Concordava com tudo que ele dizia, fazia tudo que ele queria. E, de uma hora para outra, o sujeito parou de falar sobre matá-la. Cedo ou tarde, decidiu mantê-la por perto."

"Flora acha que Stacey ainda está viva?", D.D. perguntou, curiosa. Tarde demais, percebeu o olhar de advertência de Pam.

"É claro que minha filha ainda está viva!"

"E Flora concordou com essa avaliação."

"Ela considerou bastante possível!"

"Colin", Pam interveio calmamente, "você contratou Flora para encontrar sua filha?"

"Não. Claro que não. Digo, ela é só uma criança. Foi uma vítima. Eu nunca faria algo assim."

"Lembre-se: podemos solicitar seus registros financeiros."

Colin olhou para a especialista em vítimas. "Você vai ficar do meu lado em algum momento?"

"Por que não considera que estou do lado de Pauline?", Pam Mason sorriu docemente. Colin ficou pálido.

"Não contratei Flora. Não exatamente."

"Ela se ofereceu para ajudar", D.D. completou o raciocínio.

"Ela já tinha bastante conhecimento do caso! Vinha acompanhando por conta própria. E a mãe dela não havia exagerado. As coisas que ela sabia, as coisas sobre as quais falava. Flora Dane era mais impressionante do que qualquer investigador particular que eu entrevistei. E, sem dúvida, estava mais interessada em encontrar minha filha do que qualquer um dos detetives parece estar!"

Foi a vez de D.D. arquear uma sobrancelha. Mas nunca se deve discutir com um pai de luto.

"Quanto você pagou a ela?", ela perguntou enfaticamente.

"Nada."

Mas D.D. assumiu a liderança. "Nada ainda?", ela se recostou. "Uma recompensa. Você lhe ofereceu uma recompensa se ela o ajudasse a encontrar sua filha."

"Já estamos oferecendo uma recompensa pública. Não tem nada de errado nisso."

"Discordo. Flora Dane pode saber do que está falando, mas, no fim das contas, ela é só uma jovem. Alguém que já foi vítima. Você se aproveitou das obsessões dela."

"Ela se ofereceu. Considerando o progresso mínimo que os *profissionais* tiveram, não senti vontade de discordar dela. Mas nenhum dinheiro foi passado adiante e você não pode provar nada."

"Ela trouxe novidades sobre a sua filha?"

"Não. Na verdade, não tive mais contato com ela. Mas imaginei que levaria tempo para ela falar com seus contatos, como ela os chamou. Depois, no sábado, quando vi o noticiário e ouvi sobre o barman... eu soube na mesma hora. Sabia que tinha sido Flora procurando minha filha."

"Só que Devon Goulding não sequestrou sua filha."

"Por que vocês não perguntam a Flora sobre isso?"

"Não podemos. Flora desapareceu. Na verdade, temos motivos para acreditar que ela foi sequestrada em seu apartamento ontem em algum ponto do fim do dia. Talvez pelo mesmo homem que levou Stacey. Acho que você pode dizer que realmente temos uma nova pista sobre o caso da sua filha, Sr. Summers. Não estamos mais procurando uma garota desaparecida. Agora estamos atrás de pelo menos duas."

CAPÍTULO 23

Ninguém quer ser um monstro.

O falso Everett me disse isso várias vezes. Não era culpa dele ser do jeito que era. Ele não pediu para ter fantasias sexuais a cada minuto que passava acordado. Para se excitar com fotos de garotas peitudas e amordaçadas. Para se excitar com o som de correntes de metal se arrastando no chão.

Uma vez, ele leu uma reportagem sobre um voyeur descoberto com a boca na botija no banheiro de algum parque público.

O voyeur inventou uma história de que havia perdido sua aliança e tinha que procurá-la. Mas a polícia descobriu que o sujeito tinha antecedentes, costumava ser pego em latrinas, banheiros químicos, esse tipo de merda – falso Everett ria ao dizer a palavra merda, *feliz consigo mesmo.*

Enfim, algum especialista disse que o sujeito tinha um fetiche excêntrico. Que ele se excitava ficando perto de bosta, espionando mulheres estranhas fazendo cocô.

Não estou inventando isso, falso Everett diria, tirando as mãos do volante do grande caminhão, como que para provar seu ponto.

Agora, quem em sã consciência escolheria ficar excitado com merda? Everett continuaria. Era uma doença, claramente, uma obsessão que ele provavelmente desejava não ter. Imagine uma vida bisbilhotando latrinas públicas? Todo fedido?

Bem, me sequestrar, me estuprar, me violar, isso também não tinha sido sua culpa – falso Everett era bastante convicto ao tratar do assunto.

Desde que se lembrava, ele pensava em sexo. Mesmo quando era criança, mesmo antes de saber o que era sexo, ele olhava peitos e queria poder tocá-los. Os de sua mãe, os de sua avó, os de mulheres desconhecidas. Não importava. Ele sabia que havia algo que ele queria, que ele precisava ter. Ele só levou um tempo para entender o que isso significava, e então...

Tentou ser normal, lamentava. Teve uma namorada, contentou-se com papai-mamãe, disse a si mesmo que ficaria satisfeito com três vezes por noite. Até conseguiu uma esposa. Claro que daria certo.

Só que ele não queria sexo comportado. Não queria alguma esposa obediente deitada embaixo dele como um peixe morto. Ele era homem, tinha necessidades. E obsessões. Fantasias e pensamentos profundos, enraizados, dos quais não podia se livrar, mesmo que ninguém além dele os entendesse.

Ele espancou a primeira esposa. Socou-a tão feio que mais parecia uma polpa sangrenta, e foi preciso chamar a ambulância. Os médicos o incriminaram e a polícia o prendeu enquanto sua esposa ainda estava inconsciente, incapaz de explicar que tudo havia sido culpa dela – afinal, uma boa esposa nunca deve dizer não.

Teve que cumprir pena, o que foi uma lição por si só. Muito sexo atrás das grades – dava para falar sobre isso o dia todo –, mas não do tipo que ele gostava. Definitivamente, a cadeia não era lugar para um homem com necessidades.

Lá, ele ia a sessões em grupo. Para gerenciamento de raiva. Controle de impulso. Aprendeu até sobre vício em sexo. Pela primeira vez, ouviu que havia algo de anormal em querer tanto sexo o tempo inteiro. Algo doentio.

Ele decidiu que, quando saísse, tentaria parar. Como um alcoólatra, pararia de uma vez. Nada de sexo, nada de vontades terríveis, nenhum acesso de raiva, nada de ficar atrás das grades. Ótimo trato.

Só que uma pessoa pode viver sem álcool. Mas nenhum homem pode viver sem sexo.

Foi por isso que acabou atacando uma menina de 14 anos.

Não foi sua culpa. Ele não tinha pedido para nascer assim.

Ninguém quer ser um monstro.

Sua mãe não era má. Seu pai, bem, era um verdadeiro babaca. Mas ele nunca estava por perto. Não, falso Everett foi criado pela mãe, que tinha dois empregos e fumava sem parar. Quando ele era pequeno, se dividia entre ela e a casa da avó. Um pouco mais velho, aos 6 ou 7 anos, começou a ficar em casa sozinho. Assistia a programas de televisão onde as mulheres eram supermagras com peitos grandes e tops apertados. Então, encontrou o esconderijo onde seu pai guardava revistas pornográficas. Depois disso, mal podia esperar pelo horário de sua mãe sair para o trabalho. Passava horas e horas virando páginas, olhando fotos.

Aos 13 anos, ele explicou enquanto dirigia pelo estado do Alabama, quis virar ator pornô. Pensava que devia ser o melhor emprego do mundo. É claro que, quando completou 16, seu peito ainda um terreno baldio magrelo e liso, o rosto coberto de espinhas, os cabelos oleosos...

Mesmo um total lunático como ele podia perceber que não tinha aparência para ser ator pornô.

Ele ainda amava pornô. E agora, graças às maravilhas da internet, ele podia ter pornô em qualquer lugar.

Nada disso me surpreendeu. Já sabia que, no instante em que falso Everett terminava o turno diário na estrada, ele colocava vídeos de sexo no tocador de DVD, abria minha prisão, e nós voltávamos à rotina.

Não importava se eu estava cansada, com fome ou dolorida. Não importava nem se ele estava cansado, com fome ou dolorido. Um homem tem suas necessidades. Essa era sua maior necessidade.

Ninguém quer ser um monstro.

Você pode ensinar a si mesma a não sentir nada. A abstrair. Às vezes, eu me imaginava no campo, brincando com as raposas. Mas eu não gostava daquilo. Parecia muito doentio. Então eu imaginava um céu azul e limpo. Um céu azulão, como costumávamos chamar, quando o céu de inverno se transformava num azul rico e verdadeiro, em comparação ao céu muito brilhante e clareado pelo verão.

Durante o dia, eu era a ouvinte perfeita. Uma plateia de uma pessoa para um homem que podia realmente falar sem parar. Então, de noite, eu me tornava um objeto inanimado, para ser movida, posicionada e colocada de um jeito e de outro pelo mesmo babaca narcisista. Por que isso fazia diferença para mim? Quando ele enfim acabava, me oferecia comida. Ou um trago de cigarro. Ou um gole de cerveja.

Nós nos sentaríamos em silêncio, o caminhão tomado pelos cheiros de suor e sexo. E por um minuto, ou dois ou três, ele quase parecia feliz.

"Você é bonita", ele me disse uma vez. "Foi por isso que tive que sequestrá-la. Eu vi você dançando. Aqueles cabelos todos sacudindo logo acima da bunda. Atrai os olhares de um homem, tudo bem. Só que é claro, uma garota como você nunca daria chance a um cara como eu." Ele declarava isso como fato. Não discordava. "Então, fiz do meu jeito. E aqui estamos. Passeando pelo país como dois pombinhos. Agora, o que você prefere? Hambúrguer ou pizza para o jantar de hoje à noite?"

Ele me alimentava. Depois havia mais sexo. Então eu voltava para a caixa. Só que, conforme os dias viravam semanas... às vezes ele pegava no sono. Às vezes eu tinha que ficar lá, deitada na maciez do saco de dormir, meus punhos ainda amarrados, um tornozelo algemado a um anel grande de metal no chão, mas ainda assim...

Eu não dormia nessas noites. Forçava meus olhos a permanecerem abertos. Eu absorvia a sensação escorregadia do saco de dormir de náilon comparada à dureza usual da minha cama de pinho. Aproveitava a suavidade da noite, das janelas estreitas da cabine de dormir. Ouvia-o roncar e pensava se conseguiria passar meus punhos amarrados em volta de seu pescoço. Ou encontrar força para apertar um travesseiro em seu rosto, ou enfiar um lápis em seu olho.

Mas nunca tomei nenhuma dessas iniciativas, nunca coloquei em prática minhas próprias fantasias. Às vezes, quando estava dormindo, ele quase parecia humano. Só um cara agradecido por ter sobrevivido mais um dia.

Eu me perguntava se sua mãe ou sua avó ainda estavam vivas. Perguntava-me se elas sentiam falta dele ou se, a essa altura, elas sabiam quem ele era de verdade e se arrependiam de seus erros.

Eu não pensava mais em minha mãe. Nem em meu irmão, nem na beleza das raposas. Eu vivia voando contra um céu azul. Havia dias bons, quando eu podia me sentar no banco do passageiro, minhas mãos atadas fora de vista, e admirar os campos passando. E havia dias ruins, quando alguém o irritava, ele bebia mais, me batia mais e me punia mais.

Mas havia inúmeros dias que eram apenas dias. Quando falso Everett falava. Eu ouvia. A estrada passava. E talvez uma música tocasse no rádio e eu me surpreendesse cantarolando e ele me surpreendesse acompanhando. E cantávamos Taylor Swift juntos.

Aprendi que ele gostava de episódios de The Carol Burnett Show, I Love Lucy e Bonanza, porque era o que costumava assistir com a avó. Eu falava de Saturday Night Live e meu vício em Grey's Anatomy.

"Derek bonitão", ele disse, me surpreendendo. Mais tarde, apareceu com uma caixa da primeira temporada de Grey's Anatomy e colocou um DVD para mim.

Naquele dia, enquanto ele metia entre minhas pernas erguidas, eu pensava em hospitais de Seattle e em médicos ridiculamente bonitos e que talvez um dia, algum dia, um médico residente grandão seguraria minha mão enquanto uma equipe se apressava em cuidar do meu corpo ferido e maltratado. Eu teria sido resgatada. Teria escapado. Finalmente teria matado falso Everett, e então tinha a recompensa.

Um Derek bonitão só meu, para me curar as feridas e me manter em segurança para sempre.

Mas não sonhava tanto assim. Não pensava adiante ou imaginava esse futuro ou o que seria um dia. Eu voava pelo céu azul, o corpo amarrado, mas a mente viajando há muito tempo.

"Lindy", ele me acordou uma noite, chorando enquanto dormia. "Lindy, Lindy, Lindy."

Parecia que soluçava de tristeza, dedos arranhando o saco de dormir ao meu lado.

"Não, não, não!", gritou. "Oh, Lindy!"

Monstros têm pesadelos? Será que chegam a sonhar?

Parecia que estava morrendo. Como se o mundo houvesse acabado. Como se falso Everett tivesse tido coração algum dia, porque agora ele estava sendo arrancado de seu peito.

Flagrei-me passando os dedos por suas costas. Podia sentir a tensão dos músculos, a irregularidade da respiração. Um homem sofrendo. Acariciei as costas novamente, gentilmente, até que, cedo ou tarde, ele suspirou fundo. Seus ombros desceram. Dormiu.

Mais tarde, quando acordou e declarou que um homem tinha suas necessidades, eu não escapei. Mantive os olhos abertos, olhando para ele, me perguntando quem seria Lindy e o que ela havia feito para ter tanto poder sobre ele.

E o que eu poderia aprender com ela.

Mais dias. Mais noites.

Até que uma tarde ele estacionou numa parada de caminhões. Entrou para pegar café e, sem pensar a respeito, me deixou sentada aqui. Mãos amarradas, tornozelo esquerdo acorrentado a outro anel de metal no chão, mas, ainda assim, sentada à plena vista.

Uma viatura estadual entrou, estacionou ao meu lado. A porta foi aberta. Um homem alto de uniforme saiu. Ele me viu, assentiu uma vez, seus dedos na aba do chapéu, e eu...

Fiquei sentada com as mãos cerradas sobre o meu colo. Não disse nada. Não fiz nada.

Enquanto meu coração acelerava loucamente no meu peito e, por um momento...

Lembrei de algo. Como uma coceira no fundo da garganta. Lembrei da minha mãe. Podia visualizá-la com perfeição. Os braços estendidos, esperando por mim. Ela estava dizendo um nome. Molly. Só que ele não estava correto. Estava? Eu queria levantar as mãos algemadas. Queria bater na janela, mostrar meus punhos atados. Queria gritar, meu nome é... Meu nome é...

Queria implorar, por favor, só me leve para casa.

O policial estadual olhando direto para mim. Eu, com as mãos no colo, olhando de volta.

E então, no instante seguinte, eu pude ver o que ele via. Uma garota branca, magrela e acabada com roupas baratas, olhos sem vida e cabelos loiros retalhados. Eu vi Molly. Sentada na cabine. Esperando por seu homem espancador de mulheres voltar para ela.

Não me senti como um pássaro prestes a fugir da gaiola. Não me senti como uma garota a um passo de ir para casa.

Eu me senti envergonhada. Como um carpete marrom cor de bosta, com tantos tons de sordidez.

Limpei a imagem da minha mãe da mente. Substituí seu rosto por um céu azul. E firmei meu olhar morto adiante.

O policial estadual foi embora.

Falso Everett voltou. Viu a viatura. Abriu a porta da cabine com força, já parecendo apavorado. Aí me viu, sentada ali, olhos perdidos adiante.

Ele entrou, prendeu o cinto de segurança, começou a dirigir.

Nenhum de nós disse nada.

Naquela noite, quando acabou, não me colocou de volta na caixa. Deixou que eu ficasse do lado de fora. Noite após noite. Dia após dia. Nada mais de baú em forma de caixão.

Porque Flora não existia mais. E nós dois sabíamos disso.

Escrevi outro cartão-postal para minha mãe.

Querida mamãe, *escrevi.* Me divertindo mais do que nunca, passeando pelo país com o homem dos meus sonhos.

CAPÍTULO 24

AO ACORDAR, PROCUREI IMEDIATAMENTE a garrafa de água. Encontrei-a ainda guardada junto ao meu corpo. Ótimo.

As luzes continuavam apagadas, o quarto em seu habitual negrume absoluto. Isso mais me deixava impaciente do que me assustava. Cedo ou tarde, ele iria acender as luzes. Nem mesmo monstros querem passar todo o tempo no escuro.

Enquanto isso, busquei orientação me concentrando no plástico fino da garrafa de água, na borda rendada da camisola ridícula e na costura do colchão. Havia umidade, eu percebi tardiamente. Nas minhas bochechas. Com gosto de sal.

Eu havia chorado enquanto dormia.

Enquanto sonhava com Jacob.

Ergo as mãos atadas e limpo rapidamente as lágrimas do rosto. Não penso sobre isso; não me demoro demais me entristecendo com isso. Sobreviventes não devem se criticar. Se não tivesse feito o que fiz, nunca estaria aqui hoje.

Sequestrada mais uma vez, lidando com caixões de pinho barato.

Faço um barulho de latido que poderia ser uma risada. Difícil dizer. Minha garganta está seca. Decidi arriscar um pequeno gole de água. Um recurso importante. Uma pessoa pode sobreviver semanas sem comida, mas somente dias sem água. Eu sei dessas coisas. Pesquisei-as a fundo.

O que me deixa com raiva novamente no escuro impenetrável.

Não estudei e treinei todos esses anos só para ser trancafiada como um par de sapatos velhos. Onde diabos está meu sequestrador, afinal? Ele não quer se regozijar? Me punir? Afirmar sua superioridade sexual? Que tipo de maluco tem todo esse trabalho e nem mostra o rosto?

Eu me sento, balanço as pernas sobre a borda do colchão fino.

Como profissional experiente, primeiro farejo o ar, tentando detectar qualquer cheiro novo que possa indicar outra refeição entregue ou até cheiro de sabão, xampu, odor corporal, algo que sinalize a presença de alguém além de mim no cômodo.

Não sinto nada.

Próximo passo, enquanto eu estiver brincando de cabra-cega: som. Uma respiração mais cuidadosamente modulada? Ou o murmúrio distante do trânsito além das janelas escurecidas, baques ou batidas abafadas de outros aposentos na casa?

Mais uma vez, nada.

Começo a rastejar. Colido com o balde de plástico, viro para a direita. Continuo pelo aposento até onde devia haver restos do caixão de pinho. Dessa vez, não encontro nada. Na verdade, está faltando algo.

Ele removeu as lascas. Percebeu que podiam ser usadas como armas e as descartou rapidamente? O que, é claro, faz com que eu pense imediatamente sobre as que enfiei na espuma do colchão. Mas não ouso me virar para verificar, não quando ele pode estar olhando.

Em vez disso, me sento sobre os calcanhares, pensando.

Como ele está fazendo isso? Entrando e saindo do quarto tão silenciosamente? Uma coisa é ele espiar pelo espelho de observação, outra é se movimentar enquanto pensa que estou dormindo. Só que eu tenho um sono extremamente leve. A probabilidade de ele arrastar caixas inteiras em forma de caixão para dentro e para fora sem eu nem sequer me mexer...

Ele deve estar me drogando. Esgueirando-se para dentro e colocando mais clorofórmio na minha boca. Só que, ao contrário da crença popular, não é tão fácil apagar alguém instantaneamente com um pano ensopado de clorofórmio.

O que significa que eu devia ter acordado ou lutado ou, mesmo agora, percebido resquícios do cheiro no ar.

Por outro lado, viciados e gente do tipo já conseguiram misturar com perfeição o clorofórmio com outras drogas para produzir um coquetel muito mais potente. Se meu sequestrador tem acesso à internet ou passa algum tempo em boates, só Deus sabe o que ele pode ter aprendido.

O que me leva a uma pergunta ainda mais básica: como ele está entrando? Até agora, só encontrei evidência de duas janelas individuais no que acredito ser uma parede que dá para o exterior, além do painel de vidro mais largo, esse espelho de observação, na parede oposta.

Mas precisa existir uma porta, é claro. Todo quarto tem uma porta.

Concentro meus olhos na escuridão, tentando identificar um feixe de escuridão mais leve contornando uma porta.

Mas não importa o quanto eu aperte os olhos ou me esforce, não vejo nada. As habilidades de escurecimento do Maléfico Sequestrador são muito boas.

Está bem, é hora do método Helen Keller.

Rastejo primeiro na direção da parede com o espelho de observação. Se as duas janelas individuais ficam numa parede que dá para o exterior, então a arquitetura básica faz desta a maior parede interior, o que, na minha cabeça, a torna a mais provável de ter uma porta. Na verdade, quanto mais penso nisso, mas me convenço de que essa parede deve dar em um corredor, considerando o espelho de observação. Ele fica no corredor, olhando.

Levanto-me com cautela após chegar à parede de gesso. Sinto-me estranha ao ficar de pé, e me ocorre que passei boa parte do tempo sobre minhas mãos e joelhos, rastejando pelo escuro. Recaindo em comportamentos ruins, percebo, me diminuindo. Mas não há motivos para eu não ficar de pé e andar nesse espaço. Falando nisso, um pouco de ioga e ginástica leve seria ótimo. Estou alimentada. Hidratada. Também devia trabalhar para continuar forte.

Encontro facilmente a borda pintada de preto do espelho de observação. Ele tem quase o comprimento dos meus braços esticados. Mas, após uma inspeção adicional, noto que não está montado no meio da parede, como seria de se esperar. Não, está deslocado para um lado, deixando bastante espaço livre à esquerda para uma porta.

Eu me movo para os lados, dedos tocando de leve o gesso. Pergunto-me se ele está de pé do outro lado neste momento. Intrigado com meus esforços? Nervoso?

Há tantos tipos de predadores no mundo. Aqueles que precisam de vítimas submissas.

E aqueles que gostam quando você revida.

O sinal óbvio de uma porta seria uma maçaneta. Definitivamente, não tenho tanta sorte. Então oscilo de um lado para o outro, deslizando meus dedos pela parede em amplos movimentos horizontais, determinada a sentir mesmo um desnível sutil que possa indicar a borda de uma porta. Mas não encontro nada, nada, nada.

Paro, penso na arquitetura do aposento novamente. Imagino as duas janelas individuais como parte de uma parede externa. Da frente da casa, digamos. O que significaria que esse aposento fica posicionado como um longo retângulo na casa.

Mas e se as duas janelas individuais na verdade ficarem na lateral da casa? Isso significaria que o aposento não é um traço horizontal, mas um I alto. Isso colocaria o espelho de observação em uma parede provavelmente muito adjacente a outro cômodo – uma sala de observação para combinar com o espelho de observação? –, enquanto seria mais provável uma das paredes mais estreitas se abrir para um corredor.

Movo-me em sentido anti-horário, indo da parede mais comprida para a mais estreita. Mais uma vez, meus dedos passeiam de um lado a outro, procurando uma maçaneta protuberante, um cume estreito. E então...

Eu encontro. Não uma maçaneta, mas definitivamente uma sutura na parede. Que eu posso traçar até o alto com a ponta dos meus dedos, depois para baixo até o chão. E do outro lado. Sim, uma porta. De ajuste embutido nas paredes pintadas de preto, sem nenhuma maçaneta saliente ou mecanismo de tranca de metal para fazê-la se destacar.

Como ele a abre então? Uma maçaneta que fica do lado dele? Mas com certeza ela também fica protegida, não? Talvez ele tenha parafusos fixados do lado de fora da porta nos quais pode mexer manualmente, depois abrir a porta e passar por ela.

Sei, no momento seguinte, o que vou fazer.

Volto para o meu colchão. Giro ele para que fique virado não para a sala de observação, e sim para a porta. Sento-me e, usando meu corpo como escudo para bloquear meus movimentos, tateio cautelosamente pela borda rasgada do colchão, meu esconderijo de lascas de madeira. Puxo duas, sentindo um alívio imediato que me recuso a demonstrar no rosto. Ele não é o único que pode manter alguém no escuro.

Posiciono minhas armas improvisadas ao longo da coxa. Depois, me abaixo procurando a bainha da camisola de cetim ridiculamente estúpida e começo a cortar. Uma longa faixa. Não é fácil de fazer, já que é fácil cortar o cetim para cima, mas não no comprimento. Graças à pura teimosia, uma hora consigo.

Então eu a tenho. Duas estacas de madeira de pinho macio como armas.

Uma tira de tecido amarrada em volta da minha boca e nariz para bloquear (talvez, não tenho certeza) qualquer tipo de gás sonífero nefasto.

E um plano.

Eu me sento, bunda no colchão, lascas escondidas embaixo da perna, fora de vista, e garrafa de água no colo.

Olho diretamente na direção de onde a porta precisa estar.

E, com os dedos em volta da minha arma, espero.

Acho que cochilei novamente. Efeito da escuridão total? Desorientação devido ao sequestro? Drogas na água?

Dessa vez percebo o ruído denunciador de um parafuso de metal sendo retirado. Digo ao meu subconsciente o que ouvir, preparando-o como um alarme, e ele não me deixa na mão. Forço-me a permanecer parada, sem levantar a cabeça, sem esboçar nenhum sinal de consciência. É possível que haja mais de um predador. Li sobre vários casos de sequestradores que trabalham em pares. Agora não é hora de ser estúpida.

Minhas mãos atadas pressionam duas lascas compridas e finas de pinho, que se tornam uma unidade maior e mais densa. Enquanto isso, a máscara de cetim caseira absorve a umidade da minha boca e libera o cheiro de mofo.

Lentamente, a porta se abre. Tons de preto, percebo. Nenhum corredor brilhantemente iluminado para inundar repentinamente o quarto com raios contundentes de luz e me despertar do sono. Não, este é cem por cento um trabalho furtivo. A silhueta sombria se move do corredor escuro para a escuridão ainda mais impenetrável do quarto.

Aperto os dedos ao redor da madeira.

Não é muito alto. Ou talvez ele esteja abaixado?

Move-se com cuidado, muito cuidado, como se não quisesse me acordar.

Lembro a mim mesma de não me mexer. Lembro-me de permanecer o mais quieta possível. Esperar até que a pessoa entre para valer. Só que, na metade do caminho, a pessoa para. Uma das mãos se ergue...

Para borrifar uma droga? Para me deixar inconsciente?

Não posso mais aguentar.

Eu me levanto. Com o som de correntes tilintando, salto para ficar de pé e disparo para frente, puxando a corrente com força.

Sem pensar. Só me movendo. Mãos atadas fechadas firmemente em volta das lascas de pinho.

O homem percebe tarde demais o que está para acontecer. Ele se vira de maneira defensiva, ergue um braço para bloquear. Mas eu me treinei com afinco. Treinei muito. Abaixo-me diante de seu antebraço e enfio as estacas de pinho em suas costelas.

Ele grita. Um grito alto, estridente, nitidamente feminino.

Ele cai no chão, enquanto logo atrás a porta bate.

Eu fico parada de pé, olhos arregalados no escuro. Segurando minha arma ensanguentada. Esperando para agitá-la de modo triunfante sobre meu alvo caído.

Só que…

Tem algo errado aqui. O grito. Tipicamente feminino. A figura caída gemendo e se encolhendo a meus pés.

Devagar, fico de joelhos. Devagar, coloco as lascas de madeira no chão. E, devagar, mais devagar do que nunca, alcanço a forma encolhida ao meu lado.

Encontro um punhado de cabelos grossos na altura do ombro. Isso me diz o que não quero saber.

"Stacey Summers?", sussurro.

Ela chora mais forte, e me percebo balançando a cabeça no escuro.

Finalmente encontrei a pessoa que passei semanas procurando.

E acabei de perfurá-la.

CAPÍTULO 25

APÓS CONVERSAR COM COLIN SUMMERS, D.D voltou para a sede como havia prometido. Sem dúvida, a caixa de entrada já transbordava de relatórios para editar, mandados para revisar e interrogatórios para ler. Ela se sentiu ansiosa, presa de uma maneira que não gostava. Nervosa por ver Phil? Ou simplesmente em meio a uma onda de adrenalina causada pela série de crimes sem sentido?

Primeiro, a cena de Devon Goulding, cuja vítima acabou sendo um criminoso – e seu agressor a primeira suspeita deles. Florence Dane tinha irritado D.D. na época, e não apenas por sua má vontade em responder perguntas rotineiras, mas porque ela não se encaixava nos perfis.

Basicamente, ser policial era pensar nas probabilidades. Encontrou uma esposa assassinada em casa? Prenda o marido. Criança espancada? Algeme os pais. Executivo envenenado? Arraste para a delegacia a gostosa parceira de negócios e ex-amante. Saber quem era o culpado raramente exigia muito malabarismo. Era provando isso que D.D. e seus companheiros de equipe ganhavam seus salários.

Por outro lado, existem casos como o de Florence Dane, nos quais você corre atrás de um animal com cascos e listras e, apesar disso, descobre que definitivamente não se tratava de uma zebra.

D.D. ainda não sabia o que Flora era. Quem ela era.

Tendo finalmente voltado para casa em segurança, por que a mulher continuaria correndo sem parar atrás do perigo? Porque D.D. tinha certeza: Flora havia se encontrado com Colin Summers. E havia transformado encontrar Stacey Summers em sua missão pessoal. A pergunta era: Flora realmente queria salvar uma jovem estudante universitária? Ou ela simplesmente queria um alvo novo para matar?

Na mente de D.D., as chances eram de cinquenta-cinquenta. O que não a deixava menos interessada em localizar Flora, mas, pelo contrário, lhe dava uma certa sensação de urgência sobre o assunto. Por outro lado, seja lá o que tivesse acontecido com Flora e Stacey, ou quem estivesse com elas, isso ia acabar mal.

Porque era assim que Flora precisava que acabasse, D.D. pensou. Algo havia acontecido cinco anos atrás entre ela e o primeiro sequestrador. Após 472 dias de cativeiro, algo deu errado, terminou com Jacob Ness morto e Flora muito viva. Só que Flora nunca havia superado isso. E, mesmo agora, ela parecia estar procurando a mesma sequência de eventos sem parar.

Ao entrar na sede, D.D. viu Phil atravessando o corredor cavernoso de vidro blindado com uma xícara de café fumegante. Como nunca foi alguém que foge dos problemas, D.D. foi direto para ele.

"Alguma chance de que seja para mim?"

Phil puxou sua xícara para perto de si. "Cai fora. Passei as últimas duas horas com uma chorona. Confie em mim quando digo que preciso mais disso do que você."

D.D. teve que pensar sobre a resposta. "A mãe de Kristy Kilker?", ela perguntou enquanto farejava o aroma flutuante de felicidade escura tostada.

"Não sabe de nada. Realmente pensou que a filha estivesse estudando fora, na Itália. Desabou totalmente quando eu a informei que Kristy nunca havia se inscrito em nenhum programa do tipo. Ah, diabos, pode ficar. Eu pego outra."

Phil entregou o café. D.D. não reclamou. Oferta de paz, ela decidiu, depois seguiu Phil obedientemente até a cafeteria da entrada, onde poderia pegar uma segunda xícara.

"Faz meses que ela não tem notícias da filha. Não estava feliz com isso, mas imaginou que Kristy estivesse ocupada com os estudos. Sem falar que as duas tiveram meio que uma discussão logo antes de Kristy supostamente partir. Daí, talvez Kristy estivesse tirando um tempo para si. Nem preciso dizer que, ao descobrir que a filha esteve mentindo todo esse tempo e nunca foi para a Itália..."

"Ela é próxima da filha?", D.D. perguntou, apesar de que a discussão, somada ao fato de que Kristy tinha enganado a mãe a respeito da viagem, parecia dizer o suficiente.

"Costumava ser. De acordo com a mãe, Kristy mudou quando foi para a faculdade. Ficou menos comunicativa, mais reservada. Nancy – a mãe de Kristy – se preocupava que a filha estivesse andando com as pessoas erradas, esse tipo de coisa. Pensou ser esse o motivo de Kristy ter se inscrito no programa internacional. Imaginou que seria bom para ela mudar de ares. Ela também financiou, o que não foi fácil com seu salário de secretária. Então, ao descobrir que Kristy havia mentido sobre o programa e embolsado o dinheiro... Nancy não está tendo um bom dia."

"Ela conseguiu dizer nomes de alguns dos amigos de faculdade de Kristy?"

"Sim, e enviei alguns agentes para iniciar entrevistas no campus com o diretor do processo seletivo, professores atuais, esse tipo de coisa. Mas não acho que as novidades venham daí."

Phil pagou o segundo café. Caminharam juntos até a policial na entrada, mostraram a identificação, foram liberados. D.D. seguiu pela escada, só para torturar um pouco mais o ex-companheiro de equipe.

"Muito bem, então cadê as novidades?", ela cutucou enquanto Phil começava a subir a escada, mal-humorado.

"Kristy tinha um emprego para ajudar nas despesas diárias. Garçonete atendente de meio período."

D.D. parou no meio do caminho. "Algum lugar perto do Tonic?" O bar de Devon Goulding.

"Sim. No Hashtag. Mais para cima na rua. Quanto você quer apostar que, depois do horário de trabalho, Goulding também era cliente conhecido do lugar?"

"Ah, você não vai arrancar dinheiro de mim assim tão fácil. Mandou detetives visitarem o lugar e tirarem fotos?"

"Estão fazendo isso nesse exato momento."

"O que ligaria Devon Goulding a Kristy Kilker, que não é vista nem dá notícias desde..."

"Sua mãe não recebeu nenhum telefonema desde junho."

D.D. voltou a subir. "Isso faz tipo cinco meses. Ela realmente pensou que a filha ainda estivesse zanzando pela Itália?"

"Kristy planejara viajar por lá por conta própria, depois que o programa terminasse em setembro. A experiência completa de 'eu, meu mochilão e vários hostels de jovens'. O que, consequentemente, significaria que ela não teria muito dinheiro sobrando para ligações internacionais, e parece que a mãe dela não dava muita bola para e-mail."

"Então temos Natalie Draga, que saiu de casa um ano atrás, e Kristy Kilker, desaparecida há pelo menos cinco meses. Agora, sabemos que Natalie Draga de fato trabalhou no Tonic. Carol teve alguma sorte ao falar com a gerente?"

"Sim." Eles tinham subido dois lances de escada e continuaram subindo. "A gerente confirmou que Natalie foi uma funcionária. Nove meses atrás, porém, ela deixou de aparecer. Nunca ligou, nem apareceu para pegar o último pagamento. A gerente ainda está com ele em seu arquivo pessoal."

"Isso não parece boa coisa. Devon trabalhava lá nove meses atrás?"

"Devon Goulding foi um funcionário regular nos últimos três meses. Barman excelente. Com tendência a flertar com as clientes, companheiras de trabalho e tudo mais, mas o que você vai fazer? Sua aparência ajudava a atrair multidões ao mesmo tempo em que dissuadia pessoas agressivas indesejadas. Que ele pudesse ser um estuprador, nem pensar. A gerente não acreditou nisso nem por um segundo."

D.D. ergueu uma sobrancelha.

Phil concordou. "Exatamente, especialmente quando Carol começou a perguntar sobre ataques de raiva, gerenciamento de raiva. A história da gerente mudou. Na verdade, no ano passado ou algo assim, o comportamento de Goulding mudou para pior. Aliás, ele entrou em uma briga com outro cliente vários meses atrás. A gerente teve que resolver, Goulding prometeu que isso jamais se repetiria."

"Então o comportamento raivoso de Goulding estava ficando conhecido", D.D. adivinhou.

"E agora ele está ligado a pelo menos duas mulheres desaparecidas."

"Pois é."

Eles finalmente chegaram ao andar. D.D. se sentia energizada. Phil estava prestes a se ajoelhar.

"Então, o que aconteceu com elas?", ela perguntou em voz alta. "Kristy Kilker, Natalie Draga? Onde elas estão?"

Phil deu de ombros, o olhar dizendo o que ambos já sabiam. Provavelmente, eles estavam procurando cadáveres, e o número de opções de descarte em Boston... Basta perguntar a Whitey Bulger. Boston era um playground criminal.

"Os peritos confiscaram o veículo dele", disse Phil.

Aquilo fazia sentido. Se Devon tivesse carregado corpos de um lado para o outro, precisaria de um meio de transporte privado. "Se ele tiver sistema de GPS...", D.D. o incitou.

"Seremos capazes de baixar as rotas trafegadas com mais frequência. O que quer que tenha feito, onde quer que as tenha levado, é provável que quisesse visitar o lugar."

"Concordo totalmente", disse D.D. "Para reviver a glória, se deleitar com o próprio poder, todas as opções. Talvez..." Ela pensou nas fotos de Natalie Draga, tantas fotos, claramente de um homem apaixonado ou com idolatria platônica. "Talvez", ela decidiu, "até para se lamentar. Se Natalie foi sua primeira... Talvez ele não tivesse a intenção de matá-la. Talvez realmente só quisesse conversar, ou reconquistá-la, assumindo que já tenham estado juntos. Mas quando o plano não funcionou..."

Phil deu de ombros. Os motivos de um assassinato eram muitos e variados. A essa altura, interessava menos para a equipe por que Devon tinha matado as garotas e mais o que tinha feito com elas depois disso. Às vezes detetives trabalhavam para tirar o mau elemento das ruas. E às vezes detetives trabalhavam para dar às famílias um encerramento do caso.

Falando nisso... Os dois desceram o corredor até a unidade de homicídio. Lá, D.D. encontrou Rosa Dane esperando-a, com Samuel Keynes ao seu lado.

Rosa definitivamente estava vestida de um jeito confortável – calças de ioga e uma escolha interessante de casaco, que parecia cobrir uma camisa de flanela azul um número maior que o seu. A camisa do filho? Talvez até do último marido, considerando as bainhas e mangas desgastadas. Definitivamente contrastava com o terno de Keynes, de corte clássico.

O rosto de Rosa, contudo, era pura Flora. Ou vice-versa. O aspecto severo de seus lábios, a linha firme da mandíbula. Olhos cinza-claros que olhavam diretamente para D.D. e não desviavam. Os cabelos de Rosa eram mais claros, loiros com mechas cinza. Mas, tirando isso, ela poderia muito bem ser a irmã mais velha da filha.

D.D. pensou no que a especialista em vítimas Pam Mason dissera sobre o quanto Stacey Summers era próxima da mãe. Ela se perguntou se Rosa via os paralelos com o relacionamento que costumava ter com a própria filha, e se aquilo a ajudou ou a atrapalhou na orientação aos Summers.

"Ela está desaparecida", a mulher declarou. Mais uma vez, olhos claros, mandíbula firme. "Quando Samuel ligou", ela assentiu com a cabeça na direção dele, "ele não disse isso, mas só pelas perguntas que fez... Já me fizeram essas perguntas antes".

"Eu sugeri falar diretamente com você", disse Keynes. "E garanti a ela que você está fazendo tudo ao seu alcance para ajudar a localizar Flora."

D.D. resistiu à vontade de ser sarcástica. Não era o momento. Com um último olhar de despedida para Phil, cuja expressão era completamente compreensiva, ela fez um gesto para que Rosa e Keynes a seguissem até o escritório.

"Após falar com Samuel", Rosa prosseguiu, seguindo D.D., "tentei ligar novamente para Flora. Quatro, cinco vezes. Ela nunca retornou. Não é do feitio dela passar tanto tempo sem entrar em contato, ela sabe que não deve fazer isso".

"Gostaria de um pouco de café?", D.D. perguntou.

"Então eu dirigi até lá. Com esperança, porque é assim que mães agem. Mas eu sabia. Durante todo o caminho. Dirigindo, dirigindo, dirigindo. Eu sabia que ela tinha sumido. Depois, ao chegar ao apartamento dela, ver os carros de polícia... Falei com os Reichter. Eles me disseram o que havia acontecido."

D.D. finalmente chegou à sala. Não era a mais ampla nem a mais grandiosa da unidade, mas era perfeito para conversas privadas. Gesticulou para Rosa e Keynes entrarem, novamente ofereceu café, água ou algum tipo de bebida. Keynes balançou a cabeça. Rosa simplesmente olhou para ela. D.D. entendeu a dica.

"Estamos procurando ativamente por sua filha", D.D. declarou, acomodando-se atrás da mesa. "Estamos preocupados com sua segurança."

Rosa sorriu. Não foi uma expressão feliz e, imediatamente, D.D. se lembrou de Flora sentada nos fundos da viatura ainda na manhã do dia anterior. Sobreviventes, D.D. percebeu. Ela não estava lidando com uma sobrevivente de um sequestro traumático de sete anos atrás, mas com duas. Mãe e filha. E com as cicatrizes que tal provação deixara em ambas.

E Keynes, pacientemente de pé ao lado da porta enquanto Rosa se sentava. Qual era o papel dele nisso tudo? Que tipo de especialista em vítimas mantinha um relacionamento tão próximo com uma mãe e sua filha cinco anos depois?

"Estou aqui para fazer o boletim de ocorrência do desaparecimento. Isso vai ajudar, não vai?" Rosa tinha um tom equilibrado.

D.D. concordou. Manteve os olhos em Samuel, que não havia falado nada depois de entrar no escritório e, apesar disso, parecia achar que era parte da reunião. Por quê?

"Eu a vi pela última vez ontem, sábado, por volta das 13h15", disse Rosa. "Você precisa saber disso também."

D.D. pegou um maço de papel, fez uma anotação. A mulher era claramente profissional.

"Ela estava de pijamas: boxer de algodão azul quadriculada e camiseta branca. Pelo que eu saiba, ela planejava tirar um cochilo após... ter ficado fora a noite inteira. Posso olhar as roupas dela e dizer a você se tem algo faltando."

"Isso não será necessário."

"Você acha que ela foi levada da cama, então. Sequestrada diretamente de seu apartamento."

"Não há qualquer sinal de luta", disse D.D.

"Ele a emboscou. A drogou?"

"Ainda estamos averiguando isso."

Rosa assentiu. Seu rosto continuou impassível. Nem calma, nem fervilhando com a raiva mal contida que animava o corpo inteiro de Colin Summers. Em vez disso, permanecia sobrenaturalmente serena. Como um policial, pensou D.D. Uma mulher que já tinha passado por isso antes.

Rosa olhou para Keynes. Ele concordou e ela enfiou a mão na bolsa de pano grande pendurada no ombro, procurando até encontrar uma pasta de documentos. "Foto recente", disse, colocando-a sobre a mesa de D.D. "Descrição por escrito. Suas digitais já estão arquivadas."

D.D. pegou o arquivo.

"E quanto à senha do celular de Flora?", D.D. perguntou. "Porque estamos solicitando os registros de seus textos e mensagens agora, mas isso levará alguns dias, comparado a se pudéssemos acessar o telefone diretamente."

Rosa falou quatro dígitos rapidamente. D.D. os anotou, depois olhou para cima. "Não é uma data de aniversário", disse ela.

"Não. É um código aleatório. Mais seguro. Flora valorizava a segurança."

Uma leve fissura na compostura da mulher. Rosa realinhou os ombros, se recompôs. "Ela me contava a senha, apesar disso. Mais seguro... caso algo acontecesse com ela."

"Você estava preocupada com Flora, Sra. Dane?"

"Sim." Sem hesitar. Sem se esquivar.

"Sabe o que ela vinha fazendo? Antes até de Devon Goulding?"

"Sim."

D.D. se inclinou para frente, apoiando os cotovelos sobre a mesa. "Sra. Dane, você acha que Flora realmente estava tentando salvar o mundo, ou acha possível que ela tivesse um ímpeto suicida? Que ela não buscava continuar seu bom trabalho, somente encerrar as coisas?"

A máscara de Rosa Dane quebrou. Uma cisão ampla e escancarada que revelou um mundo de dor, tristeza e resignação. O amor dolorido, poderoso e impotente da mãe pela filha.

Keynes apertou gentilmente seu ombro.

"Ela era minha filha feliz", a mulher sussurrou. "Darwin... ele tinha idade suficiente para sentir a perda do pai. Para saber, mesmo novo, que um telefone pode tocar e que nada será o mesmo depois disso. Mas Flora era apenas um bebê. Ela não carregava esse tipo de peso. Ela amava a fazenda. Perseguir as galinhas, plantar sementes de primavera, atravessar a floresta, dar comida escondida para as raposas. Ela amava tudo e todo mundo. Tudo que eu precisava fazer era abrir a porta da frente, e ela ficava feliz. Ele a colocou em uma caixa, você sabe. Ele a trancafiou em um caixão de pinho, um dia depois do outro. E quando finalmente a deixou sair, foi sob a condição de que ela o chamaria pelo nome do pai falecido."

D.D. se levantou. Ela tinha uma caixa de lenços de papel no armário-arquivo atrás dela. Agora, a colocou na mesa em frente a Rosa Dane. Mas a mulher permaneceu firme, sem chorar. O tipo de luto profundo demais para lágrimas.

A mão de Keynes ainda estava em seu ombro. Ele não parecia ter pressa de tirá-la de lá.

"Você tem filhos?", Rosa perguntou.

"Um filho, Jack. Ele tem 4 anos, atualmente obcecado por Candy Land."

"E se alguma coisa acontecesse com ele?"

"Eu faria tudo que fosse preciso para recuperá-lo", D.D. concordou.

"Foi o que fiz. Preenchi papelada, projetei avisos e atuei pessoalmente no telefone. Então, depois do primeiro cartão-postal, eu vestia o que os especialistas em vítimas me diziam para vestir. Eu dizia o que os especialistas do FBI me pediam para dizer. Fui em rede nacional e implorei pela vida da minha filha.

Então eu esperei, esperei e esperei. Programas matinais, noticiários noturnos de TV a cabo. Vi meu filho voltar da universidade e mergulhar em campanhas de Facebook, apelos no Twitter. Nenhum de nós fazia ideia. Tínhamos sido uma família, apenas uma família de fazendeiros do Maine. Só que aí minha filha desapareceu e passou 472 dias..."

"Tenho certeza de que a polícia apreciou sua cooperação."

"Não foi o caso." Sua voz saiu brusca. "Os investigadores não tinham esperança. Nenhuma dica, nenhuma pista. Primeiro foi todo aquele papo de não nos ligue, nós ligaremos para você. Depois, mais tarde, por que eu não tinha feito isso, por que eu não tinha feito aquilo, como se de repente fosse minha culpa eles não conseguirem encontrá-la. Você sabe quem nos ajudou a encontrar Flora?"

D.D. balançou a cabeça.

"Jacob Ness. Ele e suas malditas mensagens. Num determinado ponto, os postais não bastavam mais. Ele começou a enviar e-mails, até postar na página dela no Facebook. Agravamento, é como eles chamam. Mas ele me mandou um e-mail que não deveria, e uma agente do FBI na Geórgia foi capaz de rastrear seu endereço de IP até algum cybercafé que ficava em uma parada de caminhões. Mas se não fosse por aquela mensagem, Flora talvez ainda estivesse desaparecida. Nós a encontramos não porque a polícia agiu de maneira inteligente, mas porque Jacob foi estúpido."

"Foi o que você disse ao Sr. e a Sra. Summers?", D.D perguntou.

"Sim."

"Você sabia que Colin se encontrou com Flora? Sabia que ela concordou em ajudar a encontrar Stacey?"

Pela primeira vez, Rosa ficou em silêncio. Ela se recostou. Sem falar sim nem não, mas processando a informação.

"Você acha que a mesma pessoa que pegou Stacey agora sequestrou Flora?", ela perguntou por fim.

"Não sabemos o que pensar. Mas certamente é uma possibilidade."

"Eu amo Flora", Rosa sussurrou.

D.D. não disse nada.

"Sempre a amarei. É o que as mães fazem. Mas eu... eu sinto saudade dela."

D.D. continuou em silêncio. Rosa olhou para cima, olhos tão parecidos com os de sua filha, avaliando os de D.D.

"Minha filha desapareceu em um 18 de março. Minha filha linda e feliz. A garota que amava subir em árvores e comer mirtilos direto do pé. Consigo me lembrar de sua aparência, do brilho radiante do seu sorriso. Me lembro de como se sentia, me abraçando como se seu corpo inteiro dependesse disso. A melodia de sua voz ao dizer 'tchau, mãe', quando já estava no vão da porta, sempre alegre, nunca preocupada porque, é claro, nós nos veríamos de novo. Minha filha desapareceu em um 18 de março.

Sete anos atrás. Jacob Ness a destruiu, assim como teria feito se tivesse dado um tiro no cérebro dela. E agora... eu a amo. E sempre a amarei. Mas essa nova Flora, ela me assusta. E ela sabe disso."

"Flora chegou a conversar com você sobre o caso de Stacey Summers?"

"Nunca."

"Mas você acha possível que ela tenha se interessado e ido atrás de Stacey por contra própria."

"Eu já vi a parede do quarto dela, detetive."

"Ela estava recebendo aconselhamento, ajuda terapêutica?"

Rosa olhou para Keynes. Ele finalmente tirou a mão de seu ombro. Agora o braço pendia ao lado dela. Era apenas impressão de D.D. ou ele parecia menor de alguma forma? Mais solitário?

"Samuel armou um plano para sua readaptação", Rosa disse, olhando para o especialista em vítimas. "No começo, isso incluía sessões com uma especialista em traumas. Mas Flora não gostava desses encontros. Ela dizia que eles não ajudavam. Ironicamente, foi sua primeira aula de autodefesa que fez mais diferença. Depois de passar tanto tempo se sentindo impotente, ela se encantou ao descobrir a própria força. Samuel aprovou. O melhor antídoto para ansiedade é confiança."

"Mas ela não parou com algumas aulas de autodefesa", D.D. falou.

"Ela ficou... obcecada. Primeiro com segurança, depois com casos de outras pessoas desaparecidas. Todas as outras crianças lá fora que ainda não tinham voltado para casa."

"Você acha que ela poderia encontrar Summers?", D.D perguntou.

"Temo que sim."

"Temo..." D.D. não precisou pensar muito a respeito. "Você acha que tem mais nisso do que salvar os outros. Você acha que também se trata de punir os criminosos."

Rosa não olhou para Keynes dessa vez ao falar. Ela olhou direto para D.D. "Depois de tudo que Jacob Ness fez com ela, ele morreu rápido demais."

"O que aconteceu quando eles resgataram Flora?"

"Não sei. Você precisa falar com a agente Kimberly Quincy do FBI de Atlanta. Foi ela quem localizou Jacob e liderou a missão de resgate da minha filha."

D.D. olhou para Samuel, que confirmou.

"Você estava lá?", perguntou a ele.

"Não."

"Mas sabe o que aconteceu."

"Só o que ouvi por alto. E quanto a qualquer coisa que Flora poderia ter me contado... Nós fizemos um acordo no primeiro dia. Ela me contou a história uma vez. Eu a repeti para registro oficial. E agora nós dois a mantemos concentrada no futuro."

Ela voltou a atenção para Rosa. "Você mencionou um irmão..."

"Darwin."

"Ele e Flora são próximos? Será que ela falaria com ele sobre o que andava planejando?"

"Darwin está em Londres", disse Rosa.

D.D. deu de ombros. "É pra isso que serve enviar mensagem, e-mail, Skype."

Ela manteve os olhos em Rosa, que estava claramente hesitando. Curiosamente, foi Keynes quem falou em seguida, só que não com D.D. e sim com Rosa. "Você já contou a ele?"

"Não."

"Espera aí", D.D. falou. "Quer dizer que você não contou ao Darwin que a irmã dele está desaparecida?"

Keynes prosseguiu como se ela não tivesse falado. "Você pretende contar?"

Novamente, aquela hesitação. "Ele acabou de começar a reconstruir a vida. Se você tivesse visto como ele ficou da primeira vez que ela desapareceu... A impotência, o desespero. Ele desistiu da universidade, parou a vida inteira. E então ela voltou. Nosso próprio 'e viveram felizes para sempre'. Só que ela não estava feliz. Havia variações de humor, terrores noturnos. O sentimento de que algum impostor havia possuído seu corpo. Aquela não era minha filha, a irmã dele. Aquela não podia ser nossa Flora."

Rosa ergueu os olhos. "Só agora ele está se recuperando. Como eu posso ligar e jogar isso em cima dele? De novo. Para ele acabar largando tudo de novo? De novo. Se sentindo indefeso e desesperado. De novo. Mesmo se ele voltar para cá, para fazer o quê? Nenhum cartão-postal desta vez. Pelo menos não ainda. Na verdade, até onde eu sei, vocês não têm nenhuma pista."

"Você pretende contar?" D.D. repetiu a pergunta de Keynes, porque ela a considerou boa.

"Ele não pode ajudá-la", disse Rosa. "Darwin está longe há anos. Ele está cuidando da própria vida, fazendo as coisas dele. Seja lá com o que

Flora tenha se metido, ela não contaria a ele. Ela já o machucou o suficiente e sabe disso. Agora, se você não se importa, está ficando tarde. Estou cansada. Preciso de um lugar para ficar, e gostaria de usar o apartamento da minha filha, se for possível."

"Você não vai voltar para o Maine?", Keynes perguntou.

"Não."

D.D. teve que olhar para o relógio, se situar. Domingo, sete da noite. Onde o dia tinha ido parar? Ainda de manhã ela estava trabalhando no caso de um estuprador morto, e agora... D.D. teve que pensar na resposta.

"O apartamento está fora de cogitação esta noite, ainda estamos analisando-o", D.D. disse. "Planeja ficar por quanto tempo?"

"Quanto tempo você vai levar para encontrar minha filha?"

D.D. não tinha uma resposta para isso.

"Farei o possível para ficar fora do seu caminho, detetive". Rosa Dane pegou suas coisas. "Mas não espere que eu fique de escanteio. Minha filha não foi a única a aprender algumas lições duras sete anos atrás. Você tem seu trabalho. E agora eu vou fazer o meu."

Rosa disparou pela porta, Samuel Keynes seguiu logo atrás.

"Esperem um pouco", D.D. tentou dizer.

Mas nenhum deles virou para trás.

CAPÍTULO 26

A GAROTA ESTÁ CHORANDO.

Não posso vê-la, somente ouvi-la no breu absoluto. Eu devia fazer alguma coisa. Me mexer, falar, ajudar. Não consigo. Simplesmente não consigo. De algum jeito, recuei até a parede oposta, me sentando no colchão com o máximo de distância que consigo ter da garota, joelhos curvados contra o peito, braços algemados em torno dos joelhos. Estou atordoada para reagir. Sei como cuidar de mim mesma. Você está com dor? Está com fome? Está com sede? Está desconfortável? Não? Então você está bem.

Estou desconfortável, penso num impulso. Tenho treinamento, preparo e experiência. Mas nunca esperei que isso fosse acontecer. Devia cuidar de mim mesma, lutar para me salvar. Não isso.

Seu choro é silencioso. Mais choramingo que soluços. O tipo de choro que vem quando você está exausta e desidratada. Quando você já usou seu suprimento de lágrimas reais e foi isso tudo o que restou. Reconheço esse tipo de choro. Eu já fiz isso.

Água. Em algum ponto do caminho, derrubei a garrafa de água. Eu devia rastejar para frente e encontrá-la. Eu devia rastejar e ajudar.

Não é fácil fazer isso. Na verdade, é excruciantemente difícil. Por quê? Eu sou a pessoa que reúne imagens de pessoas perdidas. Sou a pessoa que se designou como salvadora pessoal de Stacey Summers. Então agora, confrontada pela oportunidade de realmente poder ajudar...

Não quero que ela seja ela.

Não quero que ela pense que eu realmente posso salvá-la.

Não quero nem ela nem ninguém dependendo de mim.

Ela é um recurso. Seria esse um pensamento frio, um pensamento insensível? Mas é o que me vem em mente. Ela é um recurso. Suas roupas, os itens que talvez tenha nos bolsos, prendedores de cabelo. Quem sabe? E se ela recebeu mais liberdade e privilégios, digamos, um cinto com fivela... Ah, as possibilidades.

Agora eu preciso avançar. Tenho que me envolver. Ela é um recurso, e uma vítima deve usar todos os recursos ao seu alcance.

De quatro, avanço aos poucos. Usando meu rastejo de lagarta, peso sobre os ombros, me contorço para frente no escuro.

Ela caiu no lugar onde a ataquei, esparramada na frente da porta que apareceu e desapareceu de repente. Puxada para fechar, trancada com firmeza. Não consigo notar nenhum sinal de que sequer já esteve ali. A parede voltou a ser somente uma parede, a garota chorando a única evidência de que algo daquilo aconteceu.

"Stacey?", eu sussurro enquanto rastejo adiante.

Ela não responde. Só choraminga.

Minhas mãos atadas encostam na garrafa de água, a jogam para o lado. Eu paro, procuro em volta mais gentilmente, até poder segurá-la com os dedos. Me arrasto adiante, então colido contra o corpo da garota.

Perna. Revestida de jeans. Jeans azul. Está usando roupas de verdade, comparado à minha camisola estúpida. Perceber isso me dá esperança. Se ela está de calça, talvez esteja de cinto também. Com uma fivela de metal. Isso seria perfeito.

Ah, as fechaduras que você pode abrir, as coisas que pode fazer com a ponta de uma fivela.

"Stacey", sussurro novamente.

Ainda não há resposta.

Não me parece certo simplesmente revistá-la, como se fosse uma suspeita na cena de um crime. Mas ela também não está falando comigo. Tento pensar no que deveria fazer.

Naquele último dia, quando a polícia me encontrou, atravessando a porta e as janelas do hotel como um enxame de formigas pretas blindadas, como eu tinha agido, o que eu queria?

Eu estava chorando. Consigo me lembrar disso, mas parece uma lembrança muito distante, algo que aconteceu com outra pessoa em outra vida, muito tempo atrás. Havia uma agente mulher lá. Ela continuava dizendo "*Florence Dane*" de novo e de novo. O nome me confundiu. Pinicou o fundo da minha garganta, como se eu devesse conhecê-lo.

"*Flora*", ela tentou novamente.

Acho que foi então que eu falei. Acho que disse: "*Meu nome é Molly*".

Eles se entreolharam, sussurraram respostas. Ela colocou a mão no meu ombro. "*Eu sou a agente especial Kimberly Quincy. Estou com o FBI. Você está segura agora. Entendeu? Você está segura.*"

Eu recuei quando ela me tocou. Depois, senti meu corpo ficar incrivelmente imóvel. Não estava em choque, não estava exaltada, não estava aliviada. Estava desconfiada. Estava deixando o corpo rígido, me preparando para o golpe que viria.

Ela soltou meu ombro. Ofereceu-me água. Apresentou-me a alguns socorristas da equipe médica de emergência que queriam ver como eu estava.

"*Gostaria que eu ligasse para a sua mãe?*", perguntou.

Mas eu só conseguia pensar em Jacob. Coitadinho do Jacob. E no sangue espalhado nas minhas mãos. Eu não conseguia responder a agente Kimberly. Não cheguei a falar. Ou gritar. Ou chorar. Simplesmente me mantive completamente imóvel. Naquele dia, e no dia seguinte, e no dia depois desse. Uma garota que havia nascido e crescido em um baú em forma de caixão.

Eu não sou aquela garota, lembro a mim mesma. Se eu não sou aquela garota, preciso ser aquela agente do FBI, aquela Kimberly. Então o que ela fez? Falou rapidamente e se moveu com autoridade. Ela me conduziu por um monte de exames médicos e perguntas necessárias, mantendo um fluxo constante de conversa, escolhesse eu responder ou não.

Ela foi normal, decidi. Soou normal, agiu de modo normal. Era isso que estava tentando me transmitir. Após 472 dias, ela me ofereceu normalidade.

Respiro fundo. Começo.

"Meu nome é Flora." É impressão ou minha voz falhou ao pronunciar meu próprio nome? Eu repito, dessa vez para o meu próprio bem.

"Meu nome é Flora." Não Molly.

"Sinto muito por ter atacado você." Sinto mesmo? Talvez. Ainda não sei quem ela é, nem seu papel nisso tudo. Somente um tolo se apressa em julgar.

"Vou tentar ajudar você. Me desculpe se isso doer, mas tenho que verificar a ferida. Tenho um pouco de água. Você gostaria de beber água?"

Seu choro parecia ter passado. Parece que ela está me escutando. Sua respiração ainda é trêmula e inconstante. Choque? Medo? Tudo é possível.

Ela não diz sim ou não para a água, mas choraminga novamente.

"Vou tocar em você", eu digo. "Me desculpe. Você provavelmente não quer mais ser tocada." Eu não iria querer. "Mas não consigo enxergar você. Essa é", eu encolho os ombros, sentindo um desamparo que já odeio, "a única maneira de eu entender o problema".

Não sei mais o que fazer. Ela não está falando, mas pelo menos está se mantendo parada. Esse é um "sim" implícito ou um "nem pensar" mental? Pergunto-me se foi assim que a agente do FBI se sentiu cinco anos atrás.

A sensação de estar lidando mais com um gato selvagem do que salvando uma garota apavorada.

Pés descalços. Essa é minha primeira descoberta. A garota está usando calça jeans, mas nada de meias e sapatos. Evidência de que não tem permissão para deixar a casa? Permito-me um breve momento para lamentar as oportunidades perdidas que eu teria com cadarços. Recursos, recursos, recursos. Mas não faz sentido me lamentar por algo que não se teve, para começo de conversa.

Em seguida, mexo as mãos atadas por suas pernas, passeando com os dedos pela costura do seu jeans macio. Jeans velho. Seu favorito? Cutuco testando, incerta sobre ser um gesto apropriado. Mas descubro o que já esperava. O jeans está frouxo nela. Se a calça é originalmente dela, significa que perdeu bastante peso recentemente.

Ela deve estar deitada de lado, porque sinto a curva sutil de seu quadril. Ela solta um suspiro, e suspeito que esteja chegando perto da ferida. Quando a porta se abriu e avancei sobre ela, estava mirando no estômago para pegar as vísceras. Espero, pelo nosso bem, que eu tenha acertado as costelas em vez disso.

Sinto-me estranha, as bochechas ardendo no escuro, enquanto verifico o cós da calça. Cintura baixa, desgastada ao toque. Não me aguento.

Não estou tentando acariciar um pedaço de pele nua na cintura, mas é claro que faço isso. Ela estremece, se encolhe em resposta, eu fico ainda mais enrubescida no escuro. Preciso me obrigar a prosseguir. Preciso determinar se ela tem um cinto. Um cinto de couro, cinto de tecido, qualquer coisa com uma fivela... Não tenho tanta sorte.

Muito bem, então é isso. A ferida da estaca. Preciso me aproximar. Não estou mais envergonhada. Estou paralisada. Não consigo ver. Nem um centímetro, nem um pedaço. E se eu acertar um pedaço de madeira e afundá-la? E se eu a machucar mais ainda?

Eu não fui preparada para isso. Não treinei para isso. Eu devia estar sozinha. Eu fico muito bem sozinha.

Porque agora eu me sinto desconfortável. E estar desconfortável não é o mesmo que estar bem.

Minhas mãos estão tremendo sem controle. Mantenho-as logo acima da garota, mas não posso fazer isso. Eu vou machucá-la. Vou piorar as coisas. Vou descobrir, de uma vez por todas, o quanto a machuquei.

Dedos. Segurando os meus de repente no escuro. Ela não fala. Só o som da respiração, não calma e uniforme, mas agitada e assustada, enquanto segura minhas mãos atadas. E as empurra para baixo, para a piscina de sangue em sua barriga.

Fiz um belo estrago. Não preciso de luz para saber disso. Reconheço os filetes de umidade, distintos na sensação pegajosa e no cheiro de ferro. Sangue combinado com fragmentos de madeira. Lascas, para ser exata. O pinho é macio demais para servir como uma arma eficaz. E eu esperava – temia – ter errado a barriga dela, cortando em vez disso as suas costelas. Infelizmente, devido ao contato com o osso duro, o pinho desistiu da luta e se estilhaçou em farpas incontáveis. Pelo machucado, parece mais que a menina entrou em contato com um porco-espinho do que com uma estaca.

Ela está chorando de novo, soluçando no padrão trêmulo de alguém que sente muita dor.

Sinto que estou congelada. Não posso fazer isso. A agente Kimberly nunca precisou fazer isso.

Todo aquele sangue. Tanto sangue cinco anos atrás. Nas minhas mãos, no meu rosto, nas minhas roupas. Mas ele não era meu.

Estou me balançando para frente e para trás. Não, não é hora para isso. Há lágrimas nas minhas bochechas. Não, eu não vou chorar.

Sou uma sobrevivente, eu sou uma sobrevivente, eu sou uma sobrevivente, e o próprio Samuel disse que sobreviventes não devem duvidar nunca do que tiveram que fazer.

"Vou arrancá-las", me ouço dizendo.

Ela soltou minha mão. Está tremendo, definitivamente aflita. Tento me mover com o máximo de gentileza, mas considerando que tenho que encontrar farpas de madeira com o tato, não há como mexer na ferida sem causar dor. Ela silva e geme, mas continua passiva sob meu toque desajeitado.

Até onde sei, não estou produzindo som, mas posso sentir o gosto do sal, então aparentemente há lágrimas no meu rosto enquanto pinço e puxo cuidadosamente cada pedaço. Alguns deles são muito pequenos, definitivamente mais para farpas. Dois pedaços são grossos e volumosos. Lascas. Doem mais? A essa altura, isso importa?

Enfiei uma estaca de dois pedaços de pinho apertados um no outro. O resultado é uma bagunça mole e sangrenta, algo entre uma ralada e uma almofada de alfinetes.

Isso não vai funcionar, pensei várias e várias vezes. No escuro, nunca conseguirei tirar todos os pedaços, somente os mais óbvios. E como qualquer um que já se machucou com uma farpa de madeira sabe, mesmo o menor pedaço de objeto estranho enfiado sob a pele acabará inflamando e supurando.

Não sei o que mais poderia fazer. Então continuo nisso, braços tremendo da tensão de ter que me mover com tanto cuidado, sal cobrindo as bochechas. Cinco minutos, dez, vinte. Mas acabo chegando a um ponto em que passo minha mão sobre a ferida sem sentir nenhuma protuberância óbvia. É claro que ela ainda tem madeira enfiada na barriga. Como não teria? Mas nessas condições, sem nem sequer uma lanterna para usar, não há mais nada que eu possa fazer.

Precisamos de luz. E de curativos. E de água oxigenada, além de, claro, um médico de verdade, e não somente eu.

Pressiono os dedos gentilmente contra a ferida. Ela tem cerca de cinco centímetros de largura, dez a doze centímetros de altura. Mas talvez seja superficial? Ou só estou sendo otimista.

Ela silva de novo. Estremece.

"Tem mais alguma coisa doendo?" Não sei mais o que procurar. Não sei mais o que fazer. Meus dedos estão grudentos. Cobertos de sangue. Sangue dela.

Ela não responde. Continuo a falar em voz alta, tomando decisões por nós duas: "Acho... acho que devíamos deixar sem curativo por enquanto". Em vez de destruir mais a minha camisola de cetim por causa dela. "Não acho que seja profunda, mas está... feia. Ela precisa secar. Criar casca." Além disso, estou preocupada de que tentar proteger a ferida possa afundar as farpas restantes embaixo da pele.

Ela ainda não está falando.

"Tenho um pouco de água. Eu, hã, vou derramar um pouco de água em cima do ferimento. Lavá-lo."

Desperdício de recurso? Não sei dizer. Parti para o ataque. Obviamente, acertei a garota, não meu sequestrador, mas minha demonstração de resistência provavelmente o pegou desprevenido, talvez até o tenha irritado. Ele poderia cancelar novos insumos. Nada mais de entrega de jantares ou outros presentes enfiados em caixões baratos de pinho.

O que me leva a outra pergunta. As mãos da menina. Ela está amarrada, como eu? E por que foi enviada para o quarto?

Termino o que comecei. Tiro a tampa da garrafa e derramo um fluxo lento sobre a barriga da garota. Estou poupando. Não consigo evitar. Certas lições têm um preço muito alto.

Esfrego um pouco nas mãos, depois as limpo o melhor que posso no carpete fino. Recoloco a tampa da água, então me sento sobre os calcanhares.

Não há maneira educada de fazer isso, então simplesmente faço. Termino de tatear a garota no escuro. Blusa de algodão, talvez uma camiseta. Peito, pescoço, rosto, cabelos grossos na altura do ombro. Os braços, que traço por todo o percurso até os punhos algemados. Aí, por saber algo sobre essas coisas, contorno a linha das pulseiras de metal e toco de leve, onde posso sentir a aspereza de novas crostas, misturadas a linhas de bordas lisas de velhas cicatrizes.

"Você também foi sequestrada. Algum tempo atrás. Tempo suficiente para que as primeiras feridas já tenham tido tempo de se curar."

A garota não se move. Nem fala nada.

"Seu nome é Stacey Summers?", pergunto.

Nada.

"Eu conheço seus pais. Me encontrei com seu pai. Eles ainda não desistiram. Ainda estão procurando você."

Um breve soluço. Surpresa? Choque? Uma ponta de esperança?

"Meu nome é Flora."

Eu espero. Meus dedos ainda em seus punhos.

E então, quando estou quase desistindo, sinto suas mãos segurarem as minhas.

"M-m-molly", ela sussurra no escuro. "Meu nome é M-m-molly."

Sete anos depois, e isso é tudo que basta. Meu sangue congela. Recuo as mãos de modo protetor contra meu peito. E agora... eu me lembro... e eu sinto... e eu... e eu... e eu...

"Não", sussurro.

Mas essa pobre menina, minha dor, minha punição, finalmente encontrou sua voz.

"Meu nome é Molly. Molly. Molly. Molly. Meu nome é Molly."

Não olho para o espelho de observação. Não olho para a parede selada onde agora eu sei que existe uma porta.

Olho para o carpete. Olho para dentro de mim. E penso, todos esses anos depois: meu Deus, o que foi que eu fiz, o que foi que eu fiz, o que foi que eu fiz?

CAPÍTULO 27

"Vá até ele. Vá em frente. Faça isso. Vá correndo e diga àquele caubói bêbado que você é uma garota sequestrada. Vamos ver se ele irá salvá-la. Não? Não acha que ele irá acreditar? Ou está com medo de que ele acredite?"

De pé atrás de mim no bar, a voz de Everett tinha um tom tenso. Ele já tinha virado várias doses, não que isso importasse. Vinha numa sequência recentemente. Irritado, grosseiro, exigente. Nada do que eu fizesse estava certo, nada que eu dava a ele o deixava feliz.

Eu não sabia o que havia mudado, mas... algo mudara.

Três dias de folga antes do próximo transporte. Ele havia encontrado um motel barato de beira de estrada para nós. No começo, gostei de passar um tempo longe da cabine. Um chão que não chacoalhava constantemente embaixo dos pés. A vista de árvores que não borravam quando passávamos velozes na estrada interestadual. Mas para Everett... dirigir menos significava beber mais. Mais sexo. E nada disso bastava. Ele só ficava cada vez com mais raiva.

Nessa noite, ele voltou para o quarto com uma bolsa na mão. Jogou-a em mim.

"Limpe-se. Você está parecendo uma fracassada fodida e cheirando ainda pior. E que porcaria é essa no seu cabelo?"

Na maior parte do tempo, eu não tinha permissão de tomar banho ou ao menos raspar as pernas. Mas, essa noite, eu dei uma geral. Depois, olhei a sacola e encontrei um vestido. Não um vestido esvoaçante amarelo ou estampado com flores rosas, como o tipo que eu costumava vestir uma vida atrás, saindo em uma tarde de verão no Maine ou aproveitando uma tarde de primavera em Boston.

Não. Era um vestido vermelho, colado e muito, mas muito curto.

Eu tremi ao segurá-lo em minhas mãos. E, por um momento, meu olhar mudou para o reflexo de uma garota no espelho embaçado, com a pele pálida, bochechas esqueléticas, olhos cinzas tão grandes e cercados de olheiras.

Garota fantasma, eu pensei. Então, meu corpo inteiro tremeu.

Everett me esperava quando saí do banho, puxando a bainha colada no alto de minhas coxas. Sem sutiã ou calcinha. Everett não acreditava nessas coisas.

Ele não disse nada enquanto me olhava de cima a baixo. Apenas grunhiu, bebeu o resto da cerveja, depois me empurrou para ir esfregar seu rosto, ajeitar os cabelos para trás.

Enquanto ele saía, tentei testar como me sentar. Mexendo com a barra de cima do vestido para cobrir o peito, arrancando o tecido pegajoso. Na bolsa, encontrei um par de sandálias de tiras pretas com salto plataforma. Não combinavam com o vestido, eu pensei, antes que pudesse evitar. Mas em outra vida, com outra roupa, eu teria gostado daquele calçado.

Mais uma vez, uma sensação estranha de déjà vu.

Garota fantasma.

Minha ficha caiu: novo vestido, novos sapatos, combinados com a raiva recente de Everett. Era isso. Ele sempre havia me alertado: o dia em que se entediasse, seria o fim. Ele atiraria em mim. Me estrangularia. Me esfaquearia. Eu nem conseguia mais me lembrar. Havia discutido tantos métodos. Todos terminavam da mesma maneira. Meu corpo descartado na Alligator Alley. Minha mãe nunca saberia o que havia acontecido.

A porta do banheiro se abriu. Everett olhou para fora, mãos fechadas em punho ao lado do corpo.

"Nós vamos sair", ele anunciou.

Eu o segui pela porta. Garotas fantasmas não discutem. Garotas fantasmas nunca têm uma chance.

O bar era um lugar pequeno de música country. Cascas de amendoim no chão. Alan Jackson tocando na jukebox. *Lotado. Era sexta-feira à noite? Sábado? Os dias da semana eram um desafio para mim. Assim como as cidades, estados, geografia básica.*

Eu vi homens em jeans e camisetas, mulheres em jeans e camisetas mais apertados. Definitivamente, ninguém usando um vestido vermelho colado.

Os clientes me encararam assim que entramos. Encararam Everett. Mas nenhum sinal de reconhecimento, nenhuma ponta de suspeita. Depois de todo esse tempo, eu não esperava que ninguém olhasse duas vezes para nós. Mesmo agora, um a um, eles preferiram evitar a visão de uma garota magra demais, pálida demais, usando um vestido de prostituta. E voltaram a beber.

Everett, depois de todos esses dias, semanas, meses me instruindo a manter a cabeça baixa e a boca calada, irradiava de verdade ao meu lado. O que só aumentou minha tensão.

Garota fantasma vagando pelo bar. Garota fantasma pedindo cerveja.

Será que minha cabeça se moveu em sincronia com a música? Será que batuquei os dedos no balcão brilhante de madeira? Hábitos antigos de uma vida passada, quando os bares representavam diversão e a vida existia para ser vivida, e você nunca sabia que bom momento a esperava ao virar a esquina?

Ao lado, Everett bebeu a cerveja em goles fartos, virou uma dose de bebida e, depois, pediu a segunda rodada. Ele podia beber. Muito. Com frequência. Mas raramente em bares. Caro demais, ele reclamava. Por que pagar quatro vezes mais por algo que você pode comprar mais barato sozinho?

Mas, nessa noite, ele estava gastando feliz. Batendo os dedos sem parar no balcão arranhado do bar. Olhar percorrendo o ambiente.

"Você é a garota mais bonita aqui", disse ele.

Eu parei, olhei fixamente para a frente, as mãos apertando a garrafa suada de cerveja. Dei um gole.

"Você me ouviu." Ele virou a dose de uísque. "A garota mais bonita aqui. Devia manter seu cabelo vermelho. Eu gosto."

Ele largou o copo, pousou os dedos na pele nua do meu pescoço. Não hesitei. Todo esse tempo, e eu só me perguntava o que ele faria em seguida.

Ele riu. Pediu outra rodada e manteve a mão esquerda apoiada em minha nuca, aquele olhar duro e cintilante nos olhos.

Dei um gole na cerveja. Garota fantasma tentando sobreviver.

Então, cometi um erro. Levantei a cabeça. Aconteceu de ver um cara no fim do bar olhando fixamente para mim.

Everett, que não deixava passar nada: "Vá em frente. Vá correndo até ele. Diga que é uma garota sequestrada. Vamos ver se ele irá salvá-la".

Sacudi a cabeça de leve, voltei a prestar atenção na cerveja. Minha segunda, minha terceira? A noite estava passando rápido demais. E Everett estava me assustando.

"Qual o seu nome?" Everett inclinou-se para baixo, sussurrando com hálito de bêbado perto da minha bochecha.

Não respondi.

"Sério. Estou falando sério. Qual o seu nome?"

"Molly", murmurei, olhar fixo na garrafa de cerveja.

"Não. Chega dessa merda. Qual o seu nome, o seu nome, o seu nome. Seu nome verdadeiro?"

Olhei para cima. Não pude evitar. Encarei-o por um longo tempo. O rosto vermelho inchado, os olhos brilhando demais.

Ele está drogado, percebi. Usando algo além de álcool. As variações de humor, a tensão, as maratonas de sexo durando a noite inteira. Ele está usando algo. Everett em onda de bebedeira já era assustador o suficiente. Isso, eu nem conseguia imaginar.

"Por favor", sussurrei. Implorei. Mas será que isso fazia diferença? Quando eu implorar fez alguma diferença?

"Sabe que dia é hoje?", ele perguntou de repente.

"Não."

"É nosso aniversário, querida. Um ano. Um ano inteiro. Só você e eu. Agora, o que acha disso?"

Ele brindou batendo o copo na minha garrafa de cerveja, engoliu a dose de uísque e rodopiou o dedo pedindo mais uma rodada.

Não conseguia respirar. Percebi que o encarava, as bochechas coradas, rosto inchado, cabelos gordurosos. Mas, em minha cabeça, eu estava em algum outro lugar. Muito distante, onde o vento soprava fresco e vivo nas árvores, e lá, só por um momento... uma raposa correndo atrás de um arbusto.

"Você está morta."

Ele falou as palavras como um fato, me arrancando do meu devaneio.

O barman estava de volta. Uma dose de bebida e uma cerveja para Everett. Uma nova cerveja para mim. Queria poder beber água. Realmente gostaria de um copo com água.

"Sabe como eles procuram garotas desaparecidas? Sempre procuram com mais afinco nas primeiras 48 horas. Depois, é claro, fazem uma encenação por uma semana, duas, às vezes três, alimentando as manchetes dos noticiários locais. Sei que você viu sua mãe na TV uma tarde. Claro, ela fez um show e tanto. Porque é isso que acontece por um tempo. Mas 52 semanas depois? Você não está mais na capa dos jornais, pequena. Não é nem sobra da refeição de ontem. Diabos, seis, oito, uma dúzia de outras jovens bonitas desapareceram de lá para cá. São elas que ocupam as manchetes agora. Você... Você já foi arquivada. Mesmo agora, deve ter algum detetive sentado à toa, tentando reunir coragem para ligar para sua mãe e explicar como os crocodilos dão conta do serviço. Acha que ela fará um enterro? Digo, apesar de não ter o corpo. Talvez uma reunião simples, para família e amigos. Deixar a memória descansar em paz."

Eu não conseguia respirar.

"Você quer isso, não quer?" Ele falou ainda mais baixo, soou quase preocupado. "Você quer que sua mãe siga em frente com a vida, não é? Que não fique sofrendo para sempre."

"Foi isso que aconteceu com Lindy?", eu me ouvi dizer. "Você também a deu para os crocodilos?"

Ele recuou ligeiramente, segurando seu copo. "Cale essa boca, garota."

"Você se arrepende? Queria ter ficado com ela mais tempo? É por isso que ainda a chama enquanto dorme?"

"Cale. A porra. Da sua. Boca."

Mas eu fui no embalo. Movida a três cervejas, um vestido muito apertado e muito vermelho e a consciência de que estávamos em um local público. Mais tarde, ele me faria pagar, mas agora, esse momento no nosso aniversário de um ano...

"Você a amava?"

Em um instante, sua mão esquerda estava em meu pescoço. Enterrando os dedos, apertando devagar. Mantive os olhos abertos, olhar no dele, e naquele segundo eu vi. Dor. Afiada e frágil. Seguida de pesar. Longo e profundo.

Ainda não sabia como nem por quê. Mas Lindy tinha poder sobre ele. Lindy, mítica, a desconhecida Lindy, era tudo o que eu não era.

"Com ciúme?", ele falou devagar.

"Você vai me matar?"

"Sim."

"Esta noite?"

"Talvez."

"Amanhã?"

"Também, provavelmente."

"Você vai ficar sozinho."

"Que nada, é só voltar para a Flórida. Aniversário de um ano. Não notou? São as férias de primavera de novo."

Eu o encarei. Sem parar, sem parar, e só por um instante. Quase podia nos ver. Depois de todo esse tempo vivendo minuto a minuto, mantendo a cabeça baixa, as esperanças, rezando, implorando para sobreviver.

Aqui estávamos. Um ano completo depois. A bela e a fera. Um monstro e seu brinquedo.

Uma jovem que nunca mais voltaria para casa.

"Faça isso", eu disse a ele, e agora eram meus olhos que ardiam. "Agora. Aperte os dedos. Ninguém está olhando. Estarei acabada antes que notem. Vá em frente. Eu sei que você quer. Me mate de uma vez. Agora. Já."

Seu rosto ficou sombrio. Ele queria de fato. A ideia o intoxicava, o excitava. Podia sentir a aspereza de seus dedos afundando em minha pele, ansiosos para ir em frente.

Morreria usando um vestido de puta. Mas, pelo menos ali, em um lugar público, ele teria que fugir, deixar meu corpo para trás.

Engraçado as coisas que você acaba tomando como uma vitória.

"Você vai foder aquele caubói", disse ele.

"O quê?" A mudança de assunto me confundiu.

"No fim do bar. O cuzão que não para de olhar para você. Vá lá agora. Ande até ele. Deixe ele feliz."

"Não."

"Por quê? É boa demais para ele?"

Eu não falei nada.

"Diga a verdade a ele. Eu não me importo. Diga seu nome a ele. Qual é mesmo o seu nome?"

Eu sacudi a cabeça, agarrei minha cerveja. Por que ele continuava me perguntando aquilo? Meu nome, meu nome, meu nome. Meu nome verdadeiro? Ele estava me deixando com dor de cabeça.

"Você já era", ele sussurrou. "Um ano depois, aposto que sua mãe já esvaziou seu quarto. Empacotou todos os pompons e ursinhos de pelúcia. Mandou tudo embora. O que você acha?" Que ela vai transformar o quarto em um escritório? Talvez num ateliê para artesanato. Encare os fatos: se você aparecer na porta dela amanhã, não haverá mais lugar para você. Sou tudo que você tem. Você e eu, garota, até o fim. Ou até amanhã de manhã, quando eu acordar de saco cheio de você. Agora. Caubói. No fim do bar. Vá foder com ele."

"Não."

Seus dedos se moveram. Parando de apertar. Acariciando minha nunca enquanto os pelos da minha pele se arrepiavam.

"Você não me queria. Uma garota bonita como você. Se eu não tivesse encontrado você bêbada e desleixada naquela praia, você nunca teria me olhado duas vezes. Mas agora você tem a mim. Eu alimento você, visto você. Diabos, levei você para passear e lhe mostrei o país."

Eu não falei nada.

"Sou seu primeiro homem de verdade. O primeiro cara que mandou um papo reto, mostrou o mundo real a você. Nunca mentiu, nunca enfeitou as coisas. No resto da sua curta vida, onde quer que você vá, o que quer que você faça, você nunca conhecerá outro homem como eu."

Eu me arrisquei a olhar nos seus olhos febris.

"Eu sou seu mundo, Molly. Seu mundo inteiro. Sou seu tudo. Só que para mim... você não passa de lixo. Está aqui hoje, amanhã já era. Substituída da próxima vez que eu for a Palm Beach. Ninguém vai nem saber. Agora. Caubói. No fim do bar. Faça."

"Não."

"Mas que..."

"Não no nosso aniversário."

Ele fez uma pausa, franziu o cenho. Estudou-me.

E eu percebi. Garota fantasma. A sensação de déjà vu *que vinha me assombrando a noite inteira. Everett era mau. Everett era cruel. E um dia ele me mataria e descartaria meu corpo em um pântano.*

Mas agora, hoje à noite, ele também tinha razão. Um ano depois, eu jamais voltaria para casa. A garota que eu tinha sido já estava morta. E agora, só havia eu e minha relação estranha e doentia com esse homem. Eu podia continuar passando por isso dia após dia. Ou...

Estiquei a mão e, pela primeira vez por vontade própria, coloquei a palma aberta sobre o peito de Everett. Ele se assustou. Não pôde evitar. E só por um instante, eu vi em seus olhos. Dúvida. Saudade. Medo.

Emoções associadas a Lindy, agora lenta, mas certamente sendo transferidas para mim. Ninguém gosta de ficar sozinho. Nem mesmo o monstro que se esconde embaixo da cama.

Levantei-me do banco. Peguei o copo da mão dele. Então me inclinei para frente e, com meu corpo inteiro pressionado no dele, sussurrei: "Eu quero um presente".

"O-o quê?"

"Um presente. Pelo nosso aniversário."

"Escute aqui, garota..."

"Quero saber seu nome. Seu nome verdadeiro. Não foi isso que você ficou me perguntando a noite inteira? Acho que você tem razão. Nós somos especiais. Nascemos um para o outro. E quero saber seu nome verdadeiro. Um ano depois, que mal faria?"

Ele me olhou, meus lábios tão próximos dos dele. Eu podia vê-lo pensando. Podia vê-lo considerando. Então coloquei suas mãos nos meus quadris.

"Jacob", ele disse com aspereza. "Meu nome é Jacob."

"Prazer em conhecê-lo, Jacob. "Agora me leve para casa e eu mostrarei o quanto aprecio um homem de verdade como você."

CAPÍTULO 28

D.D. CHEGOU EM CASA bem na hora de colocar Jack na cama. O rostinho redondo se iluminou ao vê-la, braços gorduchos se esticando. E ela sentiu a dor costumeira no peito. Um amor que um suspeito de assassinato a alertara uma vez, o tipo de emoção profunda e poderosa que moveria montanhas. E sim, se a ocasião levasse a isso, que justificaria puxar o gatilho.

Mas, por enquanto, ela não precisava se preocupar com coisas sombrias assim. Por enquanto, ela conseguia se aninhar ao lado do seu homenzinho, enfiada em sua cama de madeira vermelha em forma de carro de corrida, e abrir O *coelhinho fujão*.

Alex observava da porta, um sorriso no rosto. De tempos em tempos ela olhava para ele, fazendo careta, envesgando os olhos. Diversão em família com seus rapazes favoritos. Houve uma época na vida de D.D. em que ela jamais pensou que poderia ter tudo isso. Agora, ela se impressionava em pensar que um dia não tivera. Especialmente depois de um dia como o de hoje, ela precisava disso. Alex, Jack, sua família, esses momentos a mantinham sã.

E não pela primeira vez, ela se perguntou o que seria capaz de fazer se alguma coisa um dia acontecesse com o filho. Doze anos no futuro, um telefone tocando no meio da noite para avisar que o garoto adolescente tinha desaparecido. D.D. honestamente não sabia onde mães como Rosa Dane e pais como Colin Summers encontravam força para prosseguir.

É claro que a vida em família não era feita só de coisas boas. O trabalho de D.D. exigia muito dela, e Jack tinha oficialmente chegado à idade em que tinha opiniões a dar sobre o assunto. Ela havia passado a maior parte do fim de semana fora. Chegado em casa só a tempo para uma história.

Então, é claro, no momento em que fechou o livro e escalou – com dificuldade – para fora da pequena cama infantil, o drama começou.

Esticando seu lábio inferior. Olhando para ela com os olhos azul-claros que se pareciam com os dela. Alex havia dado um banho nele antes de colocá-lo na cama, e agora o cabelo castanho claro de Jack cobria o topo da cabeça, o moicano mais fofinho do mundo.

"Boa noite", D.D. repetiu com firmeza.

Tremidinha. O lábio inferior. O queixo todo. E então... Ataque frontal completo. Atravessando num impulso sua cama infantil e envolvendo o corpo de D.D. com os braços e as pernas. Ela cambaleou para trás, as mãos caindo tardiamente devido aos braços pequenos e fortes que já haviam se unido com a força de tentáculos de polvo.

Lidar com assassinos em série era uma coisa. Mas que Deus a livrasse da força de um garotinho que não queria ir para a cama.

Ela ouviu a risada de Alex, que se divertia com a situação e, é claro, não fazia nada para interferir. Ele já havia passado o fim de semana lidando com a criança. Agora era por conta dela.

Crianças, D.D. aprendeu, pareciam um bocado com criminosos. Você basicamente tinha duas opções de gerenciamento: prometer uma recompensa ou ameaçá-las com punição.

Ela não podia punir o filho por sentir saudade dela tanto quanto ela sentia saudade dele, então escolheu a promessa de uma segunda história se ele voltasse para a cama. O que levou a uma terceira e depois a uma quarta, antes que suas pálpebras pesadas finalmente se fechassem e ela escapasse da cama de carro de corrida, sentindo que Jack provavelmente vencera a guerra, mas oficialmente cansada demais para se importar.

Alex a esperava no quarto de casal. Ele havia servido duas taças de vinho tinto, e tinha uma bolsa de gelo à espera.

"Estou na dúvida de qual dos dois eu quero mais", disse ela, olhar indo do vinho para a bolsa térmica e novamente para o vinho. "Isso é bem triste, não?"

Ele sorriu, ajudando-a a tirar a jaqueta de couro. Bolsa de gelo no ombro, taça de vinho na mão, a vida era boa de novo. Ela se sentou no sofá, colocou os pés em cima da mesa de centro e suspirou.

"Como está sua justiceira?", ele perguntou.

"Desaparecida."

"Fugiu da nova xerife na cidade?"

"Não." Ela apoiou a cabeça na almofada do sofá para olhar sério para ele. "Achamos que pode ter sido sequestrada. Talvez até pela mesma pessoa que pegou Stacey Summers."

Ele pediu para ela contar tudo desde o começo. O que, considerando quantas horas ela havia trabalhado nos últimos dois dias, deveria ser exaustivo. Mas a parte louca do casamento, D.D. descobrira, era que não importava como seu dia tivesse sido, aquilo não parecia completamente real, verdadeiro ou significativo até ela chegar em casa e compartilhá-lo com o marido. É claro que o fato de Alex ser um especialista em cena do crime – borrifos de sangue, mais especificamente – só ajudava. Ele sempre via ou pensava em coisas que ela havia negligenciado.

"Algum vídeo?", ele perguntou, referindo-se às imagens coletadas das câmeras de segurança e de tráfego locais.

"Quando eu saí, a primeira leva de vídeos estava chegando. A nova detetive, Carol, prometeu ficar para dar uma olhada."

"Só pelo jeito que você pronuncia o nome dela faz parecer que está mordendo um picles."

"Nã-não."

"Sim, sim."

Ela olhou rapidamente para ele. "De manhã, veremos como ela se saiu."

"Mas você não vai liberar nada para a imprensa?"

Ela suspirou, tomou um gole de vinho. "Decisão difícil. Vai ser um espetáculo da imprensa, sem dúvida. Uma vítima semifamosa de sequestro novamente sequestrada? Queremos estar bem-preparados. Ter absoluta certeza de que ela foi sequestrada antes de seguir com uma história que fará todos os malucos darem as caras."

"Que tipo de confirmação?"

"Um trecho das gravações? Tipo, uma imagem real de Flora sendo arrastada do apartamento? Ou, agora que temos a senha do celular, quem sabe algum tipo de prova de que ela estava realmente investigando o desaparecimento de Stacey ou, melhor ainda, tivesse obtido uma pista sólida que talvez a tenha colocado em maus lençóis? Você sabe, no segundo em que anunciarmos esse tipo de informação, a mídia vai armar o circo. O que, infelizmente, consumirá tempo, energia e pessoal, gente esta que não estará dedicada à busca efetiva de Flora e Stacey. A mãe não concordou em continuar em silêncio, por enquanto. Fiquei com a impressão de que ela não é fã da imprensa."

"Mas se Flora realmente desapareceu...", Alex contra-argumentou.

"Então precisamos encontrar mais testemunhas e engajar o público na caçada, organizar uma coletiva de imprensa."

"Como não amar esse trabalho?", disse Alex.

D.D. fez cara feia para ele.

"Encontrou alguma coisa no apartamento?", ele perguntou.

"Não. Tirando a cama desfeita, está intocado. A mãe, pelo que parece, é uma viciada em arrumação e deixou tudo em ordem horas antes. Considerando o treinamento de Flora, suspeitamos que tenha sido uma emboscada. Talvez ele a tenha drogado. Senão, haveria sinais de luta."

"Eu poderia dar uma olhada nisso", Alex se ofereceu. "Tenho algum tempo livre antes de voltar para a academia de polícia amanhã, se quiser uma segunda opinião."

"Considerando que não sabemos quase nada, uma segunda opinião seria bem-vinda, assim como uma terceira, uma quarta." Ela se moveu inquieta, ajustando o gelo em cima do ombro. "Detalhe mais estranho da cena: a porta da frente e todas as janelas estavam destrancadas. A porta da frente eu entendo. O sujeito, sabiamente, se muniu de uma chave-mestra antes e a usou para ter acesso ao apartamento de Flora. Mas por que destrancar todas as janelas? Por que perder tempo com um teatro tão sutil?"

"Para provar que podia? Enfatizar que ninguém está seguro?"

"Arrogante", D.D. murmurou.

Alex deu de ombros, largou a taça. "Não seria a primeira vez. Mas parece que Flora, sua garota desaparecida, também tem suas habilidades. Ela pode ter sido sequestrada, mas está longe de ser uma vítima indefesa."

"É verdade. Acho que vou dar um telefonema amanhã. Falar com uma agente do FBI de Atlanta chamada Kimberly Quincy."

"O nome me parece familiar."

"Conversei com ela uma vez, alguns anos atrás, sobre o caso de Charlene Grant. Quincy, aparentemente, foi a agente que finalmente encontrou Jacob Ness. Ela liderou a investida para libertar Flora."

Alex a olhou curioso. "E você quer falar com ela por quê?"

"Não sei", D.D. admitiu. "Mas de alguma forma... Flora nunca superou o que quer que tenha acontecido cinco anos atrás."

"Como poderia?"

"Claro. Mas a maioria das vítimas desses sequestros longos, elas se recolhem. Investem na recuperação, passam a se concentrar em apreciar a vida cotidiana, escrevem um livro, vendem os direitos para o cinema, o que for. De acordo com a mãe de Flora, porém, ela nunca conversa sobre o tempo que passou com Jacob Ness. Apesar disso, faz aulas de autodefesa. A parede do quarto estava coberta com notícias de pessoas desaparecidas. E tem essa obsessão com Stacey Summers. Flora, sem sombra de dúvidas, ainda é guiada pelo que aconteceu. Meu palpite: para eu tentar imaginar o que ela fez que levou à tarde de sábado e o que ela é capaz de fazer a seguir, preciso aprender sobre sua própria experiência. Ela sobreviveu ao inimaginável antes. Então o que a compele a voltar ao mesmo conjunto de circunstâncias? Ela está tentando curar alguma ferida? Ou aprender uma lição que ainda não aprendeu?"

"Culpa de sobrevivente."

"Talvez." D.D. ajustou a bolsa de gelo no ombro. "Vou lhe dizer uma coisa: ela devia se sentir culpada pela mãe. A pobre mulher tendo que passar por isso tudo de novo."

* * *

D.D. não dormiu bem. Algo comum quando trabalhava em um caso importante. A mente rodopiava com detalhes investigativos, sonhos com garotas sem rosto passando por corredores escuros infinitos. Agora D.D. estava correndo sem fôlego por uma casa mergulhada em sombras... Um porão... De novo uma casa... Coração disparado no peito.

Ela virou numa esquina e lá estava: Flora Dane. Ou Stacey Summers? Não, definitivamente Flora Dane, apontando uma arma para a cabeça de D.D.

"Pow", disse a Flora onírica. "Você já era."

D.D. acordou. Saiu da cama.

Entrou discretamente no quarto do filho. Acalmou-se ao vê-lo dormindo tranquilamente. Em seguida, foi para a cozinha e pensou com seriedade sobre o dia.

Agentes do FBI tendiam a trabalhar em horário civil. É claro, eles se vangloriavam de seu "kit de viagem", prontos para sair correndo a qualquer momento. Mas comparado às demandas do policiamento urbano, como o trabalho de uma detetive em Boston, o horário federal era bem tranquilo.

D.D. decidiu fazer um chute calculado. Se a memória não a estivesse traindo, a agente especial Kimberly Quincy tinha duas filhas, o que significava que, como a maioria dos pais e mães, ela acordava cedo. Junte a isso o tráfego tenebroso de Atlanta – que estradas emboladas eram aquelas – e era mais provável que qualquer pessoa indo ou vindo do trabalho resolvesse sair mais cedo do que tarde de casa. Isso significava que D.D. tinha mais chances de falar com a agente federal nas primeiras horas da manhã.

Cinco e meia parecia um pouco cedo, então D.D. cuidou da fisioterapia no ombro e no braço. Tomou banho, trocou de roupa, então ouviu Jack chamá-la. Tirando-o da cama de carro de corrida com o braço bom, ela se lembrou dos ruídos obrigatórios, *vroom*, *vroom*; então eles estavam ziguezagueando pelo corredor, pousando no andar de baixo, antes de uma acelerada até as panquecas em forma de dinossauro na cozinha. Os formatos de dinossauro eram graças aos moldes providenciados por Alex – uma compra impulsiva que fez D.D. revirar os olhos, mas só Deus sabe como Jack gostava delas. Panquecas definitivamente ficavam duas vezes mais gostosas na forma de um brontossauro.

Jack tomou o café da manhã ainda de pijama. As panquecas viravam uma massa de calda de bordo, destruindo qualquer esperança de roupas limpas – sem falar na quantidade de calda que ele conseguia enfiar em seu cabelo fino. O pijama iria para a máquina de lavar. Quanto ao penteado... D.D. pensou que ele ficaria bem de cabelo espetado. Gel de cabelo em calda. No mundo das crianças, o que isso importava?

Após perder tanto tempo de convívio familiar, ela fez as honras de vestir o menino para a pré-escola. Depois, arrumou o Candy Land em uma pilha de cartões codificados por cores, além da Princesa Jujuba, para manter Jack entretido na sala. D.D. voltou à cozinha para ligar para Atlanta.

Teve sorte na primeira tentativa.

"Quincy", respondeu a agente do FBI.

"Bom dia. Sargento detetive D.D. Warren da polícia de Boston. Já nos falamos uma vez. Alguns anos atrás. Charlene Grant. Você lidou com o assassinato do amigo dela em Atlanta."

"Ah sim. Ei, bom trabalho lá. Honestamente, não pensei que Charlie sobreviveria as primeiras vinte horas."

"É, de vez em quando esse trabalho é realmente gratificante. Mas então, estou trabalhando em um novo caso e seu nome surgiu." D.D. atualizou a agente desde as atividades recentes de Flora Dane que levaram até seu desaparecimento. "Sei que você é a agente que finalmente encontrou Jacob Ness."

"Exato." A voz da agente ficou mais quieta, sombria. Alguns casos deixavam uma marca. D.D. já suspeitava que o de Flora, a investida para resgatá-la, seria um deles. "O que sabe sobre o sequestro de Flora, sete anos atrás?"

"Não muito. Boston não estava envolvida, já que ela desapareceu na Flórida."

"Sim. Um caso bastante típico. Garota de faculdade nas férias de primavera bebendo com os amigos. Ela precisou usar o banheiro, eles a deixaram sozinha e, simples assim, ela sumiu."

"Estou trabalhando em algo parecido agora", disse. D.D., já se perguntando se foi por isso que Flora respondeu tão enfaticamente ao sequestro de Stacey Summers.

"Infelizmente, o caso começou sem muito sucesso. Amigos bêbados não são as melhores testemunhas. Sem falar que eles enfiaram na cabeça que Flora tinha ido para casa, e não estou falando de seu quarto de hotel. Quero dizer, em algum momento da bebedeira, no meio do bar, ela decidiu voltar para o norte, então eles não vasculharam as praias atrás dela."

"Céus."

"Depois de um tempo, uma das garotas pensou em ligar para a mãe de Flora, no Maine. A mãe é inteligente e durona. Ruth? Rachel?"

"Rosa."

"Rosa. É isso. Ela deu entrada no boletim de ocorrência de desaparecimento e iniciou os procedimentos, mas naquele ponto já havia passado 48 horas, 56 horas. O departamento de polícia local investigou um pouco, mas não descobriu nada."

D.D. concordou com a cabeça, nem um pouco surpresa. Pessoas desaparecidas eram sempre uma corrida contra o relógio. Nesse caso, Flora nunca teve chance.

"Como o FBI se envolveu?", D.D. perguntou.

"Um cartão-postal. Não me lembro de todos os detalhes, mas algumas semanas depois, talvez um mês depois, Rosa recebeu um cartão da filha. Tinha sido postado em Jacksonville. Parecia a letra da filha, mas o conteúdo levantou alguns alertas."

"Como assim?"

"Posso mandar uma cópia por e-mail, mas... o tom era quase maníaco. *Me divertindo mais do que nunca, mãe! Conheci o homem dos meus sonhos! Você precisa ver onde estamos ficando. O quarto é perfeito! Não podia estar mais feliz. E o sexo é fantástico. Mande lembranças a Chili.*"

"O quê?", D.D. perguntou, realmente assustada.

"Pois é. Não é exatamente o tipo de carta que a maioria das meninas manda para suas mães em casa. Rosa Dane ficou um pouco perturbada, para dizer o mínimo. E a referência a Chili, esse foi o primeiro cachorro de Flora, morto há bastante tempo. O especialista em análise comportamental que ajudou no caso acreditava que Jacob a tinha feito incluir o detalhe para dar autenticidade ao cartão, assim ele não poderia ter sido enviado por um maluco aleatório que tivesse lido sobre o desaparecimento dela nos jornais. O UNSUB, o suspeito não identificado, queria que Rosa e todos nós soubéssemos que era para valer."

"Imagino que tenham analisado caligrafia também."

"Sim. Mas a análise não foi exatamente um tiro certeiro. Certas letras foram consideradas correspondentes. Mas as letras estavam menores, apertadas e trêmulas, o que confundiu os resultados."

D.D. parou para pensar. "Por que Flora estava sendo forçada a escrever? Ou por que ela mesma havia mudado? Apavorada? Abusada? Faminta?"

"Consideramos todas as possibilidades na época. O ponto mais importante foi a mensagem geral. Flora estava se divertindo mais do que nunca. Com o cara dos sonhos, tendo um sexo fantástico. Nada de 'ei, mãe, me desculpe por sumir durante as férias de primavera, mas você não precisa se preocupar, estou passando tempo com uns amigos'. Em outras palavras, o UNSUB não estava interessado em disfarçar o desaparecimento de Flora. Só queria provocar com a mensagem óbvia de que Flora tinha sido sequestrada."

"É nessa parte que um especialista em perfis criminais afirma que o maligno UNSUB foi uma criança que aprendeu a fazer cocô sob a mira de uma arma?"

"Ah, nosso especialista teve muitas outras opiniões além dessa. Mas ainda estávamos reunindo informações na época. Tínhamos uma primeira mensagem e um carimbo postal. A polícia de Jacksonville rastreou o cartão-postal até uma agência simples, localizada em uma estrada interestadual de tráfego intenso. Mas não havia nenhuma câmera de vídeo nas caixas externas, então ficamos em um beco sem saída."

"Mas teve mais."

"Sim. Três meses depois, chegou o segundo cartão. O primeiro tinha sido de um pôr do sol na praia. O novo tinha um pêssego da Geórgia e um carimbo de Atlanta."

"Ah, foi aí que você entrou na caçada", D.D. comentou.

"E foi aí que eu entrei na caçada", Kimberly concordou. "Os cartões-postais eram parecidos. Me divertindo mais do que nunca. Homem dos sonhos. O sexo está ainda mais incrível e, boa notícia, finalmente perdi aqueles cinco quilinhos extras."

"Ela havia perdido peso?", D.D. teve que pensar naquilo. "Flora Dane precisava perder cinco quilos?"

"Não. Ela era uma garota que vivia fazendo coisas ao ar livre. De acordo com a mãe, ela não tinha cinco quilos para perder."

"Meu Deus." Pela primeira vez, D.D. percebeu o padrão por trás das mensagens. Aquilo a deixou enjoada. "Ele a estava matando de fome. Essa era a provocação. Tudo que ele diz... O cara dos sonhos é o seu sequestrador feio para burro. O sexo incrível são as noites intermináveis de abuso sexual. E perder cinco quilos... Mas que filho..." D.D. não tinha um palavrão forte o suficiente para Jacob Ness. Ainda bem que ele já estava morto, ou ela teria sentido vontade de ir atrás dele e matá-lo de novo.

"A essa altura, Flora estava desparecida há aproximadamente quatro meses. Com a evidência de que ainda estava viva e tinha atravessado fronteiras entre estados, agora era uma questão de mobilização federal. Só que... não conseguíamos avançar. Não havia vídeo, nenhuma testemunha do sequestro. Ela saiu com um cara? Foi emboscada? Não encontrávamos ninguém para dizer nada."

"Eu tenho o vídeo de um sequestro", D.D. falou, "e mesmo assim não encontramos ninguém que saiba nada. E quanto aos postais?"

"Rastreamos o segundo cartão até a agência onde foi postado, mas não havia vídeo nem testemunhas novamente. Tudo que sabíamos era que ambas as agências ficavam perto de grandes estradas interestaduais. Fácil para alguém viajando entrar e sair."

"O segundo cartão tinha algo pessoal?"

"*Por favor, alimente as raposas*. Parece que, quando Flora estava crescendo, ela gostava de domesticar raposas selvagens na fazenda da mãe."

"O colar de Rosa tinha um pingente de raposa", disse D.D.

"Exatamente. A letra do segundo cartão mostrava uma deterioração mais avançada. Era disforme, instável, sem força. Se você acredita em grafologia, predizer a personalidade de alguém com base na inclinação de sua letra, digamos que Flora estava desmoronando."

"Estou familiarizada com grafologia", D.D. falou. "Não sei o que penso a respeito, mas em um caso onde você não tem muito mais para onde ir..."

"Você usa todas as cartas que tem", Kimberly concordou. "Levando em conta nossa falta de pistas e o claro interesse do UNSUB na mãe de

Flora, o especialista em perfis criminais aconselhou uma coletiva de imprensa com Rosa como peça central. O UNSUB estava se comunicando com ela. Agora seria a vez dela se comunicar diretamente com ele. E, honestamente, ver se conseguíamos desencadear algum tipo de resposta."

"Funcionou?"

"Nada que pudéssemos perceber na época. O especialista rascunhou uma mensagem para a imprensa projetada para humanizar Flora, centrada na família amorosa, educação sem igual em meio à natureza do Maine, gentileza com os outros, esse papo. Rosa se vestiu para parecer o mais 'mãezona americana' possível. Basicamente, o sequestrador estava criando uma trama, uma garota universitária excessivamente sexualizada obcecada por rapazes. Fomos para o outro extremo: uma boa garota amante da natureza adorada por todos que a conheciam."

D.D. arqueou uma sobrancelha. Aquilo não correspondia exatamente à Flora sombria e irritável que ela conhecia. O que a fez pensar: talvez a mãe de Flora estivesse certa todo o tempo. D.D. nunca havia se encontrado nem conheceria a Flora Dane real. Ela havia encontrado somente a criação perturbada de Jacob Ness, após 472 dias de preparo.

"Rosa fez a parte dela", Kimberly continuou dizendo. "Ela ficou lá em pé, olhou direto para as câmeras e pronunciou uma mensagem que era empática, genuína e comovente. As equipes dos noticiários morderam a isca. Conseguimos cobertura nacional completa por uma semana inteira, com direito a aparições em vários dos principais programas matinais. Nada fácil ou automático para uma mulher que, até então, ficaria mais feliz dirigindo um trator."

D.D. compreendia. O que a mídia esperava das vítimas atualmente não era para os fracos. Ainda mais quando o investigador principal está em pé ao lado de um pai de luto dizendo que isso precisa ser feito. Você quer seu filho de volta, então precisa fazer isso, expor seu coração e alma em rede nacional.

"O que aconteceu depois?", D.D. perguntou.

"Nada."

"Nada?"

"Nada. Semana após semana. Um mês após o outro. A pista esfriou. Rosa falava sem parar. Não recebeu mais nenhum postal ou mensagem. Espalhamos a foto de Flora pelo mundo todo. Não recebemos nenhuma pista confiável, o que, a certo ponto, começou a nos dizer alguma coisa.

Ou Flora estava trancafiada tão fortemente que não havia testemunhas, ou ele havia feito um bom trabalho alterando sua aparência. E ele não se importava com as coletivas de imprensa – ou não as assistia."

"Não as assistia?"

"Nosso especialista em perfis criminais, Ken McCarthy, não acreditava que seria possível para o UNSUB, que havia iniciado a conversa, simplesmente se afastar. Então, se nossas tentativas de se comunicar não estavam gerando resposta, talvez ele não estivesse recebendo as mensagens. O que nos levou à próxima fase da nossa investigação, na qual perseguimos todos os suspeitos reclusos do sul, que viviam desconectados da civilização, com um histórico de abusos sexuais. Foi um trabalho e tanto."

"Não foi uma estratégia ruim", D.D. comentou. "Certamente alguém assim se encaixaria no perfil. Provocando a mãe para ser visto como uma figura de autoridade, certo?"

"Ei, nós somos o FBI. Podemos fazer qualquer coisa parecer boa na teoria. Infelizmente, estávamos enganados."

"O que aconteceu?"

"Jacob. Uma hora, ele saiu da toca de novo. Só que dessa vez não foi um postal. Foi um e-mail enviado de uma conta falsa para o e-mail pessoal de Rosa. Ele veio com um áudio de Flora falando."

D.D. estremeceu. Não conseguia nem imaginar como deve ter sido para Rosa. Após todo esse tempo, ouvir a voz da filha e, ainda assim, as coisas, as palavras terríveis e deturpadas que devem ter saído da boca de Flora...

"Escalada de comunicação não é atípico", Kimberly disse calmamente. "Garantimos a Rosa que isso era uma coisa boa. Significava que Flora estava viva. Significava, por mais estranho que parecesse, que ele ainda se importava. Ele passar a usar o e-mail nos ajudou. Conseguimos rastrear o endereço de IP até um cybercafé, dessa vez no Alabama. Assim como as agências de correio, ficava perto de uma grande estrada interestadual. O que nos levou ao nosso próximo passo. Paramos de considerar reclusos escondidos no meio do mato e passamos a procurar alguém em trânsito. Por exemplo, vendedores e motoristas de caminhão. Considerando as longas horas que passavam na estrada, essas pessoas talvez não vissem os noticiários matinais ou o apanhado das cinco, o que explicaria a falta de resposta do UNSUB a nosso intensivo na TV. Ajustamos a estratégia de comunicação, direcionando a mensagem a mídias que pudessem ser mais acessíveis a alguém com um estilo de vida em trânsito. Atualizamos as mídias sociais com posts diários no Facebook, os quais o UNSUB poderia acessar durante seu horário de descanso em um notebook ou celular. Também miramos em estações locais de rádio e jornais independentes, tipo de imprensa mais acessível em lanchonetes de beira de estrada, postos de gasolina e motéis. O irmão de Flora criou uma página de Facebook só para essa fase, postou fotos pessoais de Flora e fotos corriqueiras de sua rotina, da fazenda, dos bosques ao redor, de uma raposa brincando no quintal. Também sentou-se com a mãe e gerou listas de postagens do Facebook, uma por dia, cobrindo tudo – do livro favorito de Flora a eventos locais, aniversários de família onde agora ela faltava. Convidamos amigos e vizinhos para participar também. Tudo que pudesse lembrar constantemente ao UNSUB quem Flora era de verdade, uma jovem cuja ausência era profundamente sentida pela família e pelos amigos."

"Ele enviou comunicações para decompor sua imagem. Vocês foram lá e a reconstruíram."

"Precisávamos que ele entrasse em contato. Se contrariar sua mensagem o levasse a enviar ainda mais cartões, e-mails, vídeos e tudo mais, melhor para nós."

"Ele mandou vídeos?"

"Provocá-lo a arriscar uma exposição maior continuou a ser nossa melhor estratégia para pegá-lo."

"Você que traçou a estratégia?", D.D. perguntou.

"Sim."

"De acordo com Rosa, foi a estupidez de Jacob que o fez ser capturado: ele enviou mensagens demais e você o pegou. Mas, falando agora com você, vejo que esse era o plano. Você não ficou esperando que ele mandasse e-mails aleatoriamente. Você o provocou para que intensificasse o contato."

"Esse tipo de estratégia... é difícil para a família." Kimberly suspirou. "A equipe investigativa agia como generais, sentados na sala dos fundos, bolando estratégias, mas Rosa e Darwin, eles foram os soldados em campo. Eles é que tiveram que se sentar todos os dias e implorar pela vida de Flora. Tiveram que sofrer com cartões-postais degradantes, gravações de áudio, e então aquele vídeo... Nós aconselhamos os dois a não assistir. Mas, é claro, eles estavam tão desesperados atrás de um sinal, alguma conexão com a pessoa que amavam. O irmão vomitou. Duas vezes. E Rosa... Ela ficou pálida. No fim, tivemos que chamar um médico. Achei que ela fosse desmoronar e que nós nunca conseguiríamos recuperá-la. Entendo que a família tenha uma perspectiva diferente das coisas. É claro que eles têm. No fim das contas, eles eram a melhor ferramenta que tínhamos para recuperar Flora. Nós os usamos sem peso na consciência. E funcionou."

"Então como você o encontrou?"

"Como esperávamos, Jacob começou a se comunicar mais. Especialmente por e-mail. O que nos permitiu começar a rastrear seu progresso pelos estados do sul. No décimo quarto mês, tínhamos certeza de que tinha que ser um motorista de caminhão, um entregador, algo desse tipo. A maioria dos e-mails vinha de cybercafés, algumas paradas de caminhão, todos lugares próximos a grandes estradas interestaduais. Então reforçamos as patrulhas policiais estaduais dessas áreas, enviamos a foto de Flora por fax para todas as principais paradas de caminhão. Queríamos pressionar, mas não muito."

"Você não queria que ele entrasse em pânico e a descartasse."

"Exatamente. Nós nos concentramos principalmente nos cybercafés. 471 dias depois, ele enviou um e-mail que conseguimos rastrear de um cybercafé em uma parada de caminhão que ele já havia usado antes. Eu dirigi pessoalmente até o local para conversar com a equipe. Depois de todos aqueles cartões-postais, e-mails e comunicações, Jacob tinha revelado mais de si do que havia percebido. É claro que, no momento em que comecei a descrever o tipo de homem que procurávamos, o gerente o identificou. Jacob era um cliente regular. Parava pelo menos uma vez por mês, se não mais, nessa rota. O gerente não sabia o sobrenome de Jacob, mas conseguiu descrever seu veículo, e nós conectamos os pontos que faltavam a partir daí. Jacob Ness. Um abusador fichado que já tinha cumprido pena por molestar uma garota de 14 anos. Suspeito de vários outros casos de abuso sexual. Trabalhando atualmente como um contratado independente de várias empresas importantes de entrega, dirigindo um grande caminhão. Em questão de horas, um patrulheiro estadual descobriu o veículo de Jacob estacionado do lado de fora de um motel na saída da interestadual. Mobilizei a SWAT e agimos para valer."

D.D. não precisava que a agente do FBI falasse mais nada. Já podia visualizar o acontecido em sua mente. A adrenalina corre nessas horas, no clímax da resolução de um caso importante. Faça tudo certo e você salva a garota e captura o bandido. Mas basta um movimento errado e a garota acaba morta, o bandido escapa e uma vida, uma família e sua carreira estão acabadas.

Sim, ela conseguia imaginar.

"O que você fez?", ela perguntou.

"Confirmamos com o gerente do hotel o quarto em que Jacob estava hospedado, no qual ele havia entrado com uma companhia feminina. O quarto era uma unidade de canto, sem porta dos fundos. Aquilo era uma boa notícia. Agora, as notícias ruins: tínhamos motivos para acreditar que Jacob estivesse com pelo menos uma arma de fogo, se não mais. Além disso, McCarthy, nosso especialista em perfis criminais, acreditava que, se fosse encurralado, era mais provável que Jacob atirasse em Flora, depois em si, do que se entregasse."

"Suicídio causado por policiais?"

"Possivelmente, mas somente depois de matar Flora. McCarthy acreditava que, nesse ponto da relação deles, Jacob sentia uma conexão forte com Flora. A natureza de suas provocações, a necessidade de atormentar a família. Ela era dele, e ele não a entregaria sem lutar."

"Relacionamento". D.D. parou para pensar. Ela sabia o que era síndrome de Estocolmo, mais por causa de tramas de filmes do que por experiência na vida real. Aquela síndrome, famosa por causa do caso Patty Hearst, descrevia como uma vítima se conectava ao agressor ao longo do tempo, sentindo empatia, até lealdade, exatamente pela pessoa que a havia machucado. Mas D.D. nunca considerou isso uma via de mão dupla. Que, em virtude do tempo e do domínio total, um sequestrador pudesse desenvolver um certo carinho pela pessoa que mantinha cativa. Jacob Ness tinha sido um motorista de caminhão de longa distância. O que significava que, por anos, ele havia viajado sozinho, vivendo isolado, até o dia em que pegou Flora Dane e a levou com ele.

472 dias de companhia depois...

D.D. conseguia entender por que ele relutaria em abrir mão dela.

"Você ficou preocupada com síndrome de Estocolmo?", ela perguntou a Kimberly. "Que Flora pudesse não apreciar os esforços de resgate?"

D.D. podia ouvir a hesitação da agente do outro lado do telefone.

"Estávamos preparados para tudo", Kimberly disse por fim, o que D.D. assumiu como um sim.

"Então você tinha um suspeito armado entocado em um quarto de hotel com uma vítima que sofria um trauma severo de longa duração. O que você fez?"

"Deixamos a SWAT liderar o ataque", Kimberly disse, sem rodeios. "Eles dispararam meia dúzia de latas de gás lacrimogêneo pela janela frontal do quarto. Em seguida, derrubaram a porta."

A agente federal parou.

"Eles encontraram Jacob esparramado no chão, claramente incapacitado pelo gás. Perto dele havia uma toalha de rosto úmida. Ao que tudo indicava, ele havia notado os agentes se mobilizando do lado de fora e tentou se preparar para o ataque. Mas não conseguiu ser rápido o bastante."

"E Flora?"

"Estava sentada no chão ao lado dele. Tinha uma toalha molhada amarrada em volta da boca e do nariz. E uma arma."

D.D. arregalou os olhos. De tudo que podia acontecer... "Ela estava com a arma de Jacob."

"Sim."

"Ela a apontou para a equipe da SWAT?"

"Não. A arma estava em seu colo. Ela estava... acariciando o rosto de Jacob. Limpando as lágrimas dos olhos dele."

"Nossa." D.D. não sabia por que, mas de alguma forma essa era uma imagem pior.

"Jacob estava consciente quando entrei no quarto. Sussurrando para Flora. O gás já estava começando a se dissipar, então precisávamos agir rapidamente, mas ninguém queria apressar Flora enquanto ela tivesse a arma. Temíamos que se a assustássemos..."

"Ela poderia abrir fogo."

"Foi uma visão estranha. Ele estava implorando a ela. Jacob Ness estava esparramado no chão, implorando que Flora o matasse."

D.D. não tinha palavras para isso.

"Eu tentei atrair a atenção dela. Chamei seu nome, tentei fazê-la olhar para mim. Mas ela não respondia. Não respondia a mim nem a nenhum dos agentes. Sua atenção era somente de Jacob, acariciando os cabelos dele, esfregando as lágrimas das bochechas. Ela não parecia apenas atenciosa com ele, parecia carinhosa."

D.D. conhecia bem o gás lacrimogêneo. Não inflamava só os olhos. Transformava o nariz do alvo, tudo, em um fluxo mucoso sem controle. Jacob Ness devia estar com um baita desconforto. Desesperado por água para lavar os olhos, um lenço para assoar o nariz. Mas ele não havia se rendido. Em vez disso, o homem que vinha provocando a família da vítima e os investigadores há mais de um ano tinha se recomposto para um último ato.

"O que ele fez?"

"Ele continuou falando com Flora. Falando, falando, falando. E então, quando decidimos que precisávamos agir de uma forma ou de outra, de repente Flora se inclinou e sussurrou algo no ouvido dele."

"O quê?"

"Não sei. Flora nunca contou. Mas ela disse algo a ele. E a expressão em seu rosto... Jacob Ness parecia assustado para valer. Então Flora pegou a arma e puxou o gatilho. Uma Magnum 45 direto na cabeça. Ela deu conta do serviço. Flora soltou a arma. A SWAT a derrubou. E foi isso."

D.D. não conseguia falar.

"Você já ouviu falar de conexão por trauma, não?", a agente perguntou de repente. "Esqueça vítimas de sequestro, você vê isso o tempo inteiro com mulheres que apanham. Elas ficam isoladas, à mercê de seu esposo dominador, passando por breves períodos intensos de terror abjeto, seguidos de períodos ainda mais exaustivos emocionalmente de desculpas de partir o coração. O trauma em si cria um elemento poderoso de conexão. As coisas pelas quais esses dois passaram juntos, como alguém entenderia? É o tipo de coisa que faz uma mulher permanecer no relacionamento, mesmo depois do marido espancá-la novamente."

"Eu sei o que é conexão por trauma."

"Imaginei que fosse ver isso em Flora Dane. Como não veria? 472 dias depois, eu nem consegui fazê-la responder ao ouvir o próprio nome. Em vez disso, ela se identificou como Molly, o nome que Jacob tinha dado a ela."

"Certo."

"É mais provável que uma conexão por trauma ocorra em situações onde a vítima fica isolada e o agressor parece todo-poderoso. Nós encontramos nos fundos da cabine de Jacob um caixão com um cadeado. Ele tinha restos de cabelo e traços do DNA de Flora."

D.D. fechou os olhos. "Isso é isolamento", ela concordou.

"Jacob a colocou na caixa, mas também era Jacob que a tirava de lá. Jacob a deixava passar fome por longos períodos, mas também era a pessoa que a alimentava."

"O que o tornava todo-poderoso."

"Então aqui está o problema: Flora mostra, sem dúvida alguma, sinais de conexão por trauma. O que, como sabemos de outros casos, faz a vítima deixar de agir quando poderia fugir."

"Flora teve oportunidades de escapar, mas não as aproveitou."

"Descobrimos que, mais para o fim, Flora acompanhou Jacob por toda parte de livre e espontânea vontade. Ele podia deixá-la sentada sozinha em restaurantes ou esperando em quartos de hotel. Ela permanecia, o que, para quem via de fora, fazia-a parecer complacente, vítima por vontade própria. Porém, alguém que já passou por uma conexão por trauma dirá a você que, naqueles momentos, ela estava tão fisicamente incapacitada quanto nos momentos em que ele a acorrentava. Tamanha a força da conexão."

"Certo." D.D. conhecia conexão por trauma, apesar de ser difícil para ela associar a Flora que conhecera 48 horas atrás, a mulher que tinha queimado Devon Goulding vivo, com aquele nível de submissão.

"Conexão por trauma também pode levar alguém a cometer atos que normalmente não cometeria."

"Patty Hearst, empunhando a carabina M1."

"Exatamente. Existem muitos casos bem-documentados de vítimas que, com o tempo e devido à tortura, se tornaram cúmplices dos próprios agressores. Nesse caso, encontramos mais do que o DNA de Flora naquela caixa de pinho. Na verdade, encontramos DNA de diversas garotas diferentes não identificadas."

"Nossa." D.D. não sabia mais o que dizer. A agente do FBI estava certa: especialmente em casos onde a vítima era mantida por um longo período, ela poderia chegar ao ponto de ajudar a emboscar outras pessoas. Era tentador culpar, mas os psicólogos não concordariam com isso. Kimberly estava certa: a conexão por trauma coagia a vítima a seguir o jogo de forma tão poderosa quanto a coação por força física. "Você acha que Jacob Ness pode ter pego outras meninas?"

"Acho que eu gostaria de ter feito essa pergunta a ele. Na verdade, quanto mais investigávamos sua vida, mais suspeitas tínhamos. Infelizmente, nunca saberemos exatamente o que ele fez. Quantas mulheres ele pode ter estuprado e até assassinado."

"O que Flora falou a respeito disso?"

"Não falou. Flora nunca falou sobre o que aconteceu com ela. No início, demos tempo e espaço a ela, com base, sinceramente, no conselho de Dr. Keynes. Mais tarde... Sabemos que outras garotas além de Flora ficaram naquela caixa. Porém, não podemos dizer quando foram parar lá. Por exemplo, talvez o DNA de outras vítimas tenha ocorrido *antes* de ele sequestrar Flora, e não durante o mesmo período. Considerando isso, não temos material para intimá-la. Se ela não quiser falar, ela não precisa."

"Você acha que ela está se protegendo? Por conta do que pode ter feito, sob coação ou não?"

"Acho que existem perguntas que eu gostaria de fazer que Flora se esforçou para não responder. Sem falar..." Kimberly parou de novo.

"Entre agente e investigadora? Porque sei que nunca devemos culpar a vítima..."

"Sem dúvida."

"Enquanto eu tirava Flora do quarto do hotel, ela parou um instante e olhou para o corpo de Jacob. Ela estava sem a toalha a essa altura. Eu podia ver o rosto dela. E só por um segundo, seus olhos brilharam. Foi como ver uma máquina sendo ligada. Ela pareceu... triunfante."

"Por ter atirado no seu próprio sequestrador?", D.D. sugeriu.

"Ou, talvez, por ter matado a única pessoa que sabia exatamente o que ela havia feito no último ano. De uma coisa eu sei: dezenas, se não centenas de agentes policiais estavam envolvidos na busca de Flora Dane. E, ainda assim, para todos nós, 472 dias da vida dessa mulher permanecem um completo mistério."

CAPÍTULO 29

NÃO ESTOU BEM.

Quero ficar. Quero ser forte, estar no controle, ser bem-resolvida. Sem sentir fome, sede, calor, frio, dor, sem estar apavorada. Sou a nova e aprimorada Flora Dane, o tipo de mulher que nunca mais será uma vítima.

Estou tremendo descontroladamente.

O nome. Por que essa garota disse que seu nome é Molly? Ela não é Molly. Eu sei que ela não é Molly, porque eu já conheci uma Molly. Eu já *fui* uma Molly. Isso não pode ser coincidência, certo? E os caixões de pinho. O cortejo eterno de caixões baratos de pinho...

O que diabos está acontecendo aqui?

Ele está morto. Jacob está morto. Preciso dizer isso a mim mesma. Estou encolhida em um canto, braços atados abraçando com firmeza meus joelhos. Jacob está morto e eu sei que Jacob está morto porque eu puxei o gatilho. Senti seu sangue, pedaços do crânio espirrarem em meu rosto. Saí daquele quarto, finalmente livre depois de 472 dias, com a massa cinzenta de Jacob grudada em meus cabelos.

Ele está morto. Ele está morto. Ele está morto.

Sinto lágrimas descendo em meu rosto. Eu me odeio pela fraqueza. E odeio ainda mais aquela parte pequena, miserável e patética de mim que continua sentindo falta dele.

Não estou bem.

A garota está naquele colchão. Eu acho. Ela rastejou até lá por conta própria. Ela está dormindo agora. Ou desmaiou. Ou está morrendo. Provavelmente, eu deveria ver como ela está. Mas ela disse que seu nome é Molly, e agora eu não a suporto.

Aquela agente do FBI, olhando diretamente para mim: *"Flora, Flora, Flora"*. Eu, sem nenhuma ideia do que ela estava falando: *"Meu nome é Molly"*.

Vítimas e sequestradores formam uma ligação. Você não precisa gostar disso. Você não precisa entender. É só algo que acontece. Dr.

Keynes explicou isso para mim muitas vezes. Eu não tinha como evitar a relação com Jacob, assim como não poderia evitar sentir fome, sede e cansaço. Seres humanos são criaturas sociais. Não fomos feitos para viver no vácuo. Ou, mais especificamente, trancados em um baú em forma de caixão.

Jacob podia ser um homem mau, mas ele também era muito esperto. Ele sabia o que estava fazendo cada vez que me enfiava naquela caixa e me negava luz, comida, água e companhia. Sabia exatamente o que estava fazendo cada vez que me tirava lá de dentro. Tornando-se um herói. Tornando-se a figura paterna todo-poderosa que nunca tive. É claro, eu ouvia e obedecia. Você não irrita a figura paterna todo-poderosa. E tampouco o abandona, nem mesmo quando você, repentina e inesperadamente, tem uma chance. Porque ele é todo-poderoso.

E se ele diz que sabe onde sua mãe e seu irmão moram, e conhece seu recanto de raposas favoritas, e pode rastreá-las e matá-las quando quiser, você acredita nele. Quando ele diz que você é a favorita, e ele nunca pretendeu mantê-la viva todo esse tempo, mas de alguma forma você o conquistou. Você é especial. Digna. Talvez até seja a mulher que poderia finalmente fazê-lo feliz...

Você também acredita nisso.

E essa garota? Escondida de mim no escuro, do outro lado do quarto. Será que ela também foi trancafiada em uma caixa? Também suportou horas, se não dias, em sua própria companhia patética? Também vendeu a própria alma só para se libertar?

Não posso confiar nela. Esse é o problema com garotas que já foram trancadas em baús em forma de caixão.

Pode perguntar a Jacob. Não dá para confiar em nenhuma de nós.

Esfrego meu rosto com as mãos atadas. Não posso continuar fazendo isso, eu penso, me balançando para frente e para trás. Fui estúpida em tentar encontrar Stacey Summers, em pensar de forma arrogante que eu poderia acabar com os bandidões do mundo. Estava equivocada. Eu estava... Não sei. Tudo que minha mãe e Samuel me acusaram. Agora, vejo a luz. Arrependo-me. Só quero sair do breu miserável desse quarto. Só quero voltar ao meu apartamento e retomar a vida normal outra vez.

Só que, é claro, nunca entendi como ser normal. Como estabelecer uma rotina. Não estou bem. Eu não estou bem, não estou bem, não estou bem.

"Por quê?"

A garota fala. O choque de ouvir o som de sua voz, tão inesperadamente no escuro, me faz prestar atenção. Eu aguardo, ouvidos atentos.

"Por quê?", ela sussurra de novo. "Por que, por que, por quê?"

Pergunto-me se o que ela quer perguntar é: por que eu? Solto os braços em volta do joelho. Uma última esfregada nas minhas bochechas. Uma última fungada.

Eu me recomponho.

Estou com dor de cabeça. Isso é real o suficiente. Sinto a mente tonta e o corpo letárgico. Pergunto-me mais uma vez sobre drogas. Borrifadas no ar, injetadas na garrafa de água? Não sinto cheiro ou gosto de nada, mas definitivamente não me sinto como eu mesma. É claro, traumas podem fazer isso com você.

Estou funcional. Consigo sentar, ficar em pé, me mover. Hora de fazer alguma coisa.

"Precisamos dar o fora daqui", digo em voz alta. Soo rouca. Áspera. E determinada. Quase como uma mulher que sabe o que está fazendo.

A garota não responde.

Fico de pé, me arrasto em direção à parede onde sei que a porta está. Dessa vez, tateando com a ponta dos dedos, posso determinar facilmente as bordas. A porta abre para fora, é assim que me lembro. A porta se abrindo, a silhueta entrando, depois eu me lançando para frente com minha adaga de madeira.

Forço-a agora e sinto-a ceder levemente.

Eu paro, atordoada com esse fato. Com certeza minha mente está brincando comigo. Ainda assim, tento outro empurrão experimental. A porta treme de leve. Está fechada, percebo, mas talvez não trancada tão bem assim. Em uma situação comum, você simplesmente viraria a maçaneta, retirando a lingueta do furo na fechadura e *voilà*, abre-te sésamo. Só que nesse caso... Pisco os olhos várias vezes, contemplando as opções. Desse lado da porta não há maçaneta para girar. E se eu encontrar um modo de comprimir a lingueta, digamos, enfiando uma lasca de madeira de alavanca? Poderia ter sorte.

É claro, preciso de um pedaço de madeira. Acho que pode haver mais algum enfiado no colchão. Não me lembro. Meus pensamentos estão confusos. Estresse. Cansaço.

A presença de uma garota chamada Molly.

Não há escolha. Preciso fazer isso.

Afasto-me da porta secreta, rastejando de volta para o colchão.

Não sei o que dizer. Tudo vai ficar bem? Sinto muito por enfiar uma estaca em você? Quem diabos é você, afinal?

O que consigo é: "Ei".

Ela choraminga.

Não quero saber seu nome, eu decido. Não terei essa conversa. Em vez disso, é hora de ser prática.

"Você sabe onde estamos?"

Um novo choramingo.

"Este cômodo faz parte de uma casa? Estamos no primeiro andar, segundo andar?"

Mais choramingo.

Não aguento mais. Sento sobre os calcanhares, a centímetros do colchão, e faço uma voz tão firme quanto possível. "Ei! Precisamos dar o fora daqui. *Você* precisa de cuidados médicos. Agora comece a falar. Onde diabos nós estamos?"

Ela não choraminga dessa vez. Parece mais com um suspiro trêmulo. Então, justo quando estou me perguntando se terei que estapeá-la ou algo do tipo, ela sussurra: "Por quê? Por quê? Por que está fazendo isso comigo?"

Mantenho a voz firme. "Em que andar nós estamos? Em que nível da casa?"

"Não sei. Por quê..."

"Você foi mantida em um quarto?", eu interrompo. "Algo parecido com este aqui?" Ou talvez exatamente este aqui, como a ocupante anterior.

Posso ouvi-la soluçando apavorada.

"Há quanto tempo está aqui?" Eu não pretendia perguntar isso. Não é relevante. Mas acabo perguntando.

Ela não responde e, um segundo depois, percebo que provavelmente não pode. Certamente já estou confusa com a passagem de tempo, desorientada pela falta de luz.

"Qual é a última coisa da qual se lembra?", pergunto em vez disso.

"Dançando."

"Você estava em um bar, uma casa noturna? Em Boston?"

Demora um pouco, mas finalmente: "Si-i-sim".

"Você bebeu demais?"

Um pequeno soluço que considero um sim. Crianças, eu penso. Somos todos tão jovens e destemidos nessa época Boates não passam de uma fonte de aventura. E um quarto, quinto, sexto drinque parece a melhor ideia do mundo.

Odiei a mim mesma pela própria estupidez ao acordar em um baú em forma de caixão. Minuto após minuto, dia após dia, tanto tempo para não fazer nada além de me arrepender.

E, ainda assim, se tem uma coisa da qual sinto falta... Um motivo para eu ter feito tantas aulas de autodefesa.

Eu daria tudo para me sentir jovem e destemida daquele jeito novamente.

"Tudo bem", me ouço dizer, e há uma gentileza na minha voz que me pega desprevenida. "O que aconteceu depois?"

"Por que, por que, por quê", ela murmura, e posso dizer que ela está a um passo de chorar de novo.

"Você mora em Boston?", eu pergunto, tentando recuperar o foco. "Sua família, você, vocês são das redondezas?"

"S-i-sim."

Penso no próximo passo. Perguntar o nome dela diretamente não funcionou, Deus sabe que não funcionou para mim nos dias após o meu "resgate". Não posso explicar. Parece estranho, surreal, pensando agora. Vinte anos depois, como você pode perder seu próprio nome, esse reflexo imediato de si mesmo? Tudo que posso dizer é que caixões de pinho funcionam de um jeito muito parecido com casulos. Em certo ponto, é fácil desistir, perder as camadas, emergir de novo.

Tornar-se a pessoa que ele quer que você seja, porque se agarrar ao passado, à última visão do rosto da sua mãe, dói demais. Então você se perde, assumindo que um dia, quando sair de lá, irá se encontrar de novo.

Sem entender que não funciona desse jeito.

O senso de si é algo tão frágil e poderoso. E uma vez que você o perde...

Pergunto-me novamente se essa garota é Stacey Summers. Se tivéssemos luz, eu poderia simplesmente vê-la... Mas, agora, nós duas estamos sozinhas no escuro.

Isso não devia importar. Uma vítima é uma vítima é uma vítima, e há um monte delas por aí. Basta olhar as reportagens cobrindo a parede do meu quarto. Mas algo sobre Stacey... A fotografia do sorriso. O modo como o pai falava sobre ela, uma dor tão exposta na voz. Eu queria encontrá-la. Queria ser a pessoa a levá-la para o final feliz.

Talvez sua felicidade, por associação, passasse para mim. Eu a salvaria, mas ela me ajudaria a encontrar a luz.

Pelo menos era o que eu pensava três meses atrás.

Estou chorando de novo? Não sei. Não estou bem.

Eu me estico. Encontro suas mãos algemadas à beira do colchão. Ela estremece, mas não recua quando toco as marcas em seus punhos. Lacerações recentes, cicatrizes antigas. Será que punhos podem acumular tantos danos em apenas três meses? Ou estou lidando com alguém que desistiu há muito mais tempo? Quanto tempo levei para abdicar do meu nome?

Não sei. Todos esses anos depois, há tanto que eu não sei.

"Por que, por que, por quê?", ela sussurra no escuro.

Percebo agora. O método para contornar o problema.

O sequestrador pode tê-la forçado a adotar um novo nome, mas as identidades de outras pessoas em sua vida...

"Me conte sobre seus pais", eu digo.

Ela choraminga.

"Seu pai. Qual o nome dele?"

Posso ouvi-la jogando a cabeça no colchão, agitada.

"É Colin?", pergunto.

"Por que, por que, por quê", diz ela.

"Pode me ajudar na torcida?", pergunto para a possível ex-líder de torcida. "Me dê um F. Me dê um U. Me dê um G. Me dê um I. Me dê um R. Qual a palavra? *FUGIR!*"

Devo estar enlouquecendo. O tom da minha voz contém uma ponta de histeria. Mas ela parou de se mexer, está me ouvindo com atenção. Finalmente acertei os resquícios de uma lembrança? Algum gatilho mais interno que ajudará a arrancá-la disso?

"Por quê?", ela sussurra no escuro. Depois: "Por que você está fazendo isso comigo?"

"Porque precisamos dar o fora daqui. Porque estou trabalhando para Colin Summers. Porque prometi a ele, prometi a mim mesma, que a levaria em segurança para casa."

Ela não fala. Sou apenas eu ou notei uma ponta de admiração?

"Eu posso fazer isso", eu a informo, forçando-me a soar confiante. "A porta, acho que posso forçá-la a abrir. Posso nos tirar daqui, mas preciso da sua ajuda."

Ela não se mexe.

"Você não precisa ter medo dele", adiciono tardiamente. "Da primeira vez, ele me pegou desprevenida. Mas agora estou preparada."

"Medo de quem?"

"Do grandalhão. O que tirou você do bar, me arrancou do apartamento. Acho que ele pode estar me drogando." Estou balbuciando agora. "Digo, de que outra forma ele pode estar entrando e saindo do quarto sem me acordar? Então teremos que pensar em algo. Talvez rasgar o colchão, improvisar algo com o estofamento, tiras de pano? Temos recursos, só temos que usá-los sabiamente."

Estou me adiantando. O que realmente precisamos é da última lasca de madeira, que tenho quase certeza de que ainda está enfiada no colchão. Só que ela ainda não está saindo de cima dele.

"Por quê?", ela sussurra.

"Por que o quê? Por que estou ajudando você? Eu já disse isso."

"Por que está fazendo isso?"

"Porque precisamos dar o fora daqui! Porque eu prometi ao seu pai..."

Ela choraminga, se afasta. No escuro, posso senti-la puxar as mãos para si.

"Ei", tento reconfortá-la. "Está tudo bem. Seja lá o que ele prometeu, seja lá que ameaça ele fez... Ele não pode machucar sua família. É só algo que esses caras dizem para controlar você. Confie em mim. Vai ficar tudo bem."

"Eu farei o que você quer! Por favor. Já disse isso."

"O que você quer dizer, você já me disse o quê?"

"Tenho me comportado. Tenho me comportado tanto. Tenho feito tudo que você pediu." No escuro, ela se move de repente, agarra minha mão. "Por favor. Eu fiz exatamente o que você disse. Desde que me trouxe para cá. Fiz tudo que você mandou. Agora, por favor, me deixe ir para casa. Não vou contar a ninguém se você me deixar voltar para casa."

CAPÍTULO 30

10H30, SEGUNDA DE MANHÃ, D.D. finalmente chega à sede. Ela se sente levemente sem fôlego, a mente rodopiando depois da conversa com a agente do FBI de Atlanta sobre as circunstâncias em torno do resgate de Flora Dane das mãos de Jacob Ness. D.D. também estava extremamente consciente do quanto andava atrasada em suas obrigações como supervisora. Trabalhar efetivamente no caso, ok. Processar a papelada e gerenciar as pistas, por outro lado...

Ela seria uma boa menina hoje, tinha prometido a si mesma enquanto subia as escadas, café em uma das mãos, bolsa de couro em outra. Ela se sentaria. Ficaria concentrada. Ela se comportaria como uma supervisora de homicídio de verdade, bunda colada na cadeira, olhos na pilha de arquivos em sua mesa. Daria uma olhada nos relatórios, colocaria os pingos nos is, os traços nos tês e, nunca se sabe, talvez até fizesse uma descoberta revolucionária que avançaria enormemente o caso.

Quem disse que trabalhar no escritório não fazia a diferença?

A resolução durou o tempo que ela levou para virar em direção ao escritório, onde encontrou a mais nova detetive do departamento, Carol Manley, já a esperando. A loirinha usava as roupas de ontem e estava quase saltando sem sair do lugar, cabelos em pé.

"Você passou a noite inteira aqui?", D.D. perguntou, franzindo a testa. Então: "Espere um pouco. Você estava analisando as gravações. Encontrou cenas do sequestro de Flora?"

"Não. Encontrei o inspetor predial."

"Você se refere ao sequestrador disfarçado de inspetor predial?"

"Não, o inspetor de fato. Ele existe de verdade!"

A detetive Carol Manley definitivamente não havia dormido na noite anterior e, aparentemente, havia compensado com muitas xícaras de café, talvez dezenas delas. D.D., que se orgulhava de falar "cafeinês", teve que pedir a ela para desacelerar várias vezes para conseguir entender a história.

Carol havia repassado as imagens extraídas de várias câmeras na vizinhança do apartamento de Flora, mas não havia feito nenhuma descoberta significativa.

"Tem material demais", ela explicou com pressa. "Muitos lugares, muitos carros, muito tráfego de pedestres. Cada quadro, cada câmera, há dezenas e dezenas de pessoas. E como não sei quem eu estou procurando, como filtro isso?"

"Você começa procurando Flora", D.D. a interrompeu.

"Claro. Flora. Mas que Flora? Ela sumiu na noite de sexta, manhã de sábado. Acho que encontrei uma cena da câmera de tráfego do carro do Dr. Keynes descendo a rua, mas foi isso. Nada de Flora andando pelas ruas depois disso, e não é como se eu tivesse vídeos diretos do seu prédio. O melhor que posso fazer é verificar as imagens das câmeras de tráfego dos carros passando pelo cruzamento perto do seu apartamento para ver se ela está em algum deles. Mas, outra vez, são tantas janelas, tantos carros, tanto tráfego."

D.D. esfregou a testa, entendendo o argumento. Examinar vídeos locais sempre parecia uma ideia excelente até, é claro, você ser a detetive perdida nisso.

"Então me peguei pensando", Carol continuou apressada. "O que eu precisava era de mais informação, outra pista visual. Aí me ocorreu que os proprietários, Mary e James Reichter, tinham dito que o inspetor predial tinha aparecido na terça-feira."

"Só que a divisão de inspeção predial não possuía registro disso."

"Exatamente! Mas por que não começar com câmeras de tráfego da terça-feira, certo? De modo geral, o meio-dia de terça-feira tem menos tráfego do que um sábado à noite. Além disso, sabemos que o suspeito é um sujeito grandão, o que o destacaria na câmera. Imagino que talvez possamos conseguir um vídeo do verdadeiro sequestrador ou, se eu realmente tiver sorte, o veículo e a placa."

D.D. não se conteve: ela estava impressionada. Procurar imagens do suspeito em sua visita ao apartamento na terça-feira fazia mais sentido como ponto de partida. E, sim, uma placa...

"Mas você o encontrou?", ela perguntou a Manley.

"Sim, encontrei. Riley Hayes. Só que ele não é alguém fingindo ser um inspetor predial. Ele é um subcontratado de verdade que inspeciona prédios."

"O quê? Mas o departamento..."

"Ainda não viu seu relatório. Hayes ainda está escrevendo-o, por isso não há registro. Mas a câmera de tráfego gravou um veículo passando pelo cruzamento na terça-feira com um logotipo na lateral: Inspeções Hayes. Eu copiei a placa, fiz algumas ligações, e *voilà*. Inspetor Riley Hayes, que realmente visitou o prédio dos Reichter na terça-feira."

"Mas..." D.D. franziu a testa, deu um belo gole no café, franziu a testa de novo. "Quero falar com ele."

Manley sorriu, subindo e descendo na ponta dos pés novamente. "Eu sei. Por isso o coloquei esperando por você na sala 6."

D.D. precisou de um minuto. Ela enfiou a bolsa embaixo da mesa, tirou a jaqueta, tomou uns goles extras de cafeína. Sua mente estava frenética novamente, e não de um jeito bom. O inspetor predial da história não podia ser um inspetor de verdade. Isso não faria nenhum sentido. Um suspeito fingindo inspecionar o prédio como uma artimanha para acessar as chaves explicaria como a mesma pessoa conseguiu entrar no apartamento fechado de Flora. Mas um inspetor predial de verdade, fazendo de fato o trabalho...

Qual a probabilidade disso?

Carol a esperava do lado de fora da sala de reunião. A detetive estava armada com uma xícara nova de café, aparentemente sem notar o tremor começando em seu olho direito. Cafeinólatra experiente, D.D. reconheceu os sintomas de alguém chapado de grãos torrados. Isso logo viraria uma pontada excruciante na têmpora. Boa sorte com isso, ela pensou, então abriu a porta para a sala de interrogatório.

A sede do departamento de polícia de Boston era uma monstruosidade moderna de vidro que ou você amava ou odiava. De qualquer forma, não era o estereótipo apresentado em programas policiais – aquela confusão de teto caído, estragado, com vazamentos nos tubos e manchas. Os escritórios da unidade de homicídio poderiam se passar por instalações de uma seguradora, com uma longa parede de janelas, cubículos cinza agradáveis e uma amplidão azul de carpete comercial. Combinando com o tema, o departamento tinha várias salas menores para conversas particulares com famílias e reuniões mais silenciosas entre detetives.

A sala 6 era exatamente uma delas. Uma pequena sala com uma mesa modesta e algumas cadeiras. Um espelho de observação com acesso pelo corredor. Não era nem intimidadora nem acolhedora, o que a tornava perfeita para conversas como essa, nas quais D.D. entrevistava ou um suspeito potencial ou um colega servidor público.

O inspetor olhou para cima enquanto D.D. abria a porta. À primeira vista, era mais novo do que D.D. havia pensado. Cabelos escuros, corte curto. Maxilar quadrado. Ombros fortes. Um sujeito grande, o tipo que impressionaria proprietários de mais idade como Mary e James Reichter. Na camisa azul-escura, nome bordado em fio branco no lado esquerdo. Ele também transmitia a confiança adequada. Profissional forte e competente.

Não era de se espantar que Mary e James tivessem entregado-lhe as chaves do prédio. D.D. imaginou que muitas inquilinas e proprietárias se sentiriam seguras em fazer o mesmo.

"Riley Hayes?", ela perguntou, entrando na sala.

Ele assentiu, sem olhá-la exatamente nos olhos. Nervoso, ela pensou. Honesto, mas não muito confiável.

Assim como muitas pessoas quando convocadas a um interrogatório policial oficial.

Carol Manley entrou logo atrás de D.D., fechando a porta. A sala não era tão grande; D.D. e Carol sentaram-se à mesa, lado oposto ao suspeito, e só restou espaço o suficiente para respirar.

Carol pousou a caneca de café. D.D. viu o homem olhar para ela, uma inalada reflexiva do vapor que flutuava, mas não disse nada.

"Você inspecionou o prédio semana passada." D.D. repetiu o endereço enquanto abria o arquivo que Manley tinha preparado sobre Hayes. D.D. passou o olhou no relatório com seu histórico, notando algumas multas de trânsito, nada de interesse real.

Hayes assentiu. "Isso mesmo."

"Há quanto tempo você é inspetor?"

"Seis meses."

"É recente então." D.D. olhou para cima. "Diz aqui que você foi originalmente treinado como bombeiro."

"Eu fui bombeiro. Até machucar as costas. No trabalho. Um pedido médico me transferiu para esse emprego."

"Gosta do trabalho?"

Ele deu de ombros, olhando para a mesa. "É um trabalho."

"Hayes Inspeções. Sua própria empresa?"

"Do meu pai. George Hayes. A empresa é dele."

Ela achou aquilo interessante. "Quantos prédios você inspeciona por semana?"

"Depende da semana. Alguns prédios, como o dos Reichter, não são muito grandes, não demoram demais. Já outras propriedades... você pode levar dias."

"Por que o prédio dos Reichter?"

"Apareceu no computador como atrasado. O município está com uma lista de atrasos, a prefeitura contratou empresas como a do meu pai para resolver isso."

"Então você esteve lá por causa do computador?"

Ele finalmente se virou para ela, olhando nos seus olhos pela primeira vez. "Pode ligar para a divisão de inspeção predial. Do que isso se trata mesmo?"

D.D. ignorou a pergunta. "De acordo com os proprietários, eles não puderam acompanhá-lo pelo prédio. Muitos degraus."

"É verdade."

"Em vez disso, entregaram a você as chaves de vários apartamentos."

Na frente dela, Hayes parou, pareceu pensar a respeito. "Alguém disse que está sentindo falta de alguma coisa? É por isso que estou aqui?"

"Não estou interessada em furto", D.D. o informou. "Não é o meu departamento."

Hayes franziu a testa, parecendo ainda mais confuso, exatamente como D.D. queria. "Alguém estava presente em alguma das unidades?", ela perguntou.

"Sim, na verdade."

"Quem?"

"Mulher. Terceiro andar. Eu ia colocar isso no meu relatório: ela não me deixou entrar."

"Você sabe o nome dela, Sr. Hayes?"

"Não. Não dá para dizer que ela é o tipo de pessoa que gosta de conversar. Também não parecia ligar muito para regulamentos."

"Ela não acreditou que você fosse inspetor predial?"

"Precisei mostrar a identificação duas vezes para ela." Primeira centelha de emoção em seu rosto: irritação. "Mesmo assim, ela disse que teria que ligar para confirmar antes de eu poder entrar." Ele balançou a cabeça. "É cada uma que me aparece."

"Ela deixou você entrar?"

"Não. Quando ligou ao departamento, ninguém atendeu. Além disso..." Ele hesitou.

"O quê?" D.D. o pressionou. "Além disso o quê?"

"As fechaduras. Ela tinha várias trancas e chaveamentos. Eu a informei de que o regulamento não permitia. Em uma emergência, elas prejudicariam a capacidade do corpo de bombeiros acessar o apartamento."

D.D. estava intrigada. "E como ela reagiu?"

"Ela me informou que fogo era a menor de suas preocupações", disse o inspetor, secamente. "Depois me pediu para ir embora; ela não queria nenhum burocrata a ensinando sobre segurança."

"O que você fez em seguida?"

Ele deu de ombros. "Perguntei se eu poderia pelo menos verificar os alarmes de incêndio e saídas de emergência do apartamento."

"Ela concordou?"

"Fala sério. Apontou para um alarme no teto do corredor, que podia ser visto da porta. Me disse que, em pé onde eu estava, eu devia conseguir ver que ele estava funcionando muito bem. A luz verde de LED indicava que ele tinha energia, e a luz vermelha piscando indicava bateria de emergência. E quanto à saída de emergência do apartamento, ela me convidou a olhar a saída de incêndio pelo lado de fora."

"Parece encantadora", D.D. disse. "Pode descrevê-la, por favor?"

Hayes se sobressaltou, parecia surpreso com o pedido. "Não sei. Pequena. Quer dizer..." Ele corou. "A maioria das meninas parece pequena para mim. Cabelos loiros, despenteados. Vestia roupa casual. Casaco folgado, pés descalços. Não sei. Ela não era muito amigável, foi o que mais me marcou."

"E garotas geralmente são amigáveis? Com um sujeito jovem e de boa aparência como você?"

Ele hesitou, sua expressão cautelosa novamente. "O que você quer? Ela falou algo a meu respeito?"

"Por quê? Você fez algo errado? Talvez perdeu a compostura, ficou frustrado? Claramente, ela não estava tratando você com o devido respeito."

Hayes balançou a cabeça. "Escuta, eu não sei que o está acontecendo aqui. Sim, eu inspecionei o prédio residencial dos Reichter. Sim, falei com uma mulher no terceiro andar. Mas foi só isso. Ela não me deixou entrar, eu não forcei a barra. Anotei sobre o alarme de fumaça funcional que pude ver e depois, sim, dei a volta pelo prédio e verifiquei a saída de incêndio."

"Subiu nela?"

"É claro."

"Espiou pela janela?"

"O quê? Ei, escute aqui." Mãos para cima agora, postas sobre a mesa, o rosto largo enrubescendo. "Só fiz meu trabalho, nada além disso. Não sei o que ela disse, mas seja lá o que for... Entrei no prédio, inspecionei a escada de incêndio, e foi isso. Pergunte aos Reichter. Devolvi todas as chaves para eles, não devo ter levado mais do que quinze minutos, vinte no máximo. E posso mostrar meu relatório preliminar – os diagramas, tudo que tenho que fazer. De quinze a vinte minutos é um tempo bom. Então seja lá o que ela disse que aconteceu, não aconteceu."

"Se importa em passar por um polígrafo?"

"Sério isso? Quer dizer... Eu preciso chamar um advogado? O que aconteceu?"

"O nome Flora Dane diz alguma coisa a você?"

"Não. Deveria?"

"Era a mulher do apartamento no terceiro andar."

"Não sei. Como eu disse, ela não era muito de conversa."

"Ela está desaparecida."

"O quê?"

"Ela desapareceu. Provavelmente foi sequestrada. No sábado à noite. Provavelmente por alguém que tinha a chave de todas as trancas da porta."

Hayes se calou, ficou pálido. Olhou para D.D., depois para Carol Manley, de novo para D.D. , que não sabia mais dizer o que se passava em sua mente. Culpa? Inocência? Negação? Racionalização? Ele tinha um jeito meio suspeito, ela decidiu. O suficiente para valer uma provocação.

"Devolvi as chaves para o proprietário", ele declarou. "Seja lá o que aconteceu, não tem nada a ver comigo."

"Seria bem fácil tirar um molde das chaves ou fazer uma cópia real."

"Não. Não seria."

"Onde você estava sábado à noite?"

"O quê?"

"No sábado à noite. Onde você estava?"

"Tive um compromisso." Hayes se endireitou, elevou a voz. "No Beer Garden de Boston. Saí com um grupo de amigos. Posso passar a você o nome deles".

"Que horas?"

"Às 19h."

"Antes disso?"

"Me arrumando. Eu divido o apartamento com um colega. Ele pode confirmar." Hayes disse. Ele encontrou a saída e se encaminhou até ela. "Escute, pergunte ao meu pai, pergunte a quem você quiser. Eu sou uma boa pessoa. Apareço, faço meu trabalho e pronto. Na terça-feira, no prédio dos Reichter... Não sei o que aconteceu com aquela mulher, mas prometo a você: eu não tenho nada a ver com isso. Sábado à noite eu saí com amigos e posso provar."

Dez minutos mais tarde, de volta ao escritório de D.D.

Carol Manley: "Eu não acho que esse cara tenha copiado um molho de chaves ou sequestrado Flora Danes".

"Não."

"Mas se não foi ele, quem poderia ter esse tipo de acesso? Abrir uma porta com tranca tripla, agarrar uma profissional altamente treinada enquanto ela dorme?"

"Não faço ideia", disse D.D.

"Então voltamos à estaca zero. Nós procuramos a vítima, Flora Dane."

"Claro."

"Bem, e Stacey Summers, porque talvez seja o mesmo responsável, certo? Só que no caso há o Devon Goulding, que Flora matou, e as fotos das mulheres desaparecidas, que talvez ele tenha matado."

"Não pode ter sido Devon Goulding", disse D.D. "Ele já estava morto quando Flora desapareceu."

Carol suspirou, passou a mão pelos cabelos amassados. "Estou confusa", disse a nova detetive.

"Eu também", D.D. concordou. "Eu também".

CAPÍTULO 31

A mulher que parecia minha mãe estava falando na televisão. Sentada sozinha na cama do quarto de um motel barato, encarei a imagem. O som estava desligado. Observei os lábios se moverem e tive uma sensação de déjà vu. *Por um momento, quase podia ouvir o que ela dizia:* "Isso é a cara da Flora, tirando um cochilo!"

Saí da cama, me aproximei da televisão.

Um pingente de raposa aninhado na cavidade de seu pescoço. Eu a toquei, meu dedo tão grande contra a tela pequena que cobriu toda a cabeça da mulher. E eu tive novamente, aquela sensação de déjà vu. *Porque eu já tinha feito isso antes, visto a mulher que parecia minha mãe falar na televisão. Mas isso tinha acontecido meses e meses atrás, uma eternidade atrás.*

Quando eu ainda era uma garotinha que pensava que um dia iria para casa. Agora, a imagem dela na televisão me pegou desprevenida. Ela não devia estar falando de mim ainda. Ela não devia continuar sentindo minha falta.

Jacob disse que ninguém mais sentia minha falta. Jacob disse que eu já estava morta. Jacob disse que minha família era melhor sem mim.

Jacob, Jacob, Jacob.

Jacob, que havia me deixado mais uma vez.

Ele havia feito merda em um trabalho. Não iria admitir algo assim. A bebedeira fez a entrega da semana passada chegar atrasada. O sujeito não estava feliz. Gritando na doca de carga e descarga. Não sei o que foi dito exatamente. Fiquei sentada dentro da cabine, do jeito que as boas meninas fazem, esperando meu homem voltar para mim.

Quando Jacob finalmente subiu na cabine do motorista, estava furioso, mãos sobre o volante, lábios cerrados em linha sombria. Fomos direto da área de embarque e entrega para uma parada de caminhão. Ele estacionou o veículo, me mandou sair. Dentro da loja de conveniência, comprou cerveja, um maço de cigarros e, após pensar duas vezes, um pouco de batata frita.

Depois, andamos quase cinco quilômetros até um motel pequeno que ele tinha visto da estrada.

Após entrarmos, foi só cerveja, cigarro e sexo, não necessariamente nessa ordem. Em algum momento me foi permitido comer um pouco de batata frita, mas isso foi há dias, e agora estava com fome.

Ele saiu no início da manhã. Assim como fez ontem, e no dia anterior. Não comentou sobre onde estava indo. Cerveja, cigarro, sexo. Só isso nesse quarto.

Ele havia perdido o emprego? Ele não parecia com pressa de voltar para a estrada. Estava sem dinheiro? Se ele não trabalhasse, como cobriria o custo dos quartos de motel, comida e engradados de cerveja?

O que aconteceria comigo?

Minha mãe que não parecia minha mãe. Ela tinha lágrimas no rosto. Estava chorando na televisão. Mais de um ano depois, ainda suplicando para eu voltar em segurança para casa.

"Isso é a cara da Flora, tirando um cochilo!"

Passos do lado de fora da janela. Rapidamente, eu desliguei a televisão e voltei para a cama.

Jacob entrou pela porta dois segundos depois. Vestia seu habitual jeans engordurado, a camiseta amarela, uma camisa de flanela aberta.

Embaixo dos braços carregava uma caixa de cerveja. Na outra mão, um saco de papel pardo. O mais provável é que fosse uísque Four Roses*, que ele beberia direto do gargalo.*

"Está olhando o quê?", perguntou ao perceber que eu o observava. "O quê? Ainda está de pijama? Como se fosse cair um braço se você fizesse um esforço para se arrumar enquanto eu saio."

Eu toquei a bainha da minha camisola de cetim preto, bordeado por uma renda creme nas partes superior e inferior. Ele a tinha comprado alguns meses atrás. Pensei que gostasse.

Desceu a cerveja com força. O uísque. Eu o olhei de cima a baixo, desesperada por algum sinal de comida.

"O que foi?", ele perguntou de novo, enfiando um cigarro entre os dentes tortos.

"A batata frita acabou", eu sussurrei.

"Batata frita? É só com isso que você se importa? Encher a pança? Jesus, não é de se espantar que você tenha engordado."

Não disse nada. Os ossos de meu quadril estavam salientes sob o brilho do cetim preto. Eu era muitas coisas, mas provavelmente não era gorda.

"Teve um dia ruim?", perguntei finalmente, incerta do que dizer.

"E existe dia que não seja?"

"Você, hum, ficou fora algum tempo."

Ele não disse nada.

"Ontem também. E anteontem." Não conseguia olhar para ele enquanto falava. Fiquei remexendo nas bolinhas de tecido do edredom azul desgastado.

"Com ciúme?", ele perguntou. Abriu a caixa de cerveja. Pegou a primeira lata. "Imaginando que o tesão acabou? Sou homem, entende. Não existe garota, ainda mais um lixo descuidado como você, que vá manter minha atenção por muito tempo. Talvez", ele se virou, ergueu a lata, "talvez eu tenha ido dar uma procurada".

Congelei, sentindo o coração acelerar. Ele podia estar mentido. Gostava de me atormentar. Mas a zombaria em seu rosto, o olhar duro...

Engoli em seco, fingi que as mãos não estavam tremendo no edredom.

"Isso é a cara da Flora, tirando um cochilo."

Mas quem era Flora? E como ela poderia voltar para casa um dia? Havia somente eu. Esse quarto. Esse homem. Minha vida agora.

"Me leve junto", me ouvi dizendo.

"Por quê? Quer conhecer sua substituta?"

"Claro." Mantive a voz firme, me forcei a olhá-lo nos olhos. "Quero ver se ela é bonita o suficiente para você."

Aquilo o pegou desprevenido. Minha arma secreta, minha única característica redentora. Não importava o quanto ele tentasse me controlar, de tempos em tempos eu ainda o surpreendia. Ele gostava disso. Mesmo agora, podia ver a centelha de interesse em seus olhos. Ele soltou a cerveja, os olhos passando pela minha camisola fina de cetim.

"Muito bem", disse ele. "Mas você não pode mudar de roupa."

Eu o segui descalça para fora do quarto, braços cruzados de modo semiconsciente na frente do peito. Pela primeira vez, notei que seu caminhão estava estacionado na frente do motel. Sem nenhum container, é claro, só a cabine de dormir, que era chamativa o bastante. Ele entrou.

Meio da tarde. O sol estava a pino. Onde eu havia crescido, o sol fazia as pessoas saírem para aproveitar o clima. Mas onde eu estava agora, o calor tinha o efeito oposto, colocando todo mundo para dentro de casa, no conforto do ar-condicionado.

Ninguém notou enquanto eu andava seminua em volta da cabine e subia a bordo. Jacob deu a partida e acelerou.

Ele dirigiu em silêncio. Imaginei que iríamos em direção à praia, para a faixa de bares que visitamos na primeira noite, onde atendentes vestiam shorts curtos e camisetas brancas que batiam no umbigo. Definitivamente, um visual que cairia melhor se a maioria das mulheres tivesse menos de 40 anos e não estivesse inchada por camadas de gordura ganhas depois de ter meia dúzia de filhos ingratos.

Mas ele foi além dos bares, saindo da estrada, descendo ruas laterais pequenas. Ele seguiu na direção de uma vizinhança.

No último segundo, ele parou e encostou o caminhão em uma faixa pantanosa, grama comprida soprando ao vento.

"Vamos andando", disse ele, olhando para meus pés descalços, me desafiando a reclamar.

Não reclamei. Saí. Mantive-me no lado arenoso do asfalto fumegante e segui adiante. Movimento no mato ao meu lado. Podiam ser pássaros. Cobras. Animais selvagens. Eu não pensei nisso. Só continuei andando.

Jacob perambulou no meio da estrada, fumando um cigarro novo, sem dizer palavra.

A rua estava malcuidada. Esburacada no centro, com as margens desabando. Não era a melhor rua, não era a melhor vizinhança. As casas eram pequenas e monótonas, cores em tom pastel tão desbotadas quanto as roupas penduradas nas cordas dos varais.

Podia ouvir cachorros latindo ao fundo, bebês chorando dentro das casas. Aqui e ali, crianças cansadas paradas nos quintais frontais empoeirados, olhando para o homem fumando e para a garota semivestida. Jacob continuou andando e eu também.

Uma virada aqui, uma virada ali, e então estávamos atrás de uma fileira de casas, parcialmente protegidos por uma crista de arbustos que tinham crescido demais. Jacob desacelerou, passos hesitando.

Por um momento, vi algo transparecer em seu rosto. Saudade.

O olhar de um homem que se importava.

Ele parou.

Eu tropecei, quase colidi com as suas costas. Dessa vez, algo escorregou sobre meu pé, definitivamente uma cobra. Abafei um grito no mesmo instante em que a mão de Jacob cobriu minha boca.

"Fique calada", ele me instruiu, com raiva. Podia ver o brilho fanático em seus olhos. Seja lá o que eu estivesse prestes a ver, o que quer que estivéssemos prestes a fazer, era algo realmente importante para ele.

Não sou eu mesma, pensei enquanto virava com ele na direção da última casa do quarteirão. Persianas pretas tombando, tinta rosa descascada, telhado em mau estado. Isso não sou eu, pensei enquanto nos aproximávamos mais e mais, o cigarro de Jacob jogado fora há tempos, e agora...

Uma faca ao lado.

Esta não é Flora, pensei, uma garota que um dia brincou com raposas, agora parada do lado de fora de uma cerca metálica, espionando o que havia do lado de dentro.

Avistei minha rival imediatamente. A porta de correr dos fundos estava aberta. Ela estava sentada lá dentro, no conforto relativamente fresco, assistindo à TV. Tinha cabelos escuros compridos, amarrados em rabo de cavalo. Usava um top verde desbotado e short jeans. Ela olhava para a televisão velha, fumando sem parar, os braços compridos supreendentemente brancos para alguém que morava para esses lados. Mas ficava bem nela, cabelos escuros, a pele cor de creme. Como a Branca de Neve. Tudo que ela precisava agora era de lábios vermelho-sangue.

Mesmo antes de ela se virar eu já sabia que era mais bonita do que qualquer loira magrela da Nova Inglaterra como eu. Não, ela tinha cílios escuros postiços, as maçãs do rosto bem marcadas e um jeito muito sensual.

Minha substituta. O novo brinquedo de Jacob.

E eu percebi, imediatamente, que a faca não era para ela. Ele tinha trazido a faca para mim. Uma estocada rápida e eu estaria acabada, empurrada para dentro dos pântanos para alimentar crocodilos. Exatamente como ele havia prometido.

"Isso é a cara da Flora, tirando um cochilo."

Seria essa a sensação da morte? Finalmente conseguir dormir?

Dentro da casa, a garota virou a cabeça. Alertada por um barulho, por nossa presença? Percebi que estava segurando a respiração, enquanto Jacob inspirava fundo ao meu lado.

Parecia mais velha do que eu tinha imaginado. Não uma garotinha ingênua. Talvez mais perto dos vinte e poucos, o que me surpreendeu. Jacob sempre dava preferência a adolescentes. Mais fáceis de adestrar, ele havia me contado.

Olhei para ele agora, tentando entender.

E...

A expressão em seu rosto. Adoração. Fixação. Um homem total e desesperadamente apaixonado. Olhando para essa nova garota de um jeito que ele nunca havia me olhado.

Minha vez de inspirar fundo, e no momento seguinte eu entendi. Essa não era uma garota aleatória, nem uma substituta escolhida por impulso.

"É a Lindy", eu disse.

"Shhh. Ela vai ouvir você!"

"Ela ainda está viva?"

"É claro que está viva!"

"Você não se cansou dela? Depois a matou e a jogou aos crocodilos?"

"Do que diabos você está falando?", ele sussurrou com raiva. "Eu nunca a machucaria."

"Você a ama."

"Cale a porra da boca."

"Você ama. Você a ama... de verdade."

A garota na casa se virou, alertada pela nossa conversa. Levantou-se e olhou em nossa direção.

Ao meu lado, mais uma vez Jacob prendeu a respiração. Ele a observou andando ao nosso encontro, completamente petrificado.

Soube então que odiava aquela garota. Ela era o verdadeiro inimigo. Se Jacob nunca a tivesse amado, nunca a tivesse perdido, ele não estaria sequestrando o restante de nós nas praias da Flórida. De alguma forma, ela o havia inspirado e depois perturbado.

E agora, depois de tudo a que eu havia sobrevivido, tudo que eu havia perdido, era ela que tiraria Jacob de mim. Por causa dela, Jacob finalmente usaria aquela faca, depois daria meu corpo de comida para a vida selvagem local. Minha mãe nunca saberia o que havia acontecido comigo. Ela havia passado anos falando em frente de todas aquelas câmeras, usando o pequeno pingente de raposa e implorando pelo retorno de uma filha que já estava morta.

Odiei Jacob naquele momento. Odiei tanto quanto havia odiado no primeiro dia, recobrando a consciência dentro de um baú em forma de caixão. Mas odiava ainda mais aquela garota.

Lindy. A garota que havia começado tudo isso. A garota que enfim me destruiria.

A menos, é claro...

Que eu a matasse primeiro.

CAPÍTULO 32

"ENCONTRAMOS UM CORPO."

"Você não quer dizer corpos?", D.D. olhou para frente e viu Phil parado na sua porta. Ele estava sacudindo a cabeça.

"Não. Corpo. Em um dos destinos listados no GPS do veículo de Goulding."

"Kristy Kilker, Natalie Draga?"

"É o que vamos descobrir."

D.D. automaticamente empurrou a cadeira para trás, então ela própria se interrompeu. "Espera. Isso é um teste? Porque eu ouvi você, sabe. Já entendi que sou cabeça-dura e controladora, que devia confiar nos parceiros e ter mais fé na capacidade deles de realizar as tarefas. Isso significa que você vai ver o corpo e eu vou esperar o relatório como uma boa supervisora em regime restrito de trabalho. E então", ela se conteve, tão surpresa quanto qualquer um pelo o volume repentino em sua garganta. "Então você não estará mais bravo comigo."

"Não estou bravo com você."

"Eu confio em você", ela falou enquanto podia. Porque agora estava se lembrando da conversa da véspera com Phil – e isso lhe doía. Nunca diria isso em voz alta, mas Phil era a coisa mais próxima de uma figura paterna que ela tinha, especialmente considerando que seu próprio pai não aprovava seu trabalho. D.D. não sentia falta dos pais, que viviam na Flórida. Nem se importava mais com o fato de eles não entenderem seu trabalho. Mas Phil, aquela decepção evidente com ela... Aquilo machucava.

"Confio em você, Phil. Confio em Neil. E sinto falta de vocês, rapazes. Todos os dias. Sinto falta da nossa equipe, da nossa parceria. Não gosto de sentir que deixei vocês na mão. Porque vocês são minha equipe. Sempre foram. E, vamos encarar isso, não é todo mundo que quer uma pessoa cabeça-dura e controladora que nem eu em sua equipe. Eu sei disso. Definitivamente, sei disso."

"Você acabou?"

"Talvez."

"Porque isso não é um teste. Porém, só para você saber, você é mesmo cabeça-dura e controladora."

"Eu sei."

"E devia ter mais fé em nós."

"Eu sei."

"Mas você também é você, e eu conheço você, D.D. Na maior parte do tempo, quando não estou completamente desesperado, frustrado ou apavorado, até gosto de você. Agora que nós dois estamos de acordo de que eu estou certo e você errada, você vai vir com a gente ou não?"

"Ir com vocês?"

"Até a cena do crime. Com o corpo. Mas eu dirijo."

Ele não precisou convidar D.D. duas vezes. "Vamos!"

"Você é realmente uma péssima supervisora em regime restrito de trabalho transicional."

"Sim. Tenho pensando bastante sobre isso." O que ainda não a impedia de pegar sua jaqueta de couro e se afastar da mesa. "Então, para onde vamos?", ela perguntou enquanto seguia Phil pela porta, ordem mundial oficialmente restaurada.

"Mattapan."

"De novo? Por que os corpos estão sempre escondidos em Mattapan?"

"Porque algumas vizinhanças são assim mesmo."

Mattapan tinha um parque natural administrado pela sociedade Mass Audubon em uma área que era parte de um hospital psiquiátrico abandonado. Tanto Phil quanto D.D. tinham isso em mente enquanto contornavam o perímetro da propriedade, aproximando-se da elaborada cerca de ferro que separava a extensão inesperada de árvores frondosas da densa selva urbana que a cercava.

Eles já haviam estado antes nesse parque. Haviam caminhado por esses terrenos quando os restos esqueléticos da instalação psiquiátrica ainda piscavam seus olhos de vidro estilhaçados no topo da colina. Conheciam tudo sobre os fantasmas do passado da região e sobre os restos mumificados de seis meninas, que foram escavados de um poço subterrâneo na última vez que a dupla de policiais esteve ali.

Seguindo Phil em direção à primeira trilha arborizada, D.D. sentiu um arrepio – e não foi por causa do clima.

Teoricamente, o Hospital Estadual de Boston havia sido desativado há tempos. Metade do espaço verde acabou se tornando o Boston Nature Center, casa de 150 espécies de pássaros e 350 espécies de plantas em uma região densamente urbanizada onde prédios de três andares, muitos deles desgastados pelo tempo, ficavam lado a lado.

Moradores de Boston vinham de todos os cantos para caminhar entre essas árvores, ouvir os pássaros, admirar as borboletas. O parque aparecer como destino frequente no GPS de Devon Goulding podia simplesmente significar que ele era alguém que gostava de estar próximo da natureza.

Só que, é claro, o local também significava um bom pedaço de espaço verde escondido, exatamente o que um assassino precisa para enterrar um corpo.

De acordo com Phil, eles haviam trazido cães no início da manhã.

Foram menos de vinte minutos para fazer a descoberta: um monte baixo de terra descansando ao lado de uma depressão igualmente comprida no solo, ambos começando a ser retomados pela vegetação rasteira.

Leigos geralmente gravitam em direção ao montículo quando cavam em busca de um corpo. Profissionais experientes como os do departamento médico legal de Boston, contudo, são mais espertos. O monte havia se formado com toda a terra descartada que o assassino havia retirado da cova – cavando, deslocando o solo para o lado. A depressão, essa sim era a cova. Onde o criminoso havia enterrado o corpo, depois o coberto com solo suficiente para nivelá-lo razoavelmente. Jamais considerando os efeitos da putrefação. Esquecendo que carne e músculo cedo ou tarde iriam apodrecer, escorregar para fora dos ossos, se fundir ao próprio solo. Que se moscas varejeiras tivessem encontrado uma maneira de colocar ovos no corpo antes de ele ser enterrado, esse processo aconteceria ainda mais rápido – sem falar na atividade de bichos, já que uma nova fonte de alimento acabou sendo introduzida na área.

Túmulos rasos criam vida própria. Uma hora ou outra, todos os corpos fazem o que estão destinados a fazer: apodrecem. Das cinzas às cinzas, do pó ao pó. Desaparecendo novamente na terra, até que, meses depois, uma depressão singular se forma. O tipo de formato que qualquer detetive experiente de homicídios daria uma olhada e diria: ei, aposto que tem um corpo enterrado aí.

Toda a equipe do departamento médico legal estava em campo. Esse tipo de resgate é conduzido como uma escavação arqueológica, com a área coberta de folhas sob as árvores já marcadas em uma série de mapas quadriculados. Cada pá de terra removida vai para um recipiente marcado, para que possa ser esquadrinhada mais tarde atrás de sinais de evidência adicional. Levaria o dia inteiro para o legista remover o corpo, D.D. sabia disso, e semanas, se não meses, até a chegada do relatório completo.

D.D. e Phil se aproximaram, garantindo que não chegariam perto demais.

Ben Whitely era muito bom em seu trabalho, o que significava que era dono do território e tinha pouca paciência para truques policiais estúpidos. Ele já havia se envolvido romanticamente com Neil, ex-companheiro de equipe de D.D. Após a separação... eram todos profissionais. Mas nada voltou a ser exatamente como antes.

"Dia, Ben", disse Phil. O início das hostilidades.

Em resposta, recebeu um grunhido de uma figura corpulenta curvada sobre o túmulo raso, aparentemente escovando a sujeira. D.D. reconheceu seus movimentos a partir de recuperações passadas: eles haviam exumado todo o caminho até o corpo, e Ben agora estava limpando a camada final de solo fino da pele mumificada, os ossos, o que restava.

Perto assim, D.D. poderia sentir o cheiro, mistura de decomposição com turfa de solo e folhas caídas. Então, o cadáver ainda não virou completamente um esqueleto, o que faz sentido considerando a linha do tempo dos desaparecimentos das mulheres.

"Homem ou mulher?", D.D. perguntou. Diferentemente de Phil, ela não perdia tempo com cumprimentos. Sabia que isso a tornava uma das pessoas favoritas de Ben. Ele também não se importava com cordialidades.

"Mulher."

"Hora da morte?"

"Vai se lascar."

D.D. e Phil se entreolharam. Aparentemente, essa era uma pergunta para ser respondida no necrotério. Fazia sentido. A taxa de putrefação em covas rasas variava consideravelmente, dependendo da profundidade da cova, atividade de insetos, esse tipo de coisa. Ben teria que analisar amostras de solo coletadas embaixo do corpo para apontar a hora da morte, e mesmo assim resmungaria sobre a precisão. São tantas variáveis que, hoje em dia, parece melhor ser detetive de homicídios do que legista.

"Roupas, joias, algum indicador específico que possamos usar para identificação?", perguntou D.D. Pessoalmente, torcia para que houvesse aquilo que, no jargão, é chamado de peças de reposição – qualquer coisa como implantes de silicone e joelhos artificiais, já que eram itens que vinham com número de série que poderiam ser rastreados.

"Consegui um brinco", Ben respondeu sem olhar para cima. "Aro de ouro. Alguma roupa. Acho que um jeans azul. Top de algodão. Não sei dizer se há algo nos bolsos. Não cheguei lá ainda."

D.D. olhou para Phil. "Neil e eu encontramos um monte de fotos de Natalie Draga no quarto de Goulding. Não me lembro de vê-la usando brincos de argola."

"Vou ligar para o Neil, pedir para ele verificar de novo", disse Phil. "Kristy Kilker?"

"Não encontramos nenhuma foto dela. Só a carteira de motorista."

"Peça para ele dar uma olhada nisso também. Em caso de ela estar usando os brincos naquela foto."

D.D. assentiu, embora fosse improvável. Algumas mulheres usavam os mesmos brincos dia após dia, mas uma menina de vinte e poucos passeando na cidade? O mais provável é que Kristy tivesse acessórios diferentes para cada roupa.

"O cabelo parece ser castanho", Ben falou da cova. O que bateria tanto com Natalie quanto com Kristy.

"Consegui algo das unhas. Pintadas. Rosa escuro, vermelho talvez? Uma de suas garotas desaparecidas gosta de manicure?"

Phil fez uma anotação. Mais um detalhe para verificar.

"Tem certeza de que só tem um corpo?", D.D. perguntou.

Ben finalmente olhou para cima, atravessando-a com o olhar.

"Deixa pra lá." Mesmo D.D. sabia quando bater em retirada.

"Então..." Ela tentou escolher a próxima pergunta com cuidado. "Temos duas garotas desaparecidas. Uma delas foi vista pela última vez nove meses atrás." Natalie Draga, que nem passou para pegar o último pagamento no trabalho. "Uma desapareceu há mais de cinco meses." Kristy Kilker, que havia ligado uma ou duas vezes para a mãe desde a alegada viagem à Itália.

"Se eu tivesse que escolher entre as duas..." Ben voltou a escovar.

"Claro."

"O corpo está mais para fresco. Creio que tenha ficado aqui uns dois ou três meses".

D.D. olhou para Phil.

"Só nos diga há quanto tempo o corpo foi enterrado", Phil alertou.

"Natalie Draga deve ter desaparecido nove meses atrás, mas isso não significa que ela foi assassinada na época."

D.D. concordou, entendendo seu ponto. Eles não sabiam o suficiente sobre Goulding e seu *modus operandi*. Ele havia mantido as garotas vivas por um tempo? As fotos assombrosas de Natalie Draga pareciam indicar algo assim. Mais uma vez, não tinham nada sobre Kristy além da carteira de motorista ensanguentada. Perguntas que D.D. gostaria de fazer a Goulding. Só que, graças a Flora Dane, ele não estava mais disponível para respondê-las.

"Ligue para a mãe de Kristy", ela instruiu Phil, por fim. "Pergunte a ela sobre brincos favoritos, esmaltes de unha. Talvez ela possa nos dar um ponto de partida."

Phil andou até um amontoado de árvores para usar o celular.

D.D. ficou sozinha, observando o legista escovar cuidadosamente a terra dos restos mortais de pelo menos uma garota desaparecida que finalmente voltaria para casa.

"A Garota de Rosa Choque", Phil relatou, quinze minutos depois. "O esmalte preferido de Kristy. Mantinha pintadas o tempo todo. Também gostava de um par de argolas douradas, presente dado pela mãe no aniversário de 17 anos."

"Kristy Kilker", disse D.D.

"Não é suficiente para uma identificação oficial."

"Não. Teremos que esperar Ben fazer a mágica completa no laboratório. Mas é provável que seja..."

"Kristy Kilker", Phil concordou.

"Então onde está Natalie Draga? Em um segundo lugar de descarte? Há outros destinos frequentes gravados no GPS de Goulding?"

"Nada que fosse servir para esconder corpos. Isso é o que temos."

"Os cães farejaram o parque todo?"

"Pois é."

"Então onde está Natalie Draga?", D.D. perguntou de novo.

Phil não tinha resposta.

D.D. olhou em volta – árvores, curiosos, a equipe de peritos criminais vestidos de azul à espera. "Phil, o que estamos deixando passar?"

Ela ligou para Samuel Keynes. Não sabia dizer por quê. Ele não era investigador, mas um psiquiatra profissional. Ele não pegava bandidos, ajudava as vítimas. E, ainda assim... Tudo nesse caso levava de volta a Flora Dane. Considerando seu desaparecimento, o elo mais próximo que eles tinham com a garota era o Dr. Keynes.

Isso era interessante por si só porque, na maioria das vezes, D.D. falaria com a mãe em uma situação assim. Mas, por causa do jeito feroz de Rosa, o relacionamento com ela estava tenso.

Pensando bem, a própria Flora não escolheu ligar para a mãe depois do incidente de sexta à noite, e sim para seu antigo especialista em vítimas.

Keynes atendeu após um toque. Parecia até que estava aguardando a ligação.

"Você conhece uma garota chamada Natalie Draga?", perguntou a ele.

"Não."

"E Kristy Kilker?"

"Não."

"Flora nunca mencionou esses nomes? Nunca falou sobre tentar localizar uma das duas?"

"Não. Detetive sargento..."

"Mas ela falou com você sobre Stacey Summers? Vamos lá. A hora de ser honesto é agora, doutor. Porque encontrei um cadáver e tenho bastante certeza de que vou encontrar mais. Flora fala com você. Flora conta a você coisas que não conta a mais ninguém. Nem mesmo para a mãe. Então, o que ela disse a você sobre Stacey Summers?"

"A ligação no sábado de manhã foi meu primeiro contato com Flora em meses. Pelo menos seis meses. Não somos tão próximos, detetive sargento. Não passa nem perto da proximidade que você imagina."

"Mas ela conta coisas a você. Coisas que não conta a mais ninguém. Hoje de manhã, falei com a agente do FBI que resgatou Flora. De acordo com ela, havia muitas perguntas sobre o que Flora fez durante o tempo que passou com Jacob Ness. Mas Flora não respondeu essas perguntas. Ela só falava com você."

"Entreguei um relatório completo com a declaração de Flora. Ao contrário do que você está insinuando, tudo que eu ouvi foi disponibilizado aos investigadores. O fato de Flora não querer compartilhar a experiência repetidas vezes... não é nada incomum para alguém que passou por seu nível de trauma."

"Ela fez isso? Ajudou a sequestrar outras vítimas?"

"Não que tenha me revelado."

"É esse o motivo? Todo esse negócio de ser justiceira? Culpa de sobrevivente para limpar sua consciência do que fez durante o tempo em cativeiro?"

"Seu chute é tão bom quanto o meu."

"Não. Não é verdade. Primeiro, você é o especialista. Segundo, ela confia em você. E continua ligando para você. Quando está com problemas, quando precisa de ajuda, é para seu número que ela liga. Cinco anos depois, doutor. Quantas famílias ainda ligam para você cinco anos depois?"

Keynes não disse nada.

"Sem falar na mãe", D.D. prosseguiu, pensando alto. "Rosa Dane. Ela me parece bastante confortável com você. Ela também o mantém na lista de discagem rápida, ou é você que liga para ela? Porque Flora não liga, e você sabe que isso a incomoda."

Então, ocorreu a D.D. O modo como Keynes tocara o ombro de Rosa ontem em seu escritório. O modo como ele ficara tão firme ao seu lado quando, honestamente, não havia qualquer motivo para ele estar lá, no fim das contas. Mas ele tinha ido. A pedido de Rosa. E ficado. O bom doutor e Rosa.

"Flora sabe?", D.D. soltou. "Sobre você e a mãe dela. Você chegou a contar para ela?"

"Detetive sargento, você tem alguma pista nova sobre o desaparecimento de Flora?"

"Responda minha pergunta primeiro."

"Não vou."

"É relevante..."

"Não, não é. Agora, você tem alguma informação nova..."

"Rosa está aí", D.D. prosseguiu, abruptamente. "Está bem ao seu lado, e está perguntando da filha."

Keynes não respondeu, o que D.D. tomou como um sim.

"Rosa não sabe, não é?", D.D. disse mais suavemente. "Sobre seus sentimentos por ela, você nunca contou."

"Garanto a você..."

"Eu me enganei. Entendi. Sua relação com a família é puramente profissional. Um agente modelo do FBI como você..."

"Detetive sargento..."

"Eu tenho um cadáver. De uma das mulheres que acreditamos ter sido sequestrada por Devon Goulding, encontramos os restos dela com base em evidências recuperadas na casa dele."

"Você acredita que acabou de descobrir uma das vítimas de Goulding? Em outras palavras, Flora tinha razão em suas ações de sexta-feira. Se ela não o tivesse matado, você poderia estar descobrindo o corpo dela agora."

"Flora sumiu. E o que quer que tenha acontecido com ela, tem algo a ver com Devon Goulding, Stacey Summers e pelo menos outras duas garotas desaparecidas. Seria coincidência demais algo diferente disso. Então vou perguntar novamente: Flora alguma vez mencionou os nomes Kristy Kilker ou Natalie Draga?"

"Estou dizendo a você: até sábado de manhã, eu não falava com Flora fazia meses."

"O que só me diz quando você falou com ela, mas não responde à pergunta sobre o que ela contou. Vamos lá, Keynes. Posso não ter as letras PhD escritas depois do meu nome, mas isso não significa que eu seja estúpida."

"Você tem alguma pista nova sobre o desaparecimento de Flora, detetive sargento?"

"Não."

"Por favor, me ligue quando tiver."

Keynes desligou. D.D. ficou lá, rangendo os dentes por mais um tempo. Perguntando-se mais uma vez sobre a relação entre o especialista em vítimas e a família Dane. E por que, mais uma vez, ela tinha a sensação de que ele não estava lhe contando tudo.

D.D. convocou a reunião da força-tarefa às 13h. Encomendou sanduíches e cookies porque era sempre bom manter a motivação da tropa. Também acrescentou salada, porque a maioria deles estava naquela etapa da vida em que apreciavam profundamente as folhas verde-escuras.

Alex entrou quando eles haviam acabado de começar. Vestia camisa e calça oficiais da academia. Ela se lembrou da oferta dele de dar uma passada no apartamento de Flora e notou, por seu olhar de concentração, que ele havia ido lá. Gesticulou para que pegasse um lugar, e ele garantiu também um sanduíche de peru.

"Isso é o que sabemos até agora", D.D. falou, em pé diante do quadro branco na frente da sala. Ela gostava de conduzir essas reuniões. Honestamente, precisava de uma oportunidade para organizar os pensamentos sobre o caso.

Apresentou uma lista de tópicos, infelizmente menor do que a segunda coluna, na qual colocou as dúvidas que não conseguiam responder.

"Flora Dane saiu sexta-feira à noite, provavelmente à procura do sequestrador de Stacey Summers. Em suas próprias palavras, havia mirado algum fracassado no bar quando um segundo suspeito, Devon Goulding, entrou em cena.

Ele golpeou o parceiro original de Flora, depois a arrastou para fora. Quando recobrou a consciência, ela estava amarrada e nua em sua garagem. Quando voltou a entrar no espaço, presumivelmente para estuprá-la, ela revidou tacando fogo nele, usando itens que encontrou em seu lixo. Devon Goulding morreu na cena do crime. Depois de mais investigação, encontramos carteiras de motorista de duas outras mulheres, Natalie Draga e Kristy Kilker. No sábado de manhã, começamos a investigar o paradeiro dessas mulheres. Enquanto isso, Flora Dane voltou ao seu apartamento, onde passou algum tempo com a mãe. Um pouco depois das 13h de sábado, Rosa Dane saiu da casa da filha. E Flora não foi mais vista desde então."

D.D. havia adicionado uma linha do tempo na base do quadro branco. Agora ela batia na posição de sábado à tarde na linha.

"Inicialmente, acreditamos que Flora tinha sido sequestrada por um homem grande, alguém que teria fingido ser inspetor predial dias antes para obter acesso às chaves do apartamento. Porém, conseguimos encontrar o inspetor. E acabou que ele é inspetor de verdade, sem ficha criminal. Ele também tem um álibi para o horário em questão. O que nos deixa com..."

D.D. passou para a segunda e mais longa coluna.

"Quatro casos de pessoas desaparecidas: Stacey Summers, Natalie Draga, Kristy Kilker e Flora Dane, que podem estar relacionados ou não. Um possível criminoso agora morto, Devon Goulding, que está conectado com pelo menos três das quatro garotas desaparecidas. E um corpo, descoberto esta manhã com base em informações do GPS do veículo de Goulding. O corpo ainda não tem uma identificação definitiva, mas acreditamos ser o cadáver de Kristy Kilker. O que significa que talvez tenhamos encontrado uma das mulheres. Mas onde estão as outras? E se era

Goulding quem estava por trás disso tudo, como Flora Dane desapareceu *depois* que ele morreu?"

"Nós sabemos que ela foi sequestrada?" Phil perguntou, recostando-se na cadeira com um cookie de chocolate pela metade na boca. "Digo, metade da nossa suspeita não se baseava nesse inspetor que o departamento de inspeção predial da cidade jurou nunca ter visto? Agora que vocês determinaram que a visita foi legítima, sobrou o quê? Uma porta da frente destrancada. Um apartamento intocado. E se Flora simplesmente foi embora? Descobriu uma pista quente sobre Stacey Summers, se apavorou porque descobrimos o que ela estava aprontando depois de matar Goulding queimado e, então, desapareceu por conta própria?"

D.D. encolheu os ombros. Era difícil argumentar contra aquela linha de raciocínio. Ainda assim: "Pode me chamar de sentimental, mas se Flora planejasse sumir por uns dias, acho que ela avisaria a mãe, mesmo que apenas para dar alguma desculpa. Mas ela ligaria para a mãe, diria para não se preocupar. Só que ela não fez isso, lógico."

"Nunca chamaríamos você de sentimental", Neil garantiu a ela do fundo da sala.

Phil concordou, ressentido. "Vi a mãe saindo ontem. Uma pessoa forte, mas definitivamente abalada."

"Ela estava no apartamento de Flora", Alex falou. Todas as cabeças se viraram para ele. "Passei por lá a pedido de D.D. Rosa Dane já estava lá. Havia levado uma fornada de muffins para os proprietários e estava me esperando no terceiro andar para romper a fita que isolava a cena do crime. Ela é, hum, uma figura e tanto."

"Ela assou muffins em um quarto de hotel?" D.D. ainda tentava imaginar como isso seria possível.

"Se você deixá-la ficar no apartamento da filha, ela nos prometeu um bolo."

"Você a deixou entrar?"

"A julgar pelo olhar dela, isso iria acontecer de qualquer jeito. Pelo menos dessa maneira ela teve supervisão."

"Dr. Keynes, agente do FBI, estava com ela?"

"Não. Ela estava sozinha."

D.D. assentiu, mas continuou encucada. A conversa com Keynes ainda a incomodava.

"Rosa notou algo?", D.D. perguntou.

"Não parecia ter nada faltando, todas as roupas de Flora estavam intactas, esse tipo de coisa. A cama estava bagunçada, mas, de acordo com Rosa, isso não era incomum. Flora não é vidrada em arrumação. Esse é mais o departamento da mãe."

"O que ela fez no apartamento?", D.D. perguntou.

Alex deu de ombros. "Deu uma volta. Parecia estar absorvendo o espaço. Passou um bom tempo no quarto da filha, lendo as reportagens na parede."

"Algum desses casos tem a ver com Natalie Draga ou Kristy Kilker?", a nova detetive perguntou.

"Não", D.D. respondeu. "As garotas não tinham sido dadas como desaparecidas. Natalie estava em Boston por conta própria. A mãe de Kristy Kilker pensou que a filha estava na Itália. Então, na teoria, Flora estava concentrada em Stacey Summers." Ela voltou a atenção para Phil. "Conseguimos alguma pista no celular ou no computador de Flora?"

"Trabalhando nos dois nesse momento. Flora definitivamente era fixada na cena boêmia de Boston. Ela estava lendo sobre o Tonic dias antes de ir lá."

D.D. franziu a testa. "Mas Stacey Summers desapareceu no Birches, ou seja, alguma outra coisa colocou o Tonic no radar de Flora. O que pode ter sido?"

Em volta da mesa, ninguém tinha respostas.

"Natalie Draga costumava trabalhar no Tonic", Carol Manley acrescentou. "Talvez Flora soubesse de algo que nós não sabíamos. Pensa comigo. Só porque o desaparecimento de Natalie não tinha sido oficialmente declarado, isso não significa que um amigo não teria começado a procurá-la por aí. 'Ei, viu Natalie recentemente?' Esse tipo de coisa. Considerando a obsessão de Flora, talvez os rumores tenham chamado a atenção dela."

D.D. concordou. Era exatamente o motivo que a havia feito insistir com Keynes sobre o assunto. Porque Flora era de fato obcecada por pessoas desaparecidas. E parecia estar mais bem-informada até do que a polícia.

"Muito bem", disse D.D. "Por enquanto, vamos nos concentrar no caso que sabemos que Flora estava trabalhando: Stacey Summers. Quero alguns agentes visitando a família e os amigos de Stacey. Só que dessa vez mostrem a foto de Flora para eles. Vamos descobrir o quão longe ela chegou com a própria investigação. Porque se Flora estava procurando em outros bares na área, então imagino que algum dos amigos de Stacey possa ter mencionado algo. Talvez o Tonic fosse um bar que eles iam com frequência antigamente, ou Stacey conhecesse alguém que trabalhava lá. Talvez Flora tenha descoberto que outra garota bonita que costumava trabalhar no Tonic não era vista há meses. Honestamente, não tenho a menor ideia. Mas sejam quais forem as conexões", D.D. traçou linhas entre Natalie, Kristy, Goulding e Stacey Summer, "precisamos descobri-las".

"Talvez eu tenha uma pista", Alex ofereceu. Ele havia terminado o sanduíche e agora limpava as mãos. "Encontrei vestígios de purpurina na saída de incêndio do lado de fora do apartamento de Flora."

"Purpurina?", D.D. não pretendia soar tão hesitante, mas não era esse o tipo de pista que ela esperava.

"Para nós, nerds de cena do crime, purpurina é a nova fita adesiva."

"Não entendo nem o que você quer dizer", D.D. garantiu ao marido.

Em volta da mesa, seus companheiros detetives concordavam.

Alex se inclinou para frente. "Purpurina é uma evidência quase perfeita de rastreio. É muito fácil de transferir, além de ser altamente única. Melhor ainda, assim como fita adesiva, existem bancos de dado abrangentes disponíveis para ajudar a determinar a fonte específica da purpurina em questão. Por exemplo, purpurina está presente em tudo, de maquiagem feminina até cartões de agradecimentos, além de vários itens de vestuário. Nem preciso dizer que tamanho, cor e corte de cada uma dessas fontes difere. Melhor ainda, em nível microscópico, você pode ligar uma partícula individual de purpurina a uma máquina de corte específica de um fabricante específico, provando sem sombra de dúvida que a purpurina encontrada na cama da vítima definitivamente veio da mesma fonte que a purpurina da camisa descolada do assassino. Um ótimo material, a purpurina."

"Então o que você encontrou na escada de incêndio?"

"Encontrei traços de dourado no corrimão, imagino que transferidos do contato com a mão de um suspeito. Com a ajuda de Rosa, examinei as roupas de Flora. Não há nenhuma fonte de purpurina nelas. Também não há purpurina na cama, o que teria ocorrido se Flora tivesse um pouco na pele, digamos, de quando estava andando por aí, e que depois seria transferida para seus lençóis quando se deitou naquela noite. Alguns de seus produtos cosméticos tinham purpurina, mas são partículas muito finas para corresponder à amostra da saída de incêndio."

"O que isso significa?", D.D. perguntou.

"Significa que alguém estava do lado de fora, na saída de incêndio, com traços de purpurina nas mãos, nas roupas, etc."

"E isso nos ajuda como?"

"Encontre um suspeito e nós poderemos usar a purpurina para dizer se ele esteve na saída de incêndio de Flora. Ou..." Alex ficou com uma expressão mais pensativa. Apontou para o círculo de nomes que D.D. juntara com linhas no quadro branco. "Nós estamos supondo que todos os casos estão ligados, não é?"

D.D. confirmou.

"Então vamos procurar sinais de purpurina na casa de Devon Goulding. E no corpo de Kristy Kilker também. Se nós encontramos traços que coincidam com os da saída de incêndio de Flora em uma dessas fontes, então aí está a prova. Os casos estão relacionados." Alex assentiu solenemente. "A purpurina irá nos dizer".

CAPÍTULO 33

A GAROTA É LOUCA. Molly, Stacey, ou seja lá quem for, ela definitivamente ficou muito tempo trancafiada, sofreu traumas demais. Não sei. Mas ela é louca de pensar que *eu* é que tenho algo a ver com isso. Eu salvo pessoas. O que, às vezes, envolve machucar os outros.

Devon Goulding, sua pele fumegando, depois pegando fogo.

Mas eu só ataco pessoas más.

E essa garota aqui.

Isso não conta.

Faço a garota se mover. Na verdade, avanço para mais perto e ela se arrasta para fora do colchão, afastando-se de mim no escuro. Isso me permite recuperar a última lasca do caixão de pinho dentro da costura do colchão. Ela é mais fina do que eu gostaria. Mas tem um comprimento decente.

Levo-a para a porta e começo a trabalhar. Meu primeiro desafio: tentar descobrir a localização aproximada da lingueta na placa da tranca. Preciso lembrar de outras portas. A melhor forma é ficar em pé e simplesmente esticar a mão automaticamente atrás de uma maçaneta.

Uma vez que tenho noção da altura, tento deslizar a lasca de madeira, mas descubro que, mesmo frágil, ela ainda é muito grossa. Sento-me no escuro e a despedaço. Não é muito difícil. A madeira se solta em longas tiras.

Há algo de rítmico no trabalho. Terapêutico.

Por que a garota pensaria que tenho algo a ver com isso?

Uma sombra aparecendo na minha porta, voz grossa de ameaça. Um invasor que passou por todas as minhas trancas sem me acordar. Um agressor que me tirou do apartamento antes de eu dar pelo menos um golpe de contra-ataque e me trouxe para cá.

Sentada no escuro, descascando um pedaço de caixão de pinho, sinto as lembranças cada vez mais difusas. Parece menos uma lembrança e mais um sonho ruim. O rosto do homem... Não consigo recriá-lo. O que ele fez em seguida? Avançou, imagino, mas não consigo me lembrar. E eu... Eu deitei na cama e esperei que ele me emboscasse?

Minha cabeça dói de novo. Instintivamente, levanto a mão para esfregar as têmporas e me acerto com a corrente presa.

O que apresenta meu próximo desafio. Mesmo se eu conseguir abrir a porta, como vou escapar do quarto? Duvido que a corrente seja comprida o suficiente. Vou precisar me livrar das algemas. Das minhas e das dela, decido. Para podermos trabalhar juntas. Ou ela fugirá. De mim.

Eu me sinto mal. Não sei por quê. Não sei como vim parar aqui. Não sei o que está acontecendo. Uma garota que sofreu lavagem cerebral chamando a si mesma de Molly. A entrega de caixões de pinho, um golpe regular do passado.

Alguém entrando e saindo desse quarto e, mais uma vez, eu não acordo nunca, nunca respondo à perturbação. Porque estou drogada. Ou por que estou esperando por isso?

Sacudo a cabeça. Com força. Não.

Eu não tenho nada a ver com isso. Eu não machuco pessoas. Somente Devon Goulding, gritando enquanto agarrava seu crânio ardente. Somente uma garota bonita que ameaçou me tirar de Jacob. Aquela memória vem do nada. Eu a afasto com pressa.

"Sobreviventes fazem o que sobreviventes precisam fazer", eu murmuro no escuro. "Não pense demais nas escolhas que fez."

Queria que Samuel estivesse aqui. Poderia usar sua presença calmante no escuro.

Stacey Summers, acho que é a próxima evidência. O vídeo do sequestro. Um grandalhão levando-a embora. Prova definitiva de que mais alguém está envolvido.

Segundo pensamento racional: passei as últimas semanas andando toda a cidade, passei em vários bares, restaurantes, reuniões universitárias, fazendo perguntas sobre Stacey Summers. Talvez eu tenha chegado mais perto do que percebi de descobrir quem era o criminoso envolvido. E talvez a pessoa tenha ficado desconfiada e veio atrás de mim.

Minha história é conhecida. Por favor, 472 dias trancada em um caixão? A imprensa amou. Nenhum aspecto da minha humilhação, nenhum detalhe sórdido do cativeiro, nada foi poupado da glória da matéria de capa.

Nem uma única pessoa entende o que passei. E, ainda assim, todo mundo conhece minha história.

A camisola, minha estúpida camisola frágil... Tento pensar nisso. Jacob me comprou uma camisola de cetim rendada? Ele comprou algumas roupas para mim, um vestido de verão. Pelo que me lembro, o que eu mencionei em voz alta...

Começo a tremer. Arrepios sobem e descem pelos braços. Vou vomitar. Vou adoecer... Largo a lasca de pinho, respiração irregular, minhas mãos tremendo sem controle.

Fico de joelhos, cabeça pendurada para baixo, tremendo ainda mais violentamente agora, lutando contra a ânsia de vômito.

Eu sei de algo que não quero saber.

O passado importa. O passado tem tudo a ver com isso.

Só que não posso me dar ao luxo de parar e pensar nisso. Porque o passado é o passado, e a única maneira de escapar deste quarto é seguindo em frente. Esqueça caixões, camisolas e Jacob Ness. Esqueça tudo.

Sou a Flora 2.0. Tenho treinamento, tenho habilidades e vou dar o fora daqui. Salvar a mim mesma. Salvar Stacey Summers.

Então, lasca de madeira na estrutura da porta. Continue.

Quero ir para casa. Quero ver minha mãe com a camisa feia de flanela, o pingente de raposa aninhado na base do pescoço. Quero lançar os braços em volta dela e, mesmo se não for um abraço como costumávamos dar, mesmo que não seja a mesma sensação, quero que seja bom o suficiente. Quero que ela saiba que sinto saudade dela. Que a amo. E que sinto muito.

Ela deu tão duro para resgatar uma filha que nenhuma de nós duas entende. Ela ainda investe tanto em me amar.

Coloco o pedaço de pinho na fresta ao redor da porta. Lentamente, mas com firmeza, vou mexendo até encontrar resistência.

O trinco da porta. Muito bem, é aqui que a mágica precisa acontecer.

Eu paro, considero os próximos passos. A melhor das hipóteses é que eu, de alguma forma, consiga comprimir o trinco e abrir a porta. Se for o caso...

A garota machucada pode sair. Já eu só chegarei até onde minha correia deixar.

E o que encontraremos? Quantas pessoas? Que tipo de ameaça?

Não eu, eu insisto. Não sou o bicho-papão no escuro. Não sequestrei Stacey Summers, não importa o que ela pense. Certamente não me sequestrei. Quer dizer, só porque eu não me lembro de nada que aconteceu depois que minha mãe saiu, não sei nada sobre como vim parar neste quarto... Nenhum surto psicótico aqui. Eu não sou o monstro. É claro que, uma vez, muito tempo atrás... Meu coração está acelerado de novo. Eu me sento sobre os calcanhares. De repente, só consigo pensar em Jacob.

Ninguém quer ser um monstro. É verdade. Ninguém quer ser um monstro. Nem mesmo eu. E ainda assim... e ainda assim... e ainda assim...

A hora é agora, lembro a mim mesma. Vou sair deste quarto. O objetivo é esse, a missão é essa. Mas primeiro preciso cuidar das algemas.

Finalmente algo em que sou boa. Deixo a porta para trás, madeira ainda enfiada na moldura. Volto rapidamente para o colchão, onde desisto da sutileza e, usando as duas mãos, rasgo a cobertura frágil. Rasgo longas tiras de revestimento fino. O material, velho e desgastado, apresenta pouca resistência. Dentro dele, encontro forro. Tem cheiro de mofo, talvez até um leve aroma de ervas. Tenho uma sensação de *déjà vu*, como se eu devesse conhecer aquele cheiro. Cozinha italiana? Mas aquilo não faz sentido. Continuo, registrando a sensação de fragmentação. O preenchimento de espuma, eu deduzo, está desintegrado com a idade. Continuo cavando.

O colchão é fino. O tipo feito para cobrir uma cama pequena, ou ser usado para uma daquelas cadeiras da Ikea que se desdobram e viram uma cama, esse tipo de coisa. Pode ser que seja somente uma placa gigante de espuma. Mas não era o que parecia deitada nele. Ele tinha divisões e protuberâncias, recantos e fissuras. Mesmo colchões de solteiro podem ter espirais e molas para garantir maior durabilidade. Especialmente em uma cidade universitária como Boston, onde metade dos apartamentos é mobiliada pela Ikea, é possível que esse colchão tenha começado no dormitório de alguém antes de ganhar um novo uso.

Continuo rasgando e, como eu imaginava, encontro...

Metal. Arame. Enrolado dentro da espuma. Tudo serve como um recurso. Esse colchão é o meu recurso. E vou usá-lo para nos tirar daqui.

Estou fraca, tremendo, estúpida de estresse. Levo muito mais tempo do que deveria para encontrar a ponta de uma das molas fixas de arame e esticá-la lentamente, mas com firmeza. Não sei se consigo arrancá-la. Não acho que esteja assim tão forte no meu estado atual. Então volto a mexer em uma ponta da mola.

Tenho esses apetrechos em casa, veja. Moldados em plástico, eles se parecem com pequenos clipes pretos. Só que não são. São chaves universais de algemas. Disponíveis na maioria dos principais revendedores na internet. Geralmente, antes de sair de casa, eu os coloco no meu cabelo, os menores grampos do mundo, onde ficam acessíveis para situações emergenciais.

Mas que tola eu fui por nunca ter pensando em dormir com eles atrás das orelhas, o que significa que não estou com eles agora.

Mas posso recriá-los. Já os usei o suficiente. Conheço-os muito bem. E a finura do arame metálico do colchão está na medida. Minhas unhas escorregam no escuro. Arranho a lateral da mão no arame, assovio de dor. Mas continuo, mesmo ao furar outro dedo, machucar minha palma, cortar o dorso da mão. As duas mãos estão escorregadias de sangue quando finalmente considero que meu apetrecho caseiro está pronto.

Faço uma pausa. Limpo as mãos no tapete. Harmonizo a respiração.

"O que está fazendo?", a garota pergunta no escuro.

"Por quê? Ainda com medo de mim?"

"A porta não está trancada. Eu não a fechei."

"Mas você a abriu."

"Tive que fazer isso. Abrir a porta. Ver como você estava. Eram minhas ordens."

"De quem? Quem deu a ordem?"

"Você sabe", ela sussurra. "Você sabe, você sabe."

"Não sou eu que estou dando ordens aqui", insisto, mesmo sem saber por que me dou ao trabalho.

"A porta está fechada", ela geme. "Não dá para abrir por dentro. Eu tentei, eu tentei. Só há o escuro. E coisas ruins acontecem no escuro."

"Você chegou a ficar dentro de um caixão de pinho?"

A garota não responde.

"Nós todas podemos sobreviver a mais do que pensamos", informo-a. "E não planejo ser uma vítima nunca mais."

Não quando eu posso ser o monstro.

Posiciono minhas algemas sobre a mola enganchada do colchão e ponho a mão na massa.

Preciso de várias tentativas. Nesse caso, não importa que eu não consiga enxergar, porque pratiquei isso várias vezes com as mãos atrás das costas, e estou habituada a me guiar pelo tato, não pela visão. Porém, estou acostumada com uma chave menor e móvel, e demoro a me adaptar a situação. Mas algemas não são a tranca mais sofisticada do mundo. E eu sou uma garota que praticou para valer.

Com um clique, o primeiro bracelete se abre. Mais rápido dessa vez, eu abro o segundo. E então, pela primeira vez em não sei quanto tempo, minhas mãos voltam a ser minhas. Eu as ergo, massageio os punhos. A sensação de separar meus braços e movê-los de maneira independente é maravilhosamente estranha. Posso sentir a garota me observando no escuro. Sei que ela não pode ver meus movimentos, mas certamente escuta alguma coisa. Ou talvez simplesmente sinta fascinação por essa pequena melhoria em nossas condições.

"Quer que eu solte suas mãos?", pergunto.

"O-o quê?"

"Quer se livrar das algemas? Eu consigo abri-las."

"O que eu preciso fazer?"

"Vir até aqui."

"É... é só... só isso?"

"É só avançar na direção do som da minha voz. Vou ajudar você."

Ela hesita. Sente medo de mim. Com um bom motivo? Não sei. Não consigo decifrar tudo isso. Há coisas que não entendo. Como vim do meu apartamento para cá? Realmente havia um invasor na minha porta? Como acabei amarrada como um peru de Ação de Graças, sem resistir, sem lutar? Ou por que não fico sequer consciente enquanto alguém abre a porta desse aposento para colocar não só um, mas dois caixões de pinho aqui dentro?

Como alguém tão esperta quanto eu ficou tão estúpida?

No escuro, a garota se move em minha direção. Posso ouvi-la, se arrastando devagar. Percebo a respiração saindo em um assovio cortante enquanto ela se move do jeito errado, agravando o ferimento. Que eu fiz nela.

Então ela chega tão perto que posso sentir sua respiração. Pego suas mãos, sinto a linha das algemas metálicas com os dedões.

"É só ficar parada", digo a ela. Ajusto seus punhos sobre o arame enganchado e, fechando os olhos para me concentrar, guio a chave improvisada nos buracos diminutos das algemas metálicas.

Não é preciso, simples nem brilhante. Mas uma hora consigo abri-las.

As algemas caem. Posso senti-la erguendo as mãos, girando os braços para um lado e para o outro.

O que suspeitei era verdade. Você não precisa de olhos para se maravilhar. Você pode sentir, mesmo no escuro.

"Por quê?", ela pergunta, sua pergunta favorita do dia.

Eu digo a verdade. "Porque estamos dando o fora daqui."

CAPÍTULO 34

"VOU AO TONIC HOJE À TARDE. Samuel disse que eu deveria lhe contar."

"Você o quê?" Sentada em sua mesa, D.D. ajustou o telefone no ouvido, certa de que não havia escutado direito.

Rosa Dane prosseguiu: "Lá é o último lugar onde minha filha foi. Gostaria de vê-lo."

"Você encontrou alguma coisa no apartamento dela? Alguma pista que deixamos passar envolvendo a busca dela por Stacey Summers?"

"Não. Mas falei com Colin hoje de manhã. Ele admitiu que Flora tinha um interesse pessoal no caso da filha. Sendo assim... Tem que haver um motivo para Flora ter ido ao Tonic sexta-feira à noite. Minha filha não iria simplesmente sair para um bar."

D.D. respirou fundo, forçando-se a processar a informação. Ela não discordava de Rosa Dane; o Tonic era, definitivamente, um local de interesse, conforme discutido pela força-tarefa. Dito isso, policiais não gostavam de civis se intrometendo nas investigações. Especialmente em um caso complicado como esse, com tantas peças que não se encaixavam. D.D. tinha voltado da reunião e encontrado um relatório do laboratório em sua mesa. O teste da mancha na garagem de Devon Goulding tinha dado positivo para sangue humano. Além disso, correspondia ao tipo sanguíneo de Kristy Kilker.

Conclusivo? Não. Para isso seria necessário o teste de DNA. Mas estava ficando mais e mais interessante. Era quase certo que Goulding tinha alguma relação com o desaparecimento de pelo menos uma mulher, se não duas. Considerando que Flora estava ativamente procurando Stacey Summers, o quanto poderia ser coincidência ela própria acabar parando na garagem dele?

O que levou D.D. de volta ao motivo de civis não se envolverem em investigações policiais: as ações de Flora na sexta à noite tinham levado à morte de Goulding, eliminando a melhor fonte de respostas da polícia. Detetives sabiam que não deviam queimar um suspeito vivo. Pelo visto, justiceiras não.

"O Tonic é uma casa noturna, duvido que esteja aberto esta tarde", D.D. argumentou, enquanto tentava decidir se a visita proposta por Rosa era a melhor ou a pior ideia que tinha ouvido.

"Eu falei com a gerente. Ela concordou em se encontrar comigo às 16h."

Rosa havia ligado para o bar. Mas é claro. "E você repassou esse plano com Dr. Keynes?"

"Pedi que ele fosse comigo. Ele sabe coisas sobre minha filha que eu acho importantes."

Claro, coisas sobre a filha, D.D. pensou cinicamente. Só que, no momento em que pensou isso, ela se sentiu desconfortável outra vez. Keynes nutria sentimentos por Rosa, D.D. tinha certeza disso. Falados, não falados, correspondidos, não correspondidos, vai saber. Mas só isso bastava para explicar seu nível de envolvimento?

"Samuel recomendou que eu entrasse em contato com você também", Rosa disse pelo telefone. "Algo sobre o quanto detetives locais podem ser territoriais. Sobre como você poderia ver minhas ações como ameaçadoras em vez de úteis. Ele me aconselhou a ser respeitosa. Preferi o caminho da honestidade."

"Pelo visto."

D.D. franziu a testa, olhou novamente para o relatório do laboratório na mesa. "Certo", ela disse de repente. Rosa queria visitar o Tonic. Bem, D.D. também queria. Então por que não matar dois coelhos com uma cajadada só? Visitar a casa noturna que Flora investigou e, de quebra, passar mais tempo com a mãe da menina.

"Encontrarei você às 16h. Leve Dr. Keynes também. Ele pode contribuir com seu conhecimento profissional."

Rosa não disse tchau nem obrigada. Simplesmente desligou. Como havia dito, não estava pronta para ser respeitosa, mas pelo menos seria honesta.

D.D. pegou sua jaqueta e saiu.

D.D. nunca tinha sido o tipo de garota que frequenta boates. Ela gostava de um bom bar irlandês. Mas paredes pintadas de preto, luzes estroboscópicas, música alta, nada disso fazia seu estilo – nem quando ela era jovem e, supostamente, descolada. Era sempre interessante, ela pensou, visitar tais lugares à luz do dia. Algo como ver uma estrela de cinema sem a maquiagem. À noite, com iluminação correta e pista lotada de corpos se contorcendo, com o palco dominado pela próxima banda da vez, o lugar provavelmente parecia eletrizante.

Às 16h de uma segunda-feira, o local mais parecia um universitário de ressaca. O chão estava grudento e coberto de guardanapos rasgados. As paredes pintadas de tons escuros tinham arranhões e deteriorações, a área do bar estava gasta. Parecia que o lugar precisava de uma reforma. Ou ao menos um tempo no estilo de vida de alto risco.

Rosa e Keynes chegaram primeiro. Já estavam falando com uma mulher perto dos fundos. Eles formavam um trio e tanto. Rosa, com seu visual ioga grunge habitual, Keynes, de terno cinza clássico, e a gerente, em roupa toda preta de casa noturna.

Nesse momento, a gerente de cabelos escuros olhava fixamente para Keynes. Ele nem estava falando, mas ela o fitava mesmo assim, hipnotizada. Aparentemente, o maxilar de Keynes funcionava inclusive para uma mulher cercada por funcionários bonitos.

D.D. entrou. Exibiu as credenciais, somente para estabelecer certa dominação. Porque, sim, ela era mesquinha a esse nível.

Não deu certo. A gerente continuou vidrada em Keynes. De sua parte, Keynes sorria de leve, como se soubesse exatamente o que D.D. estava fazendo e apreciasse o esforço.

"Detetive sargento D.D. Warren", D.D cortou a conversa. Não era do tipo que fugia de uma briga.

A gerente finalmente prestou atenção nela. "Jocelyne. Jocelyne Ethier."

"Você é a gerente?"

"Sim. Trabalho aqui há cinco anos."

"Estava aqui na noite de sexta-feira?"

"Sim. Dividi meu tempo entre o escritório e, é claro, rondas frequentes pelo salão, só para garantir que tudo seguia nos conformes. Eu, hã, reconheço a filha dela pela foto." Deu uma olhada triste e nervosa para Rosa. "Eu a notei no fim da noite, quando as coisas estavam desacelerando. Ela estava na pista, ainda dançando."

"Chegou a ver com quem ela estava?", D.D. perguntou.

A gerente deu de ombros. "Havia um sujeito segurando uma cerveja, observando-a. Assumi que estivessem juntos. Ela era muita areia para o caminhãozinho dele, isso eu posso dizer, mas..." Ela deu de ombros novamente.

"Qual era a aparência do sujeito?"

"Comum. Calça cáqui, camisa social azul-clara de manga comprida. Como alguém da área de finanças em começo de carreira, algo assim. Nada que valha a pena ficar olhando."

D.D. confirmou. Aquilo batia com o que eles sabiam até então. "Pelo que sei, Devon trabalhava aqui há três anos."

"Sim." A gerente fechou a cara. "Hum. Devon. Ótimo barman. Confiável, o que é bastante raro por aqui. Mas também... Ele era bonitão. Estamos em uma boate. Aparências importam."

"Ele malhava", D.D. respondeu num tom neutro.

"Isso. Seu peitoral... Mulheres e homens faziam fila para pelo menos mais um drinque." A gerente ainda não olhava para cima. Desconfortável em falar de um funcionário morto recentemente? Ou algo além disso?

"Ele se incomodava com a atenção dos homens?", D.D. perguntou.

"Não que desse para notar. Minha impressão era de que ele dava duro para ter aquela aparência e gostava de se exibir."

"Ele tinha namorada?"

"Não que eu saiba."

"E você e ele..." D.D. deixou a pergunta no ar.

"Não", a gerente disse, sem rodeios. "Comando um hospício, não me deito com os malucos."

Havia um tom na voz, contudo, como quem falava de uma lição aprendida a duras penas. Uma mulher desprezada.

"E quanto a Natalie Draga?" D.D. mudou de assunto.

"Natalie... Ela trabalhou aqui. Por um breve período. Acho que mostrei a ficha dela para um outro detetive de vocês."

"Ela conhecia Devon?"

"Seria difícil não conhecer. Ele era um dos nossos barmen regulares, ela esteve por aqui pelo menos alguns meses. Quanto a um contato maior... Funcionários se pegando nos fundos é quase tão comum quanto clientes se pegando no salão. Tudo é possível."

"E quanto a Kristy Kilker?"

"Quem?"

D.D. mostrou uma foto. A gerente sacudiu a cabeça. "Não a reconheço. Mas a quantidade de gente que passa por aqui a cada noite... Só me familiarizo com clientes frequentes."

"Você não conhecia Summers", Rosa falou.

"Não."

"Mas não significa que ela não viesse aqui de vez em quando", Rosa comentou.

"É possível. Como eu disse, a quantidade de gente a cada noite..." A gerente se mexeu desconfortável de novo. "É claro, o que aconteceu com ela, aquele vídeo do sequestro no noticiário. Isso é o pesadelo de todo gerente. Fizemos algumas mudanças imediatas nos procedimentos."

"Mesmo?", D.D. interveio rispidamente. "Porque considerando o que seu barman fez na sexta à noite..."

Ethier ficou tensa, sua expressão se tornou cautelosa. "Eu não sabia, está bem? É por isso que estão aqui? Porque eu já disse tudo isso para o primeiro detetive que você mandou. Não, eu não suspeitava que meu próprio barman fosse um estuprador. Não, eu não percebi que Devon emboscou uma menina na sexta-feira. Ele saiu de repente. Não voltou. Se fiquei puta? Sim. Mas se eu pensei, se imaginei..." Ela apertou os lábios. "Esse é um trabalho difícil. A quantidade de funcionários, fornecedores, clientes que vêm e vão. Não sei de tudo que rola. Não importa o quanto eu tente, não dá para saber de tudo que acontece."

"Você conhece funcionários de outras casas noturnas, como o Birches?" Keynes falou. Ao contrário da voz alterada da gerente, seu tom foi neutro. Os ombros da mulher relaxaram. Ela aceitou olhá-lo nos olhos.

"Claro. Essa área de negócios não é tão grande quanto você pensa. O barman demitido hoje do Birches provavelmente vai me pedir emprego amanhã, então é bom poder trocar informações. Nigel é o gerente chefe do Birches. Ficou bastante perturbado com o caso da Summers." Ethier ficou na defensiva novamente. "Tentamos prestar atenção nos nossos clientes, sabe. O pessoal do balcão, os funcionários, os atendentes da porta. Todo mundo é treinado para ficar de olho em quem bebeu demais, quem pode precisar de uma carona. Um caso como o da Summers é ruim para todos nós."

"Você notou Flora sexta à noite." Keynes disse novamente, a voz ainda calma. "Você disse que a viu na pista de dança. Prestou atenção. Como você disse, é o seu trabalho."

Ethier não falou.

"E ainda assim, quando seu barman saiu pela porta atrás dela..."

"Eu não vi isso!"

"Por que não?"

"Eram duas da manhã. Fechamento. Tem um milhão de coisas acontecendo. Eu nem estava mais no salão. Estava no escritório, vendo recibos."

"E quanto às câmeras?", D.D. falou. "Do seu escritório você certamente pode assistir à transmissão ao vivo da pista de dança, área do bar, entradas e saídas. É um procedimento operacional padrão para a maioria dos bares noturnos."

A gerente ficou vermelha, não disse nada.

"Você tem câmeras, não é?", D.D. pressionou.

"É claro! Mas eu verifiquei a gravação para o primeiro detetive que parou aqui. As câmeras, hã, não estavam funcionando naquela noite."

"O que quer dizer com não estavam funcionando?"

"Elas foram desligadas. Um pouco antes do fechamento."

"E quem fez isso?"

"Não sei."

"O que quer dizer com..."

"Sra. Ethier." Keynes falou novamente, usando sua voz zen. "Essa é a primeira vez que as câmeras foram desligadas?"

A mulher sacudiu a cabeça. D.D. não sabia dizer se ela parecia culpada ou perturbada.

Keynes prosseguiu: "Quantas vezes antes? Quem tinha acesso?"

"Comecei a notar cerca de um ano atrás. Uma noite aqui, uma noite ali. Só que nos últimos meses..." Ethier respirou fundo. Ela olhou para Keynes, como se implorasse por compreensão. "Estava começando a ficar desconfiada."

"Desconfiada do quê?"

"Estava acontecendo muitas vezes. Com muita frequência. Eu devia ter reportado isso para a matriz, talvez instalado uma tranca no armário do sistema de segurança. Eu tinha minhas suspeitas de que talvez estivessem roubando ou negociando drogas. Mas não sequestro. Vocês têm que acreditar em mim. Não... estupro, não isso. Mas sim, alguém estava adulterando nosso sistema, eu... eu sabia disso."

"Você é uma boa gerente, não é, Sra. Ethier? Você não pode ver tudo, como disse. Mas você tenta. Então você notou, você vinha notando que algo não estava certo na sua equipe."

"Desde Natalie..."

"O que tem Natalie?"

D.D. deixou Keynes assumir o interrogatório. Porque agora ele havia enredado a gerente. Ela estava fazendo contato visual direto, olhando diretamente para ele. E D.D. já tinha conseguido perceber que o que a gerente tinha dito a eles da primeira vez em relação a Natalie Draga tinha sido a linha de partida.

Agora, finalmente, eles estavam se aproximando da verdade.

"Funcionários vêm e vão. Isso é verdade. E eles nem sempre deixam endereço. Mas não vir pegar um cheque... Quem não pega o pagamento? E suspeito que ela e Devon tivessem algo. Não era da minha conta. Mas, novamente, se ela estivesse com ele, seria mais um motivo para ficar, entende?"

Keynes assentiu.

"Mas ela não apareceu. Saiu do trabalho um dia e nunca mais voltou. E Devon... ele não ficou triste. Nem perturbado. Se eles tiveram algo e ela saiu da cidade de repente, ele não deveria ficar chateado?"

Keynes concordou novamente.

"Mas ele não ficou. Se ficou alguma coisa foi... animado."

"Você se perguntou sobre Devon Goulding", disse Keynes.

"Não havia nada que eu pudesse fazer", a gerente falou, depressa. "Nunca o vi fazer nada de errado, nem o ouvi falar nada inapropriado. Mas é que... seu temperamento, os surtos de raiva. Não sei. Devon... Devon não parecia mais o Devon. Parecia mais sombrio."

E aquilo a machucava, D.D. leu nas entrelinhas. Porque, em algum momento, Ethier sentiu como se ela o conhecesse bem, intimamente. Ela havia se envolvido com ele, estivesse disposta a admitir isso ou não.

"Devon tinha acesso ao sistema de segurança?", Keynes perguntou gentilmente.

"Sim."

"Você acredita que foi ele quem o desligou na sexta à noite."

Ethier olhou para D.D. Ela expirou, um tipo de confissão. "Sim."

"Você notou minha filha sexta-feira à noite", Rosa falou, de repente. "Você disse que a viu dançar. Mas também disse que não dá para ficar de olho em tudo. Então por que observou minha filha?"

Ethier corou. "Por causa do jeito que ela estava dançando, ela estava chamando atenção. Além disso, parecia sozinha."

"Você ficou preocupada com ela", Rosa falou.

Mais uma vez, aquela hesitação sutil. "Fui falar com ela. Queria ter certeza de que ela estava bem."

D.D. entendeu. "Você queria ter certeza de que ela não tinha atraído olhares de Devon."

"Ela estava dançando com outro cara. Eu juro. Estava dançando com o normalzinho. Então, parei de observar. Fui contar recibos em vez disso."

D.D. se inclinou para frente. "Stacey Summers", ela incitou. "Pense. A hora é agora. Quando você viu o vídeo de Stacey Summers, você a reconheceu como uma de suas clientes? Há alguma chance de que ela também conhecesse Devon Goulding?"

"Sendo totalmente sincera, detetive, não faço ideia. Sinto muito. Mas não faço ideia."

D.D. assentiu, recuando. Rosa e Keynes fizeram o mesmo. Enquanto isso a gerente, Ethier, continuou parada lá, parecendo uma mulher que tinha acabado de tomar uma surra – e seu turno de trabalho ainda nem havia começado.

"Última pergunta", disse D.D. "Esse lugar usa algum tipo de purpurina?"

Banheiros. O Tonic oferecia uma cesta de artigos de higiene para os clientes, tanto homens quanto mulheres. D.D. e Rosa fizeram as honras no banheiro feminino, enquanto Keynes ficou com o masculino. D.D. encontrou o que estava procurando quase imediatamente: um gel de cabelo enfeitado com purpurina dourada. Chamou Keynes e descobriu que ele tinha encontrado o mesmo. Nada como um pouco de brilho para os notívagos exigentes com uma bela noite pela frente.

Ela segurou o gel sob as luzes do teto, observando o modo como várias partículas douradas brilhavam. Como Alex tinha dito, pareciam distintas, individuais. E grudentas. Havia chances de que, mesmo depois de se lavar e tomar uma chuveirada, partículas minúsculas do brilho pegajoso permanecessem por dias.

Só esperando para serem transferidas das mãos de um sequestrado para o apartamento de uma vítima, quem sabe até para seu corpo?

D.D. ligou para Ben Whitely, que muito provavelmente ainda exumava o corpo do parque natural.

Ele atendeu à chamada, elegante como sempre. "Seja lá o que você quer, eu não sei. Eu não sabia cinco horas atrás. E não sei agora. Se não me deixar quieto tempo o suficiente para terminar de empacotar o material da cena e transportar o corpo para o laboratório, talvez eu nunca mais saiba de nada novamente."

"Preciso que verifique algo para mim."

"D.D."

"Só vai levar um segundo. Pode iluminar o cabelo do cadáver com a luz da lanterna? Procure algo dourado. Como uma purpurina."

"O cabelo é castanho e está completamente saturado de terra. Como você acha que eu... Espera aí. Realmente parece haver algumas partículas reflexivas. Talvez eu esteja olhando para purpurina."

"Pode separar uma amostra pequena? Mandarei um agente uniformizado imediatamente para recolhê-la. Obrigada, Ben."

D.D. encerrou a ligação e ficou lá em pé, pensativa.

Rosa veio atrás dela. A mulher parecia cansada, mas se mantinha controlada como sempre. "A purpurina é importante?"

"Sim."

"O que ela significa?"

"Significa..." D.D. encolheu os ombros, ainda encontrando o caminho em um caso com mais perguntas que respostas. "Significa que meu marido tinha razão. Natalie Draga, Kristy Kilker, Stacey Summers, sua filha. Todos os desaparecimentos estão ligados."

Ela olhou para Rosa. "É o que a purpurina nos diz."

CAPÍTULO 35

Rindo. Jacob tinha um baseado. Eles o alternavam entre os dois, cabeças inclinadas juntas, dando risadas como amigos de escola. Sentei-me sozinha na pequena mesa da cozinha, esfregando os braços nus para esquentar, observando-os na sala.

A nova garota não era nada nova. Ela havia reconhecido Jacob. Abriu os braços compridos e aconchegantes para recebê-lo. Ele retribuiu com um abraço apertado. Um abraço. Jacob a abraçou.

Eu não era abraçada... há muito tempo.

Não desde os dias em que havia a mulher que parecia minha mãe e usava um pingente de raposa no pescoço.

No começo, Jacob ficou relutante em entrar no quintal. "Melhor não", ele tinha dito. "Da última vez que me flagrou, ela disse que chamaria a polícia. Seria isso. De volta para a prisão, e nós dois sabemos que eu não voltaria de lá nunca mais."

"Então ainda bem que ela não está por aqui", disse a nova garota, mãos ainda nos ombros de Jacob.

"Para com isso. Você não precisa desse tipo de dor de cabeça. Eu só estava... na área. Queria dar um alô."

"Ei", disse ela, e eu juro que seus olhos brilhavam de lágrimas.

"Eu não queria incomodar você", ele sussurrou. "Você tinha razão da última vez, eu sou um idiota. Eu devia ficar longe, simplesmente."

Mas ele não estava se movendo, nem ela.

"Eu estava com raiva", ela disse, de repente. "Da última vez que nos vimos. As coisas que você disse. Eu não estava pronta para ouvir aquilo. Talvez eu não quisesse saber. Mas andei refletindo. Às vezes eu até torcia para você passar por aqui de novo, para podermos conversar. Porque acho que talvez exista alguma verdade no que você falou."

"Como assim?"

"Você sabe."

"Lindy..."

"Entre comigo. Vamos lá. Só uma visita. Vamos conversar. Dessa vez vou ouvir. Prometo."

"Mas e se ela..."

"Ela não vai mais voltar. Estou dizendo a verdade. Ela se foi e não vai mais voltar."

Aquilo pareceu ter efeito. Jacob parou de resistir. Ele seguiu a garota bonita pelo quintal gramado. Caminhei logo atrás, já esquecida.

Eu odiava essa garota nova que não era nova. Odiava os cabelos escuros compridos dela. Odiava os olhos castanhos brilhantes. Odiava o modo como ela sorria para mim, como se já soubesse de coisas que eu não sabia. Como se fosse eu que estivesse de passagem. Ela sempre seria a escolhida.

A casa estava em estado de penúria. Linóleo cor de sujeira na cozinha. Armários velhos com portas pendendo. Mobília remendada com tiras de silver tape. Aquilo fez com que eu me sentisse melhor. Aquele instinto humano básico: pelo menos minha casa é mais bonita que a sua.

Só que, claro, eu não tinha casa. Eu tinha um baú em forma de caixão nos fundos da cabine do caminhão de Jacob.

Não conseguia respirar. Não sabia por quê. Minha garganta estava fechando, o coração acelerado demais.

Jacob, segurando a faca ao lado. Agora bebendo e fumando com essa garota, a lendária Lindy de quem ele falava enquanto dormia. Estavam juntos. Antes. Agora. Para sempre. Ela sempre seria dele.

O que me tornava alguém completamente descartável. Comida de crocodilo. Uma branquela de se jogar fora, literalmente.

Eu ia vomitar. Só que não havia comido o suficiente para vomitar. Minhas mãos tremiam, o joelho esquerdo balançava sem controle. Estresse, medo, fadiga, fome. Escolha um. Eu sofria, sofria, sofria.

Enquanto isso, Jacob se sentava no sofá e ria, fumando maconha com a garota mais bonita que eu já tinha visto. Não sei quando me movi. Só me movi. Levantei-me da mesa. Eles não pareciam estar prestando atenção em mim. Caminhei pelos armários capengas e pela coleção confusa de gavetas quebradas.

Uma cozinha maltrapilha. Pobre. Mas ainda uma cozinha. E toda cozinha guarda itens similares. Como facas. Uma faca pequena, fácil de ocultar? Ou talvez uma faca de açougueiro. Modo psicopata total.

No fim das contas, escolhi um modelo intermediário sem nem realmente pensar nisso. Se a garota nova não era realmente nova, então eu podia tomar uma decisão sem realmente decidir.

Risadas. Histéricas. Felizes.

E, por um instante...

Estou em casa. Estou rolando na cama, toda enrolada com minha mãe e meu irmão. Estamos rindo, rindo, rindo. Essa é minha mãe. Essa é minha mãe, toda animada! A suavidade das cobertas, o cheiro de chuva de primavera e terra molhada do lado de fora da janela. O som da minha mãe, do meu irmão, rindo histericamente.

Um lar. Lar, lar, lar.

De volta ao presente, olhei para o meu pálido braço esquelético. Estudei minha mão segurando a faca de cozinha. Percebi, naquele instante, entendi para valer: eu não voltaria para casa. Nunca mais rolaria naquela cama. Nunca mais riria com minha família.

Nunca mais estaria naquele lugar. Nunca mais seria aquela pessoa.

Aquela garota estava morta.

Tudo o que restava era esse momento, esse lugar, a faca na mão.

Ergui o punho esquerdo, estudei o labirinto de cicatrizes vermelhas, veias azuis. Seria tão fácil. Um corte aqui, um corte ali. Deixar que Jacob limpasse a bagunça.

Comida de crocodilo. Uma branquela de se jogar fora, literalmente.

Minha mãe nunca saberia o que havia acontecido comigo. Seria negado a ela até o conforto de enterrar meu corpo.

Ela merecia mais que isso.

Para o bem dela e para o meu, peguei minha faca e entrei na sala de estar. Eles não me viram chegando. Ocupados demais sussurrando e sorrindo, relembrando histórias dos velhos tempos, qualquer coisa assim. As cabeças estavam inclinadas, os cabelos de Jacob grisalhos e gordurosos, os cabelos dela escuros e sedosos.

Isso facilitou partir para o primeiro ataque. Meu braço todo erguido para cima, como em todos os filmes de terror com psicopatas que eu tinha visto, só que desta vez eu era a maníaca de olhos ensandecidos em vez de uma aluna universitária de olhos arregalados.

Ninguém quer ser um monstro.

Ou será que quer?

Braços descendo, descendo, descendo.

Um grito, agudo e estridente. Meu? Não. Definitivamente dela. A bela garota nova disparou do sofá, sangue brotando das costas onde eu havia passado a faca, atravessado sua omoplata.

"Merda!" Jacob explodiu, o medo começando a penetrar seu olhar chapado. "Mas que merda, mas que m..."

Virei-me para ele em seguida. Braço erguido, erguido, erguido.

Braço descendo, descendo, desc... Ela se jogou sobre mim. A garota nova que não era nova lutava como uma selvagem. Ela me derrubou no chão. Unhas arranhando meu rosto, mirando meus olhos. Gritando palavras para mim em um idioma que eu não conhecia. Não era espanhol. Algo mais exótico.

Eu revidava por reflexo, me esquecendo completamente da faca, que havia escapado da minha mão. Ela não se esqueceu. Olhou para a faca, parada a alguns metros de distância. Seu rosto se transformando com um olhar astuto.

Percebi o que ela faria um segundo antes de ela fazer o movimento. Novo impulso, desta vez do meu peito na direção da lâmina.

Virei-me com ela, agarrando seu braço esquerdo. Queria mantê-la afastada. Ela me chutou sem perder a concentração, se esticando mais e, simples assim, ela estava com a faca, se virando de volta, pairando sobre mim. O sorriso em seu rosto. Selvagem. Feliz.

Então, no fim das contas, não seria Jacob quem me mataria.

Interessante.

Faca. Que não subia, subia, subia. Qual seria a graça disso? Ela girava vagarosamente na frente dos meus olhos.

Falou de novo. Sussurros mortais em sua língua exótica. Não foi preciso tradução para entender que ela iria me retalhar. E se divertiria fazendo isso.

"Pare!" Jacob agarrou seu punho. "Me dê isso. Vadias dos infernos."

Ela gritou com ele. Em inglês, dessa vez. Exigiu o direito de acabar o que eu havia começado. Eu não falei nada. Não me mexi. Meu coração batia rápido demais. Fiquei deitada no chão, a gazela caída presa entre dois leões.

"Ela tem utilidade", Jacob argumentava, a primeira vez que eu o ouvia me dar algum crédito. "E, de qualquer modo, não é você quem decide isso. Ela é minha. Arrume seu próprio brinquedo."

Então, após uma longa discussão que minha cabeça confusa e quase desmaiando não conseguiu entender – ela ainda estava sentada no meu peito –, uma mudança repentina.

A garota se levantou, removendo seu peso e permitindo que o oxigênio fluísse de volta. Ela afastou a faca, mas ainda olhava para mim de modo triunfante.

"Você", Jacob falou comigo. "Você tem trabalho a fazer."

Demorei um pouco para me sentar, ficar em pé tremendo.

"Você atacou minha filha", disse ele.

Filha?

"Violou sua hospitalidade. Agora precisa pagar. Ela exige um tributo. Como não pode matar você, você precisa sair e achar um brinquedo substituto para ela."

Eu não podia fazer isso. Eu supliquei, implorei. Jacob já tinha tentado isso antes. Fale com aquela garota naquele bar. Vá conversar com aquela mulher no canto. Traga-a para mim.

Antes, sempre fui capaz de distraí-lo. Pegue outra cerveja. Vamos voltar ao caminhão. Colocar outra música na jukebox. *Mas agora, ele estava irredutível. Eu sairia com ele e a filha. Ficaria amiga de uma garota que eles escolhessem. E apresentaria a mulher a eles.*

Ou Jacob me deixaria sozinho com a filha e uma coleção completa de facas de cozinha.

Para enfatizar, ela mostrou a faca, depois deslizou a lâmina pelo meu antebraço, nós duas olhando fascinadas enquanto o sangue brotava da superfície.

No final, cedi. Você diz a si mesma que será forte. Diz a si mesma que isso é impossível, não dá para ficar pior. Você até diz para si que preferia morrer.

Mas a verdade é que é difícil abrir mão da própria vida. Não sei por quê. Certamente abrir mão dela faria muito mais sentido. Eu devia ter seguido o primeiro instinto e cortado os pulsos na cozinha. Não consegui. Não quis.

Eu queria sobreviver.

E agora... isso.

Pus um curativo no ombro de Lindy. Havia acertado todo o osso, deixando um sulco comprido, mas superficial em sua omoplata. De manhã, ela não sentiria mais nada.

Meu terror, por outro lado, prosseguiria eternamente.

Ela se vestiu de roxo escuro, um tom tão escuro que era quase preto. Deu algumas de suas roupas para mim, um jeans puído, já caindo dos meus quadris ossudos, uma camiseta amarrada sob meus seios. Lindy tinha um carro. Caído e acabado, para combinar com a casa.

Jacob foi dirigindo. Lindy sentou-se comigo no banco de trás, regozijando-se com o que estava por vir.

"Você mora aqui há quanto tempo?", tentei perguntar. "Com que frequência vê o seu pai?" Quase me enrolei com a palavra pai. Lindy não quis conversar. Mantinha o foco em seu prêmio, uma noite divertida na cidade.

O bar que Jacob finalmente escolheu era uma pocilga, um barraco que mal ficava em pé na beira de uma praia que mal estava lá, com propaganda de cerveja barata. O tipo de lugar que faria clientes mais exigentes estremecerem e bêbados dedicados comemorarem. O tipo de lugar feito para Jacob.

Lindy se destacava. Jovem demais, bonita demais em seu vestido roxo escuro e com cabelos compridos soltos. Homens olharam para ela com desejo instantâneo. Mulheres, com aversão instantânea. Ela sorriu para todos eles, seguindo o pai por um labirinto de mesas muito próximas.

Ao contrário dela, eu passei despercebida. Muito pálida, muito magra, muito acabada.

Estava mais para uma viciada em heroína do que uma bêbada.

Eu não sabia o que fazer além disso, então os segui até o deteriorado bar de madeira, ganhando pontos por associação. Jacob pediu doses de tequila. Uma rodada para nós três, queimação instantânea no meu estômago vazio e contraído. Fiquei zonza depois do primeiro gole. Mal conseguia ficar em pé com o segundo.

Ele estava me deixando submissa. Ou talvez fosse um ato de compaixão, já que Jacob sabia que eu faria o que ele dissesse de qualquer maneira.

Ninguém quer ser um monstro.

Mas, ainda assim, alguns nascem desse jeito. E outros, com cortes sangrando em seus braços e tequila o suficiente no estômago...

Lindy apertou meu ombro, olhando para o canto.

Havia uma mulher sentada lá, maquiagem pesada nos olhos, top em tubo mal contendo seus peitos volumosos. Não era jovem nem bela. Estava mais para uma mulher corpulenta de meia idade. Uma profissional, reconheci agora. Porque bares assim atraíam tantas prostitutas quanto bêbados locais.

"Diga a ela que queremos nos divertir", Lindy me instruiu. "Conhecemos um lugar e temos o dinheiro."

Não saí do lugar. Então Jacob me enxotou. "Você ouviu. Vá."

Afastei-me cambaleante do bar, precisando de um esforço de concentração para manter o equilíbrio. Um pé na frente do outro. Movendo-me entre as mesas. Até as sombras no canto.

Até a mulher que esperava ali.

Ela me olhou com expectativa quando me aproximei. Mesmo para mim, era difícil não ficar encarando toda a carne que se espalhava por aquele top diminuto. Mas me forcei a olhá-la nos olhos e notei que eram duros, calculistas e castanhos. Olhos castanhos. Como os da sua mãe? Da sua filha?

Todo mundo é uma pessoa. Só eu havia me tornado um objeto.

"Corra", me ouvi dizer, minha voz mal saindo como um sussurro. Eu estava falando comigo? Falando com ela? Aquela era a hora. O último momento de verdade.

"Garota?", ela perguntou.

"Meu nome é..." Qual é o meu nome? Quem sou eu? Molly. Não Molly. Um monstro.

"Por favor, vá. Apenas vá embora. Eles... eles..." Eu precisava dizer algo. Muito importante. Minha cabeça estava girando. Tequila demais, comida de menos. Eu ia vomitar.

De repente, Lindy estava ao lado, a mão apertando meu braço no lugar onde havia cortado. Apertando com força.

"Estamos querendo nos divertir", ela praticamente ronronou. "Uma diversãozinha particular..."

A mulher concordou em vir conosco, o olhar passando por nós e parando em Jacob. A hesitação filosófica de uma mulher que já viu coisas piores. "Vocês todos?", ela perguntou, o que quase me fez vomitar.

"Não", Lindy a corrigiu, "só o homem. Mas eu quero assistir".

A mulher deu uma hesitada filosófica de novo.

Não faça isso, eu queria dizer a ela.

Mas não conseguia encontrar minha voz. Não conseguia encontrar força de vontade.

Só sabia como sobreviver. Eu não sabia como salvar outra pessoa além de mim.

Jacob dirigiu. Foi direto para a casa de Lindy e depois... e depois...

Houve gritos abafados. Aquilo durou um longo tempo. Houve grunhidos e gemidos, tapas e guinchos, tudo vindo de um lugar que eu não iria, um quarto que nunca vi.

Sentei-me do lado de fora da casa de Lindy, no quintal, os braços firmes em volta da cabeça, como se isso fosse bloquear o ataque. Mais tarde, me arrastei para frente o suficiente para vomitar a tequila. Então convulsionei de estômago vazio. Em seguida, cutuquei a cicatriz do antebraço, como que para me distrair vendo o corte sangrar outra vez.

Horas depois, Jacob saiu vestindo jeans e mais nada, sua barriga branca e flácida como uma protuberância obscena. Seu cheiro era terrível. Doce e azedo. Suor e sexo.

Eu vomitaria novamente se tivesse sobrado alguma coisa.

Ele apenas grunhiu, acendeu um cigarro.

"À noite, a levaremos para o pântano. Deixaremos os crocodilos fazerem o trabalho duro."

Eu não disse nada.

Ele se agachou, olhou diretamente para mim.

"Se não fosse ela, teria sido você", disse ele.

Olhos castanhos, pensei. Como os da sua mãe. Como os da sua filha.

"Você tem mais algum filho?", me ouvi perguntar.

Ele riu. "Não. Só essa."

"A mãe dela..."

"Me odeia de morte. Afastou-a de mim por anos. Mas é isso o que acontece com as crianças. Elas crescem. Passam a pensar por si mesmas. Agora, ela quer conhecer o pai. Acredita nisso? Todos esses anos depois..." Jacob sorriu no escuro. "Minha garotinha me ama."

Jacob se levantou, apagou o cigarro.

"Você sabe das coisas agora", ele me informou. "Trate de sujar as mãos. Não importa o que aconteça. Você é uma de nós agora. Bem-vinda ao clube."

CAPÍTULO 36

A LASCA FINA DE PINHO, meticulosamente descascada para deslizar pela fresta do batente da porta, se estilhaça no instante em que tento usá-la como pé de cabra no trinco da porta. Volto a me sentar no escuro, segurando os fragmentos. Poderia tentar de novo, mas do que adiantaria? O pinho é macio e fino. A porta é sólida e pesada. Usar um como alavanca para abrir o outro nunca dará certo.

Atrás de mim, a garota choraminga. Rastreio o som até o canto esquerdo mais distante.

"Sim, eu sei", digo em voz alta, encorajando o contato. Não consigo vê-la no escuro, o que torna o som mais importante. Assim como as minhas, as mãos dela agora estão livres, seus braços não mais limitados. Só Deus sabe o que ela fará em seguida. Pular de surpresa em cima de mim. Atacar meu pescoço. Só porque é uma vítima, não significa que seja inocente. Sei muito bem disso.

Sobreviventes fazem o que sobreviventes precisam fazer para sobreviver. "Cale a boca, Samuel", balbucio em voz alta, o que faz a garota choramingar de novo. Fico em pé, estico os braços, flexiono os punhos, uma sensação boa. Então contemplo as opções.

Nenhum som do lado de fora. Nenhuma sombra de movimento no espelho de observação. Até agora, a garota e eu estivemos sem algemas por pelo menos trinta minutos, mas não houve nenhuma resposta do camarote. O Maléfico Sequestrador não percebe que já nos soltamos? Será que não se importa? Como ele traz caixões de pinho aqui para dentro sem me acordar? Como me arrancou do meu próprio apartamento sem que eu resistisse?

"Pare com isso", ordeno a mim mesma. Este não é o momento de analisar o passado.

Agora é hora de seguir em frente.

"Quem está lá fora?", pergunto à garota enquanto vagueio pela nossa prisão escura, procurando algo que sirva como um pé de cabra melhor do que lascas de madeira barata.

Ela não fala.

"Você conhece Devon?", pergunto. Demoro um instante para lembrar seu nome completo, dito a mim uma eternidade atrás, quando eu estava sentada no banco de trás de uma viatura. "Devon Goulding. Barman. Um físico incrível. Trabalha no Tonic. Você o conhecia?"

Fim do choramingo. Ela inspira fundo. Reconhecimento. Eu poderia jurar.

"Eu o matei", digo, a voz em tom de conversa. "Joguei anticongelante e permanganato de potássio na cabeça e nos ombros dele. Fogo químico. Eu o queimei vivo."

Outra inspiração em choque.

"Isso deixa você feliz? Saber que ele sofreu. Que ele está morto. Ou você sente falta dele?"

Não quero que minha voz soe compreensiva, saudosa. Mas essas coisas acontecem.

"O homem está morto?" A voz parece rouca, mas pelo menos ela está falando comigo.

"Eu não sequestrei você", eu digo.

"Eu não sei."

"Como assim você não sabe? Como pode não saber o que aconteceu com você?"

Ela não responde. Eu devia ter ficado só na compreensão. Compaixão não é meu ponto forte.

"Clube Tonic. Centro de Boston. Isso significa alguma coisa para você?" Fui até o balde plástico. Peguei, senti o peso. Uma alça metálica séria ótima. Mesmo uma alça plástica já serviria. Mas não tenho tanta sorte. Não há nada que sirva como pé de cabra. E se eu jogar o balde no espelho de observação, tentar estilhaçar o vidro? Torço o balde nas minhas mãos, já cética. É muito leve, o vidro certamente é resistente.

Mantenho o balde comigo. Se a garota me atacar, posso usá-lo para bater na cabeça dela, estilo *Os Três Patetas*.

"Tonic", a garota sussurra, como se lembrasse um nome de uma vida atrás.

"Paredes escuras, luzes azuis, bandas matadoras", começo, depois me sobressalto. Paredes pretas. Automaticamente, cruzo o aposento para a direita até acertar uma das paredes em questão. Chão, parede, teto, janelas, tudo coberto de tinta preta. Seria uma coincidência.

Devon Goulding me emboscou numa sexta-feira à noite. O barman de físico incrível aparecendo de repente e se livrando do meu alvo inicial. E, ainda assim, ao recobrar a consciência em sua garagem... Ele me pareceu arrogante e inexperiente. Um predador, claro, mas esse tipo de predador?

Com um quarto todo escuro, que gosta de camisolas de seda e com um sistema elaborado de algemas? Sem falar que acabei com ele e aqui estou. E ainda assim, ainda assim... Uma casa noturna famosa por seu bar todo escuro. E um quarto agora totalmente coberto de tinta preta. Isso poderia realmente ser uma coincidência? O que me leva a indagar o que mais eu deixei passar sexta à noite.

Vários amigos de Stacey disseram que frequentavam o Tonic e o Birches. Sem falar que as equipes dos dois lugares eram amigas, saindo do trabalho em uma casa para ir beber na outra, devido à proximidade. Na minha cabeça, isso já valia uma verificada. No fim das contas, a equipe do Birches tinha sido inocentada pelo desaparecimento de Stacey, mas e quanto a seus amigos do Tonic, no fim da rua?

Poucas chances, talvez, mas aparentemente maiores do que eu pensava.

"Birches", eu disse em voz alta, só para ver que tipo de reação conseguiria arrancar da companheira de cela.

Ela inspira de novo, seu som oficial de reconhecimento.

"Stacey Summers", eu declaro.

Ela não responde exatamente, está mais para um choramingo. Afirmação, negação? O que eu daria por um mínimo de luz.

"A última coisa que você se lembra?", pergunto a ela.

Ela não responde. Penso em uma abordagem melhor. Do que eu me lembrava no começo? Ou talvez, mais precisamente, o que eu me permitia ainda lembrar? Porque não é como se você esquecesse magicamente sua vida inteira, sua identidade, as pessoas que você amava. É mais como se você as engavetasse, guardasse as imagens. Porque pensar nessas coisas e reconhecer essas coisas é simplesmente doloroso demais. As memórias a tornam humana, o que é inconsistente com o papel atual de objeto inanimado.

E não é porque um dia a polícia entra pela porta, besouros de armadura preta carregando armas e gritando ordens, que você abre magicamente o sótão mental. Na verdade, o que fiz foi trancá-las ainda mais fundo, tão desorientada pela liberdade quanto um dia estive por viver em um baú em formato de caixão.

Encontrei a garota. Tropecei nela, quase literalmente, procurando recursos. Ela está encolhida no canto, meu pé esbarrou no dela. Ela recua com o contato. Posso senti-la se encolher, quando não há mais lugar para recuar, como se tentasse diminuir de tamanho. A reação dela aciona um gatilho em mim. Outra resposta que conheço bem. Tentei várias vezes eu mesma. Só que nunca funcionou. Jacob sempre encontrava o caminho no fim das contas. Até aquele último momento, seu cérebro e sangue espalhados em meus cabelos...

Eu me ajoelho. Mantenho a voz calma.

"Eu sonhava com raposas", sussurro para a garota no escuro. "Sonhava que corria com elas pelos bosques. Sonhava que era livre. E apesar de sempre acordar de novo, era bom sonhar."

Ela não responde.

"Tudo bem, sabe. Sobreviventes fazem o que precisam fazer. Samuel me disse isso. Quando formos embora daqui, vou apresentá-lo a você. Você vai gostar dele."

Então, enquanto ela ainda não respondia:

"Você terá noites ruins depois disso. É engraçado. Você escapa, mas nunca supera realmente. Você não percebe o conforto que é seguir a vida pensando que isso nunca acontecerá conosco até que, é claro, essa certeza se esvai. E a cada história no noticiário, cada reportagem que você lê no jornal, você só consegue pensar que poderia ser você ali. Eu estudei. Foi o que fiz. Aprendi autodefesa para que um maníaco suado de merda não consiga me arrancar da praia da próxima vez. Aprendi a arrombar fechaduras para nunca mais ser algemada." Esfrego as lascas de pinho, sorrio tristemente no escuro. "Pelo menos essa parte funcionou. O que estou querendo dizer é que o medo nunca vai embora de verdade, mas há opções. Você pode construir uma vida. Pode ser alguém novamente. Veja só Elizabeth Smart, Jaycee Dugard. Existem histórias de sucesso."

Só que eu não sou uma delas. Não digo isso. Não quero desmoralizá-la. Minhas falhas não precisam ser as dela. Meu objetivo, única missão de vida, certamente não é nada do tipo felizes para sempre.

Cinco anos atrás foi a única vez em que falei isso em voz alta. Eu me abaixei e sussurrei minha promessa no ouvido de Jacob. Disse a ele exatamente o que eu faria um dia. Um segundo antes de encostar o cano da arma no alto de sua cabeça e puxar o gatilho.

Sangue e cérebro em meus cabelos.

Nem todos os meus sonhos são pesadelos.

"Devon Goulding morreu." Testo o terreno uma última vez. "Eu sei. Fui eu que o matei."

A garota finalmente fala. "Você não entende."

"Estou tentando."

"Você não devia ter machucado ele."

"Eu tive que fazer isso. Era uma noite de sexta-feira."

"Agora será pior."

"O que será pior?"

"O que acontecer daqui para frente", ela diz baixinho, "será muito, muito pior".

Eu a deixo no canto. Estou cansada de desgraça e tristeza. O que quero é escapar. Volto ao colchão, encontro a mola helicoidal dobrada para formar minha chave-mestra artesanal. Estive imaginando na cabeça um objeto comprido e achatado capaz de abrir a porta. Agora é hora de pensar em uma alternativa. Talvez uma mola de colchão possa funcionar. É mais resistente que pinho. E se eu curvar a ponta no formato de uma colher, ou de uma dessas coisas usadas para afundar ovos cozidos em xícaras de café com tinta colorida de Páscoa...

Não tenho nada melhor para tentar.

Luto novamente com o colchão, removendo pilhas de espuma e estofo com as mãos, liberando mais aromas de erva e mofo. Espirro várias vezes, mas continuo. As molas estão amarradas juntas. No escuro não consigo ver como, então preciso cutucar, estocar, girar e torcer com as pontas dos dedos, já feridas e ensanguentadas. Converter a parte superior da mola em chave-mestra foi uma operação muito mais fácil. Isso, tentar remover a bobina inteira, parece praticamente impossível. Mais uma vez, meu reino por um único feixe de luz. Se pelo menos eu pudesse ver o que estou fazendo...

Meus dedos machucados começam a parecer pesados, dormentes. Estou cansada. Muito cansada. Só quero me deitar, dormir um pouco. Noto que meus olhos pesam, preciso me forçar a mantê-los abertos. O estresse cobra o preço. Estou com fome novamente, mas sem nenhuma noção de tempo. Não faço ideia de quanto tempo se passou desde a última vez que comi.

Com fome. Com sede. Água em algum lugar. Eu devia cochilar. Só que, é claro, preciso arrancar a maldita mola.

Meus olhos vão se fechando lentamente... Dedos tocam meus ombros, apertam de repente. Pulo, acordada, me remexendo freneticamente, jogando o cotovelo para trás. Mas a garota, que finalmente despertou, é surpreendentemente forte.

"O colchão", ela está dizendo. "Você precisa se afastar do colchão. Ficar longe. Longe."

Tento tirar as mãos dele, mas meus movimentos são muito lentos. Então, tão repentinamente quanto me segurou, ela me solta. Caio para trás, um besouro desajeitado com braços e pernas para o ar.

Preciso piscar os olhos, me concentrar em me recuperar. Mesmo assim, me sinto zonza e ainda quero dormir.

"Está no colchão", diz ela.

"O que está no colchão?", eu murmuro.

"Não sei. Mas o colchão... Você vai dormir. Ele faz você dormir".

O colchão está drogado ou contaminado com algo. É o que ela está tentando me dizer. Eu estava certa no começo. O quarto é uma armadilha, mas não é um pó sonífero na água da garrafa ou algum tipo de gás que me faz desmaiar entrando pelo sistema de ventilação. É o colchão.

"Precisamos da bobina de mola do colchão", eu digo. "Eu a puxei para fora. Deve estar em algum lugar perto do topo. Precisamos dela."

A garota não responde. Ela se move, arrastando os pés no escuro. Sua barriga, é claro. Ela ainda está machucada e andar deve ser doloroso. Mas ela não reclama enquanto remexe no colchão, tateia ao redor dele. Então, volta. Sinto o arame da mola pressionando meu braço.

"Eu não entendo quem você é", diz ela.

"Uma mulher, como você. Só que uma vez, muito tempo atrás, eu escapei do escuro."

"Você pode nos tirar daqui?"

"Sim."

"E nos levar para muito, muito longe? Eu não quero voltar nunca mais."

"Você é uma sobrevivente", digo a ela e a mim mesma. "Você pode fazer qualquer coisa."

"Quero ir para casa."

"Me diga seu nome. Você quer escapar daqui? Então precisa se lembrar de quem você realmente é."

Ela demora um pouco. Eu entendo. Sei como as coisas funcionam. Já passei por isso. Porque uma coisa é sobreviver. Mas muito, muito mais difícil é viver de verdade.

"Meu nome é Stacey Summers", ela sussurra. "E eu só quero ver meus pais novamente."

Não consigo comentar. Tenho um nó na garganta. Há muitas coisas que eu quero dizer – e nenhuma delas bastaria.

Pego a mola do colchão. Trabalho nela com meus pobres dedos ensanguentados, curvando-a, dobrando-a sobre si mesma, até ela ficar parecida com uma colher, numa versão mais resistente. Então encontro a porta outra vez.

Demoro um pouco para remover os pedaços de madeira quebrada. Então a borda fica limpa, e sou apenas eu, uma mola de colchão modificada artesanalmente e os sonhos de liberdade de duas garotas. Cutuco, mexo, empurro, trepido. Mais uma e outra vez.

E de repente, quase imperceptivelmente, ouço. O mais suave e discreto clique da tranca se recolhendo da fechadura. Empurro. Bem gentilmente. Quase timidamente.

A porta se move. A porta se abre.

Não faço ideia do que acontecerá a seguir.

CAPÍTULO 37

"ENCONTRAMOS KILKER", D.D. informou seu chefe, Cal Horgan.

"Qual o grau de certeza?"

"Noventa por cento. Ben identificou uma tatuagem de borboleta na omoplata direita. A mãe confirmou que Kristy tinha uma. Os registros dentários vão dar a confirmação final, mas estamos consideravelmente confiantes de que os restos mortais são de Kristy Kilker."

"E quanto a Stacey Summers?"

"Não sei."

"Não havia uma segunda garota? Outra carteira de motorista que você encontrou no quarto de Goulding?"

"Natalie Draga, do Alabama. Ainda não sabemos onde ela está."

"Flora Dane?", Horgan perguntou.

"Então", D.D. falou, "encontramos Kristy Kilker".

"E uma de quatro não é tão ruim?" Horgan arqueou uma sobrancelha. D.D. franziu o cenho. O chefe mudou de assunto: "Alguma teoria sobre o crime?"

"O criminoso tem preferência por cabelos com gel e purpurina."

"Sério?"

"Na verdade, não faço ideia. Ainda estamos esperando os relatórios do laboratório sobre várias amostras. Mas encontramos purpurina dourada do lado de fora do apartamento de Flora, nos cabelos de Kristy e no banheiro do Tonic."

"Tonic?"

"Devon Goulding trabalhava lá. Natalie Draga também, até desaparecer. E quanto às outras pessoas desaparecidas, elas frequentavam a casa noturna, incluindo Stacey Summers. Amigos confirmaram que iam lá de vez em quando. E dois deles compartilharam essa informação com Flora Dane."

Horgan cruzou as mãos na frente da barriga. "O que parece confirmar que Devon Goulding estava por trás do desaparecimento de todas as garotas, inclusive Stacey Summers."

D.D. hesitou.

"Fale de uma vez, detetive."

"Nós não encontramos nada na casa de Goulding que o ligasse a Stacey Summers. Por que guardar troféus de duas vítimas, mas não da terceira?"

"Ela tinha um perfil de mais destaque. E ele foi filmado pelas câmeras a sequestrando. Isso pode tê-lo assustado."

"Não acho que seja assim que essas pessoas atuem. Acho que troféus se encaixam na parte compulsiva do comportamento. Além disso, cadê o corpo de Stacey? Cadê o corpo de Natalie? Por que encontramos o de uma e não o das outras?"

Horgan a observou.

"E, por fim, há o problema com Flora Dane", D.D. prosseguiu, "que desapareceu *após* a morte de Goulding. Só que nesse caso... nós nem sabemos se ela foi sequestrada. É possível que simplesmente tenha ido embora. Improvável, mas possível".

"Mais uma vez, o que você sabe de fato?", o chefe perguntou.

"Boa notícia, chefe. Encontramos o corpo de Kristy Kilker."

D.D. estava tendo esse tipo de dia. Esse tipo de caso, na verdade. Ela voltou ao escritório e à pilha crescente de papelada se acumulando sobre a mesa. Olhou para os relatórios, tentou se convencer a ser uma boa sargento em regime restrito de trabalho. Sentar-se. Ler. Pôr os pingos nos is, os traços nos tês. Lidar com aquilo. Talvez, em algum lugar naquela montanha de arquivos, a próxima pista a esperasse. Mas ela não acreditava nisso. O caso não dava informações de bandeja, não respeitava o senso comum.

Uma batida na porta. Ela tirou os olhos da mesa e viu Keynes, parado, impecavelmente vestido como sempre, com uma pasta marrom de couro polido. Ela nunca chamaria aquilo de bolsa masculina. Pelo menos não na frente dele.

"Cadê a Rosa?", D.D. perguntou.

"Se eu fosse um homem que gostasse de apostas, diria que em uma cozinha qualquer, cozinhando. Você já permitiu que ela use o apartamento de Flora?"

"Ela o visitou hoje de manhã, como sei que você sabe, mas os peritos criminais ainda não estão prontos para liberá-lo."

Keynes assentiu e entrou no escritório. Ele vestia um casaco de caxemira. Ela devia se levantar, ajudá-lo a tirar, oferecer um copo de água. Mas não teve forças para fazer nenhuma dessas coisas. Simplesmente ficou lá, sentada, esperando.

"É o Tonic", ela fala, de repente. "Seja lá o que aconteceu com essas garotas, o Tonic tem algo a ver com isso. E Devon Goulding. O que me lembra: estou realmente irritada com Flora. Já estava zangada quando fui pela primeira vez à cena do crime de Goulding, agora estou puta da vida. Ela nunca deveria tê-lo assassinado. Devon vivo poderia responder todas as nossas perguntas. Devon morto, completamente inútil. Quando encontrarmos Flora, pretendo falar uma meia dúzia de palavrões para ela, só para me sentir melhor."

Keynes tirou o casaco. Pendurou-o no cabideiro ao canto. Sentou-se.

"Minha opinião profissional?", ele ofereceu.

"Sem dúvida."

"A gerente, Jocelyne Ethier, tinha um relacionamento com Devon Goulding."

"Sério? Foi tudo o que você notou? Sou só uma policial municipal e consegui perceber isso. Uma mulher desprezada. Estava praticamente tatuado na testa dela."

Keynes encolheu os ombros. "Ela mentiu. A pergunta relevante é: ela mentiu porque estava envergonhada ou porque tinha algo a esconder?"

"Mais uma pergunta para contemplar no meio da madrugada. O problema é que temos perguntas demais. Precisamos de respostas. Pistas novas e tangíveis."

"E é por isso que estou aqui."

"Você me trouxe uma pista nova e tangível?"

"Trouxe informações. Sobre Jacob Ness."

"Jacob Ness está morto."

"Sim", Keynes concordou. "Mas a filha dele não."

"O relevante dessa informação é que Flora nunca disse nada a respeito."

"O que quer dizer?", D.D. perguntou.

"Eu interroguei Flora enquanto ela se recuperava no hospital. Ela firmou um acordo. Ela contaria sua história uma única vez. Para uma única pessoa. Depois, jamais falaria disso. Ela me concedeu a honra. Então ela falou. E falou. E falou. 472 dias. Ela tinha muito para contar. E apesar de cada história, cada momento de terror, cada revelação... Nunca diria que sei tudo o que aconteceu entre Flora e Jacob. Para cada história que Flora contava, dava para dizer que havia outras que ela guardava para si. Isso não é incomum com sobreviventes. Eles estão traumatizados, com estresse pós-traumático e, em muitos casos, acometidos pela culpa."

"Por terem sobrevivido? Ou por causa do que precisaram fazer para sobreviver?"

"Varia. De qualquer modo, culpa é culpa."

D.D. se inclinou para frente. "A agente chefe do FBI, Kimberly Quincy, mencionou que ela ainda tinha perguntas sobre tudo o que aconteceu durante o cativeiro de Flora. Algo sobre outros traços de cabelo, DNA pertencente a outra mulher, recuperado de um baú nos fundos do caminhão."

"Flora não seria a primeira vítima de sequestro coagida a ajudar o sequestrador a fazer outras vítimas."

"Exato."

"Você sabe qual é a pior parte de se sobreviver, detetive?"

"Tenho certeza de que você vai me dizer".

"Viver com isso. Cada pessoa resgatada com quem eu conversei. Elas tinham tanta certeza de que, se pudessem simplesmente escapar, superar a provação, elas nunca iriam se queixar, querer mais coisas, nunca mais sofreriam. Meu trabalho principal é ajudá-las a entender que não é esse o caso. Sobrevivência não é um destino. É uma jornada. E a maioria das pessoas que ajudei ainda está tentando chegar lá."

"Matando um criminoso de cada vez?", D.D. perguntou secamente, considerando os impulsos criminais de Flora.

"472 dias. A maior parte deles trancada em um caixão. Você realmente acha que lidaria melhor com a situação?"

D.D. fez uma careta. Ela não tinha uma resposta para isso, e os dois bem sabiam. "Então, a filha."

"O FBI recuperou amostras do quarto de hotel de Jacob e de seu caminhão. Como Quincy revelou, encontramos evidência de DNA pertencente a outras pessoas. Uma amostra foi identificada como sendo de mulher, e ela possuía marcadores consistentes com o próprio Jacob. Em outras palavras, uma filha."

"Você encontrou DNA da própria filha do Jacob? No baú de madeira?"

"De bitucas de cigarro deixadas no chão da cabine do caminhão." Keynes ergueu a bolsa de couro, tirou um arquivo. D.D. pegou o arquivo e olhou em volta da mesa. Percebeu que estava oficialmente sem espaço para mais papelada.

"Quem é ela?", D.D. perguntou, posicionando o material sobre outra pilha de sabe-se lá o quê.

"Nunca descobrimos. O DNA não coincidiu com nada no sistema. Agentes procuraram certidões de nascimento e tudo mais, mas nunca encontramos nenhum registro levando o nome de Jacob. É claro, é possível que ele nunca tenha sido registrado como pai. E como não temos uma idade aproximada, é difícil ser mais preciso em nossa busca nos bancos de dados de hospitais, assumindo que os hospitais tenham digitalizado registros antigos. Muitos dos hospitais rurais não fizeram isso."

"E quanto a seguir a pista dos interesses amorosos conhecidos de Jacob, falar com elas sobre uma possível filha?"

"O problema de Devon Goulding", disse Keynes.

D.D. levou um segundo, depois entendeu. "Você se refere ao fato de Flora ter matado Jacob e você não poder pedir a ele uma lista de seus relacionamentos anteriores. A garota é boa em atar pontas soltas."

"Jacob Ness operou sob o radar durante boa parte da vida. Um breve período na prisão. Mas tirando isso, era solitário, dirigindo de um estado para outro seu caminhão de grande porte, tendo como único endereço permanente a casa da mãe, na Flórida. De acordo com Flora, no começo, pelo menos, ela foi mantida em um porão..."

"Há porões na Flórida?"

"Lá as construções são de laje, na maioria. O que nos faz acreditar que Jacob deixou o estado quase imediatamente após o sequestro. Ele mencionou para Flora que estavam nas montanhas da Geórgia, mas nunca conseguimos identificar a localização exata. Quando Jacob trabalhava, a movimentação era monitorada por um sistema de computador usado por todos os motoristas de caminhão de grande porte. Jacob era um autônomo, contudo, e passava semanas seguidas sem nenhum trabalho. Durante esses períodos, não sabemos por onde ele andou. De acordo com Flora, gostava de parar em motéis baratos em cidadezinhas do sul. Mas jamais conseguimos refazer todos os seus movimentos."

"Mais perguntas que ele não pode responder e ela não contará?"

"Não sei se Flora tem as respostas", Keynes disse sem rodeios. "É difícil ter senso de localização, trancada em uma caixa."

"Bom argumento".

"Sabemos que Jacob circulava. Principalmente pelo sul. Sabemos que ele *não* voltou para a casa da mãe durante o tempo em que esteve com Flora. Mas também sabemos que, em algum ponto, ele se encontrou com a filha. Se foi um encontro feliz ou triste, não temos ideia."

"Qual a posição oficial de Flora?"

"Jacob gostava de prostitutas. Ela não sabe nada sobre uma filha."

"Ele tinha a própria escrava sexual e ainda contratava prostitutas?"

"Jacob Ness era viciado em sexo. Dizia que não tinha culpa de ser um monstro."

D.D. não tinha palavras para isso. Pela expressão tensa no rosto de Keynes, dava para ver que ele tampouco.

"Mas você acha que Flora está mentindo. Você acha que ela sabe algo sobre a filha. Por quê?"

"Pequenos detalhes. Você sabe alguma coisa sobre os postais que Jacob enviava?"

"Um pouco."

"As mensagens eram carregadas de ironia. *Conheci um homem lindo*, quando, na verdade, Flora tinha sido sequestrada pelo Jacob. *Uma vista incrível*, quando, na verdade, ela estava trancada em um baú."

"Entendi."

"O último e-mail que Rosa recebeu foi: *Fiz uma nova amiga. Um amor de pessoa, você adoraria conhecê-la.*"

"Você acha que é uma referência à filha de Jacob", disse D.D. "Que, se ele a está descrevendo como um amor..."

"Perguntei diretamente sobre isso a Flora. Ela não respondeu. A julgar pela expressão completamente pálida que tomou seu rosto, talvez ela não pudesse responder. Quanto mais eu pressionava, mais veementes ficavam as negativas. Ela tinha uma resposta emocional às minhas perguntas, mesmo quando tentava se distanciar delas."

"E se não existia nenhuma filha, por que ela se importaria?"

"Exatamente."

"As guimbas de cigarro com DNA que recuperamos no chão da cabine de Jacob parecem implicar um relacionamento. A mulher não estava enfiada no escuro de um baú, mas sentada lá na frente, fumando. Um encontro de iguais. Talvez até com uma conexão pai e filha. Será que Flora se sentiu ameaçada?"

"Possivelmente."

D.D. franziu a testa, pegou o arquivo que Keynes trouxera, dolorosamente fino. Um perfil de uma mulher sem nome, sem endereço, sem associados conhecidos. Só marcadores genéticos indicando sua semicorrelação com um maníaco sexual.

"Por que você está me dando isso agora?", ela perguntou a Keynes.

"Você continua insinuando que sei coisas sobre Flora que não estou compartilhando. Também parece achar que o desaparecimento recente de Flora possa ter algo a ver com seu primeiro sequestro. Não sei. Pessoalmente, tenho mais perguntas do que respostas à essa altura. Mas estou preocupado com Flora. E apesar do que você pensa, estou sendo honesto. Cada detalhe, tudo que Flora me disse, eu compartilhei. Esse é meu trabalho, detetive sargento. Não sou psicólogo. Sou especialista em vítimas. Flora sabe disso. O que é mais um motivo para ela nunca ter me contado sobre a filha de Jacob." Keynes olhou em direção ao arquivo. "Agora você sabe tudo o que sei sobre Flora e o tempo que ela passou com Jacob. Não está completo. Não é perfeito. Mas, pelo bem da Flora, espero que seja suficiente."

"Uma pasta praticamente vazia sobre uma mulher não identificada?" D.D. pegou o arquivo. "Isso aqui não é uma nova informação. É outra maldita pergunta!"

"Você queria saber tudo. Agora você sabe."

Keynes se levantou, pegou o casaco.

"Flora não fugiu", ele disse.

"Eu sei."

"O que significa que, se ela está desaparecida, alguém a pegou."

"Mas não o inspetor predial", D.D. falou, com um suspiro.

"E não foi Devon Goulding", disse Keynes, "que já estava morto. O que nos deixa com o quê?"

"Uma conexão. Alguém que conhecia as vítimas, mas também conhecia Devon Goulding." D.D. olhou para Keynes. "Alguém que agiu em parceria com Devon nos sequestros originais ou ficou inspirado o suficiente para prosseguir."

"Uma conexão", Keynes concordou.

D.D. olhou para todas as montanhas de papéis em sua mesa e percebeu o que cabia a ela, no fim das contas. Porque ela era a organizadora central de informações. Cada detetive escrevia seu relatório. Contudo, era função da sargento, o trabalho de D.D., estudar o todo.

"Tenho trabalho a fazer", ela murmurou.

Keynes sorriu. Foi embora sem falar mais nada.

CAPÍTULO 38

O CORREDOR NÃO ESTÁ ILUMINADO, mas, ainda assim, é de alguma forma mais claro do que o quarto escuro. Em pé, com o corpo metade para fora da porta, espiando cautelosamente, levo alguns minutos para entender. Não há janelas, não há luzes no teto. Daí a escuridão incansável. Por outro lado, as paredes não são pintadas de preto, permitindo alguma noção de claridade que, talvez, venha principalmente por contraste.

Conto quatro portas além da minha. Uma ao lado desse quarto, duas na parede oposta e outra no fim do corredor. Talvez ela leve para uma escada? Todas estão fechadas, então é difícil saber.

Não vejo nenhum indício de vida. Nem ouço passos se aproximando, barulhos de outros quartos ou andares. O corredor não é comprido; quatro quartos não são tanta coisa.

Uma casa, eu penso. Estamos em uma casa. Quantos andares ela tem, em que andar nós estamos, isso não sei dizer. Se ainda estamos em Boston, a maioria dos prédios tem três andares. O espaço de convivência ficaria no primeiro andar, os quartos no segundo e no terceiro. Chutaria que estamos no terceiro, tão distante quanto possível das áreas de convivência – onde vizinhos ou visitas poderiam nos ouvir. Mas não sei de nada – e minha colega de quarto não é exatamente comunicativa.

Confrontada com o corredor vazio, pontilhado com os retângulos escuros das portas fechadas, ela está tremendo descontroladamente, a mão pressionada no lado machucado.

Meu primeiro instinto é nos levar até a porta no final do corredor, onde suspeito que possa haver uma escada. Para cima. Para baixo. Para fora.

Por algum motivo, duvido que será assim tão simples.

A garota, Stacey, está olhando fixamente para a porta fechada à nossa frente. Ela treme ainda mais.

É aí que começo a ficar nervosa. O que há atrás daquela porta?

O que ela sabe que eu não sei?

Quem dera eu tivesse uma arma.

Não gosto de armas de fogo. Ainda me lembro daquele último dia, o peso da .45 na minha mão...

Não gosto de armas de fogo. Mas uma arma de eletrochoque, um spray de pimenta, até mesmo um bom e velho bastão de beisebol, algo assim faria eu me sentir melhor neste momento.

Tenho uma mola de colchão dobrada na minha mão. Imagino que ela terá que servir.

Então me esgueiro atrás da porta, em silêncio. Deixando minha prisão cor de breu pela primeira vez em... Bem, não faço ideia.

Não viro para a esquerda. Não viro para a direita. Em vez disso, respondendo ao tremor contínuo de Stacey, atravesso o corredor, seguro a maçaneta e puxo.

A porta se abre para dentro, na direção do corredor, como a nossa. Isso permite que eu mantenha meu corpo posicionado atrás dela, semiprotegido de qualquer criatura selvagem que possa saltar de sua profundeza escura escancarada.

Eu empurro. Dou um passo para trás. Stacey silva de um jeito agudo...

Nada.

Nenhum som. Nenhuma atividade. Nenhum humano ou animal aparecendo no vazio. Espio pela porta, estudo as profundezas com mais atenção.

O cômodo está totalmente escuro. Como o nosso. A mesma pintura de blecaute, o que me faz pensar no que mais poderia ser similar. Todas as minhas explorações pelo quarto nunca revelaram um interruptor. Agora tateio pelo corredor nas proximidades da porta e, claro, encontro o interruptor. Eu o acendo.

Stacey grita. Fecho os olhos, meus dedos avançando tardiamente para reverter o processo de iluminação. Desligar, desligar, desligar. As luzes queimam, queimam, queimam. Não conseguimos aguentar.

Já passamos tempo demais no escuro. Minha respiração está pesada. A de Stacey também, atrás de mim. Fico à espera do som de passos batendo no chão, alertados pelo grito de Stacey. Os animais estão à solta, escaparam das jaulas! Peguem-nos!

Mas a casa continua em silêncio. Estranhamente silenciosa. Isso me deixa ansiosa. Nenhuma casa é tão silenciosa. Assim como nenhum quarto é tão escuro. Que lugar é este? E o que está acontecendo aqui?

Começo a entrar em pânico. Minha respiração está irregular, o coração acelerando no peito. O quarto era reconfortante à sua maneira. Um vazio definido. E, sinceramente, bastante luxuoso para uma menina que já foi confinada em um baú em forma de caixão.

Mas uma casa, uma casa inteira com quartos fechados, andares impossíveis de se ver e peculiaridades desconhecidas... Fecho o punho, preciso me concentrar. Você está cansada, com fome, com frio, está com dor?

Não? Então você está bem.

Eu estou bem.

E vou dar o fora daqui.

A luz acendeu. O quarto foi iluminado. O que eu vi? Tento me lembrar, mas não consigo. Só a impressão de uma branquidão capaz de cegar, como um maçarico em frente das retinas. Respiro fundo. Se quero descobrir o que há neste lugar, vou ter que ligar a luz de novo.

"Desvie os olhos", instruo Stacey. Baixo meu olhar, depois mexo novamente no interruptor.

Olho para os lados primeiro, ainda piscando com força por causa do brilho do ambiente. Atrás de mim, Stacey está fazendo sabe Deus o quê. Ela choraminga, mas pelo menos dessa vez não grita.

Conto até três. Olho para cima rapidamente, visualizo o cômodo, apago a luz.

Eu e Stacey respiramos com mais facilidade, e agora entendo sua ansiedade quanto ao espaço. Ele continha um colchão fino, um balde de plástico e uma corrente comprida pendurada no teto.

Viro-me para ela:

"Era o seu quarto?"

Ela demora um pouco. Confirma. O que me faz olhar para trás no corredor, as outras duas portas fechadas.

"E aqueles?", pergunto a ela.

Ela demonstra dúvida, parece ainda mais deprimida. Está lutando. Com a evidência do seu cativeiro passado, com a esperança da nova fuga, não sei. Mas, no escuro, o rosto está pálido e brilhante, como uma lua de cera.

Talvez esteja com alguma infecção. Talvez esteja morrendo neste momento enquanto estou aqui em pé e a interrogo no meio do corredor. Não sei. Não sei de nada.

Mantenho os ouvidos sintonizados, atenta a qualquer sinal, qualquer ruído de aproximação. Aperto mais a mola do colchão e avanço para a próxima porta.

Há fechaduras do lado de fora, perto da parte de cima do batente da porta. Não as notei na primeira porta porque não olhei tão para o alto. Agora percebo que todas as quatro portas têm trancas externas instaladas no topo. Nenhuma delas está fechada, contudo.

Por quê? Por que ter trancas e não as usar?

O meu desconforto aumenta novamente à medida que me aproximo da próxima porta fechada, me posiciono atrás dela e a abro.

Mesmo breu. Algum interruptor externo foi ligado e produziu um breve surto ofuscante de luz. O mesmo conteúdo. Colchão sem nada, correntes pesadas.

Estou começando a identificar o tema desta casa, e não é nada feliz. E agora, para a peça final do quebra-cabeça, a porta fechada ao lado do meu quarto.

Stacey não está falando. Stacey não está se movendo. Ela está simplesmente parada no corredor, segurando a lateral do corpo, perdendo a firmeza enquanto faço as honras.

Este é o quarto com a janela do espelho de observação. O quarto onde eu assumo que nosso sequestrador gosta de passar o tempo, aproveitar o show. E agora? Ele está esperando lá dentro, ainda um passo à nossa frente? Abrirei a porta e ele irá...

Me atacar com uma arma de choque, me drogar? Rir até não poder mais de nossa patética tentativa de fuga?

Minha mão está tremendo. Isso me irrita. Não quero ficar assustada, ansiosa ou intimidada.

Não estou com fome. Não estou cansada. Não estou com frio, com sede, com calor nem com dor.

Estou bem.

E vou fazer isso.

A porta se abre. Acendo a luz. Apago a luz.

Inspiro profundamente, expiro totalmente. Então, fecho a porta e volto para Stacey. Nenhum sequestrador maléfico. Nenhum bicho-papão escondido no escuro. Em vez disso, vejo atrás dessa porta exatamente o que tinha visto atrás das outras duas. O que significa que são quatro quartos, contando o meu, os quatro com pinturas de blecaute, quatro colchões, quatro baldes e quatro correntes presas.

Mas só duas de nós.

"O que você não está me contando?", eu exijo saber.

Stacey olha para mim. Ela abre a boca. Ela fecha a boca.

Então, como uma marionete cujas cordas foram cortadas, ela desmaia em silêncio no chão.

Vou direto para a porta no fim do corredor. A saída, provavelmente para a escada da casa.

Digo a mim mesma que não estou fugindo. Digo a mim mesma que não estou abandonando uma jovem que eu já golpeei nas costelas.

Estou saindo. Procurando ajuda. É a coisa sensata a se fazer. Quando há uma pessoa ferida, a primeira coisa a se fazer é ligar para a emergência. Bem, eu não tenho um celular comigo. Sendo assim, vou ter que sair e buscar ajuda.

Alcanço a porta, agarro a maçaneta. Pesada, de metal. Como uma porta de incêndio. Giro e empurro, assim como fiz nas três vezes anteriores.

A porta não se move.

Olho para cima, para o lugar onde ficava a tranca das outras portas. Mas não há fecho.

Pelo menos, não desse lado.

Como eram as portas para os outros quartos? Trancadas pelo lado de fora. Quanto eu apostaria que essa porta é igual? O que significa que ela abre para a escada e está trancada pelo lado da escada, e não do meu lado do sombrio corredor comprido.

Por um segundo, não me conformo. Bato na porta com a palma da mão aberta. Chuto-a com os pés descalços. Minha mão dói, meus dedos explodem. Essa porta não é de madeira, nem chega a balançar. Essa porta não vai a lugar nenhum.

Presa. Em uma jaula maior. Apesar de toda minha astúcia e destreza, não consegui nos libertar. Só acessar mais quartos pintados de preto na nossa prisão.

Meus olhos doem. Mas eu não choro. Em vez disso, apoio a testa na porta corta-fogo. Sua frieza é bem-vinda ao meu rosto febril.

"Não estou com fome", eu sussurro. Uma mentira. Meu estômago está roncando.

"Não estou com sede." O que eu fiz com a garrafa d'água?

"Não estou cansada. Não estou com dor." Verdade, mas Stacey está.

"Eu estou bem." Então, só para garantir: "Eu estou bem. Eu estou bem. Eu estou bem".

E, uma hora ou outra, vou resolver o problema. Vou dar o fora daqui. Na pior das hipóteses, porque o sequestrador vai voltar em algum momento, e quando ele voltar...

A menos que nosso sequestrador realmente seja o barman de físico impressionante. Nesse caso, ele já está morto. Não seria irônico?

Só que, é claro, eu cheguei aqui de algum jeito, de alguma forma. Não me importo com o que a Stacey machucada e confusa pensou. Eu não vim do meu apartamento até aqui e me tranquei em um quarto pintado de preto. Alguém fez isso. E esse alguém vai voltar.

E será muito, muito pior. Não foi o que Stacey disse?

Eu me afasto da porta. Volto para Stacey, o corpo ainda esparramado no chão. Não sei direito o que fazer, já que primeiros socorros não são minha especialidade. Mas pensando em termos práticos, tenho acesso a um recurso que não tinha antes: luz. Ou seja, posso olhar a ferida com mais atenção e cuidar dela melhor.

Ela caiu perto da porta do meu quarto. Ajeito seus braços e pernas até estirá-la de costas no chão. Depois, acendo a luz da minha antiga cela. É mais fácil enxergar usando a luz ambiente que se espalha pelo corredor do que deixá-la exatamente embaixo da lâmpada. Duvido também que nossos olhos fossem aguentar.

Ela geme enquanto eu ando em volta dela, trabalhando para que a luz ilumine seu abdome exposto.

No momento em que olho para baixo, percebo o quanto o escuro mascarou as coisas antes. Apesar de ter tentado com afinco sentir e retirar cada farpa, eu mal tinha conseguido fazer alguma coisa. A ferida é um corte longo. Consigo ver linhas de madeira escura enfiadas sob a pele, a carne vermelha nas pontas.

Além disso, a barriga está distendida. Cutuco gentilmente. Dura ao toque.

Ela está sangrando, eu penso. Por dentro. Tenho certeza que assisti a esse episódio de *Grey's Anatomy*. Ele não acabou bem para a vítima da batida de trem.

E agora.

Eu me sento. Fecho as mãos sobre as coxas. Sem dúvida Stacey Summers precisa de atendimento médico imediato.

E eu não faço ideia de como nos tirar daqui.

CAPÍTULO 39

D.D. ESTAVA GUARDANDO as coisas para ir para casa quando o telefone tocou. Ela já havia perdido a hora do jantar com Alex e Jack. Se conseguisse se apressar, ainda poderia chegar em casa a tempo de colocar o filho na cama. Mas é claro que o telefone iria tocar. Em sua mesa que ainda estava terrivelmente abarrotada de papéis espalhados. Ela havia tentado – jurava por Deus que tinha feito seu melhor – analisar as pilhas de relatórios. Mas elas pareciam crescer diante dos olhos. Qualquer informação mágica que pudesse estar esperando para ser descoberta continuava a se esquivar dela ali.

Telefone. Ainda tocando. De acordo com o identificador de chamadas, ligação do laboratório de exames médicos.

D.D. suspirou. Largou a bolsa. Tirou o telefone do gancho.

"Você nunca vai para casa?", Ben Whitely perguntou com voz grave.

"Pelo jeito, não. Além disso, é você quem está me ligando do necrotério. Quem é você para falar alguma coisa?"

"Não do necrotério. Do laboratório em cima do necrotério."

"Para a maioria das pessoas, isso é perto o bastante."

"Tenho uma informação", Ben anunciou.

D.D. esperou. Dava para imaginar. Ben estava longe de ser o tipo que ligava para conversar.

"Tenho um exame preliminar do cadáver."

"Kristy Kilker. A mãe identificou a tatuagem."

"Os resultados oficiais vão levar mais alguns dias, mas tenho a impressão de que você está com pressa com esse aqui."

"Sim."

"Então, falando extraoficialmente..."

"Fala logo."

"A causa da morte é ataque cardíaco."

"O quê?", D.D. se sentou.

"A vítima tinha um defeito congênito no coração. Provavelmente nunca soube que tinha. Além disso, o corpo mostrava sinais clássicos de fome: estômago enrugado, músculos atrofiados e aumento do fígado e do baço. É provável que o estresse físico provocado por sua desnutrição prolongada tenha desencadeado um evento miocárdico significativo."

"Um ataque cardíaco. Ela morreu de ataque cardíaco."

"Extraoficialmente, sim."

"Ela não foi assassinada."

"Há marcas nos dois punhos consistentes com restrição física. Também há sinais de cicatrizes anteriores à morte nos braços, atrás das pernas, provavelmente feitas por uma lâmina fina, talvez até um bisturi..."

"Ela foi cortada."

"Sim. Nada que seja profundo. Mas foi."

D.D. não precisava que o legista dissesse mais nada. Tanto ela quanto Ben sabiam que alguns agressores gostavam de brincar com a comida.

"Entre isso e seu nível de desnutrição", Ben continuou, "dá para usar o argumento jurídico de que as atividades do sequestrador levaram diretamente à morte".

"Mas foi acidental." D.D. parou. Aquela declaração soou estúpida até para ela. A julgar pelo silêncio de Ben, ele concordava. "O que quer dizer..." D.D. precisou reorganizar os pensamentos. "Que sua morte não foi planejada. Se ela não tivesse sofrido o ataque cardíaco..."

"Então ela poderia muito bem ainda estar presa e passando fome em algum lugar", Ben concordou secamente.

"Você não entende. Nós temos mais três garotas desaparecidas cujos corpos não foram encontrados. Então, se a intenção jamais foi matar Kristy, talvez elas ainda estejam vivas. Talvez ainda estejam presas, passando fome em algum lugar. O que você consegue me dizer sobre a hora da morte?"

D.D. esquadrinhou rapidamente as pilhas de arquivos em sua mesa, procurando a de Kristy Kilker, estudante universitária, que tinha trabalhado no Hashtag, logo acima da rua do Tonic, antes de supostamente sair para estudar na Itália, embora nunca tenha se inscrito no programa. Quando foi a última vez que sua mãe teve notícias dela? Cinco meses atrás, Phil dissera. E ainda assim, no local onde foi enterrada, Ben já achava que os restos mortais eram mais frescos do que isso.

"Eu diria que uma janela de seis a oito semanas."

"Recente assim?"

"É uma declaração oficial?"

"Não."

"Então ainda estou confortável com a janela de seis a oito semanas."

"Certo". A mente de D.D. estava um turbilhão. Kristy tinha desaparecido em junho, mas era provável que ainda estivesse viva em setembro. Sendo assim...

Ela foi mantida em algum lugar. Estava na cara. E não na casa de Devon Goulding, porque eles haviam virado o lugar do avesso. O que significava que tinha que haver um segundo destino. Um lugar com espaço o suficiente para manter múltiplas vítimas, considerando que Natalie, Stacey e Flora seguiam desaparecidas.

D.D. esteve concentrada na identificação de uma segunda pessoa, alguém que conhecesse Goulding e as vítimas, e que teria se sentido motivada a sequestrar Flora mesmo após a morte de Goulding. Mas, como esse caminho não estava indo bem, talvez ela devesse se concentrar em encontrar o segundo cativeiro em vez disso. No fim das contas, quantos lugares poderiam existir em Boston, frequentados por Devon Goulding, que fossem grandes e discretos o bastante para esconder pelo menos quatro garotas desaparecidas?

"Já acabei", Ben Whitely falou ao telefone. "É isso. Tudo o que sei no momento. Agora eu vou para casa, dormir um pouco."

D.D. assentiu junto ao telefone. Ela o desligou sem nem dizer tchau. Não iria para casa. Não iria dormir.

Em vez disso, pegou o telefone de novo e convocou a força-tarefa.

"Temos uma revelação importante." D.D. ficou mais uma vez em pé em frente ao quadro branco, caneta marcadora na mão. Ela tinha detetives bocejando ao redor da mesa da sala de reunião, pizzas grandes colocadas no centro. Se você pretendia fazer sua equipe trabalhar todas as horas do dia e da noite, você precisava pelo menos mantê-la alimentada. "Um ataque cardíaco foi a causa da morte da Kristy Kilker. Provavelmente desencadeado pelo estresse físico de ser mantida em cativeiro. O exame pós-morte revelou sinais de fome prolongada, além de tortura com uma lâmina fina. Morte ocorrida aproximadamente seis a oito semanas atrás."

"Mas ela desapareceu em junho", disse Phil.

"Exatamente. Foi mantida em algum lugar por pelo menos vários meses. O que significa que nossas outras garotas desaparecidas", D.D. bateu em cada nome no quadro com a caneta: Natalie, Stacey, Flora, "ainda podem estar vivas nesse lugar também. Precisamos revisitar nossa teoria do crime. Sem falar no nosso número de sequestradores. Vamos assumir, por enquanto, que Devon Goulding estivesse envolvido. Ele tem ligações diretas com três de nossas vítimas, e com base no que os amigos de Stacey Summers disseram, é provável que ele também tenha se encontrado com ela no Tonic uma vez ou duas".

"Ele é grande o suficiente para ser o sujeito na imagem do sequestro", Neil falou.

"E ele não estava trabalhando no Tonic na noite em que Stacey Summers desapareceu do Birches. Ou seja, poderia muito bem estar sondando o território lá", acrescentou Carol Manley.

"Está bem", D.D. bateu no quadro de novo. "Temos Goulding. Fisicamente grande o bastante para ser o sequestrador agressor. Com pelo menos um ataque conhecido, já que atacou Flora. E provavelmente ligado à morte de Kristy, já que foram os dados do GPS do veículo dele que nos levaram ao corpo dela. Sem falar que ele guardava troféus das duas primeiras vítimas. Somando tudo isso, sinto que é seguro dizer que ele estava envolvido nos três primeiros sequestros."

Em volta da mesa, os detetives concordaram.

"O que nos leva a", ela percorreu a linha do tempo que já havia escrito no quadro branco, "Flora Dane. Que desapareceu de seu apartamento altamente protegido *após* Goulding ser assassinado. Como? O que estamos deixando passar?"

"Um segundo sequestrador", Carol falou. "Um amigo de Goulding?" Ela soou pensativa. "Ou um seguidor?"

D.D. concordou. "Assassinos trabalhando em conjunto é algo raro, mas acontece. Marido e esposa. Dois homens. Parentes, sem parentesco, as combinações são infinitas. O ponto-chave é que sempre há um alfa operando com um parceiro submisso. Então, a primeira pergunta é, Goulding era qual dos dois?"

Phil arqueou uma sobrancelha. "Um homem de vinte e poucos todo bombado de esteroides? Goulding só pode ser o alfa."

"Acho que não." Carol novamente. Todos olharam surpresos para ela.

Ela meramente deu de ombros. "Se Goulding fosse o alfa, então sua morte teria encerrado os sequestros. O parceiro teria fugido, ou simplesmente desistido, certo? Emboscar Flora em seu próprio apartamento, sequestrá-la... Isso demonstra confiança. Sem falar em conhecimento prévio, planejamento e organização. Isso não é comportamento submisso. Isso é totalmente a cara de um gênio do mal."

Foi realmente doloroso para D.D. dizer isso: "Eu acho que ela tem razão".

Agora todos os olhos estavam nela.

"Há inconsistências nos crimes. Goulding mantinha troféus das duas primeiras mulheres, mas não de Stacey Summers. Há sangue em sua garagem, o que implica que em algum momento ele levou pelo menos uma vítima para lá, mas as vítimas precisam ser mantidas em outro lugar. Sem falar que ele levou Flora para sua garagem em vez de levá-la diretamente para o segundo cativeiro. Eu acho – e estou arriscando um pouco aqui – que a garagem era o domínio de Goulding, mas o segundo cativeiro não é. Ele pertence ao parceiro. Ou seja, assim que as garotas vão para lá..."

"Elas não são mais dele", Phil terminou a frase por ela. "Ele as está entregando para outra pessoa. O submisso entregando-as para o alfa."

"Seria bom ter provas", D.D. falou. "Mas como Goulding está morto... me pergunto se ele não escolheu as duas primeiras mulheres por conta própria. Ou talvez só Natalie, com quem ele claramente teve algum tipo de relacionamento, a julgar pelo número de fotos. Talvez o primeiro crime tenha sido pessoal e independente. Mas aí ele chamou a atenção de outra pessoa. Alguém que passou a fazer parte da aventura – ei, veja só, eu tenho o lugar perfeito para mantê-las –, mas que depois começou a dar as ordens. Levando aos cada vez mais frequentes ataques de raiva de Goulding e à sua necessidade de agarrar Flora e levá-la primeiro para seu local. Porque, mais tarde, não se trataria mais dele."

Em volta da mesa, detetives se entreolharam. Todos deram de ombros. D.D. não tinha como argumentar. Eles eram detetives, não especialistas em perfil criminal. E ela realmente tinha entrado no território das suposições.

"O que nos leva a...", ela começou.

"É uma mulher", Carol a interrompeu. "O parceiro dominante. É uma mulher. Porque de jeito nenhum um garanhão narcisista raivoso cheio de anabolizante como Goulding aceitaria receber ordens de outro homem. Mas de uma mulher... Mais velha, bonitona, manipuladora, ela poderia usá-lo. Começar fingindo que estava recebendo ordens dele, e aí, quando ele se dá conta, é ela quem está no comando. Eles estão usando a casa dela. O que também acionaria seu impulso básico de submissão, já que um lar é o domínio de uma mulher e esse papo todo."

D.D. concordou. "Sim. Também acho que é isso. O motivo de nunca termos encontrado Stacey Summers é porque estamos todos procurando os Devon Goulding do mundo. Quando, na verdade, o mais provável é que Stacey esteja presa com alguma *femme fatale* sem coração. Alguém que vive em uma residência única – não dá para esconder quatro garotas em um prédio de apartamentos – em algum lugar na área de Boston..."

"No centro da cidade?", Phil a interrompeu, testa franzida.

"Sim. Se a casa ficasse no campo, por que se livrar do corpo de Kristy no parque? Esse tipo de descarte é muito arriscado, e se aconteceu assim foi porque eles não tinham outra opção. Em outras palavras, nossos sequestradores podem ter uma casa adequada às suas atividades, mas não têm quintal. Daí Mattapan."

"Você acha que a casa fica em Mattapan?", Phil perguntou.

"É possível. Se eu fosse esconder quatro mulheres..." D.D. deu de ombros. "Procuraria um lugar em um bairro de classe baixa, onde muitos edifícios estão interditados – quem notaria mais uma casa de três andares com tábuas de madeira nas janelas? Onde os vizinhos são poucos e distantes e, melhor ainda, com tendência maior a ignorar do que averiguar acontecimentos estranhos. Onde o som de gritos não é nada tão fora do comum."

"Isso não reduz muito as possibilidades em Boston", Neil disse secamente.

"De acordo com as estatísticas criminais, se as vítimas são brancas, então é mais provável que os sequestradores sejam brancos. Então estamos falando de um bairro com predominância caucasiana."

Mais uma rodada de pessoas dando de ombros na mesa. Considerando o longo histórico de imigrantes irlandeses, italianos e, agora, do leste europeu, era tão fácil achar áreas pobres brancas na cidade quanto de qualquer outra etnia. Diversidade funcionando. Ou apenas a dura realidade de que ganhar a vida numa cidade estranha nova era difícil para todos.

"Não acho que iremos encontrar magicamente o lugar com essa análise de perfil geográfico", disse D.D. "Acho que precisamos investigar toda mulher que sabemos ter passado pela vida de Devon Goulding. Mulheres que conheceu no trabalho, na academia, frequentando bares à noite. Onde for e quem for. Para deixar tudo mais interessante, acabou que Jacob Ness tinha uma filha. Então, se conseguirmos ligar qualquer pessoa conhecida de Devon ao desgraçado que sequestrou Flora Dane da primeira vez, seria tiro certeiro."

Em volta da mesa, os detetives a olhavam inexpressivos.

"Só estou dizendo..."

"Jacob Ness tinha uma filha?", Phil perguntou.

"O FBI recuperou DNA consistente com uma filha no seu caminhão de grande porte. Infelizmente, é só o que temos. Literalmente. Uma sequência de DNA."

"Mas será que ela estaria em Boston?", Phil novamente.

"Poderia estar na Flórida, Geórgia ou até no Brasil. Mas já que estamos procurando uma mulher, é algo para se ter em mente. Se essa filha tinha relação com Jacob, bem, temos aí pelo menos uma mulher com experiência em captura e sequestro. Sem falar do ódio por Flora Dane. Acho que não podemos ignorar tudo isso."

"Mas como isso nos ajuda?", Carol Manley dessa vez.

"Eu não sei", D.D. disse com sinceridade. "Acho... Primeiro, vamos montar uma lista de mulheres associadas a Devon Goulding. Podemos falar com sua operadora de celular, ver os números para os quais ele ligava, enviava mensagens e tudo mais com frequência. Então podemos analisar históricos básicos de suspeitas prováveis para ver se algum dos nomes bate com nossos requisitos. Se descobrirmos que alguns desses números chamados com frequência pertencem a, digamos, lindas mulheres mais velhas, talvez até uma ou duas que costumavam morar no sul, aí teremos algo. Melhor ainda, que um desses nomes tem uma casa afastada e grande o suficiente para manter múltiplas vítimas de sequestro... Então teremos nosso primeiro alvo."

Neil levantou a mão. "Tenho uma ideia diferente."

D.D. olhou para ele. "Muito bem, manda ver."

"O GPS do carro de Goulding. Nós já o usamos uma vez, procurando em seus destinos frequentes uma área adequada para esconder um corpo. E se fizermos isso novamente, só que dessa vez procurando o endereço mais parecido com a nossa lista de requisitos de cativeiro? Conseguir uma lista de contatos frequentes de uma operadora de celular levará pelo menos 24 horas, repassar históricos e acompanhar associações conhecidas levará mais um dia. Por outro lado, posso analisar uma lista de destinos frequentes em", Neil balançou a cabeça de um lado para o outro ponderando, "questão de horas".

Em volta da mesa, os membros da força-tarefa se animaram. Em pé diante deles, D.D. também.

"Neil", ela comandou, "você e sua equipe", apontou para Phil e Carol, "ficam responsáveis pelos dados do GPS. O resto trabalha em fazer a lista de nomes".

Olhou para o relógio. Eram 22h. Perfeito para sua própria missão: encontrar a gerente Jocelyne Ethier, uma mulher mais velha e definitivamente pouco honesta, que conhecia todos os envolvidos, tinha acesso ao sistema de segurança da casa noturna e até devia estar vagando pela pista do Tonic agora. Ao procurar por mulheres associadas, nada como começar pelo topo da lista.

"Darei duas horas a vocês", ela anunciou. "Quem me trouxer o endereço primeiro lidera a investida. Iremos para lá assim que formos autorizados. Se o sequestro de Flora foi questão de vingança, só Deus sabe quanto tempo ela e as outras mulheres têm."

CAPÍTULO 40

CONTINUO SACUDINDO a porta trancada. Girando a maçaneta. Empurrando com mais força. Como se, em um passe de mágica, a porta pesada de metal fosse abrir. Então eu poderia me lançar pelas escadas, sair por alguma porta externa direto para o ar puro da liberdade. Encontrar ajuda para Stacey. Ligar para minha mãe. Escapar de um corredor inteiro de quartos escuros para sempre.

A porta. A maldita porta. Por que ela não abre? Só quero sair daqui.

Bato nela com as palmas das mãos. Outro movimento inútil, desperdício de energia, nada além de me exaurir ainda mais.

Preciso me controlar. Preciso me concentrar. Não sou mais uma criança apavorada. Sou a Flora nova e melhorada, com treinamento e experiência, e que é mais esperta do que isso.

As janelas. A ideia me vem enquanto estou em pé, ombros caídos, testa apoiada na porta da escada. No meu quarto havia duas janelas pintadas de preto. Se conseguir quebrá-las, posso colocar a mão para fora. Pedir ajuda. Não foi isso que a garota em Cleveland fez, abriu uma parte da porta da frente e gritou até um vizinho aparecer?

Muito bem, serão as janelas. Deixo a porta de incêndio trancada, me obrigo a me afastar dela, passo pelo corpo inconsciente de Stacey e volto ao quarto que abomino. Acendo a lâmpada, fecho os olhos até eles se acostumarem.

Todo esse descuido perambulando, indo de um quarto a outro, abrindo portas, batendo em outras, certamente isso está comunicando ao andar de cima a minha recente liberdade. Não sei se é boa ideia. Talvez a porta da escada se abra a qualquer momento. E então virá algum grandalhão com uma arma, uma faca, uma arma de choque. E eu acabarei trancada novamente. Alguém ainda deve estar na casa, certo? Alguém encarregado de cuidar e alimentar as prisioneiras?

Talvez seja esse o ponto. A pessoa encarregada de cuidar e alimentar ficou sem suprimentos. Ou seja, não há ninguém em casa para reagir à barulheira. O que significa que, a qualquer momento, essa pessoa vai voltar. Entrar no covil maligno, perceber o primeiro ruído inesperado lá em cima e...

Acho que vou descobrir.

Abro os olhos devagar, ainda incomodada com o brilho da luz. Lembrando do que Stacey disse sobre o colchão contaminado com sedativo, passo por sua forma mutilada, seguro uma ponta e o arrasto com cuidado até o corredor. Estou cansada e estressada, mas isso não é hora de dormir. Preciso me manter esperta.

Tenho que tirar nós duas daqui.

No corredor, o corpo desmaiado de Stacey é iluminado pelo feixe de luz do quarto. A barriga está inchada e vermelha. O abdome parece mais túrgido. Ela precisa de cuidados médicos. Ela precisa que eu consiga ajuda.

Respiro fundo. De volta ao quarto, que sob o brilho severo da lâmpada exposta parece cansado e sombrio. A tinta preta cobrindo as paredes e o teto pode ser nova, mas é só isso. E agora, mais alerta, posso sentir o cheiro sutil de mofo e bolor. A casa é velha. Talvez esteja abandonada. Faz sentido. Seria difícil manter prisioneiros em um bairro movimentado, dentro de um imóvel ladeado por cercas de estacas brancas e mães suburbanas levando os filhos de um lado para o outro. Um prédio abandonado, porém, em uma área não tão boa da cidade, onde os moradores já estão habituados a não denunciar nenhum grito...

Passo os dedos pelas janelas, sentindo a natureza plástica da pintura. Mais grossa do que uma tintura normal. Mais para uma cobertura em spray. Isso me lembra de algo, mas não consigo pensar o quê. Consigo danificá-la com as unhas, então não é tão resistente. Está mais para emborrachada. Quebrável, eu penso, com força o bastante.

Recursos. Tenho o balde de plástico, a mola de arame do colchão. No fim das contas, decido que sou minha melhor ferramenta. Meus cotovelos, mais precisamente. Impulsionado em um ataque para trás, o ponto duro de um cotovelo pode ser uma arma bastante eficiente.

Deveria cobrir o cotovelo com algo para protegê-lo do vidro quebrado. Ainda estou vestida com restos esfarrapados de uma camisola de seda, bainha rasgada e tiras finas oferecendo pouca proteção. Poderia pegar a camisa de Stacey, mas não consigo fazer isso. É mórbido, parece roubar dos mortos.

Volto ao corredor e ao colchão rasgado. Prendendo a respiração, abaixo as mãos, agarro a ponta da superfície rasgada e corto fora parte do material pendente. Não é um pedaço grande e está surrado, mas é o melhor que consigo.

De volta à janela. Afixo o pedaço do tecido no meio do vidro inferior. Depois giro e, me movendo rapidamente, antes que o retalho caia no chão, bato com o cotovelo.

Dor. Instantânea e aguda. Engulo o ar, me forço a não gritar enquanto a dor ricocheteia pelos braços e deixa minhas mãos dormentes por um momento. Dou alguns pulos, balanço a cabeça, flexiono os dedos e o momento passa. Posso respirar novamente. Melhor ainda, posso me virar e inspecionar a janela, que eu posso jurar que começou a rachar por baixo da camada de tinta de Teflon.

Faço três tentativas, três dancinhas de dor. E, então, escuto. Afiado, definitivo. O vidro cede. Meu cotovelo venceu.

A pintura prova ser o oponente mais difícil, mantendo a janela rachada resistentemente unida. Uso os dedos para cutucá-la, desalojando o primeiro pequeno pedaço. Depois, em rápida sucessão, vários cacos maiores de vidro. Começo a abrir um buraco.

Estou tão animada com o sucesso que não noto o óbvio. A ausência de ar fresco. Ou sons do lado de fora. Ou qualquer indício de luz do dia, luzes externas, algo assim.

Só quando me inclino e tento espiar pela minha escotilha de fuga é que percebo o erro em meus métodos. Eu quebrei o vidro... só para descobrir que a janela foi bloqueada por tábuas pelo lado de fora.

Três cotoveladas depois, eu troquei a barreira de vidro pela placa de madeira.

Estou tão presa agora quanto estava antes.

Estou com fome? Sim. Cansada? Muito. Com sede, assustada, com frio e com calor? Sem dúvida. Sou tudo isso. Sou nada disso. Sou uma garota estípida que viveu em um baú em forma de caixão e agora está presa em uma casa vedada com madeira.

Sou uma filha, uma irmã, alguém que destruiu a família uma vez e agora está acabando com a sanidade dela novamente.

Sou uma sobrevivente que ainda precisa aprender a viver.

Sou uma pessoa sobrecarregada que quer afundar no chão e sentir pena de si mesma.

Então é o que eu faço. Sento em frente à janela bloqueada, cercada de cacos de vidro. Passo as mãos em volta dos joelhos. Estudo as cicatrizes nos punhos.

Penso em Jacob.

É loucura. Ele me arrancou, bêbada e estúpida, de uma praia. Depois me enfiou em um baú. Dirigiu comigo por todo o sul. Ele me estuprou, me fez passar fome, me espancou. Me levou para dançar. Me apresentou à filha. Ele me deu roupas e, uma vez, até me chamou de bonita. Odeio ele. Sinto falta dele. Ele é e sempre será a pessoa mais influente em minha vida. Outras pessoas possuem primeiros amores, famílias disfuncionais. Eu tenho Jacob. Não importa para onde eu vá, o que eu venha a fazer, sempre o carregarei comigo. Sua voz em minha cabeça. Seu cheiro em minha pele. Seu sangue e cérebro em meus cabelos. Ele me disse que seria desse jeito, do seu próprio jeito louco, Jacob nunca mentiu. Mesmo no amargo fim, ele me avisou que eu nunca conseguiria me libertar dele.

Na verdade, ele sugeriu que eu me matasse.

Imagino Jacob e sei que ele está rindo de mim, lábios esticados exibindo seus dentes manchados de nicotina, mão esfregando a barriga avantajada.

Garota estúpida, estúpida, ele está rindo. Regozijando-se. Sempre me disse que eu não seria nada sem ele. O mundo é muito grande, muito duro para uma coisinha tola como eu. Você é o que você faz. E você só faz burrice.

Pensando que eu realmente seria aquela que encontraria a pobre Stacey Summers desaparecida. Pensando que eu realmente seria a heroína dessa vez – e não a vítima.

Pego um caco de vidro ao meu lado, no chão. Cutuco com o dedo distraidamente, estudando a maneira como a luz se reflete em sua borda afiada.

Não é como se eu não tivesse tentado, digo a mim mesma. Quando voltei para casa, podia jurar que o ar tinha um cheiro mais adocicado, que o som da risada da minha mãe era mais alegre, que o sorriso ligeiro do meu irmão era o mais caloroso que eu já tinha visto. Todos aqueles dias passados no cativeiro. Todas aquelas noites de terror. E então isso. Sobrevivi. Fiz o que tinha que ser feito. Jacob estava morto, eu estava viva, eu jamais reviveria aquilo. Esqueceria tudo. Inclusive o último dia. Esqueceria tudo, as coisas que eu disse, as coisas que eu fiz, o que prometi.

As pessoas me disseram que eu era corajosa, forte e incrível.

Samuel me disse que eu era resistente e que nunca devia duvidar do que tinha feito. Sobreviventes sobrevivem. Sou uma sobrevivente.

Mas o ar não pode permanecer doce para sempre. Acabou que uma hora minha mãe parou de rir e ficou mais preocupada com meus gritos à noite. E meu irmão parou de sorrir e passou a olhar para mim com preocupação evidente. Todas as coisas que pensei que poderia esquecer. Não esqueci. Todas as coisas que eu queria deixar para trás. Não consegui.

Não é que sobreviventes não tenham direito a um final feliz. É só que... depois de sobreviver, você precisa viver. E na vida real, alguns dias são cinzentos. Algumas noites, pesadas. Às vezes você chora sem motivo aparente, sente pena de si mesma, se olha no espelho e não reconhece a garota olhando de volta para você.

Quem sou eu? Uma garota que um dia amou raposas? Ou uma garota arranhando os dedos nus contra a face interna da tampa de um baú em forma de caixão? Uma garota segurando uma arma, olhando para o homem que ela despreza, que ela teme e de quem depende?

Ciente de que aquele é o momento. Apenas faça. Aperte esse dedo no gatilho e tudo estará terminado.

Sentindo-se hesitar. Por que está hesitando? Quem hesita em um momento assim?

"Faça", Jacob ordenou naquele dia, seu rosto uma bagunça arroxeada. "Aperte a porra do gatilho. Eu nunca mais vou voltar, então vamos logo com isso. Ponha um fim nisso. Liberte nós dois do nosso sofrimento."

Meu próprio rosto escondido atrás do tecido que ele atou em volta da minha cabeça. Protegendo-me do gás lacrimogêneo. No momento em que a primeira lata foi atirada pela janela, Jacob entrou em ação. Ele se preocupou comigo primeiro.

E agora, aqui estamos. Nós dois. A uma bala da liberdade.

Quem sou eu? Quem é alguém? Todos nós tentamos tanto. E todos nós acumulamos nossas falhas. Desde "eu não deveria ter bebido tanto naquela noite" até "eu nunca deveria ter lutado tanto para viver". Falando sério. Sendo honesta. Se eu tivesse simplesmente desistido e morrido no início, outras garotas poderiam estar vivas agora. Só que, é claro, depois que eu morresse, Jacob teria pego outra jovem bonita. E então ela teria morrido. Ou talvez ela se tornasse uma assistente melhor ainda do que eu, ajudando-o a escolher e matar ainda mais mulheres.

Como você faz as contas com algo assim? Quantos mais predadores eu preciso matar, quantas vítimas potenciais ainda preciso salvar, para reequilibras as escalas?

Cinco anos depois, não tenho respostas para tais perguntas. Só sei que toda vez que vejo um caso no noticiário... não posso deixar passar.

Especialmente depois do que aconteceu na Flórida.

As coisas que não disse a Samuel. As atividades que nunca admiti para ninguém, porque Jacob me disse que eu também seria presa – e Jacob nunca mentia.

Então fico sozinha com fantasmas que me fazem sair a cada noite. Chego até aqui tentando salvar Stacey Summers. E, em vez de conseguir, acabo tão presa quanto ela.

Agora, curvo os dedos em volta do caco de vidro. Respiro fundo e me permito lembrar do resto daquele último dia. Os agentes invadindo e gritando para eu largar a arma. Jacob gritando para eu atirar.

Quem sou eu? Quem é alguém?

Sou a garota que cedeu. A garota que não reconheceu a própria voz enquanto sussurrava a última promessa na orelha de Jacob. A que testemunhou a expressão dele mudar. Como se, em um instante, eu me tornasse a pessoa com poder – e ele, a pessoa apavorada.

Depois disso, puxei o gatilho.

Porque eu não sou apenas uma garota trancada em um baú em forma de caixão.

Sou a garota com promessas a cumprir.

Agora, forço-me a levantar. Lembro a mim mesma que não estou com fome, não estou cansada, não estou com medo, não estou apavorada.

Não estou nem bem. Estou mais do que bem.

Sou uma mulher preparada para fazer o que for preciso para concluir esta missão.

Certo. Não posso quebrar a janela para sair. Não posso abrir a porta para descer a escada. O que me deixa com uma opção. Preciso subir. Em algum lugar deve haver um acesso para o sótão. Vou encontrá-lo. Vou conseguir ajuda para Stacey Summers.

Vou sobreviver a mais um dia. E aí...

Vou voltar para minha mãe? Viverei feliz para sempre? Nunca mais buscarei as sombras?

Não tenho essas respostas. Tenho somente uma missão.

Hora de realizá-la.

CAPÍTULO 41

Jacob trabalhando não era um homem mau. Viajávamos pela estrada, carga no reboque, brincando de apostar o número da placa. Dirigindo, Jacob deixava de lado a cerveja, a maconha e sabe-se lá mais o quê. E ele falava. Sobre qualquer coisa, sobre tudo. Às vezes reclamava do governo e da política, elencava todos os motivos pelos quais um trabalhador como ele não conseguia subir na vida. Havia chances iguais de ele começar a discursar sobre algo que vira no Late Show *e que não é que o Letterman era um puto bem engraçado?*

Eu tinha que me sentar no banco da frente. Tornava-me seu público cativo. Ele falava, eu ouvia. E aí chegava a hora de escolher onde ele queria parar para almoçar e, ei, eu me lembrava da lanchonete agradável da última vez que passamos por aqui, e ele concordava. Com Jacob era assim. Ele não era contra minha felicidade. Até começou a assistir Grey's Anatomy.

É claro que a maioria desses momentos acontecia quando ele dirigia para o oeste, longe da Flórida. Mas, uma hora ou outra, à maneira como funcionavam as rotas de caminhão de grande porte, receberíamos um novo serviço nos mandando de volta. Eu ficaria em silêncio primeiro. Vendo as placas passarem, sem me incomodar em lê-las em voz alta. Sem me importar se nós esbarrássemos, entre tantas coisas, com uma placa do Alasca.

Jacob, por outro lado, ficava quase febril. Os olhos mais brilhantes. Mãos segurando com mais firmeza o volante. Mais sexo. Muito mais sexo. Porque ele ficava ansioso, só que não era eu que ele queria.

Ele queria o que aconteceria quando nós voltássemos para a Flórida.

Eu implorei para ele deixá-la ir. Ela não fazia bem para ele, tentei dizer. Ela o incitava a adotar um comportamento cada vez mais perigoso. Ele já tinha a mim. E, veja só, ele tinha se safado dessa. Por que não conseguia ficar feliz?

Mas ele não conseguia. Quanto mais nos aproximávamos da Flórida.

Ele dirigia para a casa dela tão logo entregasse a carga. Não importava se ela estivesse a quarenta minutos ou três horas de distância. Se estávamos no estado da Flórida, ele seguia direto para a casa de Lindy. Às vezes, ela marcava de se encontrar em um lugar novo. Tinha que dispersar os pontos de caça para que os moradores locais não suspeitassem.

"Por favor", eu implorava, enquanto ele virava na direção da casa dela. "Vamos só parar em algum lugar. Ter uma noite tranquila. Nós merecemos uma noite tranquila. Você está dirigindo há dias."

"Bobagem. Estou bem."

"Você será pego. Ela não se importa com você. No instante em que a polícia aparecer, ela vai jogar toda a culpa em você. Dizer que você a obrigou. E a polícia acreditará nela. Você sabe que vai."

"Você não entende. Você não tem filhos."

"Ela não ama você."

"Me amar?" Ele franziu a testa. "Ela é minha filha. Amor não tem nada a ver com isso. É algo maior do que isso, melhor. Amor vem e vai. Mas ela sempre será minha filha."

"Ela só está usando você..."

"Me usando? Talvez eu a esteja usando. Já pensou nessa possibilidade? Fui eu que a encontrei, para começo de conversa. Ela não sabia nada a meu respeito. A mãe dela me odiava de morte, nem incluiu meu nome na certidão de nascimento. Mas eu ouvi rumores. Comecei a procurar. Soube imediatamente quando a vi. Um pai sempre reconhece sua cria. Eu a observei por anos, sempre de longe. Uma coisinha linda. Então um dia, quando ela tinha 8 ou 9 anos, um passarinho voou direto em uma janela ao lado dela. Caiu na grama. Eu a observei pegá-lo. Imaginei que ficaria preocupada com ele. Talvez fosse chorar. Mas ela não fez nada disso. Não. Não minha filha. Ela o destroçou. Pena por pena. Ah, ela é minha filha todinha. Depois disso, soube que daríamos um jeito.

"Quando ela estava com 13 anos, me apresentei para ela pela primeira vez. Sem saber se ela acreditaria ou não. Quando sua mãe voltou para casa e me viu parado lá, ficou furiosa. Disse que se me visse de novo chamaria a polícia. Iria me colocar na prisão. Sei que ela era capaz disso. Ela é esse tipo de mulher." Jacob soltou um riso abafado. "É claro, o que ela não percebeu foi que, ao demonstrar que me odiava, me tornou interessante. Lindy poderia ter se afastado completamente. Mas, depois disso, cada vez que eu aparecia Lindy estava esperando. Ela queria ouvir mais. Queria aprender mais."

"A mãe dela odeia você?"

"A mãe dela morreu. Aquela casa onde ela mora? Era da mãe. Mas ela se foi. Agora é tudo da Lindy e eu posso parar lá sempre que quiser."

"Como a mãe dela morreu?", perguntei.

Jacob apenas sorriu. "Você bem que gostaria de saber, não?"

"Isso vai acabar mal", tentei. Mas ele não se importava. Quando estávamos na Flórida, era como se eu não existisse. Jacob não se importava comigo.

Mas Lindy sim. Ela sabia que eu a odiava. Sabia que as tardes que eles passavam juntos me deixavam com raiva, tremendo, com vontade de vomitar.

Meu asco a animava. Fazer com que eu, trêmula e pálida, fosse ao próximo bar para ajudá-los a escolher o próximo alvo, a deixava excitada.

Você pode sentir falta de um baú em forma de caixão? Por que eu sentia, eu sentia, eu sentia.

Uma hora nosso tempo na Flórida acabaria. Principalmente porque Jacob precisava ganhar dinheiro. E os pagamentos dependiam do caminhão de grande porte, então, cedo ou tarde, ele voltaria para a cabine de viagem e nós iríamos embora. Eu, exaurida e debilitada, no banco do passageiro. Jacob, calmo e fumando sem parar, atrás do volante.

Nenhum de nós falaria nada até cruzarmos a divisa estadual. Aí, era como se nada daquilo nunca tivesse acontecido. Flórida se tornou nossa Las Vegas. O que acontecia lá, ficava lá. E nunca mais se comentava a respeito.

Cedo ou tarde eu falaria que tinha visto a letra A, então ele falaria que vira a letra B – e estaríamos bem de novo. Porque a vida era assim quando seguíamos para o oeste. Após certo tempo, tudo pode se tornar normal, até mesmo sair com seu sequestrador que matou três mulheres e não pretende parar.

Paramos para reabastecer na Geórgia. Jacob ficou um bom tempo do lado de dentro, fazendo o que quer que fosse. Eu fiquei lá, sentada. Olhei pela janela. Vi carros, árvores e asfalto. Não via nada.

E me perguntava por quanto tempo uma pessoa pode viver assim. Morrendo centímetro por centímetro. Quilômetro por quilômetro toda vez que ele atravessava a divisa com a Flórida.

Pensei em minha mãe. Pensei nela pela primeira vez em muito tempo. Não porque você realmente chega a esquecer, mas porque uma pessoa só pode suportar a dor em certa medida. Mas dessa vez me permiti imaginá-la. Vestindo uma de suas roupas sérias para a coletiva de imprensa. O brilho nos olhos. A raposa de prata no pescoço.

Eu me perguntava o que ela diria se pudesse me ver. Se ainda suplicaria para que eu voltasse em segurança para casa. Ou se perceberia, como eu tinha percebido, que uma pessoa não consegue voltar de certas coisas. Eu não era mais a criança dos bosques do Maine. Eu era brinquedo de monstros.

E só por um minuto, desejei poder vê-la novamente. Nem que fosse para lhe pedir que me esquecesse. Para ela seguir em frente. Ser feliz. Construir a vida.

Mas me deixar partir.

Porque então talvez eu pudesse me deixar partir também. Não lutaria com tanto afinco, não faria mais coisas terríveis para sobreviver. Simplesmente desapareceria.

Com a certeza de que seria melhor.

Pela primeira vez em muito tempo, rezei pensando em minha mãe. Rezei para que ela nunca me encontrasse. Para que ela nunca me visse daquele jeito. Para que nunca tivesse que saber todas as coisas que eu tinha feito.

Então Jacob voltou e nós rodamos, rodamos e rodamos. E ele encontrou a letra Q, e mais tarde eu vi a letra X, e aí eu comecei a rir, e depois comecei a chorar, e Jacob disse que tínhamos rodado o bastante. Pagou um bom motel, me disse para tomar banho e me limpar. Até me deixou sozinha depois que eu deitei encolhida como uma bola e chorei e chorei e chorei.

Pela mãe que eu desejei, implorei e rezei que nunca mais me visse. Pela garotinha que um dia havia alimentado raposas e agora ajudava a caçar humanos por esporte. Pela vida que eu tinha pedido e pelo futuro do qual precisava abrir mão. Porque eu não podia mais voltar para a Flórida. Você só podia se adaptar e aceitar coisas até certo limite.

Eu havia atingido o meu limite, e ele era a Flórida.

O que significava que era hora de partir. Desistir.

Depois de todos esses dias, noites, semanas que Jacob havia ameaçado me matar, agora eu precisava que ele cumprisse as ameaças. Ele tinha uma arma. Eu já a havia visto.

Um único tiro na cabeça. Certamente seria mais gentil do que o que ele e Lindy tinham feito com os outros.

Mas como eu o provocaria? Por mais louco que pudesse soar, parecia que ele tinha começado a gostar de mim. Lindy podia ser a parceira homicida, mas eu era o público.

Um homem gosta de público.

Pela manhã, eu me recusaria a voltar para a cabine. Eu gritaria. Gritaria, gritaria e gritaria. Ele teria que me matar, nem que fosse para eu calar a boca.

Pela manhã.

Nunca tive a chance. Ao amanhecer, justo quando começava a abrir os olhos, um barulho alto de explosão veio da janela. Vidro se estilhaçando. Som de tiros. Depois, uma nuvem sibilante de... Jacob saindo correndo do banheiro, camisa ainda para fora. Ele tinha uma toalha nas mãos. Ele a colocou, molhada e pingando, em volta da minha boca e do meu nariz. Não entendia nada, nem ele, nem o gás sibilante, nem os gritos do lado de fora.

Jacob correu para a outra cama. Tossindo, engasgando. Vi seus olhos incharem, lágrimas escorrendo pelo rosto, coriza transbordando do nariz. A mão embaixo do travesseiro puxando a arma.

Continuei sentada, hipnotizada por trás da máscara pingando enquanto a porta do motel era aberta e homens vestidos de preto invadiam o quarto.

Jacob caindo de joelhos. Gemendo. Resmungando. Soluçando penosamente.

Ele olhou direto para mim, esticando a mão. Oferecendo-me a arma. Eu a peguei. Avaliei e senti o peso. Enquanto homens de preto continuavam a entrar e gritar palavras que eu não conseguia registrar.

Isso não dizia respeito a eles. Nunca tinha sido assunto deles. Isso era entre Jacob e eu.

Os lábios dele se movendo. Estava implorando para eu atirar nele. Estava mandando que eu atirasse nele. Faça logo. Puxe o gatilho. Os homens de preto ficaram em um impasse. Estavam em pé ao redor. Não pareciam saber o que fazer.

Por minha causa, percebi. Porque eu estava segurando uma arma e eles não sabiam o que esperar. Sem dúvida tinham ordens de atirar em Jacob, seus métodos assassinos finalmente cobrando o preço.

Mas e eu? Ninguém sabia o que fazer comigo.

Pela primeira vez em 472 dias, era eu que segurava a arma. Era eu que tinha o poder.

"Faça", Jacob mandou. "Aperte a porra do gatilho. Eu nunca mais vou voltar, então vamos logo com isso. Ponha um fim nisso. Liberte nós dois do nosso sofrimento."

Então, ao ver que eu ainda não tinha me mexido: "Diabos, guarde uma bala para você. Por que não? Assim que eles souberem o que você fez, acha que vão pegar leve com você? Pensar que você é realmente diferente de mim?"

Eu sabia o que ele estava dizendo. Entendia completamente.

"Você nunca vai me superar. Nunca vai me esquecer. Sempre estarei dentro da sua cabeça. Sempre que acordar à noite, você pensará em mim. Sempre que dirigir por uma estrada, você procurará por mim. Sempre que conhecer um homem, você desejará que ele seja tão firme quanto eu. Não há como voltar. Então puxe logo o gatilho. Acabe com essa merda."

Ele estava certo, eu pensei. Mas ele estava enganado. Eu não era quem eu tinha sido, mas também não era quem ele queria que eu fosse.

Minha mãe. Roupas sérias, pingente prateado de raposa. Minha mãe implorando para me ver.

"Sinto muito", eu disse. Mas eu não estava falando com Jacob. Estava falando com minha mãe, que não fazia ideia de que estava prestes a conseguir exatamente o que havia pedido, que, se não me falha a memória, era um tipo de maldição antiga. Encostei a arma no topo da cabeça de Jacob. Então me inclinei e sussurrei em seu ouvido:

"Eu não vou morrer. Eu vou continuar viva. E um dia, quando eu for forte o bastante e habilidosa o bastante, vou voltar para a Flórida. Vou encontrar Lindy, e aí irei matá-la. Não vai restar nada seu, Jacob. Você, sua filha, os 'mais fortes'. Vou matar vocês dois e será tudo culpa sua. Você nunca devia ter me arrancado daquela praia."

Ele arregalou os olhos. Um olhar de temor, não por si, mas por sua preciosa Lindy.

"Nunca mais vou pensar em você", prometi, jurei, menti. Depois disso, puxei o gatilho. Uma névoa fina. Sangue e cérebro em meus cabelos. Os homens de preto avançando.

Eu venci, pensei.

Eu perdi, já havia entendido isso.

Então apareceu uma mulher. "Flora, está tudo bem. Flora, Flora! Sou a agente especial Kimberly Quincy. Estou aqui para levar você para casa."

Senti pena dela porque já havia entendido que a Flora que todo mundo conhecia e amava nunca mais voltaria para casa.

Havia simplesmente eu.

E eu nem sequer sabia mais quem eu era.

CAPÍTULO 42

QUANDO D.D. CHEGOU ao Tonic, a casa estava fervendo. A música estava tão alta que as paredes escurecidas vibravam com a batida. A pista de dança estava lotada de corpos se contorcendo. Luzes azuis intermitentes contornavam tudo com um brilho surreal de partes móveis.

D.D. usou o distintivo policial para furar a fila do lado de fora, depois abriu caminho pela borda da pista de dança até chegar ao corredor que levava ao escritório da gerente. Como esperado, Jocelyne Ethier estava sentada lá dentro usando o mesmo top preto e as mesmas calças pretas de horas atrás. Só que não estava sozinha. Do outro lado da mesa encontrava-se Keynes.

D.D. parou de repente. Não porque o especialista em vítimas finalmente havia trocado o terno característico por um jeans estiloso ridiculamente caro, mas porque não havia motivo para Keynes estar lá. Tipo, que droga era essa? Quer dizer, o que ele estava escondendo dessa vez?

"Boa noite", ela falou pausadamente, ainda da porta.

Ethier olhou para cima, rosto pálido carrancudo, o que só aumentou a tensão de D.D.

Keynes, por outro lado, sorriu. Contido. Misterioso. D.D. odiava aquele sorriso.

"Não tinha notado que você é do tipo que gosta de badalação noturna", ela disse, de um jeito mordaz.

"Eu estava na área."

"Engraçado, eu também."

"Quer se juntar a nós?" Keynes acenou, como se a convidasse para uma festa.

Ao contrário de Ethier, sua expressão estava relaxada. D.D. não acreditou naquilo nem por um momento. Entrou na sala com cautela. Sua mão esquerda desceu automaticamente para o quadril, onde costumava carregar a arma. Só que ela não tinha mais permissão para carregá-la. Ela era um sargento administrativo em regime restrito de trabalho transicional, estava por conta própria.

"Eu tinha algumas perguntas adicionais", disse Keynes.

"Que coisa." D.D. olhou para a gerente. "Eu também."

Ethier suspirou. Não parecia estar muito feliz. "Se vocês dois pudessem voltar amanhã..."

"Só vai levar um minuto", disse Keynes.

"Só um minuto", D.D. repetiu.

"Um minuto? Vocês viram o bar? Estamos em horário de pico. Escuta, eu não quero ser rude..."

"Nós também não", disse Keynes. Ele estava olhando diretamente para a mulher. E, só por um momento, D.D. viu Ethier hesitar. Como se respondesse ao poder do olhar de um homem bonito? Ou como se estivesse recebendo um sinal silencioso?

Mais uma vez, sua mão foi para o quadril. Mais uma vez, não havia nada lá. Keynes percebeu o movimento. E D.D. podia jurar que ele sabia exatamente o que ela estava pensando.

"Eu só estava fazendo mais algumas perguntas sobre Natalie Draga", disse Keynes. "A primeira vítima."

"Ela deu a entender que não conhecia Natalie muito bem", D.D. murmurou.

"Eu não...", a gerente começou.

"Mas talvez alguém de sua equipe conheça", Keynes continuou, calmamente. "Um barman colega de trabalho, uma melhor amiga. É importante. Quanto antes você encontrar essa pessoa para nós, mas cedo largaremos do seu pé."

Ethier franziu o cenho, se remexeu de um lado para o outro. "Larissa", ela declarou de repente. "Ela também atende no bar. Ela e Natalie geralmente tiravam as folgas juntas."

"Ela está trabalhando esta noite?", Keynes perguntou.

"Sim."

"Então o que acha de chamá-la para falar conosco?"

Ethier hesitou, claramente relutante. Então, quando Keynes continuou a olhar para ela: "Está bem. Vou buscá-la. Mas sejam rápidos nas perguntas. É noite de apresentação. Vocês não percebem o quanto está cheio lá fora?"

A gerente se levantou, abrindo caminho por D.D. Um segundo depois, desapareceu pelo corredor, deixando a sargento sozinha com Keynes.

Ela estava se virando quando ele falou.

"Algo da nossa primeira conversa com ela continua me incomodando", disse Keynes.

"Você diz além da mentira óbvia sobre o relacionamento dela com Goulding?"

"Sim. Porque esconder um relacionamento passado com um suspeito de estupro é a coisa lógica a se fazer. Não necessariamente um sinal de culpa."

"Se você diz." D.D. manteve a voz firme. Ela continuava desconfiada. E mais alguma coisa... Assustada? Não. Cautelosa.

"Cinco anos", disse Keynes de repente. "Jocelyne Ethier disse que é a gerente desse lugar há cinco anos."

"E daí?" Mas D.D. havia entendido. "Cinco anos, exatamente o tempo desde que Flora voltou para casa."

"Pode ser coincidência", disse Keynes.

"Claro."

"Só que eu pesquisei um pouco. Sabe onde Ethier trabalhou cinco anos atrás?"

D.D. balançou a cabeça. Era uma pergunta óbvia e, não, ela e sua equipe não tinham chegado tão longe.

"Ela foi gerente de outro bar. Em Tampa, Flórida."

Agora o coração de D.D. acelerava no peito. "Flórida, o estado de origem de Jacob?"

"Ainda acha que é coincidência?"

"Não. Mas por que você a mandou sair da sala?"

"Para podermos comparar observações. Dava para ver que você estava desconfiada..."

"Você a mandou embora! E quem garante que ela vai voltar?"

Keynes arregalou os olhos.

D.D. não se deu ao trabalho de esperar. Ela já estava correndo desenfreada pelo corredor.

CAPÍTULO 43

STACEY GEME NOVAMENTE no corredor. Em busca de um acesso ao sótão, eu paro, me ajoelhando ao lado dela, incerta sobre o que fazer.

Sua barriga está horrível, parece uma massa de carne sangrenta cheia de farpas de madeira. Infectada, inflamada, por que não? Mas não acho que aquele ferimento seja a única causa do tormento. Meu chute segue sendo que alguma outra coisa deu errado, algum tipo de dano interno que não consigo ver. Um sangramento lento? Invisível, mas mortal?

Penso em movê-la para fora do corredor. Cedo ou tarde, a porta da escadaria vai abrir, nosso sequestrador retornando de onde quer que tenha ido, pisando forte corredor adentro. Furioso diante de nossa fuga. Preparado para mais uma vez nos intimidar até a submissão. Ou para exercer sua vingança.

É só questão de tempo.

Stacey geme novamente. Preciso pensar mais rápido, agir mais rápido.

Se ela tiver algum tipo de dano interno, provavelmente arrastá-la de quarto em quarto só vai piorar as coisas. Resolvo levar o colchão dilacerado para ela. Apoio sua cabeça em um canto.

Talvez a espuma encharcada de sedativo a coloque para dormir. Talvez ela fique grata pelo momento de escape.

O odor de grama mofado me provoca novamente. Uma sensação de *déjà vu*. Eu deveria saber o que é isso.

E então me vem à cabeça. Em pé, um bar. Bebendo cerveja. Cerveja de lúpulo.

O colchão cheira a lúpulo. Fede a isso, na verdade.

Eu tinha lido sobre lúpulo enquanto pesquisava diversos remédios fitoterápicos e primeiros socorros básicos. Lúpulo era usado para auxiliar o sono desde tempos medievais, quando as pessoas perceberam que trabalhadores em suas plantações tinham tendência a adormecer no trabalho.

Agora algumas empresas até vendem travesseiros de lúpulo para dormir melhor, esse tipo de coisa. A ciência por trás disso ainda é meio duvidosa, mas li uma reportagem dizendo que, se lúpulos fossem destilados em um extrato forte o suficiente e, então, misturados com raiz de viburno, sua eficácia seria ampliada.

Então é esse o truque. O colchão tinha sido tratado com lúpulo e viburno. Fácil o suficiente de fazer se tiver acesso a cerveja de lúpulo.

Por exemplo: Devon Goulding, barman extraordinário.

Vindo me pegar do além-túmulo?

Eu o matei, lembro a mim mesma. Esse parece ser o tema do dia. Eu matei Jacob. Eu matei Devon. E, ainda assim, aqui estou, sequestrada e trancada com uma garota que está morrendo.

Para alguém que mata pessoas, não estou fazendo um trabalho muito bom.

O pensamento me enfurece, me impulsiona de volta à ação.

Deixo Stacey de lado no saguão, cabeça no colchão ensopado de lúpulo, e então começo minha busca, para valer, pelo sótão. Quarto por quarto, de olho em painéis no teto.

Boston é conhecida por suas casas de madeira de três andares, construídas de forma estreita e profunda, perfeitas para enfiar em terrenos retangulares apertados.

A disposição deste andar, passagem no meio, quartos dos dois lados, bate com isso. Se minha premissa estiver certa, o corredor deve terminar em uma sala comum com janelas salientes, mas talvez aquela parte tenha sido murada. Quanto a qual andar estou, faz mais sentido ser o nível superior. Mais isolado, ninguém acima para ser perturbado por gritos.

Comecei a vasculhar quarto por quarto, olhando para o alto.

São cômodos difíceis. A tinta preta borrachuda oculta tudo.

Não se pode analisar o teto. É meio como tentar dissecar uma panela de teflon. Não consigo enxergar nada. Volto ao corredor, onde a placa de gesso manchada de água é igualmente decepcionante.

Stacey ainda está gemendo, gemendo, gemendo.

Esfrego minhas têmporas. Sinto uma maré crescente de estresse e ansiedade.

Estou presa. Estamos presas. Quatro quartos, um corredor. Não deveria importar o tamanho da jaula. A quantidade de terreno faz pouca diferença quando ainda não se tem como escapar.

Deveria retornar à janela quebrada. Terminar de remover o vidro. Bater contra o compensado. Talvez consiga forçá-lo, deixá-lo solto.

Com o quê? Um colchão, como se fosse ferramenta de arrombamento? Uma mola apertada com força? Um cotovelo que ainda está machucado desde a última tentativa?

Pense, pense, pense.

Meu apartamento. Canto de cima da casa de três andares do locador. O painel de acesso ao sótão fica na plataforma no topo das escadas.

E, rápido assim, meu ânimo desaba. Porque tenho razoável certeza de onde as escadas ficam: do outro lado da porta de metal trancada.

A cabeça de Stacey está sacudindo de um lado para o outro no colchão. Ela está morrendo por causa da minha própria estupidez.

Janela fechada com tábuas, então.

Só que, nesse momento, eu escuto. Um som. Não o estrondo do meu coração ou a difícil respiração de Stacey.

Um rangido vindo do fundo do corredor. Do outro lado da porta.

Lá está ele de novo. E de novo.

Alguém está subindo as escadas.

CAPÍTULO 44

D.D. ACABAVA DE DESCER o corredor quando Ethier apareceu, trazendo consigo uma loira alta de cabelos volumosos e minissaia. D.D. parou, mão na cintura, sentindo-se ainda mais perplexa do que antes.

A gerente a encarou com um olhar questionador. "Larissa Roberts", ela disse, apresentando a loira. "Acho que será mais fácil conversar no meu escritório."

Passou por D.D. e, em seguida, por Keynes, que estava na metade do caminho corredor adentro. Ele trocou um olhar com D.D. Ambos seguiram a gerente e sua protegida. Ninguém disse uma palavra.

"Então você conhecia Natalie Draga?", D.D. disse, finalmente, quando todos haviam voltado ao escritório. Ela estava tentando reorganizar seus pensamentos, ainda sem saber em quem deveria prestar mais atenção: Jocelyne Ethier, que ela tinha razoável certeza de que poderia ser a filha desaparecida de Jacob Ness, ou a nova garota, Larissa, que aparentemente tinha sido amiga da primeira vítima.

Fez o melhor possível para dividir a atenção entre as duas, mais interessada na reação de Ethier do que em qualquer coisa que Larissa tivesse a dizer.

"Natalie e eu éramos amigas", Larissa começou. "Passávamos o tempo livre juntas, esse tipo de relação. Mas Natalie não era muito de coisas pessoais. Sempre tive a impressão de que esse lugar era só mais um ponto de parada em seu caminho. Quando ela não voltou, nem fiquei surpresa."

"Onde vocês duas... passavam tempo juntas?", Keynes perguntou.

"Bem, durante o horário de trabalho, na sala de descanso. Mas, depois do trabalho, às vezes a gente saía, pegava algo para beber, esse tipo de coisa."

"Lugares favoritos?", D.D. perguntou.

"Birches. Hashtag. Tem vários bares aqui perto. A gente perambulava."

"Devon se juntava a vocês?", D.D. perguntou, mantendo o olhar em Ethier, determinada a captar algum sinal de ciúme, de fúria.

"Claro. Devon gostava de Natalie. Qualquer um podia ver isso. Ela era linda, claro. Mas também podia ser meio instável, sabe? Ela brincava com ele. Dava um sorriso uma hora, e então uma cortada em seguida. Ela o chamava de cachorrinho. Definitivamente não o levava a sério. Mas, da parte dele... acho que ele pensava que era tudo muito sério. E quanto mais ela o rejeitava, mais determinado ele ficava."

"Ele a desejava. Ela não queria nada com ele", D.D. completou, ainda observando Ethier. A gerente parecia entediada. Nada ali que ela ainda não soubesse? Ou ela era tão boa assim em vestir uma máscara?

"Ah, não diria isso. Eu flagrei Natalie com Devon algumas vezes no armário da despensa. Talvez Natalie gostasse de desprezá-lo em público, mas, por trás, de portas fechadas, aparentemente até o Robô Fortão servia."

Ethier tinha voltado a atenção para a tela do computador, franzindo a testa para algo no monitor. Até agora, detalhes do caso de Devon Goulding com outra mulher não pareciam significar nada para ela.

"Eles conviveram por quanto tempo?", Keynes perguntou a Larissa.

"Não tenho certeza. Quero dizer, a maior parte do tempo que Natalie trabalhou aqui, Devon estava correndo atrás dela. Mas... ela não ficou tanto tempo assim. Alguns meses? Como eu disse, estava só de passagem."

"O que trouxe Natalie a Boston?", D.D. perguntou.

"Uma mudança de ares. Ela disse que estava cansada da Flórida. Embora eu não entenda como você possa se cansar de sol e areia..."

"Flórida? Achei que ela fosse do Alabama.?"

Larissa balançou a cabeça. "Nunca a ouvi mencionar o Alabama. E embora ela tivesse um pouco de sotaque... não era do Alabama. Nada tão carregado quanto do Alabama."

"Foi assim que você a conheceu então?", D.D. perguntou abruptamente, voltando-se para Ethier. "Natalie veio para cá procurando por você, não foi? Ela se sentiu confiante pedindo um emprego depois de passar um tempo trabalhando para você na Flórida."

Ethier levantou a cabeça do monitor, piscando os olhos. "O quê?"

"Flórida. Você trabalhou na Flórida antes de se mudar para cá. Por que não mencionou isso antes?"

"Você nunca perguntou."

"Qual o motivo de sua vinda a Boston?"

"Uma promoção. Este é um emprego melhor."

"Você já leu sobre Flora Dane?", Keynes agora, juntando forças. "Sua história estava em todos os jornais. Seu retorno para casa no Maine. Pelo menos no início, a conversa sobre ela voltar para a escola em Boston."

"Eu não faço ideia..."

"Isso deve ter doído." D.D. agora, puxando a atenção da gerente, mantendo-a desorientada. "Ela mata seu pai e todo mundo a aclama como heroína. A garota forte e corajosa que se salvou."

"Do que diabos você está falando?"

Larissa se encolheu, claramente desconfortável com a mudança repentina na conversa, mas sem ter como escapar.

"Quando você dormiu pela primeira vez com Devon? Um cara grande e gostosão daqueles, deve ter sido bom tê-lo sob seu controle. Claro, até Natalie aparecer e roubar a atenção dele de você. Foi então que você decidiu se vingar? E, para tornar ainda mais doce, forçou Devon a ajudar."

"Espere aí um instante..."

"Ela não dormiu com Devon", disse Larissa, de repente se pronunciando. D.D. e Keynes pararam e a encararam. A loira enrubesceu, começou a mexer com a bainha da saia.

"Jocelyne nunca esteve envolvida com Devon. Ela estava envolvida comigo. Pelo menos, quando Natalie chegou aqui, Jocelyne e eu estávamos juntas. Fui eu..." A garota parou, olhando para baixo. "Fui eu que baguncei tudo. Não Natalie. Não Devon. Eles não tiveram nada a ver com o fim do nosso relacionamento. Isso foi culpa minha. Tudo culpa minha."

D.D. franziu a testa, estudando a gerente, que estava corada.

"A gerência não deve se envolver com funcionários", Ethier disse, séria. "Se meus chefes descobrissem..."

"Você nunca se envolveu com Devon Goulding?", D.D. perguntou.

"Não preciso nem dizer que ele não fazia meu tipo."

"E Natalie Draga?"

"Bem, era mais meu tipo, mas para ser sincera", Ethier disse, olhando de relance para Larissa, "prefiro as loiras".

"Quantos anos você tem?", Keynes perguntou de repente.

"34."

"E seus pais?"

"Roger e Denise Ethier. Moram em Tampa. Você quer ligar para eles?"

D.D. olhou para Keynes. "Eu não acho que seja ela."

"Não", ele concordou.

"E ainda assim, todas as estradas nos trazem de volta a esse bar. As vítimas, Devon Goulding." Ela encarou Ethier e Larissa, pedindo silenciosamente que a ajudassem. "O que vocês não estão nos contando? Pelo bem de Natalie, Stacey e Flora, o que ainda não estamos vendo?"

CAPÍTULO 45

CACO DE VIDRO. Ainda o tenho na mão. Limpo a palma na perna nua, e então seguro com mais força. Estudando a porta, calculando o jeito como ela vai abrir.

As luzes. Eu as tinha acendido em todos os quartos para ajudar na minha busca. Agora disparo sorrateiramente corredor adentro, desligando interruptores antes que eles possam me entregar.

Stacey está murmurando, se contorcendo. Não há tempo para escondê-la.

Mas talvez sua presença no corredor não seja algo ruim. O ruído irá distrair o sequestrador. Enquanto ele observa, tentando descobrir quem está gemendo, o que está acontecendo, eu posso tomar a iniciativa. Atacar e então fugir. É um plano tão bom quanto qualquer outro.

Estou pronta.

Eu me concentro na porta, prendendo a respiração, ouvidos atentos a mais passos. Os esforços são logo recompensados: uma tábua range no chão do outro lado da porta. Ele chegou à plataforma.

Agacho-me bastante, caco de vidro na mão. Mantenho os olhos fixos na maçaneta quase imperceptível, um leve brilho prateado no corredor agora escuro.

A porta abrirá em minha direção, para dentro. Plano A: dar uma rasteira no agressor e sair correndo, puxando a porta para fechá-la atrás de mim, deixando o sequestrador tão preso quanto eu estava. A partir daí, será tranquilo descer as escadas e escapar para o mundo lá fora, onde poderei buscar ajuda.

Plano B: lutar como o diabo. A meu favor, tenho o elemento de surpresa, treinamento e um caco de vidro. Batalhas já foram vencidas com menos do que isso.

A porta sacode um pouco. Ouço o barulho raspado da tranca de metal sendo puxada para trás. Destrancando a porta pelo lado de fora. E agora...

A maçaneta gira. Eu me concentro, tentando ficar mais baixa, menor, invisível no escuro.

A porta é empurrada. Um centímetro, dois, três. Seria o suficiente para conseguir colocar um pé para bloqueá-la.

A porta se abre. Uma silhueta preenche o vazio. E então...

Eu salto à frente, segurando a adaga de vidro próxima ao meu peito, enquanto chuto com meu pé. Um *uuuuff* enquanto a pessoa cai, não para a frente nem para dentro do corredor, como eu esperava, mas para trás, na plataforma igualmente escura.

Sem tempo para pensar, sem tempo para refazer o plano. A porta pesada de metal já está girando para fechar quando eu aperto a barriga e deslizo para fora. Um vazio escuro à esquerda. Escadas, eu penso, girando na direção delas.

Exatamente quando uma mão agarra meu tornozelo.

Uma voz feminina melodiosa. "Molly! Há quanto tempo."

Stacey Summers tinha contado a verdade o tempo todo. Fora dos nossos quartos trancados, as coisas são muito, muito piores.

"Conte-nos sobre Natalie Draga", D.D. disse, finalmente. "Ela foi a primeira vítima, de quem Devon manteve mais fotos. Você era amiga dela." Virou-se para Larissa. "O que deveríamos saber sobre ela?"

"Não sei. Ela era bonita. Mas meio tenebrosa, na verdade. Seu senso de humor podia ser bem afiado. Sinceramente, acho que essa era uma das coisas que Devon gostava nela. Ela era dessas mulheres que, mesmo quando estava junto, você nunca sabia como se sentia. Dizia algo horrível para ele num instante e, no seguinte, se jogava em seus braços."

"Ela falava sobre a vida pessoal? A época na Flórida?"

"Não."

"Mãe, pai, irmãos, família?"

"Nunca."

"Eu tenho a ficha dela", Ethier se pronunciou. "Mas, para ser sincera, também não tem muita coisa ali."

D.D. esticou a mão para pegar a pasta. Dentro, a papelada exigida pelo Governo, uma ficha com informações pessoais e um cheque datado de quase nove meses atrás, confirmando que Natalie Draga havia deixado o emprego um dia e nunca mais voltado.

Como a gerente tinha avisado, a ficha de dados pessoais era bem escassa. O topo da página continha o nome completo de Natalie, em cursiva arredondada. Depois disso: contato de emergência, deixado em branco;

um número de telefone que, de acordo com Ethier, estava desligado; e um endereço físico – que D.D. só precisou de um instante para lembrar como sendo a localização oficial do Edifício Estadual de Massachusetts, a sede do governo no centro de Boston. A sargento levantou a cabeça e olhou para Ethier, que deu de ombros.

"A única exigência é pedir as informações de um funcionário, não preciso verificá-las. Nessa área, muitas pessoas são novas na cidade ou estão só de passagem. Desde que apareçam na hora certa e trabalhem duro, está bom o suficiente para mim."

D.D. voltou ao arquivo, olhou novamente para o topo do formulário onde Natalie tinha rabiscado o nome completo. Natalie Molly Draga. Nome do meio: Molly.

Isso soou familiar. Ela tinha ouvido o nome Molly recentemente. Com quem estava conversando quando isso aconteceu...?

Lembrou-se. E seu olhar foi direto para Keynes.

"Molly. Foi esse o nome que Jacob Ness deu a Flora", D.D. disse.

"Depois que Jacob foi preso pelo estupro de uma adolescente de 14 anos, Mahlia – Molly para os amigos." Keynes pegou o arquivo dela. "Ela pode ter tido uma filha. Certamente teria bons motivos para não incluir o nome de Jacob na certidão de nascimento."

D.D. pegou o telefone; ligou primeiro para Phil, seu especialista em buscas em bancos de dados. Keynes forneceu o nome completo de Mahlia. Phil começou as pesquisas em bancos de dados de hospitais da Flórida.

Retornou em questão de minutos. "Mahlia Dragone. Deu à luz uma filha, no mesmo ano do abuso sexual. Ah, e veja isso. Um ano depois, tenho um registro de Mahlia mudando legalmente o último nome para Draga. A mãe fez o mesmo. Quanto você quer apostar que a família inteira queria um novo começo?"

Após Mahlia dar à luz a filha de Jacob Ness. Que, a essa altura da vida, seria uma mulher mais velha, manipuladora. Filha de peixe, peixinho é. Mudou-se recentemente para Boston para fazer suas próprias caçadas.

D.D. voltou-se para Larissa.

"Conte-nos agora mesmo: onde Natalie mora?"

"Não sei. Eu nunca fui..."

"Ela deve ter mencionado alguma coisa. Vamos lá. Pense. Para onde Natalie ia no final dos seus 'passeios'?"

"Para a estação T. Espere! Posso dizer a você a linha. Eu sei, eu sei! Lembrei qual linha de metrô ela pegava!"

CAPÍTULO 46

EU NÃO PENSO. Eu me mexo. Ouço a voz dela, a voz de Lindy. Pela primeira vez em anos – e ela desencadeia uma onda imediata de pavor, fúria, culpa e terror. Não preciso pensar sobre isso. Chuto com força, acertando a lateral da cabeça dela.

Sua mão solta meu tornozelo.

Fujo.

Sem pensamentos. Só pânico cego. Acelero escada abaixo, coração batendo forte, pulsação palpitante. No fundo da minha cabeça, uma voz interna grita: "Pare. Defenda-se. Lute". Este é o momento com o qual sonhei. Eu o imaginei durante cada aula de autodefesa ou de tiro ao alvo.

Finalmente confrontar Lindy outra vez. Só que, dessa vez, eu faria tudo certo. Nada de largar a faca de cozinha. Nada de ficar presa ao chão enquanto ela sentava em meu peito e descrevia o que iria fazer comigo.

Não. Nas minhas maiores fantasias, eu abatia a fera. Fazia o que eu deveria ter feito anos atrás.

Uma mulher com promessas ainda a cumprir.

Mas a verdade é que, depois de cinco anos de treinamento, ainda não fui para a Flórida atrás de Lindy. Porque cinco anos mais tarde, ela ainda me aterroriza.

Ela está rindo. O som ecoa pelas escadas atrás de mim enquanto faço a curva na primeira plataforma e sigo adiante. O corrimão de madeira vacila sob minhas mãos, claramente precisando de reparos. Uma casa antiga, eu estava certa sobre isso.

Preciso encontrar a porta. Chegar ao térreo, encontrar a porta da frente e fugir noite adentro.

Deixando Stacey Summers para trás com a querida filha de Jacob, a parceira criminal favorita dele.

Chego ao fundo. Não há mais escadas. Apenas um espaço escuro fechado. Sem luz. É difícil me localizar. Acho que estou em um pequeno saguão, parecido com o do meu prédio. Conforme meus olhos se ajustam melhor, enxergo um vão de porta aberto à direita, pelo qual espio as sombras mais leves dos outros quartos. Identifico uma abertura à esquerda, levando a outro corredor. Isso me confunde. Estava imaginando uma configuração tradicional de três andares. Nesse caso, as escadas deveriam ficar em uma ponta do prédio, não no meio.

Significa que esta provavelmente não é uma casa de três andares.

Significa que não faço ideia de onde estou, afinal de contas. Nem onde a porta da frente deve estar.

Use as probabilidades. Portas tendem a levar diretamente às escadas, então bem à frente deve haver uma saída. Pelo menos esse é o melhor lugar para começar.

Me aproximo com os braços esticados, tentando tatear a maçaneta.

Atrás, ouço madeira rangendo. É Lindy que inicia a descida.

Vamos lá, vamos lá, vamos lá. Tem que haver uma porta. Algum tipo de saída.

Vamos lá!

Sinto painéis de madeira e, então, à esquerda o fino contorno de uma dobradiça. Minhas mãos voam para a direita, e vejam só: uma maçaneta. Achei a maçaneta. Giro, puxo e…

Nada. A porta não abre. Não consigo empurrá-la.

Está trancada.

Meus dedos deslizam em torno da maçaneta. Procurando trincos para virar, trancas para abrir. Encontro uma, e então outra.

Uma segunda virada, uma segunda puxada.

A porta se move, sacode na estrutura. Mas não abre. Alguma coisa ainda está presa, um fecho, uma corrente, algo que ainda não encontrei.

Lembro-me das portas nos quartos de cima e me estico para o alto, bem para o alto. Como eu imaginava. Encontro. Dois. Duas trancas presas com força no topo da estrutura da porta.

Gemo. Não consigo evitar.

As escadas rangem bem atrás de mim.

Meu tempo está se esgotando.

E então...

Ela está aqui.

"Descobri a linha T", D.D. anunciou para Neil pelo telefone. Ethier e Larissa tinham deixado o escritório, dando a D.D. e Keynes espaço para trabalhar.

Ela repassou a informação rapidamente para Neil, ouviu o som arranhado de suas anotações. "Combine isso com nossos outros requisitos, mais os destinos frequentes no GPS de Goulding, e me dê o endereço."

"Não ajuda", Neil disse.

"Como assim não ajuda?"

"Quero dizer que nada faz sentido!" Seu detetive ruivo favorito parecia frustrado. "Já estudei de novo e de novo a lista de destinos frequentes do veículo. Nenhum deles se encaixa em nosso perfil de local, incluindo ou não as linhas de metrô."

"Mas isso não faz qualquer sentido", D.D. disse.

"Foi o que eu falei!"

"Ele precisava usar o veículo, certo?" Ela parou, voltando e revendo a lógica original deles. Do outro lado, Keynes confirmou, encorajador. "Na noite em que Goulding pegou Flora, ele a derrubou inconsciente, carregou-a no seu veículo e dirigiu com ela para casa. Certo?"

"Ele a nocauteou", Neil frisou. "O que quer dizer que ela não sabe como foi levada para a casa dele; ela estava inconsciente."

"Mas dá para ver essa viagem no carro dele, certo? Seria o último trajeto."

"Espere aí. Muito bem. Sexta-feira à noite, o carro fez o percurso do centro de Boston para o endereço de casa."

"O sequestro de Flora. No qual, é claro, ele utilizou o veículo pessoal como transporte. Não é o mesmo que levar uma garota inconsciente na linha T ou jogá-la em um táxi. Então ele precisa ter usado o carro pelo menos para o sequestro inicial."

"Certo", Neil concordou.

"Garagens de estacionamento", Keynes disse, em voz baixa perto dela.

D.D. assentiu. E então repetiu as palavras no telefone. "Se Devon está dirigindo para algum lugar o tempo todo, ele precisaria estacionar. E quanto a bilhetes de garagem, cartões de mensalista, coisas assim?"

Uma pausa. Ela podia ouvir Neil falando com alguém, provavelmente Carol, do outro lado do telefone.

"Nenhum pagamento mensal para uma garagem de estacionamento", Neil reportou depois de pouco tempo.

"Jura? Mas isso não..."

"Faz qualquer sentido?"

Tanto ela quanto Neil suspiraram pesadamente. Estavam próximos. D.D. podia sentir isso. Só mais uma conexão, uma dedução, e então...

Flora e Stacey Summers à mercê da filha de Jacob Ness. D.D. estremecia só de pensar nisso.

"Ah. Aaah", Neil disse subitamente.

"O que foi?"

"Carol tem um bom argumento. Talvez não sejam separadas."

"Como assim?"

"A localização, talvez seja a mesma. Por exemplo, não o notaríamos dirigindo para o trabalho, certo? Porque é o trabalho dele, é claro que ele está indo para lá."

"Ele não está mantendo quatro mulheres em uma casa noturna", D.D. disse, ao mesmo tempo em que perambulava o olhar para o teto pintado de preto.

Ela balançou a cabeça. Estava sendo ridícula. Eles estiveram ali durante o dia, quando a casa noturna se despia das luzes azuis. Era um casulo cansado, mas certamente cheio de atividade. Considerando o número de pessoas passando por ali a todo momento, limpando, reabastecendo o estoque, se preparando – não haveria como três garotas sequestradas passarem despercebidas.

"Então não no trabalho dele", Neil estava dizendo, "mas em outro destino óbvio que ninguém pensaria em questionar".

D.D. teve uma ideia: "A academia. Ele está sempre malhando. E a maioria daqueles clubes fitness 24 horas..."

"Fica no sul de Boston, próximo da água", Neil completou. "Onde, por causa da gentrificação, metade da área está sendo demolida, e a outra metade reconstruída. Tenho um endereço de academia. Melhor ainda, Carol diz que é bem ao lado de alguns cortiços interditados que ainda estão aguardando demolição."

Ele passou a localização da academia.

"Obrigado, Neil". E então, sem nem hesitar, "E você também, Carol".

D.D. desligou o telefone. Ela e Keynes se apressaram.

CAPÍTULO 47

"ANDEI PROCURANDO VOCÊ", Lindy diz cantarolando enquanto caminha lentamente pela plataforma da escada, atravessando o arco da porta à direita e entrando mais fundo no prédio para me buscar.

Fujo primeiro. Forço-me para conseguir me afastar de uma porta trancada, para dentro do restante do prédio. Acho que estou em uma sala de estar. Consigo vislumbrar o formato do sofá, mesa, cadeiras. Talvez um apartamento térreo, longo e estreito. Tento criar algum tipo de mapa mental para me guiar, ao mesmo tempo em que rastejo mais fundo na escuridão. As janelas devem estar bloqueadas também. É o único modo de explicar a escuridão plena.

Atravesso a segunda porta. Dá para mais um corredor sombrio. Paro do outro lado, costas pressionadas contra a parede. Ainda tenho meu caco de vidro da janela quebrada. Seguro com força perto do peito. Tento controlar a respiração antes que o som do próprio pânico me entregue.

Hora de me concentrar. Hora de pensar direito. Não sou mais o ratinho amedrontado de Jacob.

Sou uma mulher com promessas ainda a cumprir.

"Li sobre seu último dia com meu pai", Lindy está dizendo agora. A voz vem de trás de mim, no primeiro quarto, eu acho, perto do sofá. "Bala na cabeça. Ele implorou para você fazer isso? Eu sabia que, se o pegassem, ele nunca iria voltar."

Não digo nada. Inspiro profundamente, expiro profundamente.

Não estou cansada. Não estou com fome. Não estou com frio.

Estou bem.

"Eu me preocupei no início. Achei que a polícia talvez viesse atrás de mim. Então desapareci por um tempo. Passei algum tempo no Texas, depois Alabama, Califórnia. Conheci mais do país. Achei que Jacob aprovaria."

A voz estava se aproximando.

Inspirando fundo. Expirando fundo. Eu consigo.

"Mas você não contou a eles sobre mim, não é mesmo, Flora? Você manteve em segredo nosso tempo juntas. Nosso pequeno segredo especial."

Aperto meus olhos com força, mordo meu lábio inferior para silenciar a lamúria. Ela está certa. Eu nunca contei. Não esse pedaço do quebra-cabeças. A vergonha? O horror? Não sei. Todos os sobreviventes têm seus segredos. Coisas que não podemos dizer em voz alta porque torna o que aconteceu real demais, não apenas para outras pessoas, mas especialmente para nós mesmos.

Samuel suspeitava de algo. Ele tentou pescar isso durante nossas sessões iniciais. Mas eu nunca cedi.

Ninguém quer ser um monstro.

E, certamente, ninguém quer conversar sobre isso depois.

"Pensei que eu deixaria você para lá", Lindy prosseguiu. Ela tinha deslizado para a esquerda. Não para a frente, mas para a área da cozinha, espreitando em volta da mesa e das cadeiras.

"Mas eu simplesmente não consegui. O fato de você estar viva e prosperando, enquanto Jacob... Não espero que você entenda, mas sei que você, de todas as pessoas, sabe quão especial era meu relacionamento com Jacob. Ninguém me conhecia do jeito que ele me conhecia. Ninguém o aceitou do jeito que eu aceitei. Ele era meu pai. E eu era a Lindy dele, um apelido especial que ele criou só para mim, na primeira vez que me viu. Natalie pertencia à minha mãe. Mas Lindy... era dele. E você, sua putinha, não tinha o direito de tirá-lo de mim."

A voz estava tão próxima que ressoava quase nos meus ouvidos. Ela está bem atrás de mim. Do outro lado da parede, percebo. Chega de respirar. Inspiro todo o ar, seguro nos meus pulmões, me controlo para não produzir nenhum som.

"Ano passado, decidi que era hora de tomar uma atitude; vim procurar você. Visitei a fazenda da sua mãe. Foi fácil o suficiente encontrá-la usando a internet. Ela já contou a você sobre isso, mencionou uma antiga amiga que parou para uma visita? É difícil tirar alguma coisa dela. Não importava o quanto eu tentasse, ela não respondia nenhuma pergunta sobre você. O melhor que consegui tirar dela é que você morava em Boston. Então decidi me mudar para cá também. Por que não? Uma boa mudança de ares para uma garota do sul como eu. Consegui emprego, me preparei para me estabelecer enquanto continuava a procurar você, e então...

"Eu o conheci. Devon. Um homem que nem sabia que tipo de homem ele era. Mas eu sabia. Eu o reconheci imediatamente. E aí foi bem fácil trazê-lo comigo. Montei uma casa, deixei que ele fizesse de mim a primeira ocupante. E então o mandei buscar mais gente para brincar. Porque uma garota como eu tem certos apetites. Como você sabe melhor do que qualquer um."

Eu tremo incontrolavelmente. Odeio essa reação. Primitiva. Visceral. Quanto mais ela fala, mais as coisas voltam. Aquelas noites terríveis. Os barulhos, o gosto de bile.

Não estou bem, não estou bem, não estou bem.

Sou Molly mais uma vez. E não vou conseguir.

"Você o matou também. Não foi? Fui até a casa de Devon sábado de manhã. Ele não me visitou depois do trabalho, não ligou. Sabia que ele estava ficando impaciente. Eu tinha dito a ele que precisava ficar escondido depois de ser flagrado em vídeo. Descuidado! Precisávamos ser cautelosos, manter as coisas discretas. Mas esse é o problema de cães treinados – às vezes eles lutam contra a coleira. Então fui até a casa de Devon para dar uma olhada nele, e com o que me deparo? Todos aqueles carros de polícia, a fita marcando a cena do crime. Você. Vi você sentada na traseira da viatura, o rosto todo lambuzado de lixo. De repente, eu soube o que você tinha me custado. De novo.

"Você realmente achava que eu simplesmente deixaria você ir? Escapar uma segunda vez? Que eu não a seguiria de volta para casa? Que eu não ficaria esperando na saída de incêndio, aguardando até os proprietários do seu apartamento terem saído para descer de novo, para então arrombar a fechadura da casa deles e roubar as chaves-mestras? Aí, quando estava tudo quieto, destranquei a porta e caminhei direto para dentro do seu apartamento. Coquetel de clorofórmio para desorientar, uma dose rápida de sedativo para derrubar você completamente. E foi isso. Coloquei as chaves de volta no apartamento dos seus locadores e, depois, trouxe você para baixo no meu próprio táxi. Eu o dirijo à noite. O jeito perfeito de ganhar um dinheiro extra enquanto vasculho as ruas atrás de novas oportunidades.

"Ninguém nota uma motorista de táxi. Ninguém nem questiona quando vê uma mulher colocando outra, cambaleante e desorientada, na parte de trás do carro. A coitadinha está bêbada – ainda bem que tem um táxi para levá-la para casa.

"Agora, está tudo exatamente do jeito que meu pai gostaria que estivesse. Você e eu juntas novamente. Só que, desta vez, sou eu que tenho a arma. E você é a que nunca irá embora.

"Você é minha. Você será sempre minha", Lindy sussurra, e assim, de repente, ela está no batente da porta, bem ao meu lado. Não preciso de luz para saber que tem um sorriso no rosto dela.

Chega de pensar. Chega de planejar. Chega de preparar.

Talvez ela tenha me encontrado primeiro, mas isso não significa que eu não soubesse que esse dia estava por vir.

Dilacero o rosto dela com o caco afiado de vidro.

Ela grita.

Eu me viro e acelero corredor adentro.

D.D. dirigiu. Em termos de distância, a casa noturna não era longe do sul de Boston. Pelas ruas estreitas e sinuosas, em meio a uma quantidade excessiva de sinais vermelhos, ela acelerou, fez curvas fechadas e acionou as luzes giroflex. Keynes segurou a barra de segurança acima da porta, mas não disse uma palavra.

Ela achou o caminho para os cortiços de cabeça. Muito tempo atrás, nos dias do famoso criminoso Whitey Bulger, essa seção de Boston tinha pertencido aos irlandeses. Havia sido um núcleo de atividades de gangues, tráfico de drogas e miséria. Mas, na década de 1990, o aumento descontrolado dos aluguéis acabou forçando as famílias de baixa renda a se mudarem da área. Ao mesmo tempo, a demanda por terrenos de frente para a água levou a uma gentrificação quase da noite para o dia. Mas, antes de haver progresso, primeiro era necessário existir um segmento demográfico. Tratava-se de um processo longo e contínuo, com pelo menos um trecho de cortiços interditados atrás de uma cerca de arame, ainda aguardando destino.

Ela chegou à cerca primeiro. Dirigiu em volta procurando um portão, descobriu duas outras viaturas já estacionadas em frente. Um agente levantou a cabeça assim que ela se aproximou. Ele segurou uma corrente na frente dos faróis dela. Foi o suficiente para que D.D. visse que o cadeado não estava lá.

Significava que não eram as primeiras pessoas a ter acesso à propriedade.

D.D. desligou os faróis. Ela e Keynes desceram do carro e se aproximaram dos outros agentes. Ela podia ouvir sirenes à distância, outras unidades respondendo ao chamado. Franziu a testa.

Atualmente, Natalie Draga estava escondida com pelo menos duas vítimas de sequestro. Se alardeassem demais, ela poderia se assustar, levando a uma situação de refém ou algo pior.

A operação precisava ser furtiva do início ao fim. Como no ataque da equipe SWAT contra Jacob Ness, que não fazia ideia do que estava acontecendo até a primeira bomba de gás lacrimogêneo estilhaçar a janela do seu quarto no hotel.

D.D. pegou o rádio, fez a chamada. Trinta segundos depois, as sirenes ao longe foram interrompidas abruptamente – e apenas o som dos motores se aproximando permaneceu. Melhor assim.

Ela reuniu quatro policiais. Um deles relatou ter achado um táxi abandonado um pouco acima na rua. De resto parecia tudo quieto, e eles ainda não tinham visto ninguém entrar no terreno.

D.D. assentiu. O projeto de habitação abandonado era grande. Seis, sete prédios maciços de tijolos, todos com janelas bloqueadas por tábuas e fachadas desmoronando. Só Deus sabia a respeito da integridade estrutural, para não falar do que mais encontrariam lá dentro. Invasores, viciados em drogas, roedores de todos os tamanhos.

Isso exigiria cuidado.

"Vamos trabalhar em duplas. Comecem no perímetro, depois abram caminho em direção ao centro. Busca clássica em escala. Procurem qualquer resquício de luz vindo das beiradas de uma janela, pegadas na poeira, entradas recém-perturbadas, fechaduras arrombadas, esse tipo de coisa. Não se aproximem sozinhos. Só reconhecimento. Temos pelo menos duas vítimas presas lá dentro em algum lugar – e uma suspeita sem nada a perder. Precisamos controlar a situação primeiro, não piorar."

Os policiais compreenderam, acenderam as lanternas e se prepararam para entrar.

D.D. caminhou com Keynes de volta ao veículo. Manteve a voz baixa. "Gostaria de esperar no carro?"

"Não."

"Você tem um colete?"

"Estava torcendo para você ter um sobrando."

D.D. parou. "Você tem algum treinamento de campo?", ela perguntou.

"Sim."

"Porque, hã...", ela disse, tropeçando nas palavras, sem conseguir evitar. "Estou em regime restrito de trabalho. Não estou carregando arma na cintura. Mas eu consigo atirar. Estive praticando. É só a posição padrão com as duas mãos que é um pouco complicada com meu ombro agora. Mas vamos em frente. Eu consigo. De verdade."

Ele pareceu entender o que ela estava dizendo. "Tenho uma arma de segurança. Um .38."

"Aceita trocá-lo por um rifle?"

"Faz sentido."

Ela abriu o porta-malas do carro, onde guardava equipamentos para situações táticas, incluindo um colete extra e um estojo de armas.

"Então", ele disse, em tom casual enquanto se equipavam, "uma detetive ferida e um federal PhD".

"Melhor cavalaria de todos os tempos", ela garantiu a ele.

"É melhor a gente fazer isso direito. Mas a papelada que virá depois vai fazer nós dois desejarmos a morte."

D.D. sorriu, tentando fingir que suas mãos não estavam tremendo. O que Phil tinha dito... Ela precisava confiar mais em sua equipe? Bem, ela tinha se comunicado.

Ela não estava fazendo tudo sozinha. Tinha policiais na frente, um agente federal ao lado e reforços a caminho.

Ela estava aprendendo, se adaptando.

Ainda assim, levando o .38 de Keynes, uma arma que costumava parecer tão natural na sua mão...

Pensou em Jack. Pensou em Alex. E prometeu a si mesma que, em breve, retornaria para eles em casa.

E então seguiu Keynes para dentro do complexo de habitação abandonado.

CAPÍTULO 48

A PRIMEIRA BALA passa voando por cima do meu ombro. Eu me abaixo por instinto, desviando para a direita enquanto o gesso explode à esquerda. Segundo tiro, terceiro, quarto.

Ela está rindo enquanto puxa o gatilho. Talvez não esteja nem mirando, só aproveitando o show enquanto eu me jogo para a direita, esquerda, direita, me contorcendo e abaixando. Resisto à tentação de olhar acima do ombro, ver quão próxima estou da morte iminente. Em vez disso, mantenho o ritmo, pés descalços acelerando pelo corredor cheio de detritos.

Na aula de autodefesa, um professor tinha nos aconselhado a fugir se encontrássemos alguém com uma arma de fogo. Parece que é impressionantemente difícil atingir um alvo em movimento. Pelo menos, as chances de sobrevivência são mais altas correndo de um atirador do que, digamos, entrando no carro com ele e dirigindo até uma localização remota onde ele pode fazer exatamente o que quer.

Então saio em disparada. Peito arfando. Cotovelos apertados com força, cabeça abaixada, tentando reduzir o tamanho do alvo. Meu pé bate em alguma coisa afiada, e então alguma coisa perfurante. Não há tempo para parar, retirar lascas de madeira ou, pior, cacos de vidro. Continuo correndo, passando de uma seção relativamente doméstica do prédio para algum tipo de zona em construção, cheiro de pó e abandono mais pesado no ar. O corredor é escuro demais para eu enxergar onde estou indo ou mesmo ajustar os passos para evitar objetos afiados.

Mais tiros.

Corro pela minha vida.

Um vão de porta à direita. Eu me arremesso por ele sem nem pensar duas vezes, tentando sair da linha de tiro. Só depois me ocorre que talvez seja um quarto. Ou pior, um banheiro. Um cômodo sem saída onde ficaria presa.

Parece ser uma sala de estar. Eu já tinha abandonado a teoria de estar presa em um prédio tradicional de três andares de Boston. A estrutura é ampla demais. Tem corredores demais, quartos demais. Não é um armazém ou prédio comercial, porque os quartos são pequenos. Talvez uma casa comunitária? Abandonada, passando por reformas, algo assim.

Eu deveria parar e tentar me orientar, mas não consigo mais pensar. Acelero por corredores escuros, salto por espaços sombrios, como um cervo na mata.

Talvez esteja chorando, o que é estupidez. A última coisa que preciso neste exato momento é fazer barulhos indevidos.

Passo correndo por outra porta, piso em algo afiado, sinto o corte profundo na planta do pé. Não consigo evitar. Paro, pulando em uma perna só, mordendo meu lábio inferior para conter o grito.

Tardiamente, me achato contra a parede. Me concentro para ficar parada.

Respire. Pense. Respire.

Não posso continuar correndo desembestada por um labirinto de objetos afiados e espaços desconhecidos, esperando ser encurralada, tomar um tiro, morrer. Preciso bolar uma estratégia. Alguma coisa digna de usar contra uma maníaca homicida armada.

Uma mulher que esperou cinco anos para me destruir.

Embora, para ser justa, eu também tenha esperado cinco anos para matá-la.

Minha respiração está irregular. Eu me forço a inspirar profundamente, tentando estabilizar minha pulsação acelerada para conseguir escutar o som de passos se aproximando.

E então me concentro em pensar.

Lindy. Ela está aqui. Em Boston. Ela me encontrou. Visitou a fazenda da minha mãe. Me encontrou na casa de Devon Goulding. E, então, me seguiu de volta para meu apartamento altamente seguro, que ela invadiu usando as chaves dos proprietários. Um truque esperto, esse. Nunca me ocorreu que, apesar de todas as minhas trancas adicionais, meus locadores continuariam sendo o elo mais fraco. Mas, sim. A própria noção de segurança é um pouco precária a essa altura da vida deles. E, uma vez que as chaves estavam em sua posse...

Lindy. No meu apartamento. Lindy me trazendo para cá para terminar o trabalho que Jacob havia começado.

Quero que ela morra. A simplicidade do pensamento, a necessidade direta e compulsiva, me estabiliza, acalma ainda mais minha respiração.

Eu a odiei desde a primeira vez que vi Jacob observá-la. Desde que o abraçou para dar boas-vindas. Desde que eles se sentaram no sofá, cabeças quase se tocando.

E então ela me forçando a sair, abordar aquela mulher no bar.

Não penso sobre aquela noite, ou qualquer das outras que se seguiram. Não falo sobre ela, Jacob, o que eles me forçaram a fazer. Não, eu guardo essas memórias para meus pesadelos – e, todos esses anos depois, ainda acordo gritando.

Jacob me fazia rolar os cadáveres do caminhão até a grama pantanosa perto da estrada. Ele me fazia sentar e aguardar os crocodilos descobrirem o lanche inesperado.

Nunca dizia nada. Só me observava com olhos que me diziam que um dia esse seria meu destino. Só que Lindy seria a pessoa a rolar meu cadáver porta afora, e ela estaria batendo palmas contente enquanto a fauna local vinha se alimentar.

Lindy. Aqui em Boston.

Lindy. Em algum lugar no escuro atrás de mim.

Quando eu tive a primeira aula de autodefesa, tenho certeza de que minha mãe pensou que eu estava praticando para derrubar os Jacobs do mundo.

Nunca a corrigi. Nunca contei a ela que toda vez que bloqueava e chutava, era uma oponente um pouco mais velha e muito bonita que imaginava. Que quando manuseei a primeira arma de fogo, era o rosto dela que imaginava como alvo.

Venho praticando há cinco anos como matar Lindy. Cada vez que embarcava em uma missão, dizia a mim mesma que, se conseguisse, talvez isso significasse que eu estava pronta para a Flórida. Só que, é claro, nunca aceitei exatamente essa resposta. Sempre havia mais alguma coisa para fazer aqui e ali, e também havia Stacey Summers. Eu simplesmente não podia abandonar Stacey Summers.

Agora, cá estou. Não precisei encontrar Lindy, afinal de contas. Lindy me encontrou.

E eu sou um aglomerado trêmulo e medroso novamente. Ela tem a arma. Eu tenho um caco de vidro da janela. Ela é... Lindy. E eu... não sou Molly, preciso me lembrar. Não sou Molly, não sou Molly, não sou Molly.

Só que, é claro, eu me sinto completamente indefesa de novo.

Preciso de um plano. Matar Lindy, abater a fera e, então, talvez, talvez, eu possa voltar para casa novamente.

E levar Stacey Summers comigo.

Não penso mais no quarto de hotel. Não penso naquele dia final, o peso da arma de Jacob em minha mão, o eco da minha promessa em seu ouvido, a sensação pegajosa do seu cérebro em meus cabelos.

Eu imagino minha mãe. O jeito que se apresentava em pé na cozinha aquele dia de manhã. Orgulhosa e resignada, preocupada e reservada. A mãe que ainda me ama, mesmo sabendo que sua filha nunca voltou de verdade.

Quero ir para casa agora. Quero abraçar minha mãe e sua camisa ridícula de flanela. Quero abraçá-la, mesmo que não sinta do mesmo jeito que sentia antes. Quero apreciar a sensação como ela é agora.

Não quero sobreviver mais.

Quero viver.

Lá está o som, escuto. Passos lentos avançando pelo corredor atrás de mim. Lindy se aproxima. Sem dúvida segurando a arma na frente dela, dedo no gatilho.

Recursos? Tenho um caco afiado de vidro, já molhado com o sangue dela. Tenho cotovelos e joelhos e um excelente chute. Olhando rapidamente em volta no espaço sombrio, não vejo sinais de mobília, só pilhas escuras de lixo aleatório. O que poderia até ser interessante. Afinal, lixo já tinha me salvado antes. Eu me concentro, me preparo para vasculhar as pilhas.

Estou inteira agora.

Não estou cansada, não estou com fome, nem com frio, nem com dor.

Estou bem.

E estou prestes a fazer o que faço de melhor: o que quer que seja necessário para sobreviver.

D.D. parou, sua mão no braço de Keynes enquanto se virava em direção ao som.

"Lá", ela sussurrou quando o estampido agudo soou novamente. "Tiros."

"Segundo prédio à direita", Keynes murmurou.

Ela iluminou o local com a lanterna. Uma estrutura maciça de tijolos velhos e janelas interditadas. Não viu luz vazando pelos espaços com compensado. Mas então, justo quando estava prestes a virar para o próximo prédio, mais três tiros em rápida sequência.

"Definitivamente aquele prédio", D.D. concordou.

Ela ajustou sua pegada no .38.

Eles se aproximaram.

CAPÍTULO 49

VOCÊ JÁ OUVIU ALGO PARECIDO de um mestre em artes marciais: alguém se orgulhando de conhecer dez maneiras de matar alguém com um canudo, doze se incluir a embalagem de papel?

De acordo com meu instrutor, isso é mais hipérbole do que fato. De que adianta ser mestre em alguma coisa se não puder parecer muito ameaçador?

Um canudo de plástico, contudo, pode ser uma arma útil. Encontrei um na pilha de lixo próxima. Dobrei-o ao meio e, então, o posicionei entre o indicador e o dedo do meio da mão esquerda. Dobrado, o canudo é afiado o suficiente e duro o suficiente para ser uma arma de perfuração decente. Acerte um oponente no olho, ou melhor ainda, bata no osso hioide na frente da garganta, e você pode infligir algum dano.

Estou prestes a descobrir quanto dano. Ouço Lindy se aproximando vagarosamente no fim do corredor. Tão próxima que consigo perceber o som de sua respiração.

Imagino-a sorrindo, feliz por estar caçando novamente.

Nunca entendi a dinâmica de seu relacionamento com Jacob. Ele a amava, dava para perceber só de observar. E Lindy?

Ela ficava animada em vê-lo. Mas amor? Eu não sei. Penso em Lindy como uma pantera esguia e escura espreitando à noite, excitada com o cheiro de sangue. Será que uma criatura dessas realmente é capaz de amar?

Acho que ela amava o modo como Jacob a fazia se sentir especial. Poderosa e forte. Quando ele aparecia, caçar era duas vezes mais divertido.

Acho que ela pensava do mesmo jeito em relação ao barman com o peitoral incrível. Devon Goulding. O cara que vi morrer queimado diante dos meus olhos.

Essa memória faz com que eu me sinta poderosa e forte.

Ninguém quer ser um monstro.

E, ainda assim, cá estamos.

Espero que Lindy chegue primeiro com sua arma. A arma aparecerá primeiro, seguida do braço. Naquele momento desprotegido, golpearei com o vidro, mirando em seu punho, no dorso da mão. Um corte profundo e ela deixará a pistola cair por reflexo – com isso, estaremos em um campo de batalha justo.

É claro que ela é inteligente demais para isso.

Quando finalmente aparece a meu lado no vão da porta, seus cotovelos estão grudados nas costelas, arma aninhada no peito. Uma parede humana, apresentando apenas o lado do ombro para ataque. Mesmo se a atingisse com o caco de vidro, seria apenas um golpe de raspão, nada sério.

Prendo a respiração, mentalizo para que ela dê mais um passo para dentro do quarto.

Então eu poderia chutá-la com o pé esquerdo, tentar acertar a lateral do seu joelho.

Não estou cansada, nem com fome, frio ou dor.

Estou preparada.

Posso matar outro ser humano e me sentir ótima depois disso.

Penso que seria melhor se minha mãe nunca mais encostasse em mim. Porque a filha da qual sente falta é uma garota feliz que ama raposas. E eu sou algo diferente.

Alguma coisa diferente.

Lindy dá um passo para dentro do quarto.

Chuto exatamente quando ela gira em minha direção, dentes brancos brilhando na escuridão. Ela já está trazendo a arma para frente, claramente ciente do ponto exato onde estou e do que eu estava planejando.

O que nenhuma de nós duas consegue prever, contudo, é que meu chute erra o alvo e me desequilibra. Sou arremessada para a frente, caindo sobre ela.

Desabamos no chão e tenho uma sensação estranha de *déjà vu*.

Estamos em sua pequena casa imunda. Tenho uma faca de cozinha.

Arma, arma. Ela tem a arma, presa entre nós. Apontada para ela, apontada para mim. Eu não tenho certeza se uma de nós sabe para onde. Não posso me dar ao luxo de rolar para longe, isso daria a ela espaço para mirar. Mas enroladas uma na outra, não consigo golpear ou acertar direito. Em vez disso, acabamos lutando, ela determinada a não derrubar a arma, eu determinada a não perder o vidro quebrado nem o canudo de plástico.

Sinto cheiro de sangue. O dela vem da bochecha cortada. O meu, do pé ferido.

Então: dor, aguda e penetrante. Os dentes dela mordendo minha orelha, esmagando, puxando, repuxando. Em resposta, torço a mão direita, passo cortando o caco de vidro pela sua barriga e giro com crueldade.

Nenhuma de nós arfa, grita ou geme. Somos propósito. Isso é sério.

Mas, só por um instante, acho que ouço um ruído lá longe.

Ela me morde novamente. Abocanha, mastiga, faz sua melhor imitação de Mike Tyson. Não posso me dar ao luxo de me preocupar com os dentes. A arma é o problema. Preciso tirar a arma dela.

Rolando pelo chão empoeirado. Tentando levantar a mão esquerda. Ainda tenho o canudo dobrado preso entre os dedos. Agora, eu soco com ele o melhor que posso no pescoço dela. Estamos perto demais, dentro da zona de perigo uma da outra. Mais uma vez, eu cravo mais fundo com minha arma improvisada. Mesmo se não conseguir ângulo para um golpe com força eficaz, consigo cutucar, pressionar, arranhar e dilacerar. Ela grunhe quando o canudo perfura profundamente sua traqueia, atrapalhando sua capacidade de respirar. Eu aperto com força, determinada a aproveitar a vantagem.

Ela junta as mãos entre nós, me empurra com força para longe. Caio de lado. Percebo imediatamente que preciso me mover, mover, mover. O menor ajuste da parte dela, uma única puxada do gatilho...

Eu ataco com a mão direita, raspando o caco no seu braço, depois no dorso da mão.

Nós no chão, lutando pela faca de cozinha...

Ela arfa, recua instintivamente. Corto de novo e de novo, meus dedos ficando escorregadios com o sangue.

Ela ri. Sem fôlego. Animada. Porque é disso que ela gosta. É isso que ela deseja. Não existe dor para ela, só prazer.

E eu sou apenas a Flora 2.0.

Ela é... Ela é...

Algo além de Jacob. Além de qualquer um de nós. O monstro que outros monstros temem.

Ela pegará a faca de cozinha. Ela a cravará bem fundo no meu peito, mas só depois de se divertir um pouco. Então meu corpo será entregue aos crocodilos. Nunca será recuperado. Enquanto Jacob sai, pega outra garota, e começa o processo todo de novo.

Stacey Summers, desabada lá em cima precisando desesperadamente de atenção médica.

Minha mãe, sem dúvida em pé na minha cozinha neste instante, cozinhando, cozinhando, cozinhando, enquanto mais uma vez espera notícias da filha.

Não quero morrer nesta casa, assim como não queria morrer no baú em formato de caixão. Aceito que não sou uma pessoa boa, nem uma pessoa feliz. Entendo que não consigo encontrar paz caminhando pelas florestas da infância. Entendo que não sei mais como retribuir o abraço da minha mãe.

Mas em algum lugar lá no fundo ainda acredito que um dia possa ser aquela pessoa novamente. Que só porque eu virei um monstro não significa que um dia não possa mudar de volta, tornando a ser a garota da qual minha mãe e irmão sentem falta.

Algum dia, talvez eu me encontre novamente.

Barulhos. Lá longe. O gemido ruidoso do compensado, passos pesados. Ao meu lado, Lindy congela, escutando também. Os tiros atraíram a atenção. Outras pessoas estão vindo. Provavelmente a polícia, agentes da SWAT com gás lacrimogêneo. Se eu conseguir ganhar tempo, eles me salvarão.

Só que...

Lindy vira de volta para mim. Eu a encaro.

E nós duas sabemos o que precisa acontecer em seguida.

Porque isto não diz respeito às pessoas lá fora. Isto é, e precisa ser assim, apenas entre ela e eu.

Minha mão direita desce rasgando com o caco de vidro.

Seus braços levantam, absorvendo o golpe por tempo suficiente para mirar com a arma.

Dou sequência aos golpes com o punho esquerdo, canudo de plástico ainda preso com força entre meus dedos. Cravo com força na lateral do pescoço dela.

Ouço uma arfada sibilante. Um momento suspenso no tempo.

"Eu falei para ele que a mataria", sussurro. "Naquele último dia. Lágrimas e muco manchando todo seu rosto. Eu disse a ele que eu mataria você depois."

Ela abre a boca. Acho que vai rir novamente.

Em vez disso, puxa o gatilho.

Ouço o som como se viesse de algum lugar bem distante. Sinto o impacto, uma explosão de dor.

Sou catapultada para trás. Eu caio para trás.

Justo quando dois feixes de luz chegam correndo no quarto.

“Polícia! Largue a arma!”

É difícil ouvir as palavras com o ouvido apitando, mas acho que reconheço a voz. A detetive do sábado de manhã, aquela que não gostou de mim.

Eu tento gritar, fazer um alerta. Que Lindy está armada e é mais do que capaz de matar novamente.

Mas, aparentemente, a detetive não precisa de conselhos. Lindy se vira em direção aos feixes de luz. Ela solta um chiado, provavelmente o mais próximo que consegue chegar de uma risada. E então aponta a arma bem em tempo de a policial abrir fogo.

Vejo Lindy desabar no chão ao meu lado. Acho que deveria ter crocodilos. Eles deveriam vir e arrastar o corpo dela para longe, para nunca poder ser recuperado.

E então Samuel está lá, me observando, preocupado.

“Aguente firme, Flora. O socorro está a caminho. Aguente firme.”

Sussurro de volta: “Stacey Summers. Andar de cima. Ajude”.

E então os crocodilos chegam. Só que é a mim que eles levam embora.

CAPÍTULO 50

KEYNES ESTAVA SENTADO no chão com seu jeans ridiculamente caro, segurando a mão de Flora enquanto D.D. chamava a ambulância e, depois, o reforço policial para vasculhar o complexo.

Levaram uns bons quinze minutos para percorrer o espaço amplo. Devon Goulding e Natalie Draga tinham criado um ninho e tanto no meio do prédio abandonado. D.D. descobriu uma cozinha, onde tinham improvisado encanamento com um tubo de água desviado ilegalmente, estocada com diversos suprimentos alimentícios e garrafas de bebida, obviamente roubadas do Tonic. O mesmo valia para um banheiro do andar de baixo, que de fato continha tubos e mais tubos de gel de cabelo com purpurina.

A equipe se espalhou, vasculhando cômodo por cômodo, andar por andar, até que finalmente um agente descobriu Stacey Summers desabada em um corredor no andar de cima, claramente em condições críticas. Mais ligações pedindo assistência médica. E então tanto Stacey quanto Flora foram levadas rapidamente para hospitais locais. Keynes se afastou, conversando no celular com a mãe de Flora, enquanto D.D. finalmente fez a ligação do meio da noite para a família Summers, para dar as notícias que esperavam há três meses.

Depois disso, perambulou de um lado para o outro.

Keynes não tinha mentido. A papelada para esse tipo de incidente seria bem complicada. D.D. seria obrigada a permanecer na cena para responder perguntas preliminares de investigadores independentes sobre o uso de força letal. Como uma detetive em regime restrito de trabalho, sem autorização para sequer portar arma de fogo, ela enfrentaria uma investigação mais profunda, talvez coubesse até ação disciplinar.

Possivelmente Phil gritaria com ela de novo. Por se comportar de forma imprudente. Por não confiar na equipe. Por mais uma vez entrar em um prédio escuro, fosse uma boa ideia ou não.

Ela deveria se sentir ansiosa. Estressada. Arrependida?

Mas D.D. não se sentia assim.

Ela havia pedido reforços. Organizado uma equipe de agentes para auxiliar.

Tinha se aproximado da situação com o objetivo de contenção, não confronto. Como era apropriado para uma supervisora. E então, quando a situação evoluiu para o ponto de ação imediata...

Ela acabou agindo conforme seu treinamento. Apesar do ferimento no ombro esquerdo e suas limitações físicas, tinha eliminado a ameaça claramente visível e salvado a vida da vítima.

Ela se sentia... forte. Capaz. Autossuficiente.

Sentia-se, pela primeira vez em meses, como ela mesmo novamente.

Ligou para casa. Eram três da manhã, mas Alex estava acostumado com conversas no meio da noite. A verdade é que ela precisava ouvir a voz dele.

Depois de uma noite dessas, ela queria sentir pelo menos esse nível de proximidade com o marido.

"Estou bem", ela começou a dizer no telefone.

"Ótimo. Onde você está?"

"Eu a matei. A filha de Jacob, Natalie. Atirei e a matei no exercício do dever."

Uma pausa. "Lamento."

"Eu também. Ela apontou a arma direto para mim, não tive escolha."

"Você estava armada?" Alex sempre foi esperto.

"Peguei uma emprestada para entrar no terreno. Ouvimos tiros. Entramos preparados."

Ele não disse nada, porque entrar preparado não era o mesmo que ser autorizado – e ambos sabiam disso.

"Eu estava assustada", ela sussurrou. "Nunca fiquei assustada antes. Sempre foi apenas parte do trabalho. Mas dessa vez… só conseguia pensar em meu ombro estúpido. Se eu conseguiria mirar rápido o suficiente, se eu seria forte o suficiente… Fiz o que precisava ser feito, mas estava assustada."

"Cal Horgan..."

"Vai me dar um esporro daqueles."

"Com um bom motivo?"

"Eu não quero ficar assustada. Nem sentada em uma mesa, parece que estou me escondendo. Ficar em regime restrito de trabalho, isso sim é assustador. Quero ser liberada. Quero ser a detetive que costumava ser."

"Querida, seu ferimento..."

"Eu fiz o que tinha que fazer. Uma suspeita levantou uma arma de fogo para mim em situação de vida ou morte, e eu agi corretamente sob pressão. Não terei medo novamente, Alex. E não quero ser acorrentada a uma mesa."

"Então você não está me ligando para dizer que eu posso pegar o plástico bolha, enrolar você e manter você segura comigo para sempre?"

"Vou enfrentar ações disciplinares."

"Provavelmente."

"Vou precisar do seu apoio."

"Você o tem."

"E então... quero passar no meu exame físico. Quero ser liberada para o trabalho completo."

"Tudo bem se eu ficar assustado? Porque essa ligação agora, minha esposa acaba de enfrentar uma atiradora armada, não é minha conversa preferida para ter no meio da noite."

"Quero ser a detetive que costumava ser."

"D.D., eu me apaixonei pela detetive que você costumava ser. Me casei com a detetive que você costumava ser. Você não precisa mudar por minha causa, ou por Jack. Sabemos quem é a detetive que você costumava ser."

"Está bem."

"Você está chorando?"

"Detetives não choram."

"Mas uma supervisora em regime restrito de trabalho..."

"Talvez."

"Obrigado por ainda estar viva."

"Obrigada por me apoiar."

"Você encontrou as garotas desaparecidas?"

"Tanto Stacey Summers quanto Flora Dane."

"Isso é ótimo! Elas estão bem?"

D.D. disse a verdade para ele: "Não sabemos ainda".

Acordo com luzes fortes. Estou encarando painéis brancos de teto bem altos, um lençol que coça enrolado com força em volta do peito, a barra metálica da cama claramente visível. Viro a cabeça só o suficiente para ver Samuel desabado na cadeira, a cabeça entre as mãos. Sem terno desta vez, só uma camisa preta e jeans escuros que seriam mais apropriados para uma casa noturna do que para um quarto de hospital.

Minha mãe está em um avião, eu me pego pensando, e então preciso me corrigir.

Eu não estou na Geórgia. Estou em Boston. E não acabo de escapar de Jacob; escapei da filha de Jacob. Por um instante... Há tantos pensamentos na minha cabeça. Tantas memórias, emoções. Não tenho certeza de onde o passado termina e o presente começa. Não tenho certeza de quem eu era, nem de quem eu serei.

Estou no limbo.

Não é a pior sensação do mundo. Toda a promessa de um novo recomeço sem a dor de efetivamente tentá-lo.

Meu ombro dói. A cabeça está zonza. A boca, seca.

Lindy com a arma. Eu com o caco de vidro e o canudo de plástico. Ela puxou o gatilho. A detetive também. Caímos todas.

Ela está morta. Não preciso perguntar para saber. Lindy deve estar morta. É o único jeito de explicar eu estar viva.

Escapei. Estou livre.

E só essa ideia me faz começar a rir, embora não seja um som feliz vindo da minha garganta. Samuel aparece imediatamente ao meu lado. Oferece água, mexe na beirada do lençol. Ainda não vejo minha mãe, mas ela deve estar em algum lugar no hospital. Mesmo se ela me odiar, estiver com o coração partido, furiosa, devastada, ela não é do tipo que desiste de uma luta. Imagino que eu tenha herdado isso dela.

Estou rindo novamente. Ou chorando. Porque cá estou, mas quem sou eu? Uma assassina? Uma mulher que só se sente confortável no escuro?

Uma mulher sem mais promessas a cumprir. Mas quem é essa pessoa exatamente? Queria poder lavar meu cérebro. Passar água sanitária nos olhos. Pegar meu corpo inteiro e esvaziá-lo. Sem mais memórias de baús em formato de caixão, dos dentes manchados de tabaco de Jacob nem do cheiro exato de carne humana queimando. Deixaria isso tudo para trás. Não me lembraria de nada. Não saberia de nada.

Seria simplesmente uma garota correndo pelas florestas do Maine, levando pedaços de queijo escondidos para as raposas. Samuel está segurando minha mão esquerda, já que meu ombro direito está bem enfaixado.

"Você é uma sobrevivente", ele está dizendo. "Você é forte. Você consegue. Você é uma sobrevivente."

"Stacey Summers?", eu pergunto, em voz baixa.

"Graças a você, nós a encontramos e a trouxemos para o hospital a tempo. Você conseguiu, Flora. Você conseguiu."

Percebo que estou sorrindo, mas, mais uma vez, não é um olhar feliz. Porque sei melhor do que todos que este instante, este momento exato, é o único fácil. Este instante em que Stacey acorda, finalmente livre, com os pais ao lado. E então eles choram, e ela chora, e estão todos aliviados. O sonho mais ambicioso acaba de ser realizado.

E os outros momentos? Amanhã, o dia seguinte, o dia depois desse?

Ela precisará de ajuda, eu penso.

E então...

Ela receberá essa ajuda. De mim, de Samuel, da minha mãe. Começamos a jornada juntas, cada uma a seu modo. Eu seguirei.

Se Stacey deixar, estarei lá para ajudá-la. Já lutei sozinha o suficiente no escuro. Pode ser bom tentar trabalhar ao lado de alguém para encontrar a luz.

A próxima pergunta que faço a Samuel é com os olhos, porque não conseguiria dizer as palavras em voz alta.

"Ela morreu na cena do crime", ele diz, simplesmente. "Parece que ela e Devon Goulding sequestraram pelo menos três garotas juntos. Kristy Kilker morreu. Mas você e Stacey Summers, vocês conseguiram."

"Eu nem sabia que Lindy estava na cidade", murmurei. "Fui ao Tonic na sexta à noite porque os amigos de Stacey disseram que de vez em quando ela ia lá. Lindy… a filha de Jacob. Nunca soube que ela estava em Boston. Nem suspeitei."

"Você a conheceu quando estava com Jacob?"

Eu entendo a pergunta que ele realmente está fazendo. Por que nunca falei sobre ela, alertei as autoridades? Contei a ele a verdade: "Ninguém quer ser um monstro".

"Você não é um monstro, Flora. Você é uma sobrevivente."

"Não é suficiente. Você acha que será. Mas não é."

"Você salvou a vida de uma garota."

"Eu matei um homem." E, rápido assim, posso sentir a escuridão me invadindo novamente. "Eu o assisti queimar e nem me importei. Fiquei sozinha no vazio. Estou sempre sozinha no vazio!"

"Então faça uma escolha diferente, Flora. Ninguém disse que viver era fácil. Você ainda vai ter que se levantar toda manhã. E você terá que tomar decisões. Passaram-se cinco anos, e cá estamos novamente. Você realmente quer continuar a fazer as mesmas escolhas?"

Não tenho uma resposta. Ele já me disse coisas similares antes. Primeiro, você sobrevive. Em seguida, precisa parar de se sentir uma vítima.

Parece tudo tão simples. Ainda assim, ainda assim...

Minha mãe aparece, flutuando cautelosa na porta, presa em sua própria versão do *déjà vu*.

Seu rosto triste, determinado. Sua camisa de flanela terrivelmente feia.

O amuleto de raposa prateado aninhado na curva do pescoço.

Tantas coisas que deveria dizer a ela. Tantas desculpas que deveria pedir.

Quero que seja tão simples quanto Samuel faz parecer. Quero o mesmo "feliz para sempre" que Stacey Summers certamente merece.

Quero dizer a verdade, e torcer para que ela me liberte. Puxo minha mão de Samuel e a estico para minha mãe.

"Me desculpe", eu digo.

"Você não precisava..."

"Eu culpei você", disse. "Não era minha intenção. Mas você queria tanto que eu voltasse para casa. Eu assistia a você no noticiário, implorando por meu retorno seguro. Então sobrevivi por você. Mesmo quando seria melhor que não tivesse sobrevivido. Mesmo quando queria desistir. Sobrevivi porque não queria decepcioná-la."

Ela não diz nada, mas dá para ver pela sua expressão que ela já sabe disso. Ela olha de relance para Samuel. Isso é algo sobre o qual eles já conversaram a respeito. Eles se deram conta disso antes de mim.

"Jacob tinha uma filha. Eles me forçaram a ir com eles a bares. Eles me forçaram a ajudá-los a pegar mulheres para matar. Três vezes. Três mulheres mortas por minha causa. Não consigo mudar isso", digo a ela, com sinceridade. "Mesmo agora, com Stacey Summers. Ainda não equilibra a balança."

"A balança não é sua para equilibrar. Os crimes são deles."

"Eu o assisti queimar, esse crime é meu."

"Flora... Eu não sei o que você quer de mim. Sou sua mãe e amo você. Mesmo agora, depois de você me contar essas coisas. Sou sua mãe. E amo você."

"Eu não sei quem eu sou", digo.

"Ninguém sabe. Todo mundo passa a vida descobrindo isso, mesmo pessoas que nunca foram sequestradas."

"Ainda sinto falta dele. E isso é errado. E distorcido. Eu o odeio porque ele está dentro da minha cabeça."

"Então o aceite. Agradeça a ele por ajudar você a ser uma pessoa forte. Agradeça a ele por morrer para que você pudesse voltar para casa. Um homem como esse não tem defesa contra a gratidão, Flora. Aceite-o, e ele partirá sozinho."

"Isso é bobagem *new age*."

"Isso é o básico para desviar do ódio. Cedo ou tarde, você precisa abrir mão disso para viver novamente."

"Você o odeia?"

"A polícia acha que Jacob teria matado você naquele dia, Flora. Os maiores especialistas previram que ele mataria você e então se mataria. Prefiro me sentir grata por ele não ter feito isso."

Preciso pensar sobre isso. É necessário um tipo de coragem para enfrentar um oponente armado. E um nível diferente de coragem para viver novamente.

Eu digo: "Esta é a Flora. Esta é a Flora completa, finalmente despertando".

Minha mãe me abraça. Faz doer meu ombro enfaixado. Aterroriza o resto de mim.

Mas eu retribuo o abraço. Eu me concentro na sensação, no cheiro, na experiência completa. Minha mãe. Seu abraço. Nosso abraço. 472 dias. Cinco longos anos.

Esta é Flora, finalmente voltando para casa, eu penso, e a aperto com o máximo de força que consigo.

AGRADECIMENTOS

ESTE LIVRO COMEÇOU com um artigo que li online sobre o Escritório de Assistência a Vítimas do FBI. Nunca tinha ouvido falar de um especialista em vítimas, e fui imediatamente cativada pela ideia de que vítimas e suas famílias precisam de suporte além do nosso conceito tradicional de final feliz.

Como Flora pode comprovar, o salvamento não é o final de uma provação, mas o início de outra completamente diferente. Meus agradecimentos ao Escritório de Assuntos Públicos do FBI por permitir que eu entrevistasse dois especialistas em vítimas e, claro, minha gratidão a todos por compartilhar tempo e conhecimento. Naturalmente, o envolvimento de Samuel Keynes nas vidas de Rosa e Flora excede o normal, mas espero que entendam a licença poética. É claro: qualquer erro é meu e apenas meu.

Continuando, obrigada ao detetive aposentado do departamento de polícia de Boston, Wayne Rock, por colocar a D.D. de volta ao trabalho! Eu simplesmente não podia deixá-la de fora, então contatei Wayne. Uma vez que ele me explicou a natureza do regime restrito de trabalho, pareceu tanta tortura para alguém com o temperamento de D.D. que eu não podia resistir. Obrigada, Wayne!

Nidia Gamba, do SAC, me ajudou com os detalhes dos procedimentos para localizar o terrível Jacob Ness. Eu a considero uma Kimberly Quincy da vida real, só que melhorada. Obrigada por arrumar tempo para me ajudar a capturar meus criminosos fictícios – e obrigada ainda mais por derrubar os de verdade.

Meu detetive local favorito, tenente Michael Santuccio, também ajudou a salvar o dia, principalmente respondendo minhas mensagens de texto frenéticas: *Rápido, eu preciso sequestrar alguém, como eu faria isso?* Enquanto isso, minha farmacêutica preferida, Margaret Charpentier, criou o colchão dosado com lúpulo e viburno. Como Flora menciona, embora o lúpulo seja um auxílio fitoterápico para dormir que data dos tempos medievais, a ciência por trás de sua eficácia permanece frágil. Para os propósitos da ficção, contudo, por que não?

A equipe de D.D. deve o seu novo membro, Carol Manley, ao filho de Carol, David Martin, que fez uma doação muito generosa à Sociedade Humana da Área de Conway em troca de ter o nome de sua mãe incluído no livro. Espero que ambos aproveitem, especialmente a menção ao cachorro de Carol, Harley.

Parabéns a Kristy Kilker, que ganhou o prêmio de Mate um Amigo, Mutile um Companheiro, conquistando para si mesma um grandioso final. Além disso, Jocelyne Ethier ganhou o direito de ser uma gerente suspeita de casa noturna e uma vencedora da edição internacional do prêmio Mate um Amigo, Mutile um Companheiro. Obrigada a ambos por participar dessa competição divertida e certamente única.

Agradeço à minha boa amiga Lisa Mac. Obrigada por outra ideia forense brilhante – dessa vez o valor da purpurina como evidência, o que me ajudou a seguir adiante quando mais precisava. É, devo a você outro jantar. Ou talvez já tenha acumulado um ano de refeições.

C.J. Lyons, médico e colega de livros de suspense, forneceu alguns detalhes médicos divertidos sobre os efeitos físicos da fome. Obrigada!

Finalmente, como todos os escritores, tenho uma enorme dívida de gratidão com minha família, que realmente teve que conviver comigo enquanto eu trincava os dentes, resmungava com pessoas que não existiam e amaldiçoava o livro regularmente. Minha filha, bem-treinada a essa altura, passou a semana final do meu prazo fazendo cookies e empurrando-os em minha direção. Eu realmente gosto dela. Sobrevivência não é um destino, mas sim uma jornada. Sobreviventes de toda parte, este livro é para vocês.

Este livro foi composto com tipografia Electra LT e impresso
em papel Off-white 70 g/m² na Assahi.